《乐清文献丛书》整理出版委员会

《乐清文献丛书》编辑部

郑云衢集

[清]郑云衢 著

黄煜 编注

郑郁集

[清]郑郁 著

黄煜 编注

线装书局

图书在版编目（CIP）数据

郑云衢集·郑郁集 / (清) 郑云衢，(清) 郑郁著；黄煜编注. -- 北京：线装书局，2015.2
（乐清文献丛书. 第3辑）
ISBN 978-7-5120-1768-9

Ⅰ. ①郑… Ⅱ. ①郑… ②郑… ③黄… Ⅲ. ①古典诗歌—诗集—中国—清代 Ⅳ. ①I222.749

中国版本图书馆CIP数据核字(2015)第038128号

郑云衢集·郑郁集

作　　者：（清）郑云衢 郑郁著；黄煜编注
责任编辑：程俊蓉
装帧设计：叶春慧
出版发行：线装書局
地 址：北京西城区鼓楼西大街41号（100009）
电 话：010-64045283（发行部） 64045583(总编室)
网 址：www.xzhbc.com
经　　销：新华书店
印　　制：温州市南方立邦印刷实业有限公司
开　　本：890mm×1240mm 1/32
印　　张：14
字　　数：367千字
版　　次：2015年6月第1版第1次印刷
印　　数：0001—1300册

定　　价：44.00元

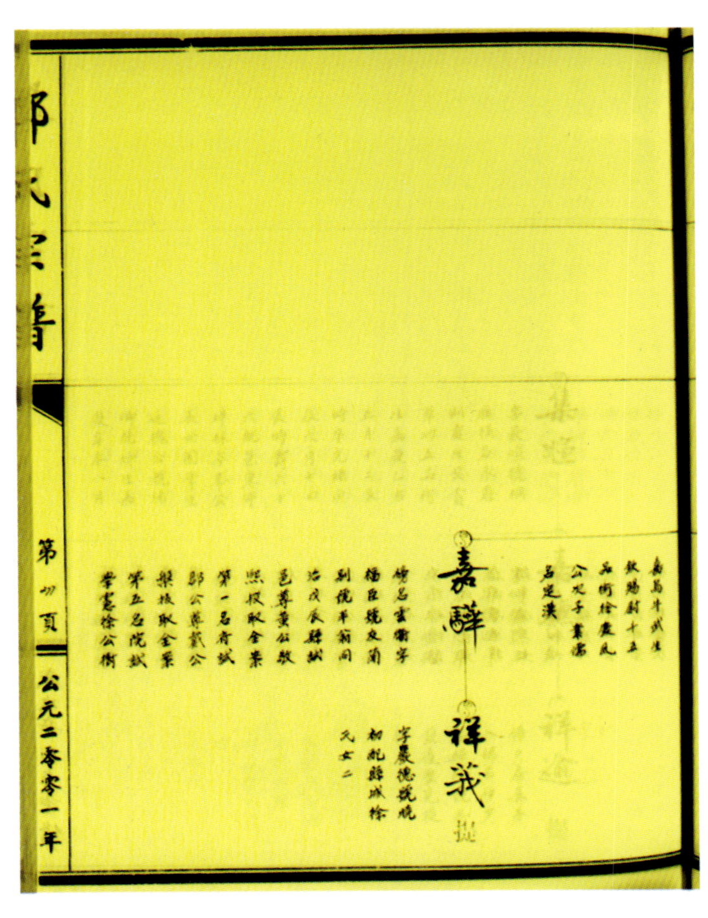

《潘垟郑氏宗谱》郑云衢、郑郁父子世系图

温州图书馆藏敬乡楼藏本
《半翁诗草》书影

温州图书馆藏永嘉乡著会抄本
《半翁诗草》书影

硯北漫錄

樂清鄭雲衢半翁

先君子有僕名詞源性頗聰穎好觀書每操作畢輒偷看數行夜輒燈燃翻閱往往至五鼓尚未就寢先君子最愛之一日遣赴市購鴉片煙來便麻園市蠣殼灰少頃返曰麻園無白玉柳市有烏煙先君笑曰此好詩也麻園柳市白玉烏煙的成佳對矣因憶昔人謂李青蓮脫口成詩蘇東坡嬉笑怒罵皆成文章不信然乎吾鄉謂鴉片煙為烏烟蠣殼灰為白玉

吾鄉有村學究鄭某小業賈後藉訓糊口有剃匠姓何名夏蘭者日往與談鄭屢屈啣之一日語何曰子能對乎何曰能鄭曰賤業雞頭談誰子何即應聲曰販夫糊口假先生一時聞者無不絕倒

洪君魯山名邦泰予友楊少堤之高弟也楊嘗向予譽其文筆頗

温州图书馆藏永嘉乡著会抄本《砚北漫录》书影

省身錄

樂清鄭雲衢半翁

為人父宜慈愛而偏於慈愛亦不可子而賢智宜教之讀書明理揚名顯親子而愚不肖亦宜教之守己安分不失先緒

為人子宜孝敬然不幸父母偶有錯誤亦宜婉言開導俾之不陷於非為方肖子

為人兄宜友愛為人弟宜恭順兄弟為天屬之親須以恩愛相待方好近見風氣漸衰人心日險骨肉之間幾成仇讎家庭之際易啟參商非獨平民即讀書明理之家往往而有此真令人不解也

凡兄弟於少年之時無不相愛好者至成人則漸疎矣至娶婦則更疎矣至析產則大疎矣蓋少年則天性未漓成人則嗜欲漸開娶婦則為婦言所惑析產則為財利所蒙此皆必至之勢也惜無

温州图书馆藏永嘉乡著会抄本《省身录》书影

鄭雲衢友蘭

西指滇南路八千一官策馬試吟鞭地憐荒徼艱行役

詩帶仙才況妙年舊雨同游頻倡和集中多與朱君蠻味温倡和之作

江梗道慘烽烟歸來莫便增惆悵贏得佳章壓滿船

《台江骊唱、天南鸿爪集》
郑云衢题辞

樂園詩草敘

丙子秋余自秣陵歸里鄭子蓉荃病中書來以所著樂園詩稿乞序於余余老矣年來奔走四方學殖荒落何敢言詩顧以與鄭子居同里閈知之至稔其尊人友蘭先生與先叔菊襟府君爲莫逆交府君家居日與先生俱以詩鳴於時往來唱和無虛日先生所著半翁詩集府君曾爲之序余亦爲一跋以附於尾鄭子所學既有淵源兼以稟資聰穎年甫逾冠偶有所作已斐然成章余自離鄉遠遊不見鄭子忽忽已逾十載今讀其所作清思雋語篇中往往見之蓋其天才英雋爲之家學濡

温州图书馆藏1937年铅印本
《乐园诗草》书影

《乐清文献丛书》总序

乐清建县的历史有一千六百多年，但文化的繁荣是从南宋开始。此前的大约七个世纪，由于乐清地域偏僻，远离政治中心，教育落后，未能形成一个知识分子群——士群，精英文化的创造几乎是个空白，有的只是少数几个外来知识分子——谢灵运、沈佺期、孟浩然、张子容等，留下几首诗；本土人民中略有名气的就是一位半传说人物张文君和唐代白鹤寺的两个僧人。

唐末五代时期，北方战乱频仍，大批世族南迁，其中颇有辗转迁至温州、乐清的。两宋之交，世族南迁形成一个新高潮，而早些时候即已开始的从文化较发达的福建地区向文化相对落后的浙南地区的移民也在继续进行中。加上北宋时期地方政府大兴科举教育开花结果，乐清的士群乃开始形成。南宋定都临安使温州从原先的边缘之地一变而为东南重镇，深度开发后的雁荡山又吸引了大批文人来游，留下大量诗文。这种种因素交相作用的结果，使乐清的文化在南宋形成了第一个辉煌期。北宋时期乐清中进士者仅一人，作家仅有女诗人钱文婉；南宋时期则有进士一百五十五人，同时，出现了一批成熟的诗人、作家、学者，其中较杰出的有王十朋、钱文子、翁卷、刘黻等。元承南宋馀绪，乐清文人中有诗文大家李孝光和隐逸诗人朱希晦。

明代是乐清文化的第二个辉煌期。科名仅次于半壁江山的南宋，士人入仕者甚众，其间多有文章高手。章纶、朱谏、章玄应、侯一元、侯一麟、赵廷松、何白等均有较完整的诗文集留传后世。在诗文创作之外，朱谏是李白研究专家，何白是书画名家。为世所知的书画家还有李经敕。法学家有陈璋，火器专家有赵士桢（桢或作祯）。赵士桢在兵器研究上的成就得到了李约瑟的很高评价。明代乐清还出现了许多文化世家，如南阁章氏、瑶岙朱氏、蒲岐侯氏、高岙高氏、南郭陈氏、芙蓉蔡氏等，每个家族都形成了一个诗人、作家、学者群，有的绵延好多代，可与宋代白石钱氏、石船刘氏、柳川翁氏遥相辉映。

明清之交的战乱和清初的迁海令使乐清的经济和文化遭受重创，终有清一朝，乐清的科名一直不振，但这并不说明清代的乐清缺乏读书种子。事实上，在清朝中叶以后，乐清的文风又渐见恢复，涌现了许多新的文化世家，著述之风亦盛。只是与前代比较，清代的乐清作手多属布衣文人，可谓平民写作和边缘写作，因囿于经历和眼界，气象不逮前代作家，好处是其诗文中较多地方特色，足资研究乡邦历史。清末民初，受时代潮流的影响，乐清知识分子中不乏慷慨之士，文风也为之一振，其间佼佼者如黄式苏、冯地造诸子，多有关心国事之作。

中国素有重史重文献的传统。地方文献蕴涵着一个地方的历史，是地域研究的宝贵文化资源，也是全国性研究的基础资料。遗憾的是，在历史上，许多文献产生了，又因种种原因散佚了。由于文献不足，我们对建县前的乐清、甚至对建县后很长一个时期的乐清的历史面目不很清楚。北宋乐清女诗人钱文婉的诗集、由周必大作序的《箫台诗集》早已难觅踪影，文婉之曾侄孙钱文子众多著述中也仅有一部《补汉兵志》得以完整流传，北宋乐清县令袁采编纂的第一部乐清县志在明代就已经失传，当时与朱谏齐名的明代南阁诗人章玄梅的诗集在作者身后不久就散失了，令为朱谏刊刻遗著的王叔杲感慨万分。

有鉴于地方文献的易于湮灭，历代有识之士常以保存乡邦文献为己任。例如清光绪时，我邑既有陈琲为刊刻先贤施元孚的著作而奔走，复有寒士郑一龙不顾高龄，以五年之功选辑《乐成诗录》。回顾温州近代较大规模的几次乡邦文献整理，诸如清同光间瑞安孙衣言氏汇刻《永嘉丛书》，民国初如皋冒广生编刻《永嘉诗人祠堂丛刻》、永嘉黄群汇刻《敬乡楼丛书》，都收有乐清人的著作。其中规模最大的一次，即抗战前永嘉区征辑乡先哲遗著委员会（简称“乡著会”）组织抄缮地方文献，乡先辈高谊先生参与其事，负责组织乐清片的文献征辑，抄录我邑先哲遗著多达一百多种。这些著作绝大部分从来未曾刊刻过，如果不是这次抄缮，可以想象到今天定已散佚殆尽。高谊先生为保存乐清历史文献作出的重大贡献，后人当永远铭记。

改革开放以来，随着社会和经济的深入发展，文化的重要性也逐步为世人所认识，地方文献的整理重新得到重视。二〇〇二年至二〇〇六年出版的《温州文献丛书》，收入乐清籍作家、学者的著作计有《刘黻集》、《李孝光集校注》、《何白集》、侯一麟《龙门集》、赵士桢《神器谱》等五种。此前，由民间集资整理出版的有《王十朋全集》。更早的时候，翁卷的诗集作为《永嘉四灵诗集》的一个部分，列入《两浙作家文丛》由浙江古籍出版社出版。此外，民间人士整理刊印的乐清文献也有一些，通常是取内部资料形式，其中包括《永乐乐清县志》。

但是，这一切还只是个开头。现珍藏于温州图书馆的乡著会乐清文献抄本绝大部分还没得到整理。有些历史上曾刊刻过的著作，由于长久没有翻刻，存世极少，甚至已成孤本。一些文献资料和单篇作品散见于各种书籍，或仅闻于民间口耳相传，亟待集腋成裘，裒辑成书。系统性的分类文献汇编也有待进行。为此，乐清市文联具文向乐清市委、市人民政府报告，建议组织力量整理出版《乐清文献丛书》，得到市委、市人民政府的高度重视。二〇〇六年乐清市社会科学界联合会成立后，乐清市委、市政府指定由市社科联负责《乐清文献丛书》的整理出版工作，并成立了《乐清文献丛书》整理出版委员会及办公室、编辑部。市人民政府将整理出版费用纳入市财政预算，并将文献丛书的整理出版作为我市文化大市建设的一项重大工程写进政府工作报告。

按照规划，大致将用五年时间完成《乐清文献丛书》的整理出版。文献的整理是一项基础性的工作，可以预料，《乐清文献丛书》陆续出版以后，将为乐清的地域文化和历史文化研究打下良好的基础，既为市内外文史研究者提供资料上的便利，又可为一般读者提供一份丰厚的精神食粮，为促进乐清的精神文明建设和文化积累作出贡献，同时，也可以此告慰为乐清创造过辉煌历史文化的历代先贤于地下。

《乐清文献丛书》整理出版委员会办公室

二〇〇八年十月

《乐清文献丛书》整理凡例

一、本丛书主要选收乐清本土学者、作家的著作，地域范围以现有辖区为准；兼收非本籍作者内容与乐清有关的著作。为避免重复，已经正式出版的著作不再收入，只列为存目。少数已出版但有必要重新整理，或原来未作笺注有必要加以笺注的，酌情收入。以收一九四九年前的著作为限，个别选题酌情下延。

二、丛书包括个人专集或多人合集、诗文总集、地方史志、史料汇编等若干大类。分辑出版，每辑之内可几种类别混编。此外，为适应一般读者的需要，另设《乐清文献丛书·普及书系》，作为文献丛书的子系列。普及书系选编凡例另拟。

三、采用简体横排印刷，若逢用简体易致歧义时，则用繁体。“餘”字简体一般作“馀”不作“余”，但个别特殊情况除外，如“餘杭”、“餘姚”之类行政区域专名，鉴于简体已多年通行“余杭”、“余姚”，按约定俗成的原则不作改变。

四、个人诗文集的编法不求一律，如果已有旧编，可保留旧编体例，而将旧编未收的作品作为辑佚编入，也可将全部作品打散另行编排。存疑的作品另列。有关作者的背景资料和评论作为附录置于全书之后。

五、如有多种版本存世，选择时代较早、内容完整、校刻精良的版本为底本。整理时用其他版本通校，并选择其他书籍参校。各本文字与底本相同者，不再标出。与底本歧异者，若底本不误而他本误，正文用底本，除特殊情况外一般不出校；若他本文义较胜，则正文改从他本，在校语中注明原误作某、脱某字或衍某字；如各有所长，不能断定是非，则正文仍用底本，在校语中标出他本异文。有疑而无法解决者，加（？）或在校语中说明。

显著的版刻错误，根据上下文可以断定是非者，如“己”“已”“巳”的混同之类，不论有无版本依据，迳改而不出校记。

六、此次整理的乐清存世文献多为抄本，其中大部分只有一种文本传世，不存在底本选择问题。在抄写过程中出现的文字错误，诸如脱文、衍文、讹字等，若有其他文献可资参校的尽量予以校正，并在校语中加以说明；若无其他文献可资参校，整理者在有把握的前提下，可根据自己的判断，在正文中加以订正，并在校语中加以说明。

七、正文改字有两种方式。一种是在正文中加上校改符号：

（1）脱：在（ ）内补入脱漏的文字。

（2）衍：将衍字写在〈 〉内。

（3）讹：在讹字后面用〔 〕标出，写入改正的文字。

（4）难辨文字或无法补正的脱字，以□代替。

另一种是除难辨文字或无法补正的文字仍用□代替外，其他均不在正文中加校改符号，只在校语中加以说明。本丛书一般采用这种方式。

八、原本所用异体字、俗体字，凡无关文旨者，均改为通用字。宋代以前的古书和人名、地名及其他特定语境中的异体字，不能改为通用字。通假字一般不改，必要时可在注释中说明。

九、作者原文避本朝名讳及家讳者，一般不改，若影响理解文义，则出校说明。明清人传刻古书避当朝名讳而改，或引用古书以及称引前代专用名而避当朝名讳者，如“弘治”作“宏治”、“章玄应”作“章元应”，若有确据均改回原字，并在首见处出校说明，尔后径改，不再一一出校。缺笔字则补足笔划。

十、原本行文中按旧规所用的“抬头格”概予取消。

十一、文章分段排列。诗歌不分段（词片与片之间空两格），句句接排，首行前空两格。诗一题数首者，一首一段，两首之间空行，不标各首序次。但总题下原有小标题或序号者（如“其一”“其二”），小标题或序号可予以保留。

十二、校注本的校记和注释一般不分列，校注文字一般置于正文每篇（题）之后，编号每篇（题）自为起讫。校注码列于正文右上角。如校记和注释分列，校记码和注释码要分用不同样式的码符，当校记码和注释码并列时，校记码在注释码前。校注条目很少或因著作体例特殊的，也可采取脚注、尾注形式。

原本若有注文，属作者自注者，无论夹注或尾注，概按原貌予以保留，以小于正文的字体排印，俾与正文区别开来。作者自注文字和正文一起进行校释。属他人所注者，是否保留可视具体情况而定，保留的他人注文，以“某某注”的形式列入现整理者的校注中。

十三、校语注释力求简明扼要。注释以人物、地名、事件和有关背景材料为主，属于语义、音读方面的内容一般不注。

十四、征引资料须详明出处。首次引用时按时（朝）代、撰编者、书名、卷次（或篇章名）、版本、页码为序标明；尔后引用只注撰编者、书名、卷次（或篇章名）、页码。先秦要籍、著名史书可省略撰编者之名。

十五、全书出现的数字，除括号里表示公元年代的和其他个别特殊情况下可用阿拉伯数字外，均用汉字，卷次、页码的写法按古书惯例，如卷二五不作卷二十五，一一九页不作一百十九页。

十六、各书均须写出前言。前言内容包括作者评介、时代背景、对作品的评价、整理工作的有关事项等。有些问题如不适宜写进前言，可另设后记说明。本凡例未及，或因选题特殊，本凡例有些条款难以适用，整理者可有所变通，但须在前言或后记中酌情说明。

《乐清文献丛书》编辑部

二〇〇七年十月

总目录

郑云衢集

[清]郑云衢　著
黄　煜　编注

前 言

郑云衢（1851—192?），名嘉骅，榜名云衢，字福臣，号友兰、半翁，别署樗叟，乐清市象阳泮垟人。云衢出生在书香门第，有家族文化渊源，父郑秉盛，字磬九，号菊如，亦是文士诗人，伯兄郑嘉驎，号芝石（紫石），仲兄郑嘉骏，号筠村，当时俱以文名。云衢从小聪颖好学，博览群书。清同治戊辰（1868）取得县试第一名，光绪丙子（1876）府试取得一等五名，补增广生员，即廪生。后因身体原因，不再参加科举考试。其《杂诗》中说："自从病鬼来，万虑一齐休。"此后，受当时"不为良相，当为良医"之思想影响，转而习医，在当地开设诊所与药店，医术高明，指下生春，活人多多，很有名气，收入亦丰，且平时勤俭，加入祖上遗产，积田达二三百亩，家境富裕。在行医同时，云衢喜欢作诗，在文学上的成就，主要体现在诗歌方面，一生作诗四五百首之多，有诗集名《半翁诗草》。

诗言志。郑云衢素有考取功名的志向与抱负。"昂首志云霄，未甘埋沟壑。向阳抱悃诚，心苗拟葵藿。肺腑藏龙渊，胸宇怀镆铘。"即其志矣。《闲居杂兴》："闲居何所事，玩愒毋乃羞。岂知心所寄，时向古人求。所师者颜闵，所学者孔周。借直药我曲，藉刚克我柔。禀姿虽鲁钝，自信非下流。大道虽无尽，原本在齐修。从今须努力，岁月不可留。"然在取得廪生资格之后，深感时不饶人。"人生如隙驹，所欲竟无尽。志愿苦未酬，衰朽已可悯。"又加上体弱多病，不再参加科举考试，在养尊处优的生活中，乐观自信，喜欢自由闲适。

《幽居写意》："除却三餐无人事，闲游随意向西东。"《闲居杂兴》："残身苦羸弱，羸弱复何求。岂无山水兴，腰脚为我囚。一笑姑置之，闲居可自由。倦或高枕卧，狂或拍板讴。或醉向酒盏，或语与胜流。视彼山水趣，我觉我为优。闭门寻我乐，此乐信不休。"其诗中多处提到嵇康，赞美与欣羡嵇康的自由懒散与豁达。《王君贯三连中过访书赠》："共说才华压辈流，丰神恨未识荆州。十年空抱攀嵇愿，一棹先来访戴舟。"《病中久未读书》："懒如稽叔夜，视我未为慵。"在品格上，向往高洁人士的人生品格与精神追求，常以菊梅自喻。《暮秋咏怀》："逝水流光又暮秋，萧萧落叶响飕飕。江湖憔悴凋双鬓，身世浮沉卧一楼。清爱黄花香晚节，闲寻青史友名流。百年荒忽真如梦，且醉生前酒一瓯。"《杂诗》："空山一树梅，杈枒郁枝条。不向春风里，随众逐喧嚣。标格故自异，陋彼李与桃。惜无人采撷，委弃埋蓬蒿。移植向朱门，声价陡然高。岩壑冷托根，我为悯所遭。"《新正》："疏帘清簟净无尘，院落幽闲岁正新。独饮屠苏倾小盏，多裁笺纸贴宜春。阶前新竹添生意，庭角寒梅似故人。一笑先生真个懒，满窗书卷任横陈。"诗中常用松竹梅菊之意象，显现自身追求君子般的高尚品格之志。

郑云衢一生勤俭，时常反省自己，反思自己的言行是否符合当时的道德规范，著有《砚北漫录》和《省身录》。其中诗《勤》："运甓习勤苦，千秋我爱陶。居家时努力，励学夜焚膏。岁月须珍惜，筋骸要服劳。朝朝常起早，莫待日轮高。"《俭》："俭乃德之共，挥霍总非宜。敢逐豪华习，须防贫病时。裁衣绵可着，脱粟妇能炊。何必穷珍错，清寒饱露葵。"

郑云衢诗题材广泛，一事一物一人一心情，皆能为诗。常写诗歌咏亲人朋友同乡，与当地文人名士间互有诗赠，或讴歌或赞美或惜别，情真意切，诗集中颇为常见。与黄菊襟、郑淡如、高谊、杨小堤、洪鲁山、叶石农等人交往较频繁，关系亲密。郑云衢与黄菊襟是同乡，相隔仅几里，常有往来，互赠诗歌，可谓唱酬无虚日。《黄菊襟司马归田后枉顾草庐话旧喜赋》："枉顾当年屡草庵，联床剪烛酒频酣。十年阔别天南北，一夕重逢话再三。诗草待删寻旧雨，樵苏不爨爱清谈。头颅君亦垂垂白，相对欷歔各不堪。”《半翁诗集》中有关以黄菊襟为题的诗有十几首之多，如《送黄菊襟孝廉之官闽中》《和黄菊襟归田》等等，可见两人感情真挚，相交情谊甚深。《半翁诗集》中有黄菊襟撰写的序言，黄菊襟之侄黄式苏亦有一跋写于其诗集后。

生活在农村，农家生活亦是其诗之常题。《访邻家父老》：“故旧调零老伴稀，寻闲且去叩邻扉。耕犁春陇儿呼犊，灯火秋砧妇捣衣。种就瓜瓠盈担摘，养成鹅鸭一栏肥。农家乐事多堪羡，何况团圞长倚依。”对农家生活的赞美之情跃然纸上。

郑云衢行医济世，心地善良，诗中常充满悲悯情怀。《孤儿篇》：“里中有孤儿，父母早死。孤儿无人怜，孤儿食无米，孤儿衣无锦，忍饥耐冻年复年。孤儿也有兄，孤儿也有嫂，兄嫂视孤儿，肥瘠不关秦越然。孤儿坐此心忧煎。心忧煎，病来缠。孤儿骨瘦如柴，那能力作去耕田。兄也骂，嫂也怒，孤儿无计得自全，孤儿之命如丝悬。人对孤儿涕泗涟涟，孤儿默无言。孤儿之苦无可诉，孤儿清夜泣向天。我为孤儿悲，为赋孤儿篇。寄言孤儿之兄孤儿嫂，毋视孤儿太草草。”在《禽言》诗中：“瘦儿瘦儿，儿苦支离怜儿者稀。呼天叫娘爷，娘爷不儿知，儿瘦只剩骨与皮，零丁孤苦叹谁依。噫！吁嚱！瘦儿瘦儿。”《寒士吟》：“破笥无衣瓶无粟，老妻丧气儿女哭。败突无烟囊无钱，亲朋人世冷眼谁见怜。”

郑云衢生活在晚清至民国初期，当时国家社会动荡不安，时局不稳，其诗中常抒发对时局与社会的忧虑与担心，对安定平静生活的向往。《登大观亭》：“剧怜时局变，涕泣诉山灵。”《残局》：“残局况逾下，那禁涕泪垂。谁真狂似我，我更语同谁。两眼看时变，一心与古期。未须谋酒盏，愁里易成诗。”《世局》：“世局江河下，因之感慨多。小康遭劫祸，细故起风波。鸟欲逃矰缴，鱼思避网罗。桃源何处在，涕泪自滂沱。”《感事》：“俄闻海警动边陬，决战谁如庙算优。蛮徼妖氛张猰貐，军威神策整貔貅。干戈杀运天何酷，涂炭生灵我亦愁。自愧书生无将略，烽烟徒切杞人忧。”《阅报有感》：“寄语民清两方面，莫持鹬蚌毒生灵。”诗中表达对战争的无奈与厌恶，对战争涂炭生灵的忧愁与憎恨，对百姓生命的关爱，对国家大局的关心。《感事和洪鲁山邦泰》：“千钧一发屈求和，国耻如圭玷不磨。政府无才偏喜事，拳民有术竟如何。枉招毒雾嘘鲛室，惨听哀鸿泣网罗。社稷倾危民蹂躏，鲰生也亦涕滂沱。”《书愤》：“我国诸年少，热血填臆胸。精力出山虎，意气漫天虹。愿言去游学，破浪乘长风。欲仿彼国新，以易我法庸。上以更朝制，下以迪愚蒙。政府豕鬣虱，头脑太冬烘。彼法固足多，故见狃自封。更新类超海，守旧实养痈。天心未思治，人力难强通。椎胸泣白屋，搔首涕苍穹。譬彼鼎足折，大力谁能扛。又如狂澜倒，莫挽任激冲。救溺无缓步，袖手但从容。震旦云埋黑，扶桑日出红。塞耳彼瞶瞶，忧心我忡忡。”诗中不但批判当时政府的无能与守旧，更希望变革，充满忧国忧民之情。

郑云衢诗有较大的时空感，较豪放大气，多以写实为主，抒发感情，常见内心之愁苦。《咏怀》诗：“愁有万端空醉酒，诗无一字不悲歌。”《自咏》：“敢言傲骨尚嶒崚，学问都从阅历增。十载名心双白鬓，卅年书味一青灯。”《写怀》诗：“数声残笛夕阳悲，催起愁怀倚槛时。半世牢骚双鬓改，十年辛苦一灯知。人情冷暖难消酒，世事悲欢易入诗。且去别寻闲里乐，未须对镜叹衰迟。”“残笛、愁怀、夕阳、双鬓、酒、灯”之意象，充满愁思，境界亦阔。双鬓发白人生辛苦，愁思凄清之意境，正是“诗无一字不悲歌”之写照。《暮秋咏怀》：“逝水流光又暮秋，萧萧落叶响飕飕。江湖憔悴凋双鬓，身世浮沉卧一楼。清爱黄花香晚节，闲寻青史友名流。百年荒忽真如梦，且醉生前酒一瓯。”抒发了时光易逝，人生短暂，而追求高尚品格不止之感慨。《与叶甥石农论诗》：“模宋规唐亦太痴，分明吾自有吾诗。果能写得人情出，越是寻常越是奇。一片灵机活泼天，不须窠臼袭前贤。笑他刻意求新者，谁识诗原在眼前。”正是其论诗之理也。

本校注根据丛书整理凡例要求，将现藏温州图书馆的手抄本《半翁诗草》《砚北漫录》《省身录》加以标点，主要针对人名和地理进行注释，旨在便于阅读，利于保存文献。

《半翁诗草》有两个手抄本，现存温州图书馆，一是永嘉黄群汇刻《敬乡楼丛书》抄本，简称敬乡楼抄本，二是永嘉区征辑乡先哲遗著委员会抄本，简称乡著会抄本。这两个版本大同小异，差别不大，相互对照，个别抄写漏脱之误正好补正。因敬乡楼抄本年代较早，也比较完美，错误较少，现《郑云衢集》以敬乡楼抄本为底本，同时也参考乡著会抄本。《省身录》和《砚北漫录》均以乡著会抄本为底本。

校注《郑云衢集》与《郑郁集》，原是仅凭学习古汉语的兴趣，但开始着手时才知这并非易事，好在得到社科联学识渊博的张炳勋先生、许宗斌先生、马永福先生和谢加平先生的指导，得到导师黄灵庚老师的指导，在此对他们的指导表示衷心的感谢，尤其要感谢张炳勋先生对稿件认真地进行了三次审订，并提供了上百条注释。同时也感谢好友张志杰的帮助。

古典诗文注释难能尽善尽美。本人才疏学浅，加上相关资料的欠缺，校注又常在工作之馀，兹编谬误疏漏之处在所难免，恳请各位方家、读者不吝指教，不胜感激。

黄　煜

目 录

半翁诗草 卷二

半翁诗草 卷三

半翁诗草　卷四

半翁诗集

《半翁诗集》序

黄鼎瑞

乡者予年十八九时，与陈子秋樵、铭赤、咏香，王子贯三，暨君家昆仲以诗鸣里中[①]，而君尤推健者，同人咸折服。既而浮沉学舍中，胥郁郁不得志。于是弃其诗，专治举子业，希博一第，以一泄胸中之奇。方是时年少气盛，各自命云龙骙骙，一日天地，且私谓他日宦成而后骑黄鹄归故乡，招我同人山谣水咏，重修吟事，当未为晚。噫，其期望固何如深且远哉。顾君独淡于进取，意泊如也。键户[②]谢客，日课为诗，或时时叉手作推敲状，臧获辈争笑之[③]。一日者，予尝造君之庐，阒其无人，徘徊户外者久之，俄闻帘内摇膝作苍蝇声，继闻拍案狂叫声。异之，闯而入，见君手一纸，侧弁而哦，且舞且蹈，口角流沫长尺许，涔涔湿纸上。而君若勿睹也者。攫而视之，则其诗甫脱稿也，相与大笑。其高致如此。予每叹赏不置，然亦未尝不笑其癖也。今者秋樵、铭赤、贯三暨君仲兄筠村先后间相继而逝[④]，独君与予、咏香三人强健耳。咏香之学变而为考据，于诗不复措意。而予亦迫于饥驱，终岁奔走道途间，更不暇言诗矣。惟君则健吟如故，诗日富且日工，今已裒然成集而问序与予，予读之重有感焉。嗟乎！溯自予之始交诸子也，迄于今仅数十寒暑耳，而其间天时人事之移易，死生离合之悲欢，月异而岁不同，其种种变幻不可测。如是乃始悟人生阅历之场，富贵功名均不足自固，而惟此一缕心血凝结于中，发而为诗文之精光，为真不能磨灭尔。夫以秋樵、铭赤、贯三、篛村四子卓荦负异才，使当日者不役志于科举，弃其所为今时之文，憔悴专壹肆力于诗，虽不获挂名朝籍以死，安必无一卷之传足与君诗并留于天壤间哉！乃皆置是不务，仍不幸赍志以殁，寂寂无闻。吾知四子有知，其痛心饮恨于地下者当何如也。虽然四子之不获以诗著者，天画之也。若予则属有天幸，儽然无恙，宜急急焉思发愤著书以自表见，而亦不自振拔，颓荡而无俚赖终于湮没，不尤为君与咏香所齿冷也乎。故予每读君诗，且愧且恨，惘若有失者累日。君诗主性情，落落自喜，不诡随于人，几不知世之有唐宋与元明者，尝与其甥叶生论诗[⑤]，诗云："模宋规唐亦太痴，分明吾自有吾诗，只求写得人情出，越是寻常越是奇。"读此可以知君之诗矣。君甥名戆，字石农，亦古之振奇士也。其诗得君之指授，亦能直抒所得。予谓他日有能继君而起，为吾邑骚坛张一帜者，必其人也。故于序君之诗而牵连书之，一以见君之诗学及人者深，且以庆吾邑之多一诗人也。光绪甲午八月中秋后五日，小弟菊襟黄鼎瑞拜撰[⑥]。

【注】

①陈咏香，名莛，一字荻农，别号咏香，清廪生，乐清市柳市镇鲤岙村人。潜心经学，兼治算术，襄办乐清算学馆，膺馆长职，造就甚众。后官福建，得巡检职，未展怀抱，遂倦游归，复主乐清县中学堂教席，以积劳卧病，竟致不起。其早噪声名，为"策鳌文社"六子之一，著述宏富，有《说文质疑》二卷、《毛诗解诂》四卷、《左传解诂》一卷、《经训堂丛书目录解题》《半亩山房算草》、《垢轩诗录》《文录》等。王连中，字贯三，清秀才，乐清翁垟人，著有《街南吟草》集。

②键户，关闭门户。底本作“键门”，据乡著会抄本作“键户”而改。

③臧获，古代对奴婢的贱称。男奴隶称臧，女奴隶称获。《韩非子》：“行曲则违于臧获，行直则怒于诸侯。”司马迁《报任少卿书》：“且夫臧获婢妾，犹能引决，况仆之不得已乎。”清·钱泳《履园丛话·谭诗·以诗存人》：“古者奴婢皆有罪者为之，谓之臧获。”

④筠村，名郑嘉骏，乐清市象阳泮垟人，郑云衢的胞兄。

⑤叶石农，名戁，字石农，清廪生，郑云衢的外甥，乐清市翁垟西门人。性固疏狂，不附权贵，放言无隐，致招谤议，命居屋为“谤窝”，自号谤窝主人。其工诗善书，惜仅中寿。

⑥黄菊襟（1855—1911），名鼎瑞，字盛征，号菊襟，一作竹君，又号纫秋。乐清市象阳高园人，清光绪乙酉（1885）举人。曾问业杭州诂经精舍，为晚清俞樾的弟子，曾任梅溪书院山长十载，门墙蔚盛。后入赀为福建直隶州州同，代任漳平县知事，有惠政。著有《天一笑庐诗集》《绿润轩骈散文》等。

《半翁诗集》叙

高谊

象山之麓，诸小村环水而居皆郑氏也。郑氏有半翁者，与其兄芝石、筠村两先生皆以诗鸣里中[①]。予自少时得识半翁昆仲，尝与半翁之甥石农叶君论文，往往竟夕不倦。石农时袖予文以谒半翁昆仲，甚蒙赞赏，予窃自喜。既而予馆泮垟，而半翁之犹子撷香、墨樵兄弟皆来从予游。时芝石、筠村两先生已殁，独半翁尚健存如故。予每当功课之暇，辄过其庐，以疑难相质证。半翁方键户独居，吟咏自适。然翁每有所作，不轻出以示人，出则往往惊侪辈。予固喜诵半翁诗，而半翁独歉然，自以所作为未工。迨予馆山阁，半翁仍遣其子天白踵门受业。天白亦善吟，然平居不多作。居山阁未及半年，而半翁卧病，夜促天白归，俄而半翁讣至。嗣是天白遂家居不复出门读书，久之，天白以屋居隘徙郡城。予间往访天白，辄以诗就正。今春天白将刊其先人《半翁诗集》，以书来乞叙于予。予取半翁诗读之，计翁所作自少而壮而老，五十馀年，积稿不下五百首。予不辞谫陋谨编为四卷，将弁以言。予谓：古今人士以诗名者，无虑千百家，虽体格殊异，而总不出模仿之一途。唐自王杨卢骆为始音[②]，至沈宋起而渐盛[③]，李杜韦刘踵出而愈盛[④]，下暨柳韩而诗变[⑤]，降至温李而愈变[⑥]。有宋以还九僧始作，继以杨刘一变而为西昆[⑦]，欧梅矫之[⑧]，渐变而为元祐，黄陈嗣兴[⑨]，复变而为江西，泊水心晚出[⑩]，遂启四灵[⑪]。明以青邱为四杰冠[⑫]，而前后七子踵之[⑬]，名为复古。清则钱吴以外[⑭]，竞推宋施[⑮]，而渔洋[⑯]在当时或以为不逊宋之东坡、明之季迪。总之，上下千百年，士号为能诗，除模仿外，并无特殊之技。今胡郭崛起[17]，盛行白话，诗则信不规橅古人，自树一帜。若半翁之诗，专事写情，不屑屑于规唐摹宋。盖无意于诗而自有所为诗者，以视古人，予不敢知，而于近今之所为白话诗者，持论无不暗合，唐天觉谓三百五篇之后，便有杜子美，盖犹有子美之见存于中。白石道人[19]自叙其诗谓："作诗求与古人异，不如不求与古人异而不能不异。"此旨殆庶几焉。予甚惧夫世之学诗者，往往以《折杨》《皇荂》[20]为里俗所笑，遂降而为里俗之音。予尤惧夫世之学诗者，以里俗之音为识者所笑，进而模仿夫《折杨》《皇荂》而适以贻赝古之诮。予今始信半翁之诗之异于古人，而毫无古人之存于胸中。此所以不失为半翁之诗也。民国十七年二月十日后学高谊拜叙。

【注】

①芝石，名郑嘉驎，别号紫石，乐清市象阳泮阳人，郑云衢的胞兄。

②王杨卢骆，即初唐四杰王勃、杨炯、卢照邻、骆宾王。

③沈宋，即初唐武后时期诗人沈佺期、宋之问。

④李杜韦刘，即唐诗人李白、杜甫、韦应物、刘长卿。

⑤柳韩，即唐诗人柳宗元、韩愈。

⑥温李，即唐诗人温庭筠、李商隐。

⑦九僧，指宋初期诗僧希昼、保暹、文兆、行肇、简长、惟凤、宇昭、怀古、惠崇等九人的并称。杨刘，指北宋时期西昆体诗人杨亿、刘筠。

⑧欧梅，即北宋欧阳修、梅尧臣。

⑨黄陈，即北宋黄庭坚、陈师道。

⑩水心，指南宋时期永嘉事功学派代表叶适。

⑪四灵，指浙江永嘉（今浙江省温州市）的四位诗人：徐照（字灵晖）、徐玑（号灵渊）、翁卷（字灵舒）、赵师秀（号灵秀），四人皆出于叶适之门，因各人的字号中都带有一个"灵"字，故称"永嘉四灵"。

⑫高启（1336—1374），字季迪，号槎轩，自号青邱子，明诗人、文学家，长洲（今江苏省苏州）人。诗文皆工，尤长于诗，兼师众长，而自具性灵，清新俊逸。与王行等号称 "十才子"，与杨基、张羽、徐贲并称"吴中四杰。"

其诗歌的成就最为突出,为“吴中四杰”之冠。一生著述甚丰，著有《高太史大全集》等。

⑬七子，即明朝前七子：李梦阳、何景明、徐祯卿、边贡、康海、王九思、王廷相。后七子：李攀龙、王世贞、谢榛、宗臣、梁有誉、吴国伦、徐中行。

⑭钱吴，即清初钱谦益、吴伟业。

⑮宋施，即清初宋琬和施闰章。

⑯王渔洋，名王士禛（1634—1711），字子真，一字贻上，号阮亭，别号渔洋山人，山东新城（今山东省桓台县）人。顺治时进士，累官至刑部尚书。论诗推崇盛唐，独创诗论“神韵”说。

⑰胡郭，指“五四”新文化运动的重要人物胡适和郭沫若。

⑱白石道人，即姜夔，字尧章，号白石道人，南宋词人，饶州鄱阳（今江西省波阳县）人。

⑲《折杨》《皇荂》，《庄子·天地》：“大声不入于里耳，《折杨》《皇荂》，则嗑然而笑。”唐·陆德明释文：“（荂）本又作华。李颐曰：‘《折杨》《皇华》，皆古歌曲也。’”清·袁枚《续诗品·拔萃》：“《折杨》《皇荂》，敢望《钧》《韶》。”

⑳高谊（1868—1957），原名性朴，学名步云，一字储廎，乐清北白象双庙村人。曾公费留学日本，修业于早稻田大学师范班。归国后应聘为两广方言学堂教授，后又聘任为浙江省立第十中学（今温州中学）教员，民国后在家乡为首创办柳市女子小学（今柳市二小）和西河国民小学。民国二十六年（1937），为永嘉区征集乡贤先哲遗著六十余家，加以整理后，各跋其尾，挽救了大量乡邦文献。新中国成立后，以开明士绅首荐为省文史馆馆员，又被选为第一届县人民代表大会代表。著有《薏园文钞》等。

题 词

郑润庠子平[①]

检点囊中诗百篇，蠹鱼幸未食神仙[②]。名山事业自千古，收拾工夫已十年。我爱断碑久脍炙，天教《心史》起沉眢[③]。年来斗觉霜毛重[④]，为诵君诗白上颠。

君诗纯粹血坚凝，诗品之高得未曾。热不因人持古道，冷于退院一闲僧。七旬老健饶天趣，八斗才多不自矜。家有渊明人不识，更欣有子克传灯。

【注】

①郑润庠（1859—1946），字志平，一作子平，晚年更名鞠，号淡如，别署壶叟，乐清柳市镇湖横人，清庠生，曾任乐清县中学堂监督，继在乐成文昌阁、柳市瀛洲书院、白象金鳌书院及井虹寺授徒，又设帐瑞安姚宅、南阳吴宅等家塾，儒将姚味辛、诗人吴天五系其及门。诗有别才，谓其“弢叔体”，兼工书法，人矜宝之。著有《鞭山吟草》一册，已佚；《海上同音录》二卷，藏温州图书馆。

②《太平广记》卷四二《神仙·何讽》：“唐建中末，书生何讽，尝买得黄纸古书一卷，读之。卷中得发卷，规四寸，如环无端。讽因绝之，断处两头滴水升馀，烧之作发气。讽尝言于道者，道者曰：‘吁！君固俗骨，遇此不能羽化，

命也。据《仙经》曰：“蠹鱼三食神仙字，则化为此物，名曰脉望；夜以规映当天中星，星使立降。”可求还丹，取此水和而服之，即时换骨上升。’因取古书阅之，数处蠹漏，寻义读之，皆神仙字。讽方叹伏。”

③心史，即郑思肖的《铁函心史》。南宋书法家、画家，化名郑思肖的所南，在苏州承天寺的古井中埋藏了自己的《心史》手稿。崇祯十一年，南方大旱，各地井水干涸，承天寺僧人在眢井中发现铁函，所存《心史》。

④韩愈《答张十一功曹》：“吟君诗罢看双鬓，斗觉霜毛一半加。”斗，通“陡”，陡然，突然。

徐鲁愚起[1]

邺架书多饱蠹鱼[2]，搜来诗卷快何如。予寄居槐荫里外舅父黄菊襟先生家，偶检残本，得先生大作。陈琳檄愈头风痛[3]，读罢忻然一起予。

一藏高密一南州[4]，大集流传今并收。郑君淡如曾先以书附上。从此不须愁覆瓿，先生答淡如诗有“自信巴歌供覆瓿”句[5]。先生诗笔定千秋。

伯淮仲海已云亡[6]，雪鬓盈头只季江。自是诗人多厚福，岿然公亦鲁灵光[7]。

【注】

①徐鲁，字愚起，一作愚溪，乐清市柳市镇吕岙村人。为拔贡徐惇士曾孙，清庠生。其雄于文，曾在乐清高等小学执教，叠有诗作，惜多散佚。

②邺侯书多，指邺侯书院藏书多。唐德宗时，李泌（字长源，陕西人）官至宰相，封邺县侯，世人因称李邺侯。唐肃宗为他在南岳烟霞峰下兜率寺侧建房，名之为“端居室”，也是藏书馆，后人称之为“邺侯书院。”韩愈在《送诸葛觉往随州读书》诗中有句“邺侯家多书，架插三万轴”，可见邺侯书院藏书之多。

③陈琳，字孔璋，东汉末年著名文学家，“建安七子”之一。曾为袁绍讨伐曹操作著名的《为袁绍檄豫州文》。三国时曹操曾患头风痛病。

④高密，指郑高密，即东汉著名的经学家郑玄（127—200），字康成，北海

高密（今山东省高密市）人；南州，指徐南州，即徐稚，字孺子，东汉著名的高士贤人、经学家，世称“南州高士。”

⑤覆瓿，喻著作毫无价值或不被人重视。《汉书·扬雄传下》：“时有好事者载酒肴从游学，而巨鹿侯芭常从雄居，受其《太玄》《法言》焉。刘歆亦尝观之，谓雄曰：‘空自苦！今学者有禄利，然向不能明《易》，又如《玄》何？吾恐后人用覆酱瓿也。’雄笑而不应。”宋·陆游《秋晚寓叹》诗之四：“著书终覆瓿，得句漫投囊。”

⑥姜肱，字伯淮，后汉彭城广戚（今微山县城夏镇）人，家世名族。肱与二弟仲海、季江，俱以孝行著闻。其友爱天至，常共卧起。及各娶妻，兄弟相恋，不能别寝，以系嗣当立，乃递往就室。

⑦鲁灵光，喻硕果仅存的人或事物。《文选·王延寿·鲁灵光殿赋序》：“鲁灵光殿者，盖景帝程姬之子，恭王馀之所立也。初，恭王始都下国，好治宫室，遂因鲁僖基兆而营焉。遭汉中微，盗贼奔突。自西京未央、建章之殿，皆见隳坏，而灵光岿然独存。意者岂非神明依凭支持，以保汉室者也。”

徐梦鳌萧兰

一灯展读半翁诗，诗出性情人不知。真个鹧鸪再来世[①]，湘江啼遍句尤奇。

年来久不捋吟髭，老骥犹生伏枥悲[②]。一见遗编心便喜，挥毫草草为题词。

【注】

①鹧鸪，指郑谷，字守愚，晚唐诗人，江西省宜春市袁州区人，以《鹧鸪诗》得名，人称郑鹧鸪。曾有“一字师”之名。僧齐己携诗来谒，谷读至早梅“前村深雪里，昨夜数枝开”句，乃曰：“数枝非早也。末若一枝佳。”齐己不觉拜倒曰：“我一字师也。”

②曹操《步出夏门行》：“老骥伏枥，志在千里。”陆游《闻虏乱有感》：“羞为老骥伏枥悲，宁作枯鱼过河泣。”

余朝钦心芳[①]

先生郑谷诗人后，风雨名山著作留。几处词坛执牛耳[②]，一时声价占龙头[③]。文星北斗光前哲，学派东嘉挽末流[④]。佳什裒成付梨枣[⑤]，流传无字不千秋。

【注】

①余朝钦，字信芳，一作信舫、沁芳，乐清象阳寺前人，崛起农家，曾补廪生。课徒自给，兼善堪舆。后任县议员，素孚重望。别署诗癖，积稿甚富，著有《沁芳遗草》。

②执牛耳，指在某方面居于领袖地位。古代诸侯会盟时，割牛耳取血盛敦中，置牛耳于盘，由主盟者执盘分尝诸侯为誓，以示信守。《周礼·夏官·戎右》："赞牛耳，桃茢。"郑玄注："尸盟者割牛耳取血助为之，及血在敦中，以桃茢沸之又助之也。"后用以指在某方面居于领袖地位的人。

③龙头，人物首领之意。《三国志·魏书·华歆传》："华歆字子鱼，平原高唐人也。高唐为齐名都，衣冠无不游行市里。歆为吏，休沐出府，则归家阖门。议论持平，终不毁伤人。"裴松之注引三国魏鱼豢《魏略》："歆与北海邴原、管宁俱游学，三人相善，时人号三人为"一龙"，歆为龙头，原为龙腹，宁为龙尾。"王勃《送白七序》："当益友之龙头，处通侯之燕颔。"罗隐《寄礼部郑员外》诗："班资冠鸡舌，人品压龙头。"

④东嘉，温州的别称。宋·陈叔方《颍川语小》卷上："盖郡有同名，以方别之。温为永嘉郡，俚俗因西有嘉州，或称永嘉为东嘉。"

⑤佳什，指好诗。梨枣，旧时刻版印书多用梨木或枣木，故以"梨枣"为书版的代称。清·方文《赠毛卓人学博》诗："虞山汲古阁，梨枣灿春云。"《镜花缘》第一百回："何不以此一百回先付梨枣，再撰续编，使四海知音以先睹其半为快耶？"

高谊性朴

每逢佳句即挥毫，用宋杜祁公句。想见先生兴致高。挽季吾乡无杰作[①]，象山诸子数诗豪。狂歌且欲奴苏李[②]，幽趣还能轶孟陶[③]。髣髴箫韶今在耳，后生漫遽薄风骚。

【注】

①挽，古同“晚”，后来的。

②且欲，底本作“直欲”，据乡著会版改作“且欲”。苏李，是唐朝文学家苏味道和李峤的并称。苏味道少与李峤以文辞齐名，二人号“苏李”，他们对律诗和歌行的发展有一定的影响。

③孟陶，指孟浩然与陶渊明。

郑鼎锐翼臣[①]

四灵诗派出东瓯，学术渊源溯上头。还有先生能继起，吾乡幸未渺风流。

诗祖瓣香推郑谷，流风遗韵未全无。座间退避江南客，听唱一声续鹧鸪。

【注】

①翼臣，即郑鼎锐，乐清象阳荷盛人，清庠生，清末任教乐清柳西学堂。

郑绍英星舫[①]

不愧骚坛将，诗人老郑虔[②]。林泉聊适意，风雨耸吟肩。尽把胸怀感，都教笔墨传。琳琅盈旧箧，合付枣梨镌。

吟咏耽成性，推敲肯费工。文名惊宿学，诗派振宗风。赌句争推健，起衰孰与同。回环雒诵过，馀味在胸中。

【注】

①郑绍英，字星舫，一作醒舫，别署钝叟，清廪生，乐清象阳荷盛人。累

代书香，以醇儒称。家素封，拥田数百，轻财好客，毕业掌教造就甚众，寿逾八十。

②郑虔（691—759），字趋庭，又字若齐（一字弱齐、若斋），河南荥阳荥泽人，唐朝文学家、诗人、书画家。

余朝钦信舫

后学师前辈，一辞赞半翁。文章怜旧雨[①]，才思傲春风。别有抒怀处，自能得句工。鲤庭诗教在[②]，有子亦词雄。

【注】

①旧雨，喻老朋友。杜甫《秋述》：“卧病长安旅次，多雨……常时车马之客，旧，雨来，今，雨不来。”后人把“旧”和“雨”联用喻老朋友。清·尹会一《与王罕皆太史》：“比想旧雨重逢，促膝谈心，亦大兄闲居之一快也。”

②《论语·季氏》载，孔鲤“趋而过庭”，其父孔子教训他要学诗、学礼。后因以“鲤庭”为子受父训之典故。

倪张光鼎华[①]

恨未生前一识荆[②]，得吟遗稿便心惊。才高绝是鹧鸪调，句好还留雅颂声。并世几人推健作，半翁从此得诗名。眉山有子传家学[③]，费煞精神镌板成。

【注】

①倪张光，字鼎华，乐清象阳人。

②识荆，原指久闻其名而初次见面结识的敬词，今指初次见面或结识。李白《与韩荆州书》：“白闻天下谈士相聚而言曰：‘生不用封万户侯，但愿一识韩荆州。’何令人之景慕一至于此耶！”韩荆州即韩朝宗，唐开元间荆州长史。唐·牟融《赠韩翃》诗：“京国久知名，江河近识荆。”明·王玉峰《焚香记·相

决》：“久闻先生风鉴，未曾识荆。”

③眉山，指苏轼（1037—1101），北宋文学家、书画家，字子瞻，号东坡居士，眉州眉山（四川）人。

癸酉夏五**杨青**淡风[①]

打门有客闯莓苔，何幸诗编入手来。人道长卿偏善病，我言开府是清才。龙湫滚滚词源活，蜃海遥遥落日哀。坐揽遗徽吊兰杜，不其带草欝书台。

当年早已薄凌云，闭户书城策墨熏。百首诗工多有我，翁诗多用我字。二灵地秀可无君。交多石友琴可调，与菊襟司马尤称莫逆。家有书仙骥不群。天白哲嗣。不是因缘翰墨在，争从隔世挹馀芬。

【注】

①敬乡楼抄本未收此诗，此诗据乡著会抄本收入。杨青（1865—1935），字淡风，亦作淡峰，另号甚多，有杨园主人、菊佣氏、四香老人等。世居温州城区大简巷，温州著名诗人。其穷老吟哦，一生重视地方文献的搜集，辑有《杨园诗录》，著有《永嘉风俗竹枝词》《慈荫山房笔记》《慈慕山房笔记》等。现有上海社会科学院出版社出版的温州文献丛书《杨青集》。

半翁诗草 卷一

杂诗

人类各不同，所亲惟弟昆。形体虽然隔，血气同一源。譬以手与足，谁云儗不伦[①]。无如世风变，强半薄天亲。惭彼雝雝雁[②]，犹且同其群。

羽族以孝称，惟鸦居其首。又或名为慈，未知果实否。如果两无亏，美德洵不朽。世应为鸦怜，谓非凡鸟偶。缘何声哑哑，人世咸汝丑。鹊爱鸦则憎，两情分薄厚。汝但学鹊声，爱岂落鹊后。一笑语乌鸦，能否肯变口。

人生如隙驹，所欲竟无尽。志愿苦未酬，衰朽已可悯。万物终必坏，只争远与近。达观齐一切，任运随枯菀。千秋万岁愁，胸中须早泯。陶然乐馀生，满引醉一卺[③]。

晚近论友谊，深浅视黄金。金少友谊浅，金多友谊深。维我却不然，会友则以文。缔交交以道，结契契以心。善恶相切劘[4]，学问相规箴。各各互忠告，并可辅其仁。交以淡而久，遗貌而取神。超出利交外，庶不愧冠巾。

【注】

①儗，比较。《礼记·曲礼下》："儗人必于其伦。"郑玄注："儗，犹比也。"

②雝雝，鸟和鸣声。《诗·邶风》："雝雝鸣雁"，《毛传》："雝雝，雁声和也。"

③卺，古代结婚时用作酒器的一种瓢。

④切劘，切磨。

史忠正公可法[1]

戎马仓皇南渡初，督师江上累欷歔。调停镇将臣心苦，苟且军筹宸虑疏。半壁江南千古恨，孤忠异代一函书。公答睿王书持论极正。前身柴市应无忝，稗史遗闻倘不虚。

【注】

①史可法（1602—1645），字宪之，号道邻，河南祥符（今开封市）人，明末政治家，军事家。崇祯元年进士，累官至明兵部尚书。清顺治二年五月，史可法率扬州军民与围城清兵展开浴血奋战，终因众寡悬殊，城破被俘，不屈被杀。清代追谥忠正，有《史忠正集》。

读《伏敌堂诗集》漫赋[1]

诗是先生泪，倾来拭不干。谁能杀盗贼，公却断肠肝。笔可千钧屈，才真一代难。安能同一哭，我亦万忧攒。

【注】

①《伏敌堂诗集》，作者江湜（1818—1866），字持正，一字弢叔，别署龙湫院行者，清江苏长洲（今江苏省苏州）人。同治元年官乐清长林场盐课大使，在任期间，体恤盐民，亲问盐民疾苦，曾在诗中写道："只输灶户安居好，梦返江乡泊雁汀。"诗文深受好评，对乐清山水多所题咏。陈衍《石遗室诗话》："弢叔诗力深造……寻常命笔，每首必有一二语可味者，咸同间一诗雄也。"钱钟书《谈艺录》："余于晚清诗家，推江弢叔与公度（黄遵宪）如使君与操。"

采莲曲

妾爱采莲子，郎爱采莲花。莲子心多苦，何如莲花香。莲花虽多香，莲子可充粮。苦中有馀甘，子实比花强。

读《留侯传》漫赋①

博浪沙中事太奇，报韩误中副车椎②。若教击杀秦皇帝，逐鹿纷纷更待谁。

年少穷途亡下邳，兵书圯上老人期③。神仙眼力原来异，早识英雄孺子时。

一编书佐汉皇帝，三寸舌为王者师。如此尊荣偏勇退，淮阴应憾见机迟④。

【注】

①留侯传，指《史记·留侯世家》。留侯张良，字子房，汉高祖刘邦的谋臣，秦末汉初时期杰出的政治家、军事家，汉王朝的开国元勋之一，"汉初三杰"（张良、韩信、萧何）

之一，见《史记·留侯世家》。

②《史记·留侯世家》："良尝学礼淮阳。东见仓海君。得力士，为铁椎重百二十斤。秦皇帝东游，良与客狙击秦皇帝博浪沙中，误中副车。秦皇帝大怒，大索天下，求贼甚急，为张良故也。良乃更名姓，亡匿下邳。"

③《史记·留侯世家》："良尝间从容步游下邳圯上，有一老父，衣褐，至良所，直堕其履圯下，顾谓良曰：'孺子，下取履！'良鄂然，欲殴之。为其老，彊忍，下取履。父曰：'履我！'良业为取履，因长跪履之。父以足受，笑而去。良殊大惊，随目之。父去里所，复还，曰：'孺子可教矣。后五日平明，与我会此。'良因怪之，跪曰：'诺。'五日平明，良往。父已先在，怒曰：'与老人期，后，何也？'去，曰：'后五日早会。'五日鸡鸣，良往。父又先在，复怒曰：'后，何也？'去，曰：'后五日复早来。'五日，良夜未半往。有顷，父亦来，喜曰：'当如是。'出一编书，曰：'读此则为王者师矣。后十年兴。十三年孺子见我济北，穀城山下黄石即我矣。'遂去，无他言，不复见。旦日视其书，乃太公兵法也。良因异之，常习诵读之。"

④淮阴，韩信，"汉初三杰"（张良、韩信、萧何）之一，见《史记·淮阴侯列传》。

读《离骚》

十载风尘太坎坷，美人香草写悲歌[①]。非关癖嗜离骚赋，忧愤年来我亦多。

【注】

①王逸《离骚序》："《离骚》之文，依《诗》取兴，引类譬谕，故善鸟、香草，以配忠贞……灵修、美人，以譬于君。"

赠叶懿斋姊丈维馨

丰骨惟君峻，性情似我狂。壶觞真乐国，枕簟即甜乡。蒸术晨烟润，炊粳午饭香。杏林传妙术，肘后有奇方[①]。

【注】

①肘后，谓随身携带的，多指医书或药方。东晋葛洪著有《肘后救卒方》，后简称《肘后方》。

秋日怀黄菊襟

风泉夕奏声，山黛晓张翠。雨馀幽草香，林樾多秋意。风物故自佳，令人不肯睡。扫径俟来客，迟君君未至。安得插两羽，一慰寸心思。

闲居杂兴

闲居何所事，玩愒毋乃羞。岂知心所寄，时向古人求。所师者颜闵[①]，所学者孔周。借直药我曲，藉刚克我柔。禀姿虽鲁钝，自信非下流。大道虽无尽，原本在齐修。从今须努力，岁月不可留。

残身苦羸弱，羸弱复何求。岂无山水兴，腰脚为我囚。一笑姑置之，闲居可自由。倦或高枕卧，狂或拍板讴。或醉向酒盏，或语与胜流。视彼山水趣，我觉我为优。闭门寻我乐，此乐信不休。

【注】

①颜闵，即孔子弟子颜回与闵子骞。颜回，字子渊，亦称颜渊，春

秋末鲁国都城人（今山东宁阳鹤山人）。孔子得意弟子，极富学问。《论语·雍也》："一箪食，一瓢饮，在陋巷，人不堪其忧，回也不改其乐。"孔子曰："贤哉！回也。"闵子骞，名损，字子骞，春秋末期鲁国（今山东鱼台县大闵村）人，孔子高徒，德行与颜回并称，是二十四孝子之一。孔子曰："孝哉，闵子骞！人不间于其父母昆弟之言。"

游三一阁即赠吴荆山先生[1]

闻道芝颜只笑嬉，一瞻眉宇信非欺。佛家面目原欢喜，弥勒龛中但解颐。

禅机参彻净尘缘，日月壶中别有天。修到一生清净福，先生已是地行仙[2]。

【注】

①吴荆山，底本作"宗荆山"，有误，今改。吴郑衡，字荆山，号三一居士，其屋署名"三一阁"，《砚北漫录》中有载。乐清市柳市镇人，候选州同、职员，曾重建柳市瀛洲书塾。

②地行仙，原为佛典中所载的长寿神仙。《楞严经》卷八："人不及处有十种仙：阿难，彼诸众生，坚固服饵，而不休息，食道圆成，名地行仙……阿难，是等皆于人中炼心，不修正觉，别得生理，寿千万岁，休止深山或大海岛，绝于人境。"后因以喻高寿或隐逸闲适之人。

馆头晓发[1]

晓发馆头驿，鸡声茅店寒[2]。狂澜飞小艇，衰胆怯惊湍。烟树千重密，云山万笏攒[3]。鸥凫真自得，比我却多安。

【注】

①馆头，今乐清市北白象镇琯头村，有轮船码头。

②温庭筠《商山早行》：“晨起动征铎，客行悲故乡。鸡声茅店月，人迹板桥霜。槲叶落山路，枳花明驿墙。因思杜陵梦，凫雁满回塘。”乡著会抄本作“鸡声茅屋寒”。

③乡著会抄本作“云山万壑攒”。

饮酒

连日食无鱼，所餐惟菘韭。兴至偶开樽，酕醄醉一卣。酒盏别有天，倏使愁魔走。胸尘十万斛，扪之皆无有。忆昔嗜酒者，称为扫愁帚。刘伶《酒德颂》[①]，厥功真不朽。惜我酒肠太狭窄，一饮不能容石斗。

忆昔对糟邱，一杯醉欲呕。誓与此君疏，拒之不上口。今忽更故辙，欲与麹生偶。晨兴斟一盏，暮寝醉一卣。何物足消愁，美哉厥惟酒。吁嗟彼酒其犹是，如何我嗜异前后。

【注】

①刘伶，字伯伦，魏晋时期沛国人，平生嗜酒，曾作《酒德颂》，宣扬老庄思想和纵酒放诞之情趣。

移居书带草堂

环堵萧然一亩宫，卜居真个称疏慵。墙低绿映邻家竹，屋老青抽破瓦松。残几欲欹凭草缚，颓垣将倒待泥封。小园我爱兰成赋[①]，敢鄙蜗庐膝仅容。

栋宇何须鼎取新，聊遮风雨可容身。焚香清扫新安榻，缚帚黄驱旧积尘。多种松杉留夜月，少烹蔬笋俟嘉宾。只惭岁壮身先弱，长作床头示疾人。

老屋三间颇自可，移来家具好怀开。斜阶竹解新黄箨，上砌痕拖旧绿苔。长掩双扉容寂静，教开三径薙蒿莱。不须独处愁离索，却有朋交时一来。

【注】

①兰成，庾信字子山，小名兰成。梁元帝时以右卫将军使西魏，被留不归。周明帝、武帝皆恩礼之，累迁骠骑大将军开府仪同三司。位虽显达，常有乡关之思，遂作《哀江南赋》。

乐趣

乐趣衰年减，作诗或一来。偶然佳句得，便有好怀开。此癖人皆笑，贪吟志未灰。写成聊取快，独赏且衔杯。

访邻家父老

故旧调零老伴稀，寻闲且去叩邻扉。耕犁春陇儿呼犊，灯火秋砧妇捣衣。种就瓜瓠盈担摘，养成鹅鸭一栏肥。农家乐事多堪羡，何况团圞长倚依[①]。

【注】

①何况团圞长倚依，乡著会抄本作“况更团圞长倚依”。

夏日偶咏

青青出水试新荷，映日初开小朵花。忽漫林风池面过，一枝吹折一枝斜。

自慰

写字不肯写正楷，作诗但爱作短篇。年少宜树精进幢，胡可颓废贪其便。一朝筌蹄迹尽化，昨非今是意专专。临书先避行草帖，如狮捉象陋米颠[①]。题诗才华争倚马[②]，泼墨挥毫言万千。客云先生意绪屡移迁，未必到底操守坚。而我掉头摇首说不然，果是行之未久意已易，故态仍然蹈昔年。对客囅然发大笑，此性由来赋自天。伊吕建勋铭钟鼎[③]，巢由遁迹老林泉。姓名俱自足千古，那许后人判媸妍。形像我亦慕图麟[④]，心恐巨任难仔肩。转见为潜争不朽，名又难到古人前。自问此身两不能，惟有吟诗酌酒自年年。有时酒一盏，有时诗一篇。诗成酒罢倦辄眠，眼前富贵付云烟。那得不令心陶然，莫谓此中无真乐，以视人世逐逐庶天渊[⑤]。我亦从我心所好，一任姓名传不传。

【注】

①米颠，北宋书画家米芾的别号。米芾字元章，以其行止违世脱俗，倜傥不羁，人称“米颠”。

②倚马，喻文思敏捷，下笔成章。南朝·宋·刘义庆《世说新语·文学》：“桓宣武北征，袁虎时从，被责免官。会须露布文，唤袁倚马前令作。手不辍笔，俄得七纸，殊可观。东亭在侧，极叹其才。袁虎云：‘当令齿舌间得利。’”

③伊吕，伊尹和吕望的并称。商伊尹辅商汤，西周吕尚佐周武王，皆有大功，后因并称伊吕，泛指辅弼重臣。

③巢由，巢父和许由的并称。相传皆为尧时隐士，尧让位于二人，皆不受，因用以指隐居不仕者。

④图麟，绘功臣图像于麒麟阁，喻表功。《汉书·李广苏建传》："上思股肱之美，乃图画其人于麒麟阁，法其形貌，署其官爵姓名……皆有功德，知名当世，是以表而扬之，明著中兴辅佐，列于方叔、召虎、仲山甫焉。"

⑤天渊，高天和深渊，喻相隔极远，差别极大。《诗·大雅·旱麓》："鸢飞戾天，鱼跃于渊。"宋·张耒《超然台赋》："何善恶之足较兮，固天渊之异区。"

钱塘王少谷过访枉赠佳章赋此奉答

风骨轩轩天半霞，更多妙论擅生花。高怀对酒多奇气，避地寻山到永嘉。交密不须兰订谱，诗佳愧乏壁笼纱。却怜樗散材无用，也荷嗣宗青眼加[①]。

【注】

①嗣宗，即阮籍(210—263)，字嗣宗，陈留尉氏（今属河南）人，三国魏诗人。著有《咏怀诗》《大人先生传》等。青眼，人喜爱或器重。《晋书·阮籍传》："籍又能为青白眼，见礼俗之士，以白眼对之。及嵇喜来吊，籍作白眼，喜不怿而退。喜弟康闻之，乃赍酒挟琴造焉，籍大悦，乃见青眼。"

送少谷返杭州

萍蓬踪迹滞瓯东，乡思莼鲈秋雨中。千里家山寻旧梦，一帆烟月唱归风。离筵分袂啼春鴂，远道相思盼断鸿。此后西湖应得句，好教近作递诗筒。

陈咏香莛过访适予外出，归后却寄

两地神交久系思，未曾识面早相知。偶然双屐闲行去，恰是高轩下过时。半面缘悭期后会，一枝笔妙有新词。吴枫句听初平诵[①]，谓菊襟。把臂联床恨我迟。

【注】

①唐·崔信明有句："枫落吴江冷。"

与叶甥石农论诗

不须尘海觅心知，君有奇怀似我痴。抛却万般都不管，津津有味只谈诗。

模宋规唐亦太痴，分明吾自有吾诗。果能写得人情出，越是寻常越是奇。

一片灵机活泼天，不须窠臼袭前贤。笑他刻意求新者，谁识诗原在眼前。

自题三十一岁小像

行年三十有一岁，身不为小。读书二十有四载，工不为少。向固自矜其意气，不欲以一衿终老，而今已矣，发种种其已皓。世有知我者，应为我大恸。曰："何斯人之衰之早？"

王君贯三连中过访书赠

共说才华压辈流，丰神恨未识荆州。十年空抱攀嵇愿[①]，一棹先来访戴舟[②]。醉后狂谈惊四座[③]，闲来名帖搨双钩[④]。知君意气多豪迈，不是先生但有愁。

【注】

①嵇康，字叔夜，谯郡铚县（今安徽省宿州）人。三国时魏末著名的文学家、思想家与音乐家，善于音律，常旷达狂放，自由懒散。嵇康与阮籍等竹林名士共倡玄学新风，是魏晋玄学的代表人物之一，成为“竹林七贤”的精神领袖。

②南朝·宋·刘义庆《世说新语·任诞》：“王子猷居山阴，夜大雪，眠觉，开室，命酌酒，四望皎然。因起彷徨，咏左思招隐诗。忽忆戴安道。时戴在剡，即便夜乘小船就之。经宿方至，造门不前而返。人问其故，王曰：‘吾本乘兴而行，兴尽而返，何必见戴。’”后因称访友为“访戴”。

③谈，底本作“谭”，据乡著会抄本改。

④双钩，旧时摹搨法书，用线条钩出所摹的字笔画的四周，构成空心笔画的字体。宋·陆游《地僻》诗：“几净双钩摹古帖，瓮香小啜试新醅。”

悼亡室徐氏[①]

沉疴五月悔医迟，恩爱难禁别后思。莫道膝前娇女小，灯边也有泪流时[②]。

时时相对话家常，我最粗疏汝独详。此后米盐凌杂事，经营痛更与谁商。

【注】

①作者的妻子徐氏，乐清乐成人。

②灯，底本作“镫”，据乡著会抄本改。

坐雨

一雨庭阶静，悠然万虑清。闭门无客过，倚枕恰诗成。冷借炉[1]烘手，饥催婢制羹。糊涂过一世，莫作不平鸣。

【注】

①炉：底本作“鑪”。据乡著会抄本改。

自遣

那识丰城剑[1]，谁知爨下琴[2]。沽春聊大醉，拍案且狂吟。古帖朝临楷，红炉夜煮参。只怜多痼疾，孤负读书心。

【注】

①丰城剑，古代名剑，即龙泉、太阿剑。《晋书·张华传》：“华闻豫章人雷焕妙达纬象，乃要焕宿，屏人曰：‘可共寻天文，知将来吉凶。’因登楼仰观，焕曰：‘仆察之久矣，惟斗牛之间颇有异气。’华曰：‘是何祥也？’焕曰：‘宝剑之精，上彻于天耳。’华曰：‘君言得之。吾少时有相者言，吾年出六十，位登三事，当得宝剑佩之。斯言岂效与！’因问曰：‘在何郡？’焕曰：‘在豫章丰城。’华曰：‘欲屈君为宰，密共寻之，可乎？’焕许之。华大喜，即补焕为丰城令。焕到县，掘狱屋基，入地四丈余，得一石函，光气非常，中有双剑，并刻题，一曰龙泉，一曰太阿。”

②爨下琴，古代四大名琴之一，又称“焦尾琴”，系东汉蔡邕所创制。《后汉书·蔡邕列传》：“吴人有烧桐以爨者。邕闻火烈之声，知其良木，因请而裁为琴。果有美音，而其尾犹焦，故时人名曰‘焦尾琴’

焉。”

喜黄菊襟至

正欲寻君君忽来，相逢倍觉好怀开。平生事笑如心少，此日君来算一回。

登大观亭

偶蹑游山屐，探奇来此亭。瓯江一水白，孤屿两峰青。在上大观信，其间片刻停。剧怜时局变，涕泣诉山灵。

游白鹤寺[1]

蒲牢何处吼[2]，清响递遥天。一径深穿竹，双峰淡矗烟。栖松多野鹤，偷果有山猿。拟向庄严地，幽栖假数椽。

【注】

①白鹤寺，著名寺院，位于乐清市乐成丹霞山下，前临金溪。据永乐《乐清县志》，相传晋永和三年，张文君舍宅为寺，后得道，日中乘白鹿入竹仙去。后人以所入竹制笙箫，其声若出金石。又尝有白鹤飞鸣其上，因名。隆庆《乐清县志》：唐天授二年，郡城白鹤寺改为大云寺，因移其旧赐额建寺于此。宋绍兴十七年重建。寺西有听琴楼，前对瀑布，后绕峰峦，极其幽邃。旧有张文君祠、水月堂、招仙馆、双瀑亭、更幽亭、石桥、读书岩，康熙十一年复建。“白鹤晨钟”列为乐成八景之一。民国时在此址建乐成中学，后改称乐清中学，现址为乐成第一中学。

②蒲牢，兽名，形状像龙但比龙小，好鸣叫。张衡《西京赋》：“发鲸鱼，铿华钟。”薛综注曰：“海中大鱼名鲸，海岛又有大兽名蒲牢。蒲

牢畏鲸鱼，鲸鱼一击，蒲牢辄大鸣吼。凡钟欲令声大，故作蒲牢于上，以所击之者为鲸鱼。”后因以蒲牢为钟的别名。

宿姊丈叶懿斋斋中

一樽酒绿一灯红，醉后狂谈万虑空。枕上忽添幽寂趣，半帘明月一窗风[①]。

【注】

①窗，底本作“牕”，即“窗”的异体字，今改，下同。

对笔歌

尔胡不傍金马石渠诸彦案，又不入承明著作诸郎手，徒然冷伴空山一个老腐儒，不能文，不能诗，惭愧眉山之苏河东柳[①]。摹古间或事临池，又不能如戏海鸿、奔泉骥[②]，驱使龙蛇腕下走。忆昔搦管时，自许鸾凤偶，携尔登玉堂，讵甘老瓮牖。区区字学易事耳，安知不出古人右？吁嗟乎！日月循环有盈亏，安知方寸之天不许异前后，况更病魔来阻人，驱我名心归于无何有。昔也志气飞扬有如花初开，今也意兴阑珊几如木将朽。纵然也秃山中千兔毫，不过乱向破纸涂鸦卯至酉。涂鸦卯至酉，君其勿我丑，不见人间多少守钱虏，一笑置君等刍狗。

【注】

①河东柳，即柳宗元（773—819），字子厚，唐诗人、散文家和哲学家、思想家，河东郡（现在山西省运城）人，世称“柳河东”“河东先生”。因官终柳州刺史，又称“柳柳州”、“柳愚溪”。著有《柳河

东集》。

②戏海鸿、奔泉骥，喻书法遒劲灵活笔势矫健。李昉《太平御览》：“袁昂《古今书评》曰：‘钟繇书若飞鸿戏海，舞鹤游天，行间希密，实亦难过。’”苏轼《用过韵冬至与诸生饮酒》：“和诗仍醉墨，戏海乱群鸿。”《新唐书·徐浩传》：“浩父峤之善书，以法授浩，益工。尝书四十二幅屏，八体皆备，草隶尤工，世状其法曰‘怒猊抉石，渴骥奔泉’云。”

壬午秋筠村兄赴省试，诗以送之

桂子秋风促束装，驿程忙煞踏槐黄[①]。一枝香冀分蟾窟[②]，同队飞难逐雁行[③]。时予正抱病。脱颖漫言凭命运，登科端的仗文章。离情此后应相念，先写平安寄故乡。

【注】

①槐黄，“槐花黄”之略，古指忙于准备应试的季节。宋·范成大《送刘唐卿户曹擢第西归》诗之三：“槐黄灯火困豪英，此去书窗得此生。”

②蟾窟，犹蟾宫。宋·张先《少年游慢》词：“昼刻三题彻，梯汉同登蟾窟。”清·陈维崧《百字令》词：“淮王城下，有扶疎丛桂，香分蟾窟。”

③雁行，原指排列飞行的雁的行列，借指兄弟。《诗·郑风·大叔于田》：“两骖雁行。”《晋书·王羲之传》：“每自称‘我书比钟繇，当抗行；比张芝草，犹当雁行也。’”

为先严慈觅得葬地

迟迟访墓几经年，才向山村购一阡。敢冀后昆多鹊起，共传佳兆协牛眠[①]。封成马鬣泥应筑[②]，表树泷冈字待镌[③]。

它日儿来应附葬，晨昏侍奉补生前。

【注】

①牛眠，即牛眠地。《晋书·周光传》：“陶侃微时，丁艰，将葬，家中忽失牛而不知所在。遇一老夫，谓曰：‘前冈见一牛眠山污中，其地若葬，位极人臣矣。’”清·赵翼《为伟儿得葬地于金坛夏萧村感赋》诗：“忽欣来蝶梦，恰报得牛眠。”

②宋·梅尧臣《叶大卿挽辞》：“器陨龙文鼎，魂归马鬣坟。”马鬣，泛指坟墓。

③欧阳修任青州太守时，护送母亲郑氏灵柩归葬故里凤凰山泷冈时，立《泷冈阡表》碑。泷冈，泛指墓碑。

对兰有作

欲与兰订交，恐非兰之侣。近前试一问，幽香清如许。

题斋壁

明年四十已平头，庄叟逍遥物外游。行乐及时无少待，馀生可度莫多求。此心似水臣门静，于我如云富贵浮。却恨家常犹有累，未容身世一闲鸥。

除夕次紫兄韵

又是一年尽，伤哉老大身。呆痴难卖我，砚墨易磨人。发短心犹壮，颜衰酒不春。岁除添韵事，唱和有诗新。

徐渐逵师挽词一鸿[①]

藉甚徐夫子，才名弱冠驰。胸中罗锦绣，笔下有清词。化雨蒙公泽，春风系我思。元亭如载酒，问字更谁师[②]。

仅以青衿老，先生愿竟违。龙门曾屡上，鹏翮竟难飞。一第天胡靳，多才世所稀。皋比侍坐久[③]，授受愧传衣。

【注】

①徐渐逵，系作者及其兄弟紫石、筠村的私塾老师，宿儒，学规甚严，督诵不辍。

②扬雄，字子云，西汉官吏、学者，博览群书，长于辞赋。其所居称草玄堂或草玄亭，亦简称“玄亭”。“载酒问字”出自《汉书·扬雄传下》：“家素贫，耆酒，人希至其门。时有好事者载酒肴从游学，而巨鹿侯芭常从雄居，受其《太玄》《法言》焉。”又，“乃刘棻尝从雄学作奇字。”

③皋比，即皋皮，虎皮。古人坐虎皮讲学，皋比指讲席、讲台。唐·戴叔伦《寄禅师寺华上人次韵》：“禅心如落叶，不逐晓风颠。猊座翻萧瑟，皋比喜接连。”

王君子咸五十索诗为寿在元

两家兰谱旧联盟，砚席同门记弱龄。荏苒各添双鬓白，生涯同是一灯青。芝兰阶下输君早，蒲柳风前愧我零[①]。芹献聊将诗介寿[②]，好添一幅写云屏。

【注】

①蒲柳，喻未老先衰，或体质衰弱。《晋书·顾悦之传》：“蒲柳常质，望秋先零。”南朝·宋·刘义庆《世说新语·言语》：“蒲柳之姿，

望秋而落；松柏之质，经霜弥茂。”

②芹献，谦称赠人的礼品菲薄或所提的建议浅陋。《列子集释》卷七《杨朱篇》：“宋国有田夫……谓其妻曰：‘负日之暄，人莫知者，以献吾君，将有重赏。’里之富告之曰：‘昔人有美戎菽、甘枲茎芹萍子者，对乡豪称之。乡豪取而尝之，蜇于口，惨于腹，众哂而怨之，其人大惭。’”

新春试笔次伯兄紫石除夕韵

自笑胡为者，悠悠度此身。浮生将老我，一事不如人。狂到歌兼哭[①]，时乎冬复春。学惭仍故步[②]，不与岁更新。

饮酒惭名士，读书愧等身。偷闲仍故我，作郡送他人。身世千重恨，年华卅六春。半翁真称我，两字署衔新。予近自号半翁，取庆树斋先生未老先衰诗意。

【注】

①哭，底本作“哭”，乡著会抄本作“笑”。

②《汉书·叙传上》：“昔有学步于邯郸者，曾未得其仿佛，又复失其故步，遂匍匐而归耳。”

己丑元日

儿女斑斓笑语轰，门庭喜气溢新正。生逢圣代身何幸，诗写升平笔有声。怀抱即今真自得，庭阶此日有馀清。儒家事业惟铅椠，又对寒窗一卷横。

小园

一枝香柱缀花红，篱菊争开向晚风。生怕秋声催落叶，小园故不种梧桐。

憎鼠歌

案上山堆书数丛，中有一隙来黠虫。结穴不少空阔处，何必聚族残篇中。驱之旋去旋又返，几如伏莽屡兴戎。吁嗟乎！欲怯此辈永潜踪，只好铜荷烬耀红，不然刀光排列效坡公。

志愧

饱食常终日，用心有几时。偷闲增愧赧，多病费调医。懒我谋生拙，工愁赋性奇。悠悠千古恨，尘世孰心知。

初秋偶成

衰颜至此复奚为，且逐痴儿作伴嬉。性拙只留闲客话，医工恐被俗人知。初开篱菊香浮鼻，小架茅茨浅碍眉[①]。莫便悲秋须痛饮，鹅雏酒熟蟹螯肥。

【注】

①茅茨，底本作“茀茨”，即“茆茨”之误，“茆茨”即“茅茨”。据乡著会抄本改。

感怀

自抚头颅一怆神，却无术可洗酸辛。欲空忧患须无我，尝徧艰难识保身，长日埋头怜白发，半生插脚悔红尘。悠悠老死蓬窗下，邓禹功名恐笑人[①]。

【注】

①邓禹（2—58），字仲华，南阳新野（今河南省新野）人。年十三，能诵诗。为东汉中兴名将，“云台二十八将”之首。

自笑

自笑年来懒有馀，悠悠忽忽度诸居。不惟客谢兼僧谢，岂但诗除并酒除。忘护落花遮旧幕，任欹破簏倒残书。晨餐莫说无佳味，手剪墙东带露蔬。

一女

一女正出嫁，又生一小女。嫁者须妆奁，幼者须哺乳。妆奁计费已不赀，哺乳月须钱千五。出浮于入可奈何，纵事撙节亦何补，岂知吾辈旷达胸，何必拘拘于资斧。况是贫也本非病，昔贤此语须记取。从今有口莫言钱，一任索逋来如虎[①]。

【注】

①索逋：催讨欠债之人。

秋夜独坐寄怀黄春圃昆仲[①]

薄暮阴翳合，凉飔帘幌侵。翕忽风以扫，碧月开疏林。长空唳征雁，幽砌咽蛩吟。独坐苦岑寂，整几抚瑶琴。故人天一角，流水曷知音。无因展良觌，惆怅负素心。

【注】

①黄春圃，名黄芝瑞（1852—1892），字治征，号春圃，黄式苏之父，二十三岁补县学生，即清秀才。

山家题壁

草屋白云封，山居颇安稳。晓枕漱涧玉，晚窗涵晴谳。其地幽且清，其人超然远。松竹盟素心，深山甘肥遯。柴门过客稀，篱落卧黄犬。

光绪己丑夏秋间，吾乡旱甚，至七月廿六夜，飓风大作，居民被屋压死者无算，自嘉庆纪元后百馀年来无此大风也，因纪以诗

旱魃家家久累欷，飘摇飓母肆风威。人多夷甫排墙死，屋似淮安拔宅飞。弥望鳞原多被浸，几家乌止怅何依。除将嘉庆纪元岁，似此奇灾觉总稀。

【注】

①乌止，指房屋。张籍《乌夜啼引》：“李勉《琴说》曰：‘《乌夜啼》

者，何晏之女所造也。初，晏系狱，有二乌止于舍上。女曰：“乌有喜声，父必免。”遂撰此操。’”白居易《酬梦得贫居咏怀见赠》：“厨冷难留乌止屋，门闲可与雀张罗。”

自嘲

予身多懒，予性多戆。不随乎俗，不从乎众。有时狂歌，有时大恸。老屋三间，浊酒半瓮。门设常关，客来不送。鸟带花移，竹傍蕉种。有琴横几，时或一弄。有书堆床，兴来狂诵[①]。诗写性情，不含讥讽。友择佳士，羊裘二仲[②]。万事浮云，梦中作梦。不知礼法，惟喜放纵。堂蓑雨笠[③]，不适于用。迂哉此子，又何其惷。

【注】

①狂诵，乡著会抄本作“朗诵”。

②羊裘二仲，即汉羊仲、裘仲。唐·徐坚《初学记》卷十八引汉·赵岐《三辅决录》曰：“蒋诩，字元卿。舍中三迳，唯羊仲裘仲从之游，二仲皆推廉逃名。”

③雨笠，底本作“雨裘”，据乡著会抄本作“雨笠”改。

张志和[①]

荡水一只黄篾舫，披身一领绿蓑衣。一竿在手江湖去，不管人间是与非。

不将名利挂心头，抽得闲身物外游。泛宅浮家休笑错，江湖我亦爱渔舟。

【注】

①张志和，字子同，初名龟龄，号烟波钓徒，浪迹先生，玄真子，唐朝诗人，浙江省兰溪人，曾任翰林待诏授左金吾卫录事参军，并赐名“志和”。后因事贬为南浦尉，未到任，还本籍，亲丧不复仕。扁舟垂纶，祭三江，泛五湖，自称“烟波钓徒”。著有《玄真子》等。

老农郑寿玉

吾乡有老农，姓郑名寿玉。颇知廉让字，恩情笃手足。兄弟有三人，共建三间屋。计费颇不赀，百千又五六[①]。其钱谁之钱，所出惟玉独。伯兄及季弟，不过事畚筑。厥后庆落成，各将新居卜。均分无偏私，得陇不望蜀。昔日所用钱，并不登簿录。兄弟匪他人，债敢责偿宿。噫嘻习俗坏，古风不可复。尽有读书人，但知惟利逐。泉刀竞锱铢[②]，恩谊弃骨肉。君乃一农夫，而知讲和睦。家道颇小康，定知多后福。作诗示褒嘉，并以励末俗。

【注】

①百千，底本作“百丈”，据乡著会抄本改。

②泉刀，泉与刀皆古代钱币，泉刀泛称钱币。

登名山

盘旋磴道路迂回，来访参寥说法台。在上大观攀日近，此间少住倩云陪。尘襟倏被风吹去，酒量还凭海送来。闲立峰头时极目，乱烟深处乱山堆。

【注】

①盘旋，乡著会抄本作“盘桓”。

每届秋试辄患病不得与，戏书一绝

示疾年年例在秋，不须抱恨不须雠。病魔却为侬藏拙，免使来为勒帛刘。

【注】

①底本无此标题，据乡著会抄本添加。

寿家叔夏卿

庭院深深爱日堂，画栏曲径又长廊。费壶昼永酣春梦①，江管花多贮锦囊②。摹帖龙蛇双腕活，赏花醽醁一樽香。更多兰桂阶前秀③，蔗境婆娑乐未央④。

【注】

①费壶，指费长房。《后汉书·方术列传》：“费长房者，汝南人也。曾为市掾。市中有老翁卖药，悬一壶于肆头，及市罢，辄跳入壶中。市人莫之见，唯长房于楼上睹之，异焉，因往再拜奉酒脯。翁知长房之意其神也，谓之曰：“子明日可更来。”长房旦日复诣翁，翁乃与俱入壶中。唯见玉堂严丽，旨酒甘肴盈衍其中，共饮毕而出。”《神仙传》：“费长房学术于壶公，公问其所欲，曰：‘欲观尽世界。’公与之缩地鞭，欲至其处，缩之即在目前。”

②江淹（444—505），字文通，南朝著名文学家，代表作有《别赋》《恨赋》等，历仕南朝宋、齐、梁三代。

③兰桂，喻子孙。刘义庆《世说新语·言语》：“谢太傅问诸子侄：‘子弟亦何预人事，而正欲使其佳？’诸人莫有言者，车骑答曰：‘譬

如芝兰玉树，欲使其生于阶庭耳。'"

④蔗境，指先苦后乐，有后福，常喻人晚年生活逐渐转好。《晋书》卷九十二《文苑列传·顾恺之》："恺之每食甘蔗，恒自尾至本。人或怪之，云：'渐入佳境。'"

送仲兄筠村省试

明朝行迹即他乡[①]，且向花前醉一觞。客里诗先凭雁羽[②]，匣中剑待跃鱼肠[③]。半帆烟雨离亭晚，万叠云山客路长。未识天荒能破否，好音伫盼菊花黄。

【注】

①他，底本作"它"，据乡著会抄本作"他"改。

②先，乡著会抄本作"光"。雁羽，指书信。《汉书·李广苏建传》："汉求武等，匈奴诡言武死。后汉使复至匈奴，常惠请其守者与俱，得夜见汉使。具自陈过。教使者谓单于，言天子射上林中，得雁，足有系帛书，言武等在荒泽中。"

③鱼肠，古宝剑名。《吴越春秋·王僚使公子光传》："使专诸置鱼肠剑炙鱼中进之。"意谓极小之匕首，可藏置于鱼腹中。《吴越春秋·阖闾内传》："臣闻吴王得越所献宝剑三枚：一曰鱼肠，二曰磐郢，三曰湛卢。"

八月十六得仲兄杭州书

吹到秋风尺鲤鱼，开怀喜动数行书。轮舟风利帆如驶，驿路身劳病幸除。旅况平安差慰我[①]，名场期望可酬予。再来伴取泥金帖，距跃应教乐有馀。

【注】

①差慰，乡著会抄本作“堪慰”。

孤儿篇

里中有孤儿，父母早死，孤儿无人怜。孤儿食无米，孤儿衣无锦，忍饥耐冻年复年。孤儿也有兄，孤儿也有嫂，兄嫂视孤儿，肥瘠不关秦越然[①]。孤儿坐此心忧煎[②]。心忧煎，病来缠。孤儿骨瘦如柴，那能力作去耕田。兄也骂，嫂也怒，孤儿无计得自全，孤儿之命如丝悬。人对孤儿涕泗涟涟，孤儿默无言。孤儿之苦无可诉，孤儿清夜泣向天。我为孤儿悲，为赋孤儿篇。寄言孤儿之兄孤儿嫂，毋视孤儿太草草。

【注】

①不关秦越然，喻疏远隔膜，各不相关。韩愈《争臣论》：“视政之得失，若越人视秦人之肥瘠，忽焉不加喜戚于其心。”

②“坐此心”下原衍“日”字，据文意删。坐此，因此。

自述

朝曦东壁漏微光，唤起痴儿入学堂。诗懒示人藏破笥，药难中病觅新方。扫除尘榻安宵梦，检点寒炉爇细香。临镜不须悲老至，早衰应有满头霜。

新春招叶懿斋草堂小集

此会团圞好，都成事外身[①]。鱼龙灯火夜，风雨笑谈人。洒落惟诗酒，糊涂此主宾。相将期晚节，各有鬓丝新。

【注】

①事，乡著会抄本作“物”。

咏怀

尘劳鹿鹿累人多，销耗年华唤奈何。愁有万端空醉酒，诗无一字不悲歌。无眠欲借书为引，爱静偏教客见过[①]。一个古人吾甚羡，蓬蒿仲蔚寂无哗。

【注】

①偏，乡著会抄本作“遍”。

禽言

得过且过，得过且过。筐有丝，衣不破；瓮有粟，腹不饿，北窗高事羲皇卧[①]。漉酒烹茶停午缘，晒药浇花清晨课。莫去求名，莫去求货，得过且过，得过且过。

瘦儿瘦儿儿勿啼，釜中尚有粥与糜。粗粝纵难使儿肥，差免饔飧苦不支。君不见邻家多少黄口儿，空对炊烟忍饿饥。

布谷布谷，田间水，没牛足，那得架犁去叱犊。今日不得耕，异日不得粥，田家个个愁枵腹，日日田间对田哭，布谷布谷。

姑恶姑恶，姑太刻薄，非姑之刻薄，小姑我诼。

提胡卢，提胡卢，醉乡日月好，美酒须当沽，一杯我尚醒，两杯三杯醉糊涂。醉糊涂，最欢娱，扪胸中，块垒无，直使我身上游羲皇初。人生不醉胡为乎，得钱须付卖酒垆。提胡卢，提胡卢。

快快插禾，快快插禾。播种时，毋蹉跎，收获时，得谷多。得谷倘不多，门前县吏来催科，没奈何，快快插禾。

婆饼焦，孙儿恼。阿婆语孙儿，汝腹想犹饱，不然饼即更焦犹道好，试看门前乞食丐，焦饼讨来恐亦少。

春去了，春去了，九十春光何草草，残红满地堕木杪，韶光不是旧时好，寸阴千金谁知宝，谁知宝，春去了。

瘦儿瘦儿，儿苦支离，怜儿者稀。呼天叫娘爷，娘爷不儿知，儿瘦只剩骨与皮，零丁孤苦叹谁依。噫吁嚱！瘦儿瘦儿。

姑恶姑恶，姑不妇乐，妇懒操作，妇非懒操作，妇实苦病缚，不敢怨姑恶，只怨妾命薄。

【注】

①晋·陶潜《与子俨等疏》：“见树木交荫，时鸟变声，亦复欢然有喜。尝言五六月中北窗下卧，遇凉风暂至，自谓是羲皇上人。”羲皇，伏羲。

自泮川至馆头舟中

敷荣物竞秀，骀荡年光春。圆景敞碧落，平楚净纤尘。愿言鼓兰枻，佳游及兹辰。中流淡容与，旭日初出寅。轻风送鸥鹭，飘泛来相亲。澄潭白如练[①]，清可数游鳞。惜无卢敖竿[2]，对此乐垂纶。

船头压岚翠，岚翠碧嶙峋。船尾荡波光，波光清且沦。沿旋随曲折，蜿蜒任游巡。浩旷信畅适，眺瞩怡我神。忆昔趺斗室，简帙日横陈。书味固自佳，尠此景物新。逍遥摇碧斋，一舸诚可人。

【注】

①谢玄晖《晚登三山还望京邑》：“馀霞散成绮，澄江静如练。”

②卢敖，即卢生，秦朝博士。曾为秦始皇寻求古仙人羡门、高誓及芝奇长生仙药，秦始皇赏赐甚厚，进为博士。后见秦始皇刚愎拒谏，专横失道，遂避难隐遁，居于故山。故山后改名卢山，山前有卢山洞，内置卢敖像。

次韵菊襟馆中摅怀

十年结契托苔岑[1]，骥尾苍蝇惬素心。两地相思通夜梦，半生同调契牙琴。杯盘赌句豪如昨，风雨伤离感独深[2]。却恨索居太孤陋，时时翘首盼君临。

绛帐梅溪两载开，双峰掩映任徘徊。游山诗好摹岩石，访古碑残剔藓苔。地是昔贤讲学处[3]，客多载酒问奇来。皋比一席须珍重，培植他时梁栋材。

牝牡骊黄真赏难，甘蕉修竹竞相弹。撼凭蜉羽知何损[4]，美绝蛾眉任索瘢[5]。才士相轻原自昔，文章清课有馀欢。一编绿润名山业[6]，他日流传定不刊。

闭门镇日睡瞢腾，嘲笑纷来我亦曾。如雨飞言风过耳，忤人狂态骨多棱。昂头敢自夸神骥，攒纸真如困冻蝇。似此疏顽应唾弃，敢因多口漫相憎。

【注】

①苔岑，志同道合的朋友。晋·郭璞《赠温峤》诗："人亦有言，松竹有林，及尔臭味，异苔同岑。"

②伤离，乡著会抄本作"相离"。

③此指黄菊襟任梅溪书院山长。

④《诗经·曹风·蜉蝣》："蜉蝣之羽，衣裳楚楚。心之忧矣，于我归处。"

⑤《楚辞·离骚》："众女嫉余之蛾眉兮，谣诼谓余以善淫。"

⑥黄菊襟斋名"绿润轩"。

残局

残局况逾下，那禁涕泪垂。谁真狂似我，我更语同谁。两眼看时变，一心与古期。未须谋酒盏，愁里易成诗。

对旧镜有作

纵然本质亦晶莹，其奈尘埃逐渐生。污却本来真面目，照人怪道不分明。

戒吸淡芭菰

淡芭旧本名相思，多在茶馀饭后时。奈我阴虚炽内热，吸之伤肺恐非宜。偶尔决意舍之去，倏又相对涎垂颐。吁嗟此草有何味，不能止渴并疗饥。如何嗜痂有癖好[①]，朝朝竿木身相随。毒草竟视同食饮，下咽毋使须臾离。更有藉其功效好，避邪驱秽互相资。或并借作止悲用，吾觉此术尤为奇。总之气味太辛烈，熏灼脏腑实有之。若待阴液消烁竭，万金良药难医治。我今回头发猛省，戒之戒之其毋迟。缀成小诗粘破壁，触目也当书绅垂[②]。

【注】

①嗜痂，怪僻的嗜好。

②书绅，把要牢记的话写在绅带上，后亦称牢记他人的话为书绅。《论语·卫灵公》："子张书诸绅。"邢昺疏："绅，大带也。子张以孔子之言书之绅带，意其佩服无忽忘也。"

闲居偶书

岁月堂堂付黑甜，如年长日静垂帘。篆烟喷鼎香烧慧，活火烹茶水取廉。两字点痴真各半，一身通介岂能兼。多沽村酿休嫌费，恰是今朝酒量添。

山行得绝句

松杉高下竹迷离，竹里人家午饭迟。不是炊烟林杪出，此间有屋岂能知。

阴岩悬草仙家药，仰首欲攀高莫跻。好向老猿借臂背，负登绝壁不须梯。

久住山多不爱山，欲知此理却非难。譬如惯食膏梁者，顿顿鸡豚亦等闲。

皆空一切住空山，镇日惟将破寺关。我羡老僧非是别，一生比我却多闲。

答黄菊襟

递到双鱼一纸诗，篇篇都是色丝词。盥薇坐向花阴读，珍重瑶笺手自披。

觌面差堪慰别离，偏教落日又西垂。前承过访，旋以日夕别去，不能久留。情怀此后相思处，唱和惟凭一纸诗。

纵然蒲柳望秋零，也欲来登大雅庭。只恐长为门外汉，瑶琴不许好音聆。

闲意

霜上巅毛雪上髭。衰年无事足萦思。门非谢病长双掩，杖为游山偶一持。纵鸟开笼林外去，惜花避雨槛边移。儿童晨起欣相报，架上蛾眉豆荚肥。

栽杏

携鉏畚土晓阴凉，买得几枝杏子香。一笑自怜身已老，栽将留与子孙尝。

半翁诗草 卷二

元旦

流光容易又新年，元旦无端雨雪天。彻骨寒威风力峭，比邻爆竹响声连。衣冠贺岁身偏懒，诗句惊人喜欲颠。拜首东皇无别祝，清闲便可抵神仙。

闲居杂遣

境静心逾静，眠迟起亦迟。病劳妻煮药，闲课女吟诗。蔬为留宾剪，花因避雨移。朝来清兴足，涤砚试隃麋[①]。

闭置如新妇，终朝不卷帘。时将书悦目，爱听鸟鸣檐。秃笔怜毫谢，新诗信口占。倦来偶倚枕，味入黑乡甜。

呼童培药圃，促婢护花枝。得句茶香后，怀人月落时。身闲朝睡稳，客散午炊迟。饶有清幽趣，惟应我自知。

屋角挂朝曦，林峦簇景奇。园花开鼓子[②]，径草茁铃儿[③]。对竹还思鹤，携柑为听鹂。催将诗兴起，醉倚画栏时。

任人来讪笑，与俗殊酸醎。醉酒红螺盏[④]，锄花白木镵[⑤]。禅参莲社远[⑥]，清企竹林咸[⑦]。莫问穷通事，杯盘且放馋。

【注】

①隃麋，墨的古称。最早的墨，以隃麋（今陕西千阳）所制为贵，故名“隃麋墨。”东汉时，隃麋地区有大片松林，盛行烧烟制墨，墨的质量很好。《汉宫仪》：“尚书令、仆、丞、郎等官员，每月可得隃麋大墨一枚，小墨一枚。”

②鼓子，草花名，即旋花。唐·郑谷《长江县经贾岛墓》：“重来兼恐无寻处，落日风吹鼓子花。”宋·辛弃疾《临江仙·簪花屡堕戏作》：“鼓子花开春烂漫，荒园无限思量。”清·黄宗羲《小园记》：“因买瓦盆百馀，以植草花……铃儿、鼓子、忘忧、含笑。”

③铃儿，即铃儿草，药名沙参。

④红螺盏，用红螺壳制成的酒杯。唐·王建《送从侄拟赴江陵少尹》：“沙头欲买红螺盏，渡口多呈白角盘。”宋·陆游《醉后作小草因成长句》：“酒翻银浪红螺盏，墨涌玄云紫玉池。”

⑤锄花，乡著会抄本作“馋花”。

⑥《莲社图》画的是晋代高僧惠远等在庐山白莲池畔结社参禅的故事。

⑦阮咸，字仲容，陈留人，晋始平太守，魏武都太守阮熙之子，阮籍的侄子，“竹林七贤”之一，阮咸善弹琵琶，精通音律。据说阮咸改造了从龟兹传入的琵琶，后世亦称为阮咸，简称阮。

舟中

傍晚欣看霁景开，一枝兰桨水云隈。半生爪印凭谁记，此是游踪第几回。

一条水碧一舟轻，两岸斜阳炤眼明。不是晚晴催得句，此行未必有诗成。

垂阳树树有莺声，春水迢迢又一程。最是晚风多好意，吹开湿雾敞新晴。

对月

老我无成世共訾，茫茫人海孰心知。多情惟有天心月，照我依然似旧时[①]。

【注】

①似，乡著会抄本作“是”。

钓叟

一竿冒雨立湖滨，芳饵多投赚锦鳞。鱼也似曾知避钓，费他长日枉垂纶。

游沙头山道院，赠明心道人

松杉如幄午阴连，鸣玉瑽琤响涧泉。樵笠穿云青嶂外，笋舆摇梦翠微巅。不知名有岩花好，极可人惟晚霭妍。面壁十年应有得[①]，好从色相悟真诠。

我来半为觅山川，扪葛攀萝复道旋。境静真如来福地，心闲不碍拟游仙，带诗呈佛怀中有，访道名山世外缘。甚欲相留谈妙理，夕阳万木起苍烟。

【注】

①面壁，佛教语，指坐禅，谓面向墙壁，端坐静修。《五灯会元·初祖菩提达磨大师》："当魏孝明帝孝昌三年也，寓止于嵩山少林寺，面壁而坐，终日默然。人莫之测，谓之壁观婆罗门。"

和筠兄《带草堂重移砚席》诗次韵[①]

巢痕历历认当时，乔梓相偕再下帷[②]。草室秋风携子课，棘闱香桂为兄期[③]。时近乡试。高飞可遂鸾凰愿，壮志何曾燕雀知。开卷会心应不远，未须惆怅更谁师。兄作有"成连仙去竟谁师"句。

【注】

①乡著会抄本作"次韵筠兄《带草堂重移砚席》"。

②乔梓，喻父子。《尚书大传》卷二："伯禽与康叔见周公，三见而三笞之。康叔有骇色，谓伯禽曰：有商子者，贤人也，与子见之。乃见商子而问焉。商子曰：南山之阳，有木焉，名乔。二三子往观之，见乔实高高然而上，反以告商子。商子曰：乔者，父道也；南山之阴，有木焉，名梓。二三子复往观焉，见梓实晋晋然而俯，反以告商子。商子曰：梓者，子道也。二三子明日见周公，入门而趋，登堂而跪。周公迎拂其首，劳而食之，曰：尔安见君子乎！"

③棘闱，指科举时代对考场、试院的称谓。

小堤以和簃兄《带草堂重移砚席》诗示予，因成长句奉答，三叠前韵[①]

带草堂中记昔时，曾同砚席下书帷。师门化雨悲徐邈，谓徐渐逵师。兰谱同心有子期[②]。缱绻情怀怜旧雨，颓唐病骨孰新知。瑶章和就惭颜甚，小敌何堪抵锐师。

【注】

①乡著会抄本作“杨小堤以和簃兄《带草堂重移砚席》诗见示，因叠前韵奉答”。

②子期，即钟子期。春秋时楚人，精于音律，与伯牙友善。伯牙鼓琴，志在高山流水，子期听而知之。子期死，伯牙绝弦破琴，终身不复鼓琴。

春日黄菊襟、洪鲁山、叶石农偕长林场高公维基过访喜赋，次首专简高公[①]

嫩寒天气睡初酣，不速欣来客两三。别有胸襟都磊落，全忘礼数恕狂憨。生多僻性难谐俗，人尽相知好纵谈。安得杯盘长聚首，一灯话旧擘黄柑[②]。

四千里路七旬人，竟向天南寄此身。官好何妨居末职，政闲越觉见精神。不嫌疏放偏青眼，恰喜韶光正好春。笑我年来无饮兴，因君聊为一沾唇。

【注】

①乡著会抄本作“春日菊襟、石农、洪鲁山偕同长林场高公维基过访喜赋，次首专简高公”。洪鲁山（1867—1950），名邦泰，字寿庚，号

鲁山，又号潜园，乐清翁垟人。曾开办盐仓，创办翁垟小学，还在在翁垟镇上开办“识小医庐”与“杏林春药店”，进入民国后，曾任乐清县议会议员、副议长、正议长等职。著有《潜园诗钞》、《北游吟草》，现出版有《洪邦泰集》。

②灯，底本作“鐙”，据乡著会抄本改。

杏花

一到春风烂似霞，满园杏子满林花。医门多疾人来往，错认西陵董奉家[①]。

【注】

①董奉（220—280），字君异，侯官（今福建长乐）人。少时治医学，医术高明，与南阳张机、谯郡华佗齐名，并称“建安三神医”。董氏医德高尚，对所治愈病人轻者只要求在其住宅周围种植杏树，以示报答。日久郁然成林，董氏每于杏熟时于树下作一草仓，如欲得杏者，可用谷易之。董奉以所得之谷赈济贫穷，后世以“杏林春暖”、“誉满杏林”称誉医术高尚的医学家，据载今江西九江董氏原行医处仍有杏林。

仲兄以《端午》诗索和次原韵[①]

争看竞渡笑谈哗，喜值端阳景色华[②]。黄纸书符祈获福，绿云裹黍类抟沙。蒲觞泛白朝开瓮，榴火燃红晚吐霞。吹到埙声怀仲氏，唱酬恨我笔无花。

【注】

①乡著会抄本作“次韵仲兄《端午》”。

②景色，乡著会抄本作“景物。”

苦雨叹

休征年来时雨旸，闾阎鼓腹喜丰穰[1]。仁民爱物上苍心，今何其酷降水殃。马鬣之滴竟谁掌[2]，檐端珠泻听断肠。苦无长绳系白日[3]，擎出云表金盘光。坐使毒雾霾痴风，狂苔生础鱼上堂，那得不令心张皇。举头问穹苍，如何不降康，天亦无言耳，一任翘首望。况值腰镰刈稻刚，旧谷没赖新谷尝，贫家那有隔岁粮。倘再淋漓纷不断，玉粒定幻作秕糠。物湿则腐理使然，况属倒浸水中央。予家基址高，不比洼下房。黄云堆满东西廊，邻家搬运处处藏。少陵万间庇寒士[4]，予欲万间庇稻粱。惨煞青芽粒粒茁，已成之谷又成秧。朝饔夕飧生命系[5]，何物可替充饥粮。吁嗟乎！苗初秀怕蚀蝗虫，结实又虞遭飓风。蝗虫灭迹邀天幸，风未飕飗一扫空。只此倾河倒海檐际雨，使我有谷与无同，不得舂炊饥肠充，枉说今年岁稔丰。

【注】

①鼓腹，鼓起肚子，谓饱食，喻人过着安乐的生活。《庄子·外篇·马蹄》："夫赫胥氏之时，民居不知所为，行不知所之，含哺而熙，鼓腹而游，民能以此矣。"

②马鬣之滴，据唐·李复言《续玄怪录·李卫公靖》载：李靖尝射猎霍山中，投宿一朱门大第。夜间有人叩门，命主人家儿子行雨。太夫人请李靖去，告知此是龙宫，二子外出未归，恳求李靖代去行雨。李靖推辞不得，将行，夫人取出一小瓶水来，系于鞍前，"诫曰：'郎乘马，无勒衔勒，信其行，马躩地嘶鸣，即取瓶中水一滴滴马鬃上，慎勿多也。'于是上马腾腾而行……风急如箭，雷霆起于步下。于是随所躩，辄滴之，既而电掣云开，下见所憩村，思曰：'吾扰此村多矣，方德其人，计无

以报，今久旱，苗稼将悴，而雨在我手，宁复惜之。’顾一滴不足濡，乃连下二十滴，俄顷雨毕，骑马复归。夫人者泣于厅曰：‘何相误之甚！本约一滴，何私感而二十之！天此一滴，乃地上一尺雨也。此村夜半平地水深二丈，岂复有人。妾已受谴，杖八十矣。’”后因以“马鬣一滴”为下雨之典。

③晋·傅玄《九曲诗》：“岁暮景迈时光绝，安得长绳系日月。”

④少陵，指唐诗人杜甫。杜甫常以“杜陵”表示其祖籍郡望，自号少陵野老，世称杜少陵，其诗《茅屋为秋风所破歌》：“安得广厦千万间，大庇天下寒士俱欢颜，风雨不动安如山。”

⑤飧，同“飱”。

勤

运甓习勤苦[①]，千秋我爱陶。居家时努力，励学夜焚膏。岁月须珍惜，筋骸要服劳。朝朝常起早，莫待日轮高。

【注】

①运甓，喻励志勤力。陶侃（259—334），字士行（或作士衡），东晋名将、大司马，陶渊明的曾祖父。《晋书·陶侃传》：“侃在州无事，辄朝运百甓于斋外，暮运于斋内。人问其故，答曰：‘吾方致力中原，过尔优逸，恐不堪事。’其励志勤力，皆类此也。”

俭

俭乃德之共，挥霍总非宜。敢逐豪华习，须防贫病时。裁衣绵可着，脱粟妇能炊。何必穷珍错，清寒饱露葵。

庭中玩月，颇有诗兴，适钱翼云先生以《对月书怀》诗见示，因走笔率和

兀坐寡兴趣，直视目欲瞋。振衣步庭砌，散赏聊逡巡。翘首瞻天宇，空旷净纤尘。顷之林梢上，金盘挂月轮。长天明似画，大地白如银。恨无升天梯，来作月中身。借取吴刚斧，砍桂运风斤。徒然在下界，对月事狂吟。我泣月不知，我歌月不闻。巡檐构思间，足音忽跫然。突来钱夫子，示我咏月篇。宏钟声铿锵，奇花色鲜妍。光芒灿纸墨，珠玉耀华笺。骊龙珠已探①，奚事觅爪鳞。搁笔藉藏拙，弄斧敢班门②。先生趣不已，东家聊效颦③。伸纸挥兔颖，涤砚试龙宾④。诗成聊遣兴，敢斗句奇新。持此呈嫦娥，嫦娥应笑人。

【注】

①在骊龙的颔下取得宝珠。比喻诗文写作抓住了关键。《庄子·列御寇》："河上有家贫恃纬萧而食者，其子没于渊，得千金之珠。其父谓其子曰：'取石来锻之！夫千金之珠，必在九重之渊而骊龙颔下，子能得珠者，必遭其睡也。使骊龙而寤，子尚奚微之有哉！'"

②在鲁班门前舞弄斧子，喻在行家面前卖弄本领，不自量力。唐·柳宗元《王氏伯仲唱和诗序》："操斧于班、郢之门，斯强颜耳。"宋·欧阳修《与梅圣俞书》："昨在真定，有诗七八首，今录去，班门弄斧，可笑可笑。"

③《庄子·天运》："故西施病心而矉其里，其里之丑人见之而美之，归亦捧心而矉其里。其里之富人见之，紧闭门而不出，贫人见之，挈妻子而去走。彼知矉美而不知矉之所以美。惜乎，而夫子其穷哉！"

④龙宾，守墨之神，泛指名墨。唐·冯贽《云仙杂记·陶家瓶馀事》："玄宗御案墨曰龙香剂。一日，见墨上有小道士如蝇而行。上叱之。即呼'万岁'，曰：'臣即墨之精——黑松使者也。凡世人有文者，其墨上

皆有龙宾十二。’上神之，乃以分赐掌文官。”

对月有怀南声甫

吾忆南声甫，轩窗月印时。孤灯怜夜色，独坐有谁知。驰梦劳飞逐，停云感别离[①]。何当同剪烛[②]，话旧慰相思。

【注】

①晋·陶潜《停云》诗：“霭霭停云，濛濛时雨。”因其自序：“停云，思亲友也。”故后“停云”多用作思亲友之意。明·顾大典《青衫记·梦得刺江》：“乍离省闼，能无恋阙之心；远别朋侪，未免停云之想。”清·赵翼《李雨村观察挽诗》：“八表停云空目极，更从何处寄相思。”

②李商隐《夜雨寄北》诗：“何当共剪西窗烛，却话巴山夜雨时。”后以“剪烛”为促膝夜谈之典。清·吴伟业《吴门遇刘雪舫》诗：“当时听其语，剪烛忘深更。”清·蒲松龄《聊斋志异·连琐》：“与谈诗文，慧黠可爱。剪烛西窗，如得良友。”

奉和宗夔府六旬自寿

满头雪鬓又霜髭，六秩悬弧介寿眉。入世忘机真作达[①]，爱书有癖不关痴。元方有弟才非易[②]，徐淑于归室共宜[③]。更喜芝兰阶下秀[④]，象山灵气倘钟兹。

览揆辰逢四月天[⑤]，百花争拥老神仙。称觞不少朱门客，多福能消白首年。早自关心勤著述，何妨馀事理丝弦。龙章会博天家宠[⑥]，继起门庭有象贤。

【注】

①消除机巧之心，常用以指甘于淡泊，忘掉世俗，与世无争。《列子·黄帝》："海上之人有好沤鸟者，每旦之海上，从沤鸟游，沤鸟之至者百住而不止。其父曰：'吾闻沤鸟皆从汝游，汝取来，吾玩之。'明日之海上，沤鸟舞而不下也。"

②《后汉书·荀韩钟陈列传》："（陈寔）有六子，纪、谌最贤。纪字元方，亦以至德称。兄弟孝养，闺门雍和，后进之士皆推慕其风。"

③徐淑，汉朝陇西（今甘肃东南）人，秦嘉之妻，据《隋书·经籍志》著录，原有《徐淑集》一卷，已散佚。淑常患疾病，归秦嘉后，夫妇爱好异常。秦嘉为郡吏，岁终为郡上计簿使赴洛阳，被任为黄门郎，淑因病还家不能同往，两地相思，时时互赠诗书以通情意。后秦嘉病死于津乡亭，淑尚青，兄逼其改嫁，她便毁形不嫁，不久以哀恸过甚，亦卒。

④芝兰，喻优秀子弟。《晋书·谢安传》：玄字幼度。少颖悟，与从兄朗俱为叔父安所器重。安尝戒约子侄，因曰："子弟亦何豫人事，而正欲使其佳？"诸人莫有言者。玄答曰："譬如芝兰玉树，欲使其生于庭阶耳。"安悦。

⑤览揆，底本作"揆览"。《离骚》："皇览揆余初度兮，肇锡余以嘉名。"览揆之辰，指生日。

⑥龙章，喻不凡的文采，这里是对郑夔府文章的赞誉。

有怀白石山旧游[①]

我游白石山，隔岁亦云久。所玩诸峰峦，十忘其八九。有水曰飞泉，尚能记忆否。缅怀旧游踪，欲再此山走。携来拄杖子，龙钟成老叟。只好剪茅茨[②]，结屋玉洞口。日日恣情游[③]，兹山为我有。飞章寄山僧，山僧或点首。

【注】

①白石山，今乐清白石镇内，即中雁荡山，有玉甑峰，其山腰上截之下有玉虹洞，《大宋天宫宝藏》列为“天下第二十一洞天”，内建有玉虹观。

②剪，底本作“翦”，同“剪”。据乡著会抄本改。

③恣情，底本作“恣清”，据乡著会抄本改。

夜坐有作

香闺独坐倩谁陪，一灯如豆花怒开。得句拍案忽大叫，惊醒闺人梦一回。被底含笑向我说，卿身毋乃牢似铁。苦吟夜夜到更阑，有似枯木愁摧折。怜汝多情笑汝痴，诗兴狂来汝那知。病躯绵惙亦自爱，无如乐此却忘疲。笑我狂怀狂若此，犹自摇头摇不止。起草正将破笔拈，白上东方窗上纸。

食新米和小堤作

寝庙人人喜荐新，多收玉粒续红陈。大家但解开筵宴，谁识盘飧尽苦辛。

枕上听吠犬

吠影狺狺落月横，惊回蝶梦醒残更。怜它司夜嫌它扰，功过评量却得平。

山中夜归

红日沉遥山，白云卧高岭。烟霭随风团，苍茫暮色暝。山径阒无人，但见松杉影。沿溪叩招提[①]，禅扉锁夜静。拄颊踞松阴[②]，朔风敝裘冷。待月出林梢，旋归寻草径。

【注】

①招提，寺院的别称。源自梵文 Caturdeśa，音译“佳拓斗提奢”，省称“拓提。”但在汉字传写过程中，因形近而误写为“招提。”北朝魏太武帝于始光元年造立伽蓝，名之曰“招提”，后遂以招提为寺院的别称。谢灵运《答范光禄书》：“即时经始招提，在所住山南。”

②拄颊，以手支颊，有所思貌。唐・韩偓《雨中》：“鸟湿更梳翎，人愁方拄颊。独自上西楼，风襟寒帖帖。”宋・王之道《卜算子・和兴国守周少隐饯别万山堂》：“拄颊看西湖，屡对纶巾岸。江上相从醉万山，六见年华换。”

读书灯

午夜兰膏一点明[①]，丹心照我读书声。校书焰夺青藜杖[②]，映字光争腐草萤[③]。青记儿时窗下味，红移贫士月中情。何当使院金莲炬[④]，许沐恩光拜宠荣。

多情惟有短长檠，伴我昏黄直到今。贫士光偷邻舍壁[⑤]，残篇照彻古人心。色如红豆怜长夜，光夺银蟾助醉吟。莫便轻为墙角置，好资继晷续分阴。

【注】

①兰膏，古代用泽兰子炼制的油脂，用以点灯。《楚辞・招魂》：“兰膏明烛，华容备些。”

②《太平广记·神一》：刘向于成帝之末，校书天禄阁，专精覃思。夜有老人著黑衣，植青藜之杖，扣阁而进，见向暗中独坐诵书。老人乃吹杖端，赫然火出，因以照向，具说开辟以前。向因受《五行洪范》之文，辞说繁广，向乃裂裳绅以记其言。至曙而去，向请问姓名，云："我太一之精，天帝闻金卯之子有博学者，下而教焉。"乃出怀中竹牒，有天文地图之书。后因以"青藜杖"指夜读照明的灯烛。

③《晋书·车胤传》："车胤恭勤不倦，博学多通，家贫不常得油，夏月则练囊盛数十萤火以照书，以夜继日焉。"

④金莲炬，金饰莲花形灯炬。《新唐书·令狐绹传》："（绹）夜对禁中，烛尽，帝以乘舆、金莲华炬送还，院吏望见，以为天子来。"亦作"金莲花炬"，省称"金莲炬"、"金莲"。

⑤《西京杂记》云：匡衡勤学而无烛，邻舍干不得，衡乃穿壁引其光，以书映而读之。

寄诗筒

截得筼筜巧制精，当年元白肇嘉名[①]。尺笺润带烟云气，寸管清含雅颂声。曾共梅花劳驿使[②]，好凭斑管写离情[③]。一函来往愁风雨，藉尔虚心证旧盟。

阿谁为尔锡嘉名[④]，独出新裁巧制精。渭北江东劳驿使，郎中司马互邮程[⑤]。虚心伴贮平安字，束笋凭传唱和情。卷就花笺烦寄去，往来须藉此君盛。

【注】

①元白，唐诗人元稹、白居易之并称。

②《太平御览》卷九七〇引南朝·宋·盛弘之《荆州记》："陆凯与范晔相善，自江南寄梅花一枝，诣长安与晔，并赠花诗曰：'折花逢驿使，寄与陇头人。江南无所有，聊寄一枝春。'"

③斑管，即毛笔，以斑竹为杆，故称斑管。元·白朴《阳春曲·题情》：“轻拈斑管写心事，细折银笺写恨词。”

④锡，乡著会抄本作“赐”。《离骚》：“皇览揆余初度兮，肇锡余以嘉名。”锡，赐也。

⑤郎中，乡著会抄本作“郎君”。

咏怀

岁华荏苒失东隅，晚景桑榆且自娱。但爱提壶酣酒圣，敢同障簏诮钱愚。身经忧患粗知足，性喜清幽莫唾迂。笑问半生成底事，真如兀坐一僧枯。

堤边闲眺

溪桥鸟掠横拕霭，山寺僧穿乱罩烟。拄杖河干凭眺久，夕阳疏柳乱鸣蝉。

寄黄菊襟闽中

推敲未就句谁商，旧友迢迢宦远乡。欲写蛮笺凭雁羽，天南云路许多长。

杂诗

空山一迂儒，寂居喟萧索。昂首志云霄，未甘埋沟壑。向阳抱悃诚，心苗拟葵藿[①]。肺腑藏龙渊，胸宇怀铘镆[②]。愿言发新硎，铦锋快挥霍。一扫净妖氛，溟蒙天宇拓。悲哉志难酬，哓哓徒謇谔。

木亦号连理，鱼亦称比目。鸟有鹣鹣群，兽有駏蛩族[③]。人为万物灵，偏若异凡畜。谅非生性殊，天真由丧斲[④]。小忿废懿亲[⑤]，泉刀疏骨肉。我悯赋小诗，欲作晨钟觉。相好毋相尤，恩情笃手足。匪惟御外侮，和气家庭福。

骐骥搏鼪鼯[⑥]，其技不如狸。凤凰称神鸟，捕鱼须鸬鹚。榱栋与欂栌，用之各有宜。所任非所习，钝拙其奚辞。苦口无如药，病反藉以治。牡丹虽富贵，只宜三春时。物性有万殊，人其知不知。

泰华与培塿，本自异下高。干将不见试，曾不异铅刀。芝兰气馥郁，莫撷埒棘蒿。立品可自主，显晦任所遭。时命苟未来，良弓何妨韬。陋彼屈原氏，悲愤赋离骚。

平地矗高台，一篑立基址。勿谓一篑微，层累由此始。云汉渺迢迢，行远必自迩。古干耸而森，高峰兀然峙。愿力果坚凝，何遽不若此。进取低云霄，暴弃阻尺咫。驾马速蹄扬，张弓勿弦弛。鹏翮抟扶摇[⑦]，下界睥睨视。卑飞陋斥鷃，终焉邱隅止。

空山一树梅，杈枒郁枝条。不向春风里，随众逐喧嚣。标格故自异，陋彼李与桃。惜无人采撷，委弃埋蓬蒿。移植向朱门，声价陡然高。岩壑冷托根，我为悯所遭。

功名是何物，百计拼命谋。荣华未到眼，霜雪已盈头。吾少多壮志，驰骤骋骅骝。自从病鬼来，万虑一齐休。此非病阻我，实命之不犹。命定无如何，人谋能强求。一笑付浮云，通塞两悠悠。

【注】

①心苗，底本作“心苗”，今改。葵，菜名，如冬葵；藿，豆叶。葵藿，喻心向仰慕之人或下对上赤心趋向。《诗经·豳风·七月》：“七月亨葵及菽。”郑玄笺云：菽音叔，本亦作“叔”，藿也。《三国志·魏志·陈思王植传》：“若葵藿之倾叶，太阳虽不为之回光，然向之者，诚也。窃自比于葵藿，若降天地之施，垂三光之明者，实在陛下。”杜甫《自京赴奉先县咏怀五百字》：“葵藿倾太阳，物性固莫夺。”李峤《日》：“倾心比葵藿，朝夕奉光曦。”苏轼《乞常州居住表》：“愿回日月之照，一明葵藿之心。”

②龙渊，铘镆（也作镆铘），春秋时期宝剑名。春秋时期欧冶子冶铸的第一把铁剑名“龙渊”。

③鹣鹣，鸟名。即比翼鸟。《尔雅·释地》：“南方有比翼鸟，不比不飞，其名谓之鹣鹣。”駏蛩，也作蛩駏，即蛩蛩駏驉二兽名，两兽样子相似而又形影不离，喻关系亲密。唐·李善注《文选》：“蹷蛩蛩，辚距虚，（张揖曰：蛩蛩，青兽，状如马。距虚，似骡而小。善曰：《说苑》孔子曰：蛩蛩距虚，见人将来，必负蹷以走。二兽者，非性心爱蹷也，为得甘草而贵之故也。）”。姚锡钧《王剑章挽诗》：“气味真怜蛩駏共，游踪浪遣岁华侵。”汉·韩婴《韩诗外传》：“南方有鸟，名曰鹣，比翼而飞，不相得，不能举。西方有兽，名曰蹷，前足鼠，后足兔，得甘草必衔以遗蛩蛩距虚，其性非能蛩蛩距虚，将为假之故也。”

④丧斲，即丧斫，或斫丧，伤害。《左传·哀公十五年》：“天或者以陈氏为斧斤，既斫丧公室，而他人有之，不可知也。其使终飨之，亦不可知也。”清·赵翼《陔馀丛考》：“人不自爱惜，耗其精神于酒色者，曰斫丧。”

⑤《左传·僖公二十四年》：“如是，则兄弟虽有小忿，不废懿亲。”

⑥鼪鼯，指鼪鼠与鼯鼠，

⑦《庄子·逍遥游》："鹏之徙于南冥也，水击三千里，抟扶摇而上者九万里。"

差幸

差幸观书眼尚明，案头文史乱纵横。鹏飞霄汉人何远，鸥梦江湖我亦清。恰是无心偏得句，最难世虑不撄情。参苓服久翻多病，枉觅奇方说养生。

病中未久读书

久未摊书读，尘埃积满胸。学真如退鹢[①]，名敢冀登龙[②]。晒药消清昼，折梅比瘦容。懒如嵇叔夜[③]，视我未为慵。

【注】

①退鹢，退飞之鹢。《春秋·僖公十六年》："六鹢退飞过宋都。"晋·杜预注："鹢，水鸟，高飞遇风而退。"唐·许棠《献独孤尚书》："退鹢已经三十载，登龙曾见一千人。"

②登龙，即登龙门，指考得进士。清·赵翼《陔馀丛考》："《封氏闻见记》云：当代以进士登科为登龙门，解褐多拜清紧。"唐·李端《元丞宅送胡濬及第东归觐省》："登龙兼折桂，归去当高车。"孟浩然《李少府与杨九再来》："弱岁早登龙，今来喜再逢。"

③嵇，底本作"稽"，今改。嵇康常旷达狂放，自由懒散，经常放纵自己。《文选·与山巨源绝交书》："吾每读尚子平、台孝威传，慨然慕之，想其为人。少加孤露，母兄见骄，不涉经学，性复疏懒，筋驽肉缓，头面常一月十五日不洗，不大闷痒，不能沐也。每常小便而忍不起，令胞中略转乃起耳。又纵逸来久，情意傲散，简与礼相背，懒与慢相成，而为侪类见宽，不攻其过。又读庄、老，重增其放。故使荣进之心日颓，

任实之情转笃。此由禽鹿少见驯育，则服从教制，长而见羁，则狂顾顿缨，赴蹈汤火，虽饰以金镳，飨以嘉肴，逾思长林而志在丰草也。”

半翁

笑把头衔署半翁，中年人与晚年同。早衰敢冀百年在，多病能教万念空。半盏浊醪邀客醉，一犁春雨课农功[①]。闲中领取闲中趣，拄颊看云立晚风。

【注】

①一犁春雨，指春雨量足可开犁耕种。宋·苏舜钦《田家词》：“山边夜半一犁雨，田父高歌待收获。”宋·徐积《和张文潜晚春》诗之一：“恰得一犁雨，田事正火急。”傅専《脉脉》诗：“高田初足一犁雨，矮屋时当四面风。”

题壁自警

蛟龙蟠泥沙，蚖得肆其技[①]。腾翥上云霄，蚁族徒仰视。是以读书人，未甘埋故纸。陋彼蟠屈蠖[②]，愿为烧尾鲤[③]。题桥司马奋[④]，投笔班超起[⑤]。壹意立勋名，显荣求禄仕。或笑为热中，知非彼知己。

有道贫且贱，居皆下流耻。求其所自立，犹豫未足恃。双丸疾若梭[⑥]，流光迅如矢。时序去不还，弃之若敝屣。懒访即墨侯[⑦]，慵寻管城子[⑧]。一暴或十寒，鲜终空有始。吾愿鼓馀勇，自强毋自止。须为人所羡，毋为人所鄙。

【注】

①扬雄《法言·问神》:“龙蟠于泥，蚖其肆矣。蚖哉，蚖哉！恶睹龙之志也与!”

②屈蠖，指屈身的尺蠖，亦喻委屈不得志。唐·孟郊《寄院中诸公》:“冠豸犹屈蠖，匣龙期剸犀。”清·方文《送钱而介归槜李》诗:“蹇予屈蠖归南都，君亦蟠龙卧东海。”清·曹寅《咏次山藏剑》:“琉璃匣内泊无形，屈蠖龙身自杳冥。”

③《三秦记》:龙门山在河东界，禹凿山断门，阔一里馀，黄河自中流下，两岸不通车马。每暮春之际，有黄鲤鱼逆流而上，得者便化为龙。又林登云，龙门之下，每岁季春有黄鲤鱼，自海及诸川争来赴之。一岁中，登龙门者，不过七十二。初登龙门，即有云雨随之，天火自后烧其尾，乃化为龙矣。

④东晋·常璩《华阳国志》载:司马相如早年离开故乡赴京城时，曾在成都升仙桥上题字云:“不乘驷马高车，不复过此桥。”后其文才果然得到汉武帝的赏识。唐·汪遵《升仙桥》诗:“汉朝卿相尽风云，司马题桥众又闻。何事不如杨得意，解搜贤哲荐明君。”

⑤《后汉书·班梁列传·班超》:“永平五年，兄固被召诣校书郎，超与母随至洛阳。家贫，常为官佣书以供养，久劳苦。尝辍业投笔叹曰:‘大丈夫无它志略，犹当效傅介子、张骞立功异域，以取封侯，安能久事笔砚间乎？’左右皆笑之。超曰:‘小子安知壮士志哉!’”

⑥双丸，即太阳、月亮，其形皆圆如丸，故称。宋·方夔《富山遗稿》之九《春日杂兴》诗:“双丸不肯驻颓光，宇宙悠悠万物长。”

⑦即墨侯，砚的别名。据宋·苏易简《文房四谱·砚谱》载，唐人文嵩曾以砚拟人作《即墨侯石虚中传》曰:“上利其器用，嘉其谨默，诏命常侍御案之右，以备濡染，因累勋绩，封之即墨侯。”后遂称砚为即墨侯。

⑧管城子，毛笔的代称。唐·韩愈曾写《毛颖传》，说毛笔被封在管城，叫“管城子。”宋·刘克庄《念奴娇》词:“颠毛虽秃，尚堪封管城子。”

写兴

通德家风世胄遥[①]，半生踪迹溷渔樵。升沉付与生前定，恩怨都从悟后消。却为延年栽杞菊[②]，岂因学字种芭蕉[③]。评花玩月颇清适，漫抚头颅感寂寥。

邺架曹仓味不厌[④]，沉沉昼日静垂帘。龙涎喷鼎香烧慧[⑤]，雀舌烹茶水取廉[⑥]。半世牢愁聊且过，一身耕读岂能兼。放开慧眼看时变，片纸新闻日日添。

且事逍遥乐夕晨，雄飞雌伏各前因。蓬茅寂寞甘安我，印绶豪华不羡人。对饮有花兼有月，狂谈谁主复谁宾。闲中趣味多心赏，敢信幽栖误此身。

衰颓早上鬓边霜，敢逞先生一味狂。问疾无人闲颇可，持家有妇拙何妨。多愁只借诗怀遣，少挫能添饮酒长。最是半生奇恨事，秋风从未战文场。予以多病，故从未一与秋试，真此生恨事也。

盘旋鸟道乱穿烟，襟袖凉生薄暮天。苔磴高低初过雨，松阴深浅乱鸣泉。萧萧短鬓愁衰矣，得得闲游且快然。拼扫尘心卧禅榻[⑦]，岚光飞到寺门前。

【注】

①通德，共同遵循的道德。《史记·平津侯主父列传》：“智，仁，勇，此三者天下之通德，所以行之者也。”

②晋·陶渊明《归去来兮辞》：“三径就荒，松菊犹存。”“松菊犹存”亦叫“松菊延年”，“杞菊延年”意同“松菊延年”，谓杞菊经霜不凋，独吐幽芳，寓意人生虽坎坷，仍自保其高尚之品格与不屈不挠之精神也，

也泛指健康长寿。

③怀素（725—785），唐朝人，字藏真，僧名怀素，永州零陵（今湖南零陵）人，著名的书法家。少时在经禅之暇，爱好书法，贫穷无纸墨，为练字种了一万多棵芭蕉，用蕉叶代纸练字。

④邺架曹仓，泛指藏书库。韩愈《送诸葛觉往随州读书》诗："邺侯家多书，插架三万轴。"晋·王嘉《拾遗记·后汉》载，曹曾书垂万馀卷，"及世乱，家家焚庐，曾虑其先文湮没，乃积石为仓以藏书，故谓曹氏为书仓。"

⑤龙涎，即龙涎香，是极名贵的香料。宋·刘过《沁园春·美人指甲》词："见凤鞋泥污，偎人强剔，龙涎香断，拨火轻翻。"《儒林外史》第三五回："内官一队队捧出金炉，焚了龙涎香。"

⑥雀舌，茶名，以嫩芽焙制的上等茶。刘禹锡《病中一二禅客见问因以谢之》诗："添炉烹雀舌，洒水净龙须。"沈括《梦溪笔谈·杂志一》："茶芽，古人谓之'雀舌'、'麦颗'，言其至嫩也。"明·汪廷讷《种玉记·拂券》："玉壶烹雀舌，金碗注龙团。"

⑦尘心，指凡俗之心，名利之念。白居易《冯阁老处见与严郎中酬和诗因戏赠绝句》："纵有旧游君莫忆，尘心起即堕人间！"梅尧臣《送昙颖上人往庐山》诗："尘心古难洗，瀑布垂秋虹。"

春日水边闲步

淡荡烟光一抹横，黄莺柳底语新晴。春风篱落浑如画，独有闲人看得清。

桃花无语绽新红，柳絮条条弄晚风。狂兴忽来看未足，又随流水小桥东。

春山灿烂水清泠，小鸟低飞掠翠萍。行向长堤揩老眼，平原弥望草青青。

古木青葱嫩草新，波心独鸭自呼名。黄鹂催我诗心起，榆柳阴中叫一声。

云淡天空野气清，花红水碧夕阳明。调铅欲写江村景，想象还愁画不成。

新正连日风雨，客无至者，独酌成咏

风雨迷离并此时，客来贺岁故应迟。流光荏苒逢人日，独坐无聊醉酒卮。狂态不妨人共笑，豪情敢逞我能诗。况多哀乐中年后，未识凭谁一遣之。

新正谷日①，玉甫弟②招陪吴郁哉③、尚贯三，即席口占

红烛双辉薄暮天，春风满座启华筵。催来狂兴拳如雨，击动诗心酒似泉。吾辈襟期宜洒落，阿连情谊恰缠绵④。此番宴集真欢洽⑤，即我颓唐亦快然。

【注】

①谷日，即农历正月初八，民间传说正月初八是谷子的生日。

②玉甫，名郑凤岗，字玉甫，别署遁庵，清廪生，乐清象阳泮垟人。风流放诞，自许杜牧，民初秋间因调验鸦片得疾而卒。

③吴郁周（1866—1921），名熙周，字郁哉，乐清磐石重石人。崭焉出群，系清拔贡。不希仕宦逐名，甘为乡邦兴利。清光绪廿六年（1900）办理柳市社仓，积谷赈灾，一苏民困。翌年倡建县西乡高等小学堂，率先输金，共膺斯艰，长校十载，成绩卓著。且文名大噪，兼精书法，遗墨早付燔灰，莫不为之三叹。

④阿连，指南朝宋诗人谢灵运从弟谢惠连，后亦泛指兄弟。《宋书·谢灵运传》："（灵运）谓方明曰：'阿连才悟如此，而尊作常儿遇之。'"

⑤宴，底本作"讌"，同"宴"，今改，下同。

新正招徐竹屏小饮，适杨小堤亦至

此会真堪称率真，不分是主不分宾。剧谈狂倒千钟酒，不速欣来一故人。料峭寒风春似梦，廉纤疏雨气如尘。盆梅知有佳宾在，献媚争开一朵新。

春日偶成

漫山花药笑春风，独我仍然与旧同。衰病尽忘新岁乐，闲愁全换昔时容。尘劳易折诗中兴，块磊难浇酒外胸。不是萧骚狂兴减，年来丰骨渐龙钟。

竹屏招同林汉川小集味书阁，即席赋赠汉川

当年同此醉华筵，今日重逢意畅然。佳节上元灯火夜，春风满座绮罗天。丰标似玉裴中令[①]，诗句如花李谪仙[②]。投分非关亲旧谊，三生石上有前缘[③]。

【注】

①刘义庆《世说新语·容止》：裴令公有俊容仪，脱冠冕，粗服乱头皆好，时人以为"玉人。"见者曰："见裴叔则，如玉山上行，光映照人。"

②李谪仙，即李白。《新唐书·文艺传中·李白》：“知章见其文，叹曰：‘子，谪仙人也！’”

③据宋·李昉《太平广记》记载，相传唐李源与僧圆观友好，圆观临死时与李约定，十二年后在杭州天竺寺相见。李源依期赴约，在天竺寺前遇一牧童唱《竹枝词》道：“三生石上旧精魂，赏月吟风不要论。惭愧情人远相访，此身虽异性长存。”乃知牧童即圆观。后喻因缘前定。

新正十日，集徐竹屏爱吾庐之味书阁，用樊榭《山房集》[①]吴敦复《瓶花斋》[②]诗韵

明媚林峦雨霁初，青鞵闲访爱吾庐。頳颜饱饫圣人酒[③]，粉壁多悬宰相书。壁间悬曾涤生、李少荃、左季高诸相国书。满座奇香初爇鼎，半钩新月恰临除。幽居别有闲风趣，麂眼篱边自撷蔬[④]。

【注】

①樊榭，底本作“樊谢”，据乡著会抄本改。厉鹗（1692—1752），字太鸿，号樊榭，清文学家，杭州人。著有《樊榭山房集》、《宋诗纪事》、《南宋院画录》、《辽史拾遗》等。

②吴焯（1676—1733），字尺凫，号绣谷，杭州人，清著名藏书家、学者。吴焯好诗，又喜聚书，建藏书楼“瓶花斋”，藏书闻名于江南。据《杭州府志·文苑》：“吴焯九岁能诗，毛奇龄执手称畏友，康熙四十四年南巡献赋，召试。五十六年奏进所著书。所居瓶花斋聚书万卷，莳花种竹，足不越户外而车辄常满。流连文酒，自抒所学，撰述十馀种。”

③圣人酒，指清酒。《三国志·魏书·徐邈传》：“徐邈字景山，燕国蓟人也……魏国初建，为尚书郎，时科禁酒，而邈私饮至于沉醉。校事赵达问以曹事，邈曰：‘中圣人。’达白之太祖，太祖甚怒。度辽将

军鲜于辅进曰：‘平日醉客谓酒清者为圣人，浊者为贤人，邈性修慎，偶醉言耳。’竟坐得免刑。”

④麂眼篱，竹篱。篱格斜方如麂眼，故名。宋·陆游《山行》诗：“缘崖曲曲羊肠路，傍水疏疏麂眼篱。”亦省作“麂眼”。

赠杨小堤

吾友小堤意气雄，鸿轩凤举气吐虹。森森矗立和峤松①，眼光烂烂王安丰②。嵇绍鹤在鸡群中③，即看标格已不同。况复文章绵绣工，造凤楼手薄雕虫④。诗篇珠玉吴江枫，坚垒谁敢偏师攻。赋笔盪轶声摩空，赤诚霞起孙兴公⑤，才藻应独步江东，纵然秋闱一战遇罡风。杨公鹤岂真氋氃⑥，而君不怨上苍太梦梦，不诮主司头脑烘，依然铸砚志、磨杵功，凿邻壁、映囊萤⑦，百城山拥坐书丛⑧。达摩面壁力研穷，要使名标虎榜折桂蟾宫⑨。二月春风红杏红，云程万里取次通。

【注】

①和峤松，《晋书·和峤列传》：“和峤，字长舆，汝南西平人也。祖洽，魏尚书令。父逌，魏吏部尚书。峤少有风格，慕舅夏侯玄之为人，厚自崇重。有盛名于世，朝野许其能风俗，理人伦。袭父爵上蔡伯，起家太子舍人。累迁颍川太守，为政清简，甚得百姓欢心。太傅从事中郎庾顗见而叹曰：‘峤森森如千丈松，虽磥砢多节目，施之大厦，有栋梁之用。’贾充亦重之，称于武帝，入为给事黄门侍郎，迁中书令，帝深器遇之。”

②《世说新语·容止》：“裴令公目王安丰：‘眼烂烂如岩下电。’”

③嵇绍（253—304），字延祖，嵇康之子，晋大臣，官至侍中，因舍身保卫晋惠帝而身亡。晋·戴逵《竹林七贤论》：“嵇绍入洛，或谓王戎曰：‘昨于稠人中始见嵇绍，昂昂然若野鹤之在鸡群。’”《世说

新语·容止》：“有人语王戎曰：‘嵇延祖卓卓如野鹤之在鸡群。’”

④雕虫即，雕虫小技或雕虫薄技。西汉·扬雄《法言》：“或问：‘吾子少而好赋。’曰：‘然。童子雕虫篆刻。’俄而曰：‘壮夫不为也。’或曰：‘赋可以讽乎？’曰：‘讽乎！讽则已，不已，吾恐不免于劝也。’”清·陈维崧《满庭芳·赠表兄万大士》词：“少日亲情，两家中表，羊车竞戏阶前，雕虫薄技，里塾又随肩。”

⑤孙绰(314—371)，字兴公，晋太原中都人。初为著作佐郎，袭封长乐侯，后为征西将军庚亮参军、太学博士、尚书郎，迁散骑常侍。其《游天台山赋并序》有句：“赤城霞起而建标，瀑布飞流而界道。”今有明人辑《孙廷尉集》传世。

⑥氋氃，毛松散貌。南朝·宋·刘义庆《世说新语·排调》：“刘遵祖少为殷中军所知，称之于庾公。庾公甚忻然，便取为佐。既见，坐之独榻上与语。刘尔日殊不称，庾小失望，遂名之为‘羊公鹤’。昔羊叔子有鹤善舞，尝向客称之，客试使趋来，氃氋而不肯舞，故称比之。”清·钱谦益《十五夜不见月》诗：“栖鸖（鹤）氋氃思北岭，啼螿亲切近南楼。”

⑦《晋书·车胤传》：“车胤，字武子，南平人也。曾祖浚，吴会稽太守。父育，郡主簿。太守王胡之名知人，见胤于童幼之中，谓胤父曰：‘此儿当大兴卿门，可使专学。’胤恭勤不倦，博学多通。家贫不常得油，夏月则练囊盛数十萤火以照书，以夜继日焉。”刘歆《西京杂记》：“匡衡勤学而无烛，邻舍有烛而不逮，衡乃穿壁引其光，以书映光而读之。”

⑧拥书百城，喻藏书极其丰富或嗜书之深。《魏书·逸士列传·李谧》：“丈夫拥书万卷，何假南面百城！”

⑨折桂蟾宫，谓科举应试及第。《晋书·郤诜传》：“武帝于东堂会送，问诜曰：‘卿自以为何如？’诜对曰：‘臣举贤良对策，为天下第一，犹桂林之一枝，昆山之片玉。’帝笑。”元·施惠《幽闺记·士女随迁》：“镇朝经暮史，寐晚兴夙，拟蟾宫折桂之梯步。”

寒士吟

破笥无衣瓶无粟，老妻丧气儿女哭。败突无烟囊无钱，亲朋人世冷眼谁见怜。吾读毛内翰之《贫士叹》，苦况视此犹止半。更观沈山人之《贫况》诗[①]，彼犹差可此过之。造物生人亦何意，徒使寒士萧条挫壮志。万卷撑肠饿欲死，饥来只好吞茧纸。多少纨裤肥鱼大肉饱高官，从今须烧尽，典册高文何用看。

【注】

①沈谨学（1800—1847），字诗华，又字秋卿，号沈四山人，也称沈山人，元和（今江苏苏州）人。嘉道时苏州著名寒士，娴吟咏，对诗歌终其身虽穷不废，且益工，独具一格。著有《沈四山人诗录》。

寿南铭石表兄六十

缘缔三生石，情联中表亲。相知如骨肉，累世订婚姻。樽酒论文洽，岁时聚首频。聊将诗介寿，预祝八千春。

馆头驿

残灯晓驿乱鸡声，催上风帆不少停。客路相逢多白眼，迎人独有好山青。

幽居遣兴

一架残篇一敝庐，家于山水乐樵渔。疏狂敢索长安米[①]，老拙惟乘下泽车[2]。满室清香花映户，半帘疏影月临除。年来惜少知心友，独向床头读异书。

【注】

①索长安米，指求取俸禄。《汉书·东方朔传》："朔绐驺朱儒，曰：'上以若曹无益于县官，耕田力作固不及人，临众处官不能治民，从军击虏不任兵事，无益于国用，徒索衣食，今欲尽杀若曹。'朱儒大恐，啼泣。朔教曰：'上即过，叩头请罪。'居有顷，闻上过，朱儒皆号泣顿首。上问：'何为？'对曰：'东方朔言上欲尽诛臣等。'上知朔多端，召问朔：'何恐朱儒为？'对曰：'臣朔生亦言，死亦言。朱儒长三尺余，奉一囊粟，钱二百四十。臣朔长九尺余，亦奉一囊粟，钱二百四十。朱儒饱欲死，臣朔饥欲死。臣言可用，幸异其礼；不可用，罢之，无令但索长安米。'上大笑，因使待诏金马门，稍得亲近。"宋·杨亿《汉武》："待诏先生齿编贝，那教索米向长安？"

②下泽车，适宜在沼泽地上行驶的短毂轻便车，用于田间运载。《后汉书·马援列传》："封援为新息侯，食邑三千户。援乃击牛酾酒，劳飨军士。从容谓官属曰：'吾从弟少游常哀吾慷慨多大志，曰："士生一世，但取衣食裁足，乘下泽车，御款段马，为郡掾史，守坟墓，乡里称善人，斯可矣。致求盈余，但自苦耳。"当吾在浪泊、西里间，虏未灭之时，下潦上雾，毒气重蒸，仰视飞鸢跕跕堕水中，卧念少游平生时语，何可得也！今赖士大夫之力，被蒙大恩，猥先诸君纡佩金紫，且喜且惭。'"

春日杂咏

淡云轻霭嫩晴天，啼鸟声娇破晓烟。卷起湘帘人意好，桃花红到画栏前。

偶从篱角一凝眸，大小蛛丝结网稠。碍我闲行怜觅食，折竿欲掠笑还休。

寄赠家星舫

促膝联床夜雨风，时承枉顾草堂中。半生心绪弦韦契，老死书丛尔我同。闺阁生香耽翰墨，诗笺有味互鳞鸿。只怜故旧多凋谢，落落晨星剩有公。

家在碧荷花盛中，人饶五柳七松风[①]。诗才红叶乡先哲，乡先生徐春台有“红叶万山秋”之句，当时有“徐红叶”之目。书味青灯宋放翁[②]。攻错相期为药石，象贤无愧绍箕弓[③]。倾心岂但才华擅，有子不凡更羡公。

【注】

①五柳，即陶潜，字渊明，一字元亮，号五柳先生，东晋末期南朝宋初期诗人、文学家、辞赋家、散文家，浔阳柴桑（今江西省九江市）人。曾任江州祭酒、镇军参军、彭泽令等职，后因厌恶官场污浊，遂退隐农村。其诗风格质朴自然而形象鲜明。有《陶渊明集》。七松，即郑薰，字子溥，号七松处士。文宗大和二年(828)擢进士第，历考功郎中、翰林学士。唐懿宗立，召为太常少卿，擢累吏部侍郎，后以太子少师致仕。薰端劲，再知礼部，举引寒俊，士类多之。既老，号所居为“隐岩”，莳松于廷，号“七松处士。”

②陆游，字务观，号放翁，越州山阴（今浙江省绍兴）人。南宋诗人。著有《剑南诗稿》等。

③绍箕弓，喻继承父、祖的事业。《礼记·学记》：“记问之学，不足以为人师。必也其听语乎？力不能问，然后语之；语之而不知，虽舍之可也。良冶之子，必学为裘。良弓之子，必学为箕。始驾马者反之，车在马前。君子察于此三者，可以有志于学矣。”

老来

少日苦多病，老来病更加。饱餐防作胀，当暑怯衣纱。疟鬼秋成例，晨杯药当茶。衰颓真可笑，何以度年华。

渔家

一箬笠，一竹竿，独钓寒江寒。得鱼买钱钱买米，饱食团圞信足欢。君不见多少劳身走风雨，东西南北别离苦。

天涯夜夜思归心，恨不此身插两羽。妻孥儿女共一船，不及渔家长相聚。

秋日偶成

梧桐一叶下，鸿雁两行斜。竹解黏泥箨，荷干坠水花。陂塘浮小鸭，树杪乱昏鸦。为爱莼鲈美，多衰恨脱牙。

为扫阶前叶，来烹竹里茶。引泉因植果，趁雨好移花。答友书常误，疏方药未差。儿童安寂静，知我爱无哗。

咏兰

一枝兰蕙寂开花，插在篱边最惜它。不但纠缠多蔓草，四围更有棘荆多。

自遣

不慕生封万里侯，不须骑鹤上扬州[①]。平生只爱乡居乐，款段逍遥马少游[②]。

【注】

①骑鹤上扬州，形容贪婪、妄想。南朝·梁·殷芸《小说·吴蜀人》：“有客相从，各言所志，或愿为扬州刺史，或愿多赀财，或愿骑鹤上升。其一人曰：‘腰缠十万贯，骑鹤上扬州。’欲兼三者。”

②款段，马行迟缓的样子。马少游，即汉马援从弟，志向淡泊，知足求安，无意功名，优游乡里即足以了此一生。《后汉书·马援列传》：“（马少游）曰：‘生一世，但取衣食裁足，乘下泽车，御款段马，为郡掾史，守坟墓，乡里称善人，斯可矣。致求盈余，但自苦耳。’”

杂感

梦梦天道苦难知，黑白模糊惹我疑。九畹芝兰轻小草，满园荆棘得狂枝。横行极目纷成蟹，多刺撩人鲠过鲥。谁信炉灰真已死，因风来复有燃时。

异制林宗独折巾，纷纷桀犬吠狺狺[①]。郑鱼鲁鼎人多绐，篝火狐鸣事岂真[②]。排解鲁连徒费舌[③]，懵腾醉尉易生瞋[④]。人情云雨多翻覆，事过都成刍狗陈[⑤]。

【注】

①汉·邹阳《狱中上书自明》：“今人主（实指梁孝王）诚能去骄傲之心，怀可极之意，披心腹，见情素，堕肝胆，施德厚，终与之穷达，无爱于士，则桀之犬可使吠尧，跖之客可使刺由，何况因万乘之权，假圣王之资乎！”

②《史记·陈涉世家》："又间令吴广之次所旁丛祠中，夜篝火，狐鸣呼曰：'大楚兴，陈胜王。'"

③鲁仲连，亦称鲁连，战国时名士。善于出谋划策，常周游各国，为其排难解纷。见《史记·鲁仲连邹阳列传》。

④《史记·李将军列传》："广家与故颍阴侯孙屏野居蓝田南山中射猎。尝夜从一骑出，从人田间饮。还至霸陵亭，霸陵尉醉，呵止广。广骑曰：'故李将军。'尉曰：'今将军尚不得夜行，何乃故也！'止广宿亭下。居无何，匈奴入杀辽西太守，败韩将军，后韩将军徙右北平。于是天子乃召拜广为右北平太守。广即请霸陵尉与俱，至军而斩之。

⑤刍狗，古代祭祀用茅草扎成的狗，祭祀后丢弃。指已经过时，轻贱无用的东西。《庄子·天运》："今而夫子亦取先王已陈刍狗，聚弟子游居寝卧其下。"

赠徐君竹屏

欲觅同心诉不平，憨痴似我眼谁青。卅年细数真知己，一树梅花一竹屏。

僻处

僻处架蜗庐，喧阒无车马。门外多风尘，个中颇闲雅。兰蕙种成丛，桐梓已拱把。长松百尺高，啸咏于其下。诗兴偶然来，拈笔遂乱写。境地颇清幽，襟怀亦潇洒。问此是何人，云是读书者。

生平喜读书，好与古人友。遇有忠烈者，嘅慕不啻口。更有名大儒，焚香辄稽首。视之如钟彝，仰之如山斗。即古以为鉴，步趋常恐后。虽难踵芳徽，庶以励操守。所以日闭关，懒出与俗偶。

黄纫秋孝廉北上应礼部试诗以送之

公车迢递赴燕台，星使班高笑语陪。时黄漱兰通政与同行。通政去秋典闽试，告假回籍，期满旋京。此去春风应得意[①]，杏花红衬马蹄回。

【注】

①唐·孟郊《登科后》诗："昔日龌龊不足夸，今朝放荡思无涯。春风得意马蹄疾，一日看尽长安花。"

登金山

只从草舍独盘桓，今日闲来试一看。多竹地能成别趣，无峰山总不奇观。冲风樵担压肩重，冒雨僧裟着体寒。一任斜阳催客去，少留我正有馀欢。

仲兄�村首举一孙，以诗为贺

吾兄四十作阿翁，弟将四十未生子。可怜本是同根生，命之相悬竟如此。明日三朝汤饼筵，吾作小诗呈兄视。阿兄纵多烦恼魔，见诗应亦笑不止。祝儿他日事事皆如兄，不妨将弟小诗当作券一纸。

附录仲兄篘村和作

我观香山与随园，诗中常道未生子。劝君莫嗟崔慎迟，大抵诗人多如此。只是好花待时开，早晚何容有异视。我虽子早今生孙，添得家累何时止。明朝须来同一醉，人生忧乐寻常耳。不爱君饮爱君诗，兴来当更书满纸。

喜小堤至

少隔故人面，顿教系我思。幸从风雨夕，得共笑言时。僻性从人骂，爱书似我痴。惟君臭味合，信可称心知。

绿蕉轩喜晤洪位三春来

曾从残腊炙光仪，重此谈心聚履綦。对我青曾垂阮眼，如君白岂愧常眉①。闲情中散琴三弄②，妙技倪迂笔一枝③。甚欲灯边长聚首，免教落月赋相思。

绿酒红灯又一时，春风伴我醉琼卮，清谈娓娓东方朔④，逸态翩翩杜牧之⑤。一曲狂歌丝竹肉，三更清兴画书诗。聪明绝顶丰神秀，那不逢人说项斯⑥。

【注】

①《三国志·蜀书·马良传》："马良，字季常，襄阳宜城人也。兄弟五人，并有才名，乡里为之谚曰：'马氏五常，白眉最良。'良眉中有白毛，故以称之。"

②嵇康曾任中散大夫，世以"中散"称之。

③妙技，乡著会抄本作"技技"。倪瓒(1301—1374)，原名珽，字

元镇，元朝画家、诗人。性情孤僻狷介，有洁癖，世人称之为倪迂。擅山水、竹石、枯木等画，画史将他与黄公望、吴镇、王蒙并称元四家。

④东方朔(前 161—前 93)，字曼倩，西汉辞赋家。汉武帝时期任常侍郎、太中大夫等职。性格诙谐，言词敏捷，滑稽多智。班固在《汉书·东方朔传》中赞曰："朔之诙谐，逢占射覆，其事浮浅，行于众庶，童儿牧竖莫不眩耀。而后世好事者因取奇言怪语附着之朔，故详录焉。"一生著述甚丰，著有《答客难》《非有先生论》《封泰山》《责和氏壁》《试子诗》等。

⑤杜牧（803—约 852），字牧之，号樊川居士，晚唐杰出诗人，京兆万年（今陕西西安）人。杜牧人称"小杜"，与李商隐并称"小李杜"。因晚年居长安南樊川别墅，故后称"杜樊川"，著有《樊川文集》。

⑥唐·杨敬之《赠项斯》："处处见诗诗总好，及观标格过于诗。平生不解藏人善，到处逢人说项斯。"项斯，字子迁，号纯一，江东人。初隐朝阳峰，枕石饮泉，长哦细酌，凡三十馀年。开成之际，声价藉甚，特为张籍所赏。

金峰寺

清游频此地，恰喜近吾乡。以外皆山抱，其中一寺藏。竹露晨窗润，松风午榻凉。迎眸闲立久，岚翠满衣裳。

岭头寺题壁

偶来跻绝巘[1]，不自惜劳筋。溪水如余冷，檀香对佛熏。松阴圆似伞，岚气幻成云。墙角残碑卧，剜苔认旧文。

【注】

①巘，底本作"山献"，据乡著会抄本改。

画蝶

栩栩蘧蘧是也非，从头一一认依稀。何当化作庄周梦[1]，来向花间逐队飞。

【注】

①《庄子·齐物论》："昔者庄周梦为蝴蝶，栩栩然蝴蝶也，自喻适志与！不知周也。俄然觉，则蘧蘧然周也。不知周之梦为蝴蝶与，蝴蝶之梦为周与？周与蝴蝶，则必有分矣。此之谓物化。"

风月楼晚眺

一带风光两眼收，忍寒揽胜此登楼。杂花生树交枝格，好鸟鸣春互唱酬。烟霭迷离添暮色，光阴荏苒付闲游。多情最是斜阳好，犹有馀光为我留。

赠钱商山先生明灏

十年久切识韩思[1]，竟使无缘觌面时。忽报高轩过蓬荜[2]，得从末座炙型仪。笑谈与我霏清屑，尊酒留公愧薄醨。倘得游山腰脚健，云龙上下拟追随。

公真怀葛之遗民[3]，古貌清标最可人。晤叙尽融前辈气，订交肯与后生身。酒边奇气豪如昨，笔下清词妙入神。大宅道南居许寄，移家应与结芳邻。

【注】

①识韩，同前注"识荆"。

②《新唐书·文艺下》：李贺字长吉，系出郑王后。七岁能辞章，韩愈、皇甫湜始闻未信，过其家，使贺赋诗，援笔辄就如素构，自目曰《高轩过》，二人大惊，自是有名。

③怀葛，无怀氏、葛天氏之并称。二人皆为传说中的上古帝王名。古人以为其世风俗淳朴，百姓无忧无虑。陶潜《五柳先生传赞》："酬觞赋诗，以乐其志，无怀氏之民欤？葛天氏之民欤？"

刘伯伦①

平生低首刘伯伦，一杯长作醉中人。醉中笑煞他人醒，醒里何如醉里身。

【注】

①刘伶，字伯伦。魏晋时期沛国人，平生嗜酒，曾作《酒德颂》。

对月怀黄菊襟

清光两地照相思，彼此吟怀欲动时。我忆君犹君忆我，明朝应有往来诗。

四十初度

身到人间四十年，功名事业两茫然。不知何故偏生我，清夜思量欲问天。

见海舟有作

风颠浪恶不曾休，几覆波心一叶舟。柁手篙工犹梦梦，傍看我却为担忧。

雨中友人见访

双扉长日不曾开，细雨如丝湿草莱。偏有闲人能见访，不嫌双屐踏云来。

古刹

放出青山好，游云四面分。炊烟林外起，钟磬上方闻[①]。僧老埋尘垢，碑残没旧文。苍茫凭眺久，寒意入斜曛。

【注】

①磬，底本作“罄”，据乡著会抄本改。

雨泊蒲州

重重湿雾锁江流，大海茫茫一叶舟。波浪掀天风雨恶，乱云深处泊蒲州。

半翁诗草 卷三

元旦试笔

吹箫击鼓又鸣钲，杂以家家爆竹声。此是岁朝真景象，好从晓日整冠缨。痴僮闲里多寻戏，熟客来时亦费迎。检点行装并拄杖，明朝要去贺新正。

感事和洪鲁山邦泰

衰鬓频惊岁月磨，况当中外构兵戈。狂氛到处愁青犊，乱世何方避白骡[①]。但见鲸鲵营窟穴，可能礔砺靖风波。休嗤魏绛和戎错[②]，或有幽情莫奈何。李爵相

飞来一纸骇听闻，剿抚无常覆雨云。残局可和生有幸，燎原弗戢自将焚[③]。蒙尘谁使君王辱，误国偏争朋党分。大帅东南深虑患，免教半壁受灾氛。张、刘两制军。

千钧一发屈求和，国耻如圭玷不磨。政府无才偏喜事，

拳民有术竟如何。枉招毒雾嘘鲛室，惨听哀鸿泣网罗。社稷倾危民蹂躏，鲰生也亦涕滂沱。

江湖何日庆澜安，得使神京返跸銮。此日唐衢空有泪[④]，当年燕赵惨涂肝。惊心错已先时铸，打劫棋谁败局完。大势中原虽决裂，犹期再造与同看。

【注】

①青犊、白骡，泛指农民起义军。《后汉书·邓寇列传》：“更始虽都关西，今山东未安，赤眉、青犊之属，动以万数，三辅假号，往往群聚。”唐·崔涂《己亥岁感事》诗：“正闻青犊起葭萌，又报黄巾犯汉营。”清·李兆洛《骈体文钞·徐孝穆与王僧辩书》：“绿林、青犊之群，黑山、白马之众。校彼兵荒，无闻前史。”白骡、白马意同。

②魏绛，姬姓，魏氏，名绛，谥号为庄，故史称魏庄子，春秋时晋国卿。晋悼公四年，魏绛向悼公提出和戎的政治主张，争取了民族团结。

③《春秋左传·隐公》：“公问于众仲曰：‘卫州吁其成乎？’对曰：‘臣闻以德和民，不闻以乱。以乱，犹治丝而棼之也。夫州吁，阻兵而安忍。阻兵无众，安忍无亲，众叛亲离，难以济矣。夫兵犹火也，弗戢，将自焚也。夫州吁弑其君而虐用其民，于是乎不务令德，而欲以乱成，必不免矣。’”

④唐衢，唐诗人，屡应进士试不第，所作诗意多伤感，见人诗文有所悲叹者，读后必哭。尝游太原，预友人宴，酒酣言事，失声大哭，时人称唐衢善哭。

破砚叹

案头一破砚，伴我十馀年。日日寒窗下，与砚缔清缘。砚亦不我鄙，我亦惟砚怜。恍惚砚乃作人语，谓我随君阅寒暑，不见君志壮飞骞[①]，只见君心甘伏处。尔尚不知羞，人皆冷眼笑不休。君不见，当世青衫子、白面郎，意气尽飞扬，或携砚兮入文场，鏖战茫茫人海秋风香；或携砚兮登玉堂，抒写和声鸣盛大文章。尔独一无有，我大为汝丑。予闻此语颜忸怩[②]，拍案狂叫卯至酉。大声詈骂不绝口，砚兮砚兮非我友。吁嗟乎！砚兮砚兮非我友。

【注】

①飞骞，乡著会抄本作“飞腾”。

②忸怩，底本作“怩忸”，心惭、羞愧之意。《尚书·五子之歌》：“郁陶乎予心，颜厚有忸怩。”

对时医有感

七方随意画痴泠[①]，赏识何人半醉醒。精漆延年功岂验，参耆误死药偏灵。名呼和缓须思义[②]，书讲轩岐不解听[③]。为语医师休孟浪[④]，昌阳多少误豨苓[⑤]。

【注】

①七方，指在方药组合和临证运用上各具特色的七种方剂，即大方、小方、缓方、急方、奇方、偶方、重方的合称。《素问·至真要大论》：“治有缓急，方有大小”，开方剂分类之先河。至金代成无己《伤寒明理论》始定为七方，并以此为制方之准绳。

②和缓，春秋时秦国良医和与缓的并称。晋·挚虞《疾愈赋》：“讲和缓之馀论，寻越人之遗方。”清·潘耒《河堤》诗：“古方治今病，和缓技亦穷。”梁启超《论请愿国会与请愿政府并行》：“如彼久病者，不敢望和缓，且望中医。”

③轩岐，黄帝轩辕氏与其臣岐伯的并称，被视为中医学的始祖。轩辕就是传说中的黄帝，岐伯是传说中的古代医家，其名见于《内经》。后世称中医学为“岐黄之术”或“轩岐之术。”

④孟浪，粗率、疏误之义。宋·马永卿《元城语录》：“正如老医看病极多，故用药不至孟浪杀人。”

⑤昌阳，昌蒲，药材名，相传久服可以长寿。豨苓，又名猪苓，利尿药。

寄叶甥石农

尘世谁相契，裁笺寄晚风。诗人贫有例，乱世酒无功。狂态中年减，才名一世空。时艰真莫挽，何必问穷通。

食无鱼

楝子枝头花已开，石首渔船鱼未来[①]。累日盘飧无美味，饭难下咽况举杯。吁嗟乎！下饭若必待鱼美，贫家无钱那有此。春韭秋菘餐一畦[②]，未闻叹息食无鱼。

【注】

①石首，指黄鱼。南宋·范成大《田园杂兴》诗：“海雨江风浪作堆，时新鱼菜逐春回。荻芽抽笋河豚上，楝子花开石首来。”

②韭，韭菜；菘，一种阔叶蔬菜名。春韭秋菘泛指时新蔬菜。《南齐书·周颙传》：“文惠太子问颙：‘菜食何味最胜？’颙曰：‘春初早韭，秋末晚菘。’”

过凤凰山[①]

半堤桑柘乱云漫[②]，水荇风蒲不自闲。柔橹两枝摇梦醒，偏舟已过凤凰山。

【注】

①凤凰山，位于乐清白石镇凤凰村西南，与北白象镇万家交界。

②桑柘，桑木与柘木。《礼记·月令》：“（季春之月）命野虞无伐桑柘，鸣鸠拂其羽，戴胜降于桑。”宋·朱彧《萍洲可谈》卷二：“而先植桑柘已成，蚕丝之利，甲于东南，迄今尤盛。”元·张养浩《寨儿令·绰然亭独坐》曲：“杨柳风微，苗稼云齐，桑柘翠烟迷。”清·周亮工《樵川城中》诗：“林边桑柘好，何地认烽烟。”

哭仲兄錡村

一病匆匆遽饰巾[①]，浮生四十七年身。硝黄误死功何验，兄因误服硝黄而亡。骨肉关心痛入神。欲话离怀凭夜梦，重联缘分冀来因。幽魂泉下知差慰，得见高堂二老人。

【注】

①饰巾，指死亡，上古人死时不冠而裹巾。清·赵翼《挽唐再可》：“方当享大耋，光景日正午。何期遽饰巾，霞飞倏羽化。”

示南吉如[①]

从今下笔要三思，拙速何曾胜巧迟。告汝一言须记取，工夫到处自能知。

【注】

①南吉如，谱名德晖，也作德辉，名岳，字吉如、吉儒，今乐清黄华南宅人，清庠生，家素封，喜行善，曾纂修南宅宗谱，居乡授徒从业，南怀瑾叔祖，作者的弟子、表侄。

中原

中原时局变，此变更如何。天子蒙尘辱，廷臣误国多。东南灾幸脱，西北祸深罗。何苦开边衅，徒劳屈议和。

偶成

十年病骨瘦难支，醉倚胡床午倦时[①]。好梦欲寻投分客[②]，奇方难觅折肱医[③]。生涯冷淡心偏适，骨格清狂世岂知。却惜头颅将老我，壮怀消尽剩呆痴。

【注】

①胡床，亦称“交床”、“交椅”、“绳床”，是古时一种可以折叠的轻便坐具。李白《寄上吴王三首》：“去时无一物，东壁挂胡床。”

②投分，情投意合。《周书・史宁传》：“申以投分之言，微托思归之意。”晋・潘岳《金谷集作诗》：“春荣谁不慕，岁寒良独希；投分寄石友，白首同所归。”

③折肱医，良医。《春秋左传・定公》：“三折肱知为良医。”

杨小堤枉顾草庐喜赋[①]

镇日苦闲寂，春风来故人。相知岂形迹，高谊出天真。清话惟文字，微名感屈伸。多君青眼意，白首岂如新。

少曾同砚席，气谊倍相亲。往事浑如梦，相知独此人。流连诗酒味，珍重薜萝身[②]。尔我忘形惯，何须问主宾。

【注】

①乡著会抄本作“小隄枉顾草堂喜赋”。

②薜萝，薜荔和女萝。两者皆野生植物，常攀缘于山野林木或屋壁之上。《楚辞·九歌·山鬼》：“若有人兮山之阿，被薜荔兮带女萝。”王逸注：“女萝，兔丝也。言山鬼仿佛若人，见于山之阿，被薜荔之衣，以兔丝为带也。”后借以指隐者或高士的衣服。《南齐书·高逸传·宗测》：“量腹而进松朮，度形而衣薜萝。”唐·张乔《送陆处士》诗：“若向仙岩住，还应着薜萝。”唐·陈陶《寄兵部任畹郎中》诗：“昆玉已成廊庙器，涧松犹是薜萝身。”

登白石山

霁景初开卓午天，振衣高陟翠微颠。断溪过雨旋添涨，暮霭团风欲化烟。佛宇秋空香气静，松涛昼寂磬声圆。登临一洗胸尘净，来作人间半日仙。

送陈咏芗小尹琏之闽，即次留别原韵

诗社联吟阅数春，倏教骊唱动征尘[①]。无才人世空怜我，作郡频年只送人。异政他时应借寇[②]，大名此日共惊遵[③]。江山满眼吟怀健，馀事应知得句新。

蹀躞宦途马脱鞿，肯同不字守房帏。共知经世才原大，可奈中原事已非。有志澄清君揽辔[④]，忘怀理乱我扃扉。雄飞雌伏休相笑[⑤]，自分桑榆渐落晖。

征帆遥指海疆前，聚散情怀各惘然。两地瓯闽空怅望，馀生邢尹敢争妍[⑥]。相期旧雨关心切，枨触离情有梦牵。握别赠言须记取，前程踊跃着先鞭。

【注】

①骊唱，指骊歌，告别的歌。《汉书·儒林传》："博士江公世为《鲁诗》宗，至江公著《孝经说》，心嫉式，谓歌吹诸生曰：'歌《骊驹》。'式曰：'闻之于师：客歌《骊驹》，主人歌《客毋庸归》。今日诸君为主人，日尚早，未可也。'江翁曰：'经何以言之？'式曰：'在《曲礼》。'江翁曰：'何狗曲也！'式耻之，阳醉逖地。式客罢，让诸生曰：'我本不欲来，诸生强劝我，竟为竖子所辱！'遂谢病免归，终于家。"

②借寇，谓地方上挽留官吏，含有对政绩的称美之意。《后汉书·邓寇列传》："恂归颍川。三年，遣使者即拜为汝南太守，又使骠骑将军杜茂将兵助恂讨盗贼。盗贼清静，郡中无事。恂素好学，乃修乡校，教生徒，聘能为《左氏春秋》者，亲受学焉。七年，代朱浮为执金吾。明年，从车驾击隗嚣，而颍川盗贼群起，帝乃引军还，谓恂曰：'颍川迫近京师，当以时定。惟念独卿能平之耳，从九卿复出，以忧国可也。'恂对曰：'颍川剽轻，闻陛下远逾阻险，有事陇、蜀，故狂狡乘间相诖误耳。如闻乘舆南向，贼必惶怖归死。臣愿执锐前驱。'即日车驾南征，恂从至颍川，盗贼悉降，而竟不拜郡。百姓遮道曰：'愿从陛下复借寇君一年。'乃留恂长社，镇抚使人，受纳馀降。"

③惊遵，即惊座，使在座者震惊。《汉书·游侠传》："陈遵字孟公，杜陵人也。长八尺馀，长头大鼻，容貌甚伟。略涉传记，赡于文辞。性善书，与人尺牍，主皆藏去以为荣。请求不敢逆，所到，衣冠怀之，唯恐在后。时列侯有与遵同姓字者，每至人门，曰陈孟公，坐中莫不震动，既至而非，因号其人曰陈惊坐云。"唐·骆宾王《春日离长安言怀》："剧谈推曼倩，惊坐揖陈遵。"

④揽辔澄清，谓在乱世有革新政治，安定天下的报负。《后汉书·党锢列传·范滂》："时冀州饥荒，盗贼群起，乃以滂为清诏使，案察之。滂登车揽辔，慨然有澄清天下之志。"

⑤雄飞，喻奋发有为；雌伏，屈居人下。《后汉书·赵典传附赵温》："温字子柔，初为京兆丞，叹曰：'大丈夫当雄飞，安能雌伏！'遂弃官去。遭岁大饥，散家粮以振穷饿，所活万馀人。献帝西迁都，为侍中，

同舆辇至长安，封江南亭侯，代杨彪为司空，免，顷之，复为司徒，录尚书事。”

⑥邢尹，汉武帝宠妃尹夫人与邢夫人之并称。因同时被宠幸，《史记・外戚世家》：“尹夫人与邢夫人同时并幸，有诏不得相见。”后以尹邢之事作彼此不相谋面之典故，含嫉妒之意。清・赵翼《子才过访草堂》诗：“尹邢不避面，翻欲同罗帱。”

自咏

一丸螺墨一床书，结习真惭我辈迂。耗却心头多少血，可怜依旧一庸儒。

寄洪君鲁山

晤叙多真气，笑谈有古风。相知惟我独，骂世得君同。性怪能相谅，才多不逞雄。心知今幸订，各自保初终。

题吴郁周红袖添香小照

人生何者是真福，静坐读书便云足。况有女郎貌如花，立在偏傍勤事服。安排一个博山炉，纤手烧香楠檀馥。苦我年来尘鞅缚，清福输君惭鹿鹿。侍奉不但丫环无，奇书并鲜开口读。何论名香馝馞焚耨笃，惟有胸中尘坷积万斛。容颜自信俗人俗，虽然韩孟云龙幸相逐[①]，垂青款待惭刮目。更恐江花笔已退，诗才黄杨苦倒缩。纵教索我题句有如火之速，何敢妄研螺丸摇虎仆[②]，在君鳆鱼嗜痂不啻有癖好[③]，而我佛头着粪得不生踖踧[④]。只有一语戏君向君告，风流之话勿厌渎，勿厌渎，笑捧腹。年少春心得毋如花之放而不可蓄。不然，何必画此红袖添香图一幅。

【注】

①韩孟，诗人韩愈、孟郊的并称，云龙，喻朋友相得。王十朋《访许峰曹梦良山中留诗为别》云："我自箫峰下，遥来访许峰。川涂何敢惮，笔砚久相从。故里行将远，吾人岂易逢。何当继韩孟，相逐似云龙。"清·赵翼《余简稚存诗稚存答诗再简奉酬》："昔唐有韩孟，云龙两连翩。"

②螺丸，古时的一种墨。陶宗仪《辍耕录》卷二十九："上古无墨，竹挺点漆而书。中古方以石磨汁，或云是延安石液。至魏晋时，始有墨丸，乃漆烟、松煤夹和为之。所以晋人多用凹心砚者，欲磨墨贮沈（渖）耳。自后有螺子墨，亦墨丸之制遗。"虎仆，兽名。《太平御览》卷九一三引晋张华《博物志》："逢伯云所说，有兽缘木，绿文似豹，名虎仆，毛可为笔。"后因以为笔之代称。

③嗜痂，怪僻的嗜好。《宋书·刘邕传》："邕所至嗜食疮痂，以为味似鳆鱼。尝诣孟灵休，灵休先患灸疮，疮痂落床上，因取食之。灵休大惊。答曰：'性之所嗜。'灵休疮痂未落者，悉褫取以饴邕。"

④佛头着粪，指佛性慈善，在他头上放粪也不计较，后喻不好的东西放在好的上面，玷污了好的东西。宋·道原《景德传灯录》卷七："崔相公入寺，见鸟雀于佛头上放粪。乃问师曰：'鸟雀还有佛性也无？'师云：'有。'崔云：'为什么向佛头上放粪？'师云：'是伊为什么不向鹞子头上放？'"

故吾

万物多春意，而吾尚故吾。面无新气色，人有老形模。

坐爱藤床软，行凭竹杖扶。梅花多瘦骨，比我未为臞。

自咏

自把生平写，吟诗上笔端。楹联多自撰，诗草任人看。字丑愁题画，身闲懒整冠。惟贪高枕卧，且放此心安。

性拙无如我，曾无一事能。门庭清似水，气味冷于僧。只以花为命，还邀竹作朋，懒真尤可笑，诗就倩人誊。

写怀

数声残笛夕阳悲，催起愁怀倚槛时。半世牢骚双鬓改，十年辛苦一灯知。人情冷暖难消酒，世事悲欢易入诗。且去别寻闲里乐，未须对镜叹衰迟。

重过乌牛浦吊徐绍庭，即题其馀像①

四十年前此地过，烽烟匝地惨干戈。逃生我脱红羊劫②，死事公留碧血多③。欲吊忠魂空涕泪，重轻战垒恸山河。须眉此日犹生气，起敬非关昵茑萝。舍侄女现妻公次孙。

【注】

①徐绍庭，名桂芬，字培青，永嘉县乌牛镇人，曾习武艺，咸丰八年，督率民团，击败粤匪，获六品衔军功，同治元年，率民团在抗匪中牺牲。

②红羊，古时人们认为丁未年是容易发生灾祸的年份，丁属火，未属羊，故称红羊，指国家或个人遭受灾难的岁月。唐·殷尧藩《李节度

平虏诗》："太平从此销兵甲，记取红羊换劫年。"

③《庄子·外物》："苌弘死于蜀，藏其血，三年而化为碧。"后因以"碧血"称忠臣烈士所流之血。元·郑元佑《汝阳张御史死节歌》诗："孤忠既足明丹心，三年犹须化碧血。"明·边贡《谒文山祠》诗："黄冠日月胡云断，碧血山河龙驭遥。"清·魏廖徵《于忠肃祠》诗："丹心纵死还如铁，碧血长埋未化燐。"

奉呈盛蔚堂鸿畴明府[①]，即以送行

趋辕幸许炙光仪，大训亲聆慰我思。冬日小民怀治谱，春风多士颂经师。备荒积谷筹良策，防患编团集健儿。只愧阿蒙才干短[②]，屡承公命负相知。

犬羊伺隙各乘机，时局阽危恐不支。割地东南资大敌，戒严西北困诸夷。筹边政府蜩螗乱[③]，肇衅妖民鹬蚌持[④]。如此时艰增太息，累公昕夕议防维。

失却长城唤奈何，秋风祖道动骊歌。登门幸遂瞻韩愿[⑤]，卧辙争思借寇多。政绩阳春人铭感，离情南浦涕滂沱[⑥]。他年琴鹤应重到[⑦]，莫为莼鲈恋薜萝。

【注】

①鸿畴，乡著会抄本作"鸿涛"。盛蔚堂，名鸿畴，晚清时曾任瑞安知县。明府即知县。

②指三国吴吕蒙。孙权劝吕蒙"宜学问以自开益。"后吕蒙苦学，笃志不倦，学识大进，鲁肃上代周瑜，过蒙言议，常欲受屈。肃拊蒙背曰："吾谓大弟但有武略耳，至于今者。学识英博，非复吴下阿蒙。"蒙曰："士别三日，即更刮目相待。"

③蜩螗，喻喧闹、纷扰不宁。《诗经·大雅·荡》："如蜩如螗，如

沸如羹。”清·赵翼《耳聋》诗：“世务纷蜩螗，聆之本何益。”丘复《寄曹耐公汕头》诗：“国会初开幕，党争正蜩螗。”

④鹬蚌，喻两相对峙的人和物。唐·温大雅《大唐创业起居注》卷二：“得入关，据蒲津而屯永丰，阻崤函而临伊洛，东看群贼鹬蚌之势，吾然后为秦人之渔父矣。”

⑤瞻韩，即识韩。

⑥南浦，在古诗词中常指送别之处。屈原《九歌·河伯》：“与子交手兮东行，送美人兮南浦。”江淹《别赋》：“春草碧色，春水渌波，送君南浦，伤如之何！”

⑦琴鹤，古人常以琴鹤相随，表示清高、廉洁。唐·郑谷《赠富平李宰》诗：“夫君清且贫，琴鹤最相亲。”

与王君子咸在元话旧作①

砚石同门记少时，如今各有鬓毛丝。十年以长应兄事，一日不来系我思。累世通家情缱绻，一灯偶坐话襟期。殷勤嘱撰先人传，愧我匪才下笔迟。

【注】

①乡著会抄本作“与子咸话旧”。

迟起

插架诗文束不观，寻山腰脚倦何堪。年来剩有嵇康懒，红日三竿睡正酣。

醉书

一盏鹅黄一蟹螯[1]，客来漫笑太粗豪。先生别有粗豪处，堆案书多是六韬。

【注】

①鹅黄，指酒。宋·苏轼《乘舟过贾收水阁》诗之二：“小舟浮鸭绿，大杓泻鹅黄。”宋·张元干《临江仙·赵端礼重阳后一日置酒坐上赋》词：“判却为花今夜醉，大家且泛鹅黄。”

听鸟语

旧交零落新交少，兀坐谁怜一病夫。独有多情窗外鸟，劳君日日唤提壶。

幽居写意

庋经枕秘饱鱼蟫，药鼎茶铛历暑寒。病至方知生可乐，愁多渐觉睡难安。无才生世身原赘，有闷填胸酒不欢。照向菱花成一笑[1]，衰颜不似旧时丹。

【注】

①菱花，指菱花镜，亦泛指镜。李白《代美人愁镜》诗：“狂风吹却妾心断，玉筯并堕菱花前。”孔尚任《桃花扇·却奁》：“两个在那里交扣丁香，并照菱花，梳洗才完，穿戴未毕。”

梅花为风雨所败

梅花满树开，风雨一天起。岂无它日再，而乃毒如此。此意我窥破，不是妒花美。谓花即盛开，未必诗满纸。有花而无诗，反形主人鄙。一朝将花飘，主人应狂喜。为我藏其拙，或在此番里。一笑语风雨，惟君真知己。

书叹

击壶枉自动悲歌[①]，廿载隃麋岁月磨。落魄半生攒故纸，逢时何日梦春婆。纷纷纨绔夸金紫，好好光阴卧薜萝。此日未须增感喟，先时应自悔蹉跎。

【注】

①击壶，借指抒发壮怀或不平之气。《晋书·王敦传》载："晋王敦常于酒后咏曹操'老骥伏枥，志在千里，烈士暮年，壮心不已'诗句，并以铁如意击唾壶为节，壶边尽缺。"

红叶

秋风我道亦繁华，染就猩红叶似霞。忙煞一双蝴蝶翅，飞来错认是春花。

人皆爱汝烂如霞，我却嫌渠色太华。留得本来真面目，绿阴何必逊红花。

闲中偶成

年华回首即衰龄，驹影匆匆不少停。岂有长绳系白日[①]，只宜矮几诵黄庭[②]。怕风当暑犹衣夹，防口逢餐屡戒腥。揽镜倏成身世感，鬓毛非复旧时青。

【注】

①晋·傅玄《九曲歌》：“岁暮景迈群光绝，安得长绳系白日。”

②黄庭，即《黄庭经》。

钱塘王少谷别去七年，今又重过喜赋

阔别芝颜赋索居，匆匆驹影七年馀。故人一去悬尘榻[①]，老友多情又草庐。诗笔春风寻旧梦，前有赋牡丹诗二首。归装闽峤剩残书。多君一见惊相问，记得容颜旧不如。

【注】

①尘榻，意谓优礼宾客、贤士。《后汉书·徐稚传》：“陈蕃为太守，以礼请署功曹，稚不免之，既谒而退。蕃在郡不接宾客，惟稚来特设一榻，去则县之。”

吾生

吾生赋性是麋鹿，喜入水湄与山巅。形骸清瘦腰脚惫，济胜无具空自怜[①]。只好卧游仿宗炳[②]，水绘山图四壁悬。假山水，真山水，奇探幽讨意颇坚。雨后开霁天日耀，山色明媚水澄鲜。于焉斗胆向前去，遂把客儿游屐穿[③]。耐苦熬辛踏落叶，仄身山径行回旋。磴道触石防跌扑，俯视直如临深渊。松杉掩映中藏寺，门有一僧衣水田。见客急来相问讯，揖我似觉礼意虔。兹山陋僻少游迹，公何寻幽独来前。日景此时恰亭午，下顾四面起炊烟。邀我僧厨饭香积，伊蒲之馔无腥膻。我时饥肠似雷吼，大嚼不觉垂馋涎。醉中拈毫诗胆大，有仆捧砚立于边。乱蘸乱涂诗一纸，掷笔搔首欲问天。老衲雏僧俱避席，斯人毋乃酒中颠。

【注】

①济胜无具，不具备跋山涉水游览名胜的身体条件，形容身体孱弱。刘义庆《世说新语·栖逸》："许掾好游山水，而体便登陟。时人云：'许非徒有胜情，实有济胜之具。'"清·赵翼《偕孙渊如汪春田两观察游牛首山》诗："衰老自怜难济胜，层椒临眺亦忘还。"

②宗炳（375—443），字少文，南朝宋画家，南阳涅阳（今河南镇平）人。擅长书法、绘画和弹琴。漫游山川，西涉荆巫，南登衡岳，后以老病，才回江陵。曾将游历所见景物，绘于居室之壁，自称："澄怀观道，卧以游之。"著有《画山水序》。

③客儿，谢灵运的小名。谢灵运（385—433），东晋文学家、诗人，浙江会稽人，东晋名将谢玄之孙，以袭封康乐公，称谢康公、谢康乐。曾任永嘉太守、临川内史等职。南朝梁·钟嵘《诗品》卷上："其家以子孙难得，送灵运于杜治养之。十五方还都，故名'客儿'。"

家铭之鼎彝过访书赠[①]

家园株守但工愁，有客敲门一刺投。声价旧曾倾叔度[②]，容颜今始识荆州。狂情司马千钟酒，豪气亢龙百尺楼[③]。一见令余便倾倒，登瀛待看出人头。

【注】

①郑鼎彝，字铭之，今乐清象阳人，著有《醉生白文集》。

②叔度，名黄宪，字叔度，东汉慎阳(今河南省正阳县)人。《后汉书·黄宪传》:“颍川荀淑至慎阳，遇宪于逆旅，时年十四，淑竦然异之，揖与语，移日不能去。谓宪曰：‘子，吾之师表也。’既而前至袁阆所，未及劳问，逆曰：‘子国有颜子，宁识之乎？’阆曰：‘见吾叔度邪？’是时，同郡戴良才高倨傲，而见宪未尝不正容，及归，罔然若有失也。其母问曰：‘汝复从牛医儿来邪？’对曰：‘良不见叔度，不自以为不及；既睹其人，则瞻之在前，忽焉在后，固难得而测矣。’同郡陈蕃、周举常相谓曰：‘时月之间不见黄生，则鄙吝之萌复存乎心。’及蕃为三公，临朝叹曰：‘叔度若在，吾不敢先佩印绶矣。’太守王龚在郡，礼进贤达，多所降致，卒不能屈宪。”这里代指郑铭之妹夫黄鼎瑞，为作者至交。

③亢龙，应为元龙。陈登，字元龙。《三国志·魏书·吕布张邈臧洪传》:“陈登者，字元龙，在广陵有威名。又掎角吕布有功，加伏波将军，年三十九卒。后许汜与刘备并在荆州牧刘表坐，表与备共论天下人，汜曰：‘陈元龙湖海之士，豪气不除。’备谓表曰：‘许君论是非？’表曰：‘欲言非，此君为善士，不宜虚言；欲言是，元龙名重天下。’备问汜：‘君言豪，宁有事邪？’汜曰：‘昔遭乱过下邳，见元龙。元龙无客主之意，久不相与语，自上大床卧，使客卧下床。’备曰：‘君有国士之名，今天下大乱，帝主失所，望君忧国忘家，有救世之意，而君求田问舍，言无可采，是元龙所讳也，何缘当与君语？如小人，欲卧百尺楼上，卧君于地，何但上下床之间邪？’表大笑。备因言曰：‘若元龙文武胆志，当求之于古耳，造次难得比也。’”后因以“元龙百尺楼”喻崇高或喻高下悬殊。

酬赠玉甫弟凤岗即次见赠原韵

玉貌如君今亦改，老夫那不雪盈须。弟兄聚首缘能久，风雨关心谊岂无。枕簟鼾眠灯焰小，腰围减带菊枝癯。却馀吟兴豪犹在，未与田园一样芜。

偶成

潆洄泮水绕村深[1]，聚族于斯直到今。一笑里名真是谶，侬家累世一青衿[2]。

身是衰年人是陈，敢随年少共维新。登场作戏人何限，我是场边看戏人。

【注】

①潆洄泮水，指作者居地名泮垟，村前有河名泮溪。

②青衿，原是周代学子的服装，借指读书人。《诗·郑风·子衿》："青青子衿，悠悠我心。"

次韵答家桂秋鼎英见赠之作

老境侵寻霜满鬓，衰颜憔悴涕粘须。风尘热闹心何有，蓬荜逍遥兴岂无。清赏不嫌篱菊淡，闲吟喜对坞梅癯。诗成便付鳞鸿去，退笔无花任笑芜。

倪君商臣旦[1]用黄仲荃[2]须字韵见赠，次韵酬之

草庐曾辱高轩过，谬荷垂青愧白须。公瑾论交年最少[3]，横渠讲学世应无[4]，东游俊鹘霜翎健。夕照秋风病骨癯。却喜长公肠亦热[5]，相期合力扫繁芜。

【注】

①倪商臣（1875—1959），名旦，字燮臣、湘臣，乐清北白镇万家万南村人。曾留学日本。一九一二年当选浙江省首届议会议员。

②黄式苏（1874—1947），谱名君任，榜名式苏，一字仲荃，别署胥庵，后改名迂，号迂仲、迂叟，曾用名仲蘧、沤簃、式胥、仲吹等，乐清象阳高园人。同盟会、光复会会员，历任温州师范学校监督、温州军政分府教育部副部长。曾任浙江遂安县，福建泰宁县、宁德县等三县知事。著有《慎江草堂诗》四卷及续集四卷，今有张炳勋编注的《黄式苏集》。

③周瑜（175—210），字公瑾，庐江舒县（今安徽省庐江县西南）人，东汉末年东吴名将。瑜精通军事，又精于音律，公元二〇八年，率军于赤壁以火攻击败曹操军队。

④张载，字子厚，大梁（今河南开封）人，北宋大儒，哲学家，理学支脉“关学”创始人。宋仁宗嘉祐二年进士，历授崇文院校书、知太常礼院。后辞官归家，徙家凤翔郿县（今陕西眉县）横渠镇，专注于读书讲学，开创“关学”，名震一时，世称横渠先生。

⑤长公，即苏轼，为苏洵长子，其诗文浑涵光芒，雄视百代，当时尊之为“长公”。明·袁可立《甲子仲夏登署中楼观海市》：“行矣感神异，赋诗愧长公。”

写意

青鞵布袜又蓝袍，箕踞科头兴颇豪。我是人间王孝伯[①]，酒杯在手读离骚。

诗从我出最分明，一到诗多记不清。识得古来多谰语，妇姑隔户斗棋枰[②]。

朝南暮北苦驰驱，名利熏心两是愚。惟有一窝安乐好，瓣香我拜邵尧夫[③]。

未曾仙饭吃胡麻，不羡君羹赐帝家。啖偏庾郎三九菜[④]，食单也可向人夸。

【注】

①王恭，字孝伯，东晋太原晋阳人，王蕴之子，晋孝武帝皇后王法慧之兄。少有美誉，清操过人。曾说："名士不必须奇才，但使常得无事，痛饮酒，熟读《离骚》，便可称名士。"谢安尝称誉之："王恭人地可以为将来伯舅。"后因起兵讨伐王愉兵败被杀。宋·喻良能《次韵外舅黄虞卿为爱山园好八首》诗："何惭王孝伯，痛饮读离骚。"

②《太平广记》卷二二八（或见《集异志》）载：玄宗南狩，百司奔赴行在，翰林善棋者王积薪从焉。蜀道隘狭，每行旅止息，道中之邮亭人舍，多为尊官有力之所先。积薪栖无所入，因沿溪深远，寓宿于山中孤姥之家。但有妇姑，皆阖户，止给水火。才瞑，妇姑皆阖户而休。积薪栖于檐下，夜阑不寝，忽闻堂内姑谓妇曰："良宵无以适兴，与子围棋一赌可乎？"妇曰："诺。"积薪私心奇之：堂内素无灯烛，又妇姑各在东西室。积薪乃附耳门扉，俄闻妇曰："起东五南九置子矣。"姑应曰："东五南十置子矣。"妇又曰："起西八南十置子矣。"姑又应曰："西九南十置子矣。"每置一子，皆良久思唯。夜将尽四更，积薪一一密记，其下止三十六。忽闻姑曰："子已败矣，吾止胜九枰耳。"妇亦甘焉。积薪迟明，具衣冠请问，孤姥曰："尔可率己之意而按局置子焉。"积薪即出囊中局，尽平生之秘妙而布子。未及十数，孤姥顾谓妇曰："是子可教以常势耳。"妇乃指示攻守杀夺救应防拒之法，其意甚略。积薪即更求其说，孤老笑曰："止此亦无敌于人间矣。"积薪虔谢而别。行十数步，再诣，则失向来之室闾矣。自是积薪之艺，绝无其伦。即布所记妇姑对敌之势，罄竭心力，较其九枰之胜，终不得也，因名"邓艾开蜀势"，至今棋图有焉，而世人终莫得而解矣。

③邵雍（1011—1077），字尧夫，自号安乐先生、伊川翁，谥号康

节，后人称百源先生，北宋理学家、易学家。司马光有《和邵尧夫安乐窝中职事吟》诗。

④《南齐书·庾杲之传》："庾杲之，字景行，新野人也……郢州举秀才，除晋熙王镇西外兵参军，世祖征虏府功曹，尚书驾部郎。清贫自业，食唯有韮菹、抃韭、生韭杂菜，或戏之曰：'谁谓庾郎贫，食鲑常有二十七种。'言三九也。"

民谣

官虎豹吏豺狼吏，挟官威，势猖狂。势猖狂，不可当。一县之民尽彷徨，只愁有事到公堂。

官亦爱钱，吏亦爱钱，吏不民扰由官贤，官贤官贤来自何年？

未来时，说官贤。既来后，尽不然。不言政，但言钱，谁是金来手指天。

饮酒

客多谓酒足消愁，劝我时须醉一瓯。醉里谁知愁尚在，相如枉典鹔鹴裘[①]。

【注】

①《西京杂记》："司马相如与卓文君还成都，居贫愁懑，以所服鹔鹴裘就市鬻酒，与文君为欢。"

题从叔夏卿《焚香读书万事都尽》图

轮蹄日日软红尘，多少奔波宦海身。金窟铜陵擅豪富，握算持筹忙夕晨。名利缰锁苦束缚，谁是超然世外人。惟有先生真作达，胸襟潇洒却出群。五斗折腰笑贞白[①]，一官着脚甘隐沦。阿堵原是傥来物[②]，术陋王阳汞化银。众多艳羡公唾弃，富贵于我如浮云。古来称稀是七十，我已年华六十春。桑榆晚景犹驰逐，毋乃食蓼虫甘辛。架上庋藏富图史，读书之乐乐最真。坐对鸭炉烧雀舌[③]，消受香烟一炷匀。扫除万缘尽，不使留一分。我观先生超尘拔俗之胸襟，直是鸟中之凤兽中麟，庶几无愧怀葛古遗民。先生识得此中乐，辄命画工一图作。丹青描就索我题，愧我体裁非台阁[④]。先生云君亦何迂，作诗何必体裁缚，况我襟期本淡泊。请看一幅画图中，绮丽句又何处着。

【注】

①《晋书·陶潜传》："郡遣督邮至县，吏白应束带见之，潜叹曰：'吾不能为五斗米折腰，拳拳事乡里小人邪！'义熙二年，解印去县，乃赋《归去来》。"

②阿堵，指钱，为六朝时口语"这个"意。《世说新语·规箴》："王夷甫雅尚玄远，常疾其妇贪浊，口未尝言'钱'字。妇欲试之，令婢以钱绕床，不得行。夷甫晨起，见钱阂行，令婢：'举却阿堵物！'"

③鸭炉，古代熏炉名，形制多作鸭状，故名。宋·范成大《西楼秋晚》诗："晴日满窗凫鹜散，巴童来按鸭炉灰。"

④台阁体，明朝永乐至成化年间，文坛上出现馆阁文臣杨士奇、杨荣、杨溥等（号称"三杨"）为代表的一种文学创作风格。其只追求所谓"雍容典雅"，多粉饰太平、歌功颂德的"应制"和应酬之作。

次韵郭子璘邑尊文坮留别乐成四首录二

苕溪越水展奇才，竹马争迎郭伋来[①]。仙吏春随凫鸟至，邮亭人惜马蹄催。心同月朗高悬镜，法为奸严恕弃灰。愿祝甘棠花万树，年年蔽芾勿伤摧。

自从旌旆到江干，律暖能回黍谷寒。潘岳栽花多好荫[②]，郑侨铸鼎岂伤宽[③]。因清积案劳何恤，为击强宗力益殚。一片丹心勤化理，岂同元结漫为官[④]。

【注】

①《后汉书・郭伋传》："始至行部，到西河美稷，有童儿数百，各骑竹马，道次迎拜。"竹马争迎，用为称颂地方官吏之典。

②栽花，乡著会抄本作"桃花"。潘岳（247—300），字安仁，后人常称其为潘安，西晋文学家。岳三十馀岁出为河阳县令，令全县种桃花，遂有"河阳一县花"之典故。

③郑侨，字子产，又字子美，郑国贵族，春秋时期郑穆公之孙，河南郑州人。执掌郑国国政时，把刑书铸在鼎器上，并提出"以宽服民"、"以猛服民"的主张。《全唐文・卷九百七十九》："郑侨铸鼎，犹惭叔向之言；周满作刑，称耄吕侯之策。况圣君御物，天下文明，人识旧章，国悬常典。舞文巧诋，非则于张汤；舍虐从宽，有依于定国。"

④元结（719—772），字次山，号漫叟、聱叟，唐文学家，河南鲁山人。天宝六载应举落第后，归隐商余山。乾元二年，任山南东道节度使史翙幕参谋，招募义兵，抗击史思明叛军。代宗时，以亲老归樊上，著书自娱。始号琦圩子，继称浪士，亦称漫郎。晚拜道州刺史，政绩颇丰。著作有《唐元次山文集》。

自题斋壁

茅屋三间竹半区，此中端合老迂儒。秋深篆壁蜗涎冷，霜早缘篱豆蔓枯。花向闲阶偏黯淡，书经醉眼易模糊，小斋客散浑无事，一枕鼾眠任小奴。

呈典史张公廷藻[①]

杯盘陪侍晚风天，小集花间亦是缘。恕我疏狂容啸傲，多公情绪易缠绵。不嫌薄宦沉卑职，大有豪情羡谪仙。愁把新诗轻读过，盥薇朗诵向灯前。

【注】

①张廷藻，光绪年间乐清县典史。

送黄菊襟孝廉之官闽中

吟鞭迢递指榕城[①]，仕版初登羡此行。好种桃花留政绩，伫从梓里听官声。临民敢信书生易，得句知同宦味清。此去云泥踪迹隔[②]，相逢车笠莫寒盟[③]。

卅载相知结古欢，流连诗酒互盘桓。交深差幸长联袂，世乱偏思去作官。骊唱灞桥悲柳折，弦歌宓子听琴弹[④]。赠行不作寻常语，要向千秋史上看。

【注】

①榕城，福建省福州市的别称，因其地多榕树而得名。清·朱文藻《〈榕城诗话〉跋》：“榕城者，闽中多榕树……故闽城以是为号。”

②云泥，底本作“云坭”，据乡著会抄本改。喻两物相去甚远，差异很大。《后汉书·逸民列传·矫慎》：“（吴苍）遗书以观其志曰：‘仲彦足下：勤处隐约，虽乘云行泥，栖宿不同，每有西风，何尝不叹！’”南朝梁·荀济《赠阴梁州》：“云泥已殊路，暄凉讵同节。”踪迹，交往，来往。唐·韩愈《顺宗实录五》：“交游踪迹诡秘，莫有知其端者。”

③车笠，喻贵贱贫富不移的深厚友谊。《太平御览》卷四〇六引晋周处《风土记》：“越俗，性率朴，意亲好合，即脱头上手巾，解仪间五尺刀以与之为交。拜亲跪妻，定交有礼……祝曰：‘卿虽乘车我戴笠，后日相逢下车揖。我虽步行卿乘马，后日相逢卿当下。’”清·赵翼《与邵松阿别几三十年今夏始至虞山奉访》诗：“车笠论交谊最亲，别来常恐见无因。”寒盟，指背弃或忘却盟约。

④宓子，即宓子贱，春秋末期鲁国人，孔子的学生，有才智，仁爱。宓子贱治理单父时，每天弹琴取乐，悠然自在，很少走出公堂，却把单父治理得很好。唐·高适《登子贱琴堂赋诗》：“宓子昔为政，鸣琴登此台。琴和人亦闲，千载称其才。”

菊花诗，徐次明大令索赋

为赏寒香折简延[①]，征诗特地启华筵。白头怕对黄花宴，赌酒飞毫让少年。

南州高士癖东篱，也学泉明种几枝[②]。想是爱它香晚节，不然桃杏亦相宜。

两个千秋菊主人，陶篱韩圃占清芬[③]。流风谁继前贤躅，鼎足遥遥得有君。

秋风开出满园金，能耐风霜更可人。富贵规模高淡性，先生也似此花身。

诗成多恐被花怜，欲下还停笔屡悬。揖向枝前笑相问，如侬肯否许吟笺。

【注】

①折简延，乡著会抄本作“折柬延”。

②泉明，即晋·陶渊明。李白《送韩侍御之广德》诗：“暂就东山赊月色，酣歌一夜送泉明。”王琦注：“《野客丛书》：‘《海录碎事》谓渊明一字泉明，李白诗多用之。不知称渊明为泉明者，盖避唐高祖讳耳。犹杨渊之称杨泉，非一字泉明也。’《齐东野语》：‘高祖讳渊，渊字尽改为泉。’”

③陶篱韩圃，陶渊明有句：“采菊东篱下，悠然见南山。”韩琦有句：“随惭老圃秋容淡，且看黄花晚节香。”

秋日杂题

秋阴萧瑟雨霏微，坐怯新凉落叶飞。触着愁怀忙起唤，大家速去换绵衣。

荷锸晓鉏菰米白[①]，拾薪朝煮药炉红。衰年事业多嘲笑，谁信先生是病中。

佐餐青摘一篮蔬，止渴香斟半笺茶。即此便为吾事了，原来风味野人家。

老我真成赘世翁，思量万虑尽成空。还馀一事犹心挂，种菜锄花课小僮。

生平尽有气如虹，曾否消磨老病中。照向菱花成一笑，满头白发逞英雄。

零露瀼瀼夜气清，一帘花映月轮明。墙根蟋蟀声何恨[2]，似向先生诉不平。

案头堆叠剑南诗[3]，兴到开函一赏之。越读却教越有味，一灯坐到夜阑时。

积雨连朝湿藓苔，东风倏与扫云开。呼僮莫把园蔬剪，明日防它有客来。

【注】

①荷锸，背着铁锹。《晋书·刘伶传》："（刘伶）常乘鹿车，携一壶酒，使人荷锸而随之，谓曰：'死便埋我。'其遗形骸如此。"

②恨，乡著会抄本作"怒"。

③《剑南诗稿》，即陆游诗词全集，共八十五卷，收录诗词九千三百四四首，为纪念蜀中生活故名。

题斋壁

家在东瓯东复东，雁山白石我居中[1]。屋庐仅有楹三架，园圃曾无地半弓[2]。识字读书寻乐趣，粗衣淡饭守儒风。僮奴窃笑君何苦，身起常先日出红。

【注】

①雁山，指今乐清市雁荡山。白石，今乐清市白石，有中雁荡山。

②弓，旧时丈量地亩用的器具和计算单位。

暮秋咏怀

逝水流光又暮秋，萧萧落叶响飕飗。江湖憔悴凋双鬓，身世浮沉卧一楼。清爱黄花香晚节，闲寻青史友名流。百年荒忽真如梦，且醉生前酒一瓯。

秋日病起，有怀黄菊襟漳州

卧病匆匆一月中，起来时恰值秋风。衣调单夹愁难准，药煮参苓幸有功。偶检箧书多线脱，未磨砚匣久尘封。故人天末能相忆，记否菰芦一老翁[①]。

【注】

①菰芦，即民间。三国蜀·诸葛亮《称殷礼》：“东吴菰芦中，乃有奇伟如此人。”明·冯梦龙《〈智囊补〉自叙》：“余菰芦中老儒尔。”清·钱谦益《答何三季穆》诗：“湖海忧危惟汝独，菰芦豪杰更谁如。”

咏桧

一枝老桧出墙阴，墙外行人得庇身。偏是中庭红日猛，不能遮着自家人。

莫蹉跎有序

祥荃侄嘱署书室额，予颜曰“莫蹉跎”，并作诗以勖之。

莫蹉跎，莫蹉跎，百年岁月一刹那，金乌玉兔掷如梭[①]，韶光一去将奈何。汝曹生长读书家，光阴慎毋等闲过。况汝禀质也不差，明亮岂必逊刘巴[②]，谢庭玉树兰茁芽[③]，有如出匣之太阿[④]，霜锋雪锷须厉磨。又如连城玉无瑕，琢成宝器要切磋。倘肯从此功力加，千金寸阴惜年华。视彼东阿富八斗，温筠擅八叉[5]，李贺囊贮锦[6]，青莲笔梦花[7]，安知培塿必不可以埒嵯峨。纵然曹仓邺架书甚多，厥数不敌恒河沙[8]。望汝时习如飞蛾，寒灯暑簟勤揣摩，一一收拾心胸罗。下笔勿使慧拾牙[9]，作文不致疥诮驼[10]。日费隃麋墨几螺，青灯有味静吟哦。埙声篪韵迭相和[11]，兄先弟后掇巍科，异日返踪颍与坡[12]。厥堂昼锦里鸣珂[13]，痴叔得不笑呵呵[14]。非无翩翩子弟佳，但爱安乐名其窝。东驰西逐竞相夸，不肯桑维铁砚磨。堂堂岁月付逝波，倏忽桑榆晚景斜。我愿汝曹勿效他，为汝拨墨挥毫赋短歌，勖汝努力万万毋蹉跎，汝须听受毋笑哗，勿视予言为汉河，予则狂喜为汝嘉。

【注】

①金乌，指太阳；玉兔，指月亮，金乌玉兔代指时间。晏殊《秋蕊香》："金乌玉兔长飞走，争得朱颜依旧。"张抡《阮郎归》："金乌玉兔最无情。驱驰不暂停。春光才去又朱明。年华只暗惊。"

②刘巴，字子初，零陵烝阳人也，荆州世家名人，少年时就很有才干。见《三国志·蜀书·董刘马陈董吕传》

③刘义庆《世说新语·言语》："谢太傅问诸子侄：'子弟亦何预人事，而正欲使其佳？'诸人莫有言者。车骑答曰：'譬如芝兰玉树，欲使其生于阶庭耳。'"后以"玉树"称美佳子弟。

④太阿，古名剑，亦作"泰阿"，相传为春秋时剑师欧冶子、干将联手所铸。汉·袁康《越绝书·越绝外传记宝剑》："欧冶子、干将凿茨山，泄其溪，取铁英，作为铁剑三枚：一曰龙渊，二曰泰阿，三曰工布。"《史记·李斯列传》："今陛下致昆山之玉，有随、和之宝，垂明月之珠，服太阿之剑，乘纤离之马，建翠凤之旗，树灵鼍之鼓。此数宝者，秦不生一焉，而陛下说之，何也？"

⑤温庭筠（812—870），本名岐，字飞卿，文思敏捷，精通音律。

每入试，押官韵，八叉手而成八韵，时号“温八叉”。

⑥李贺（790—816），字长吉，世称李长吉、鬼才、诗鬼等，唐诗人。常骑着马，背着一个锦襄，出外寻找灵感，把所想到的灵感记录下来，投进所背负的小锦囊里，一到家，即进行整理，写成诗作。

⑦唐·冯贽《云仙杂记》卷十：“李太白少梦笔头生花，后天才赡逸，名闻天下。”

⑧恒河沙，其量无数，不可称计。

⑨慧拾牙，喻微末见解。《世说新语·文学》：“殷中军云：‘康伯未得我牙后慧。’”

⑩疥诮驼，生疥疮的骆驼，喻不为人喜爱的事物。《北史·刘昼传》：“子才曰：‘君此赋，正似疥骆驼，伏而无妩媚。’昼求秀才，十年不得，发愤撰《高才不遇传》。冀州刺史郦伯伟见之，始举昼，时年四十八。”

⑪埙声篪韵，埙、篪皆古代乐器，二者合奏时声音相应和。因常以“埙篪”喻兄弟亲密和睦。《诗·小雅·何人斯》：“伯氏吹埙，仲氏吹篪。”毛传：“土曰埙，竹曰篪。”郑玄笺：“伯仲，喻兄弟也。我与女恩如兄弟，其相应和如埙篪，以言俱为王臣，宜相亲爱。”孔颖达疏：“其恩亦当如伯仲之为兄弟，其情志亦当如埙篪之相应和。”

⑫颍与坡，苏辙，号颍滨遗老；苏轼，号东坡居士。“颍与坡”指他们兄弟俩。

⑬昼锦，富贵还乡称为“衣锦昼行”，省作“昼锦。”《汉书·陈胜项籍传》：“羽见秦宫室皆已烧残，又怀思东归，曰：‘富贵不归故乡，如衣锦夜行。’”

⑭《晋书·王湛传》：“武帝亦以湛为痴，每见济（湛兄子），辄调之曰：‘卿家痴叔死未？’济常无以答。及是，帝又问如初，济曰：‘臣叔殊不痴。’因称其美。帝曰：‘谁比？’济曰：‘山涛以下，魏舒以上。’”

寄徐愚起鲁

记昔居邻往过便，论文长日小窗前。新知得个南州客，偏惜移家返吕川。

久擅江花笔一枝，从残小草辱题词。只惭老丑无盐面[①]，脂粉虽多笑枉施。

鸡鸣风雨怅睽离，欲写相思下笔迟。倏有朵云天外下[②]，语长情挚读移时。

多坐经席戴吹仲，大开讲帷董江都[③]。寄言好把金针度，两字无使愧起愚。时主中学教习。

嵇吕千里尚命驾，相隔今惟十里强。彼此一年无觌面，朋游输与古人狂。

秋风又届桂花期，记否东家聚首时。月下悲歌狂拍掌，灯边赌酒醉谈诗。去秋在荅香家畅谈竟夕，殊甚乐也。

不合时宜一肚皮[④]，龙钟老叟气还奇。揶揄不少人嘲骂，或有君能恕我痴。

偶怀疑义从谁析，欲洗离愁与孰论。安得移家从汝去，一樽相对话晨昏。

老懒年来不作诗，偶操秃管写哀词。书成暮雨秋风句，寄与先生共哭之。美人黄土秋风冷；骚客青灯暮雨愁。予挽尊夫人联语也。

隔着人天倍系思，应多骑省悼亡词[⑤]。秋风倘有鳞鸿便，写入诗筒莫寄迟。

妇翁吾旧辱心知[⑥]，谓黄菊襟孝廉。记乍曾投哭女诗。予去秋曾丧女。它日漳南闻讣日，想应与我有同悲。

【注】

①无盐，亦称“无盐女。”即战国时齐宣王后钟离春。因是无盐人，故名。为人有德而貌丑。后常用为丑女的代称。汉·刘向《列女传·齐钟离春》：“钟离春者，齐无盐邑之女，宣王之正后也。其为人极丑无双，臼头深目，长指大节，卬鼻结喉，肥项少发。”

②朵云，指对别人书信的敬称。《新唐书·韦陟传》：“常以五采笺为书记，使侍妾主之，以裁答，受意而已，皆有楷法。陟唯署名，自谓所书‘陟’字若五朵云。时人慕之，号郇公五云体。”宋·汪洋《回谢王参议启》：“尚稽尺牍之驰，先拜朵云之赐。”

③董江都，董仲舒官江都王相，称董江都，汉思想家、哲学家、政治家、教育家。《汉书·董仲舒传》：“董仲舒，广川人也。少治《春秋》，孝景时为博士。下帷讲诵，弟子传以久次相授业，或莫见其面。盖三年不窥园，其精如此。”著作汇集于《春秋繁露》一书。

④宋·费衮《梁溪漫志·侍儿对东坡语》：“东坡一日退朝，食罢扪腹徐行，顾谓侍儿曰：‘汝辈且道是中有何物？’一婢遽曰：‘都是文章。’坡不以为然。又一人曰：‘满腹都是见识。’坡亦未以为当。至朝云，乃曰：‘学士一肚皮不合时宜。’坡捧腹笑。”

⑤骑省，指潘岳。《秋兴赋序》：“寓直于散骑之省。”亦谓之骑省，唐·钱起《闲居酬张起居见赠》：“向夕野人思，难忘骑省文。”潘岳对妻子杨氏忠一、深情，他和妻子杨氏十二岁订婚，相爱终身。杨氏在潘岳三十二岁时去世，他为她写的悼亡词感情真挚，缠绵不尽，并未再娶，成为千古佳话，

⑥妇翁，指妻父。《三国志·魏书·武帝纪》：“昔直不疑无兄，世人谓之盗嫂；第五伯鱼三娶孤女，谓之挝妇翁；王凤擅权，谷永比之申

伯，王商忠议，张匡谓之左道：此皆以白为黑，欺天罔君者也。吾欲整齐风俗，四者不除，吾以为羞。”《旧唐书·杨於陵传》：“於陵自江西府罢，以妇翁权幸方炽，不欲进取。乃卜筑于建昌，以读书山水为乐。”

寿刘复初先生六十[1]

吾爱刘公干[2]，平生抱负奇。击强狂拔剑，浮海快寻诗。大著人争睹，先生著有《盗天庐丛书》待梓。才名世久驰。曲高难属和[3]，莫笑太迟迟。

记与君初识，匆匆已卅年。偶来重聚首，相对各华颠。身世沧桑感，交情金石坚。不须悲老大，樽酒且欢然。

【注】

①刘复初，名恢，字久安，榜名之屏，号吉庵，别署梅花太瘦生，原居柳市镇前窑，后迁居乐成坝头，额其所居为“盗天庐”，博学多才，与洪鲁山、郑子平合称“邑西三才子”，著有《盗天庐集》。

②刘桢，字公干，东汉诗人、文学家，以五言诗著称，行文才思敏捷，与曹植齐名。明人辑有《刘公干集》。

③曲高难属和，即曲高和寡之意，喻知音难觅，亦喻言论或作品不通俗，能理解的人很少。《昭明文选》卷四十五宋玉《对楚王问》：“楚襄王问于宋玉曰：‘先生其有遗行与？何士民众庶不誉之甚也？’宋玉对曰：‘唯，然，有之。原大王宽其罪，使得毕其辞。客有歌于郢中者，其始曰下里巴人，国中属而和者数千人；其为阳阿薤露，国中属而和者数百人；其为阳春白雪，国中属而和者不过数十人；引商刻羽，杂以流徵，国中属而和者不过数人而已。是其曲弥高，其和弥寡。’”

刘节母诗

卅年苦节励冰霜，叠次蠲租恤歉荒。道路传闻争颂美，刘家有母事能详。

能承先志共相推，以节成名却可悲。孀守一门三世久，不知多少泪痕垂。

西来象教却如何，邀福人争崇奉多。独有母能修《女诫》[①]，不随流俗诵弥陀。

先烈表扬孝子心，嗜痂征及鄙人吟。衰年可有如椽笔，欲写翻愁辱赏音。

生子不凡非易事，母能有子出人头。碑铭它日泷阡勒[②]，可否生前苦志酬。

母仪妇德异寻常，七十馀年姓氏香。节操坚贞才力弱，深惭不足副标扬。

【注】

①《女诫》，东汉班昭著，用于教导班家女性做人道理之书，由七部分组成，即《卑弱》《夫妇》《敬顺》《妇行》《专心》《曲从》与《和叔妹》七篇。

②《泷冈阡表》，是欧阳修四十七岁送母亲灵柩归葬家乡泷冈时所作，用以悼念父母。

《碧梧清暑图》玉甫弟索题

火伞撑空赤日烈，褦襶长途苦触热。大地洪炉无处逃，惟有个中真清绝。碧梧一树高蔽天，下有块石形屹嶱[①]。手执葵扇坐科头，怀抱清凉如冰雪。随身缃帙一函书，兴来栖手时一撷。红尘万丈飞不到，恍如玉宇琼楼天地别。我正热肠如火苦难灭，安得从旁许我一席设，共坐披襟当风到日昳。不必南皮之游北窗卧，自有清风泠泠生寒冽。

【注】

①屹嶱，断绝之貌也。

闻笛

疏星淡淡月微光，稻穗摇风扑鼻香。正是晚凉人意好，笛声偏为动愁肠。

为友人题《桐阴消暑图》

吁嗟乎！天胡为乎！降此炎威赫，坐令脆弱书生不能耐煎迫，百计欲避之，又苦无奇策。只宜逃向梧桐之阴高百尺，或者稍稍可以阳歊隔。阳歊隔，有一客，手挥扇，头脱帻，一函之书一卷石，境自清凉人自适。对之令人目想神游口嘍啫。噫吁嚱！何物人间老画师，何不添我桐阴深处坐一席。

大雪有感

连日冻云合，正是酿雪天。须臾雪霰并，阵阵来联翩。峭寒不可当，吾衣幸有绵。衣绵尚觉冷，更把敝裘穿。吾身幸得暖，贫者绝可怜。僵卧茅椆中，相赠谁割毡。又况食无米，临午未炊烟。苦冻更苦馁，残喘难久延。安得钱万贯，少或数十千，给彼饥寒者，庶可活一年。

次韵黄菊襟司马赴闽留别

争向闽南去补官，关山迢递驾征鞍。陈咏芗少尹先于春间赴补。一行作吏才非易，同调无人别最难。君尝选陈荪卿、铭赤、咏芗并仲兄�村及予诸人倡和之作为《同调集》。今铭赤、荪卿、筠村均物故，存者惟君及咏芗与予三人耳。今君又将继咏芗而去，独予老病家居，离索之感，能无怆然。榕峤待铭新政绩，布衣悔误旧儒冠。衰年旧雨关心切，努力前程祝饱餐。

博得朝衫不自夸，学优则仕称乌纱。盟心白己真如水，得句清原不藉茶。要久谅无渝仕隐，吟成合为寄烟霞。馀生休笑长镵老，衰鬓年来已半华。

支离病骨鬓堆银，豪气元龙愧此身。入世我真怜太拙，出山君岂为忧贫。好摅雄略酬知己，不负君恩望故人。坐对狂澜愁挽手，知君未免怆伤神。

四顾狂氛处处横，扫除有志奋王程。难成和局愁生变，纵悯时艰枉不平。慰我尺书劳寄墨，期君樽酒再寻盟。政成为祝还乡早，买个乌犍待耦耕①。

【注】

①乌犍，阉过的公牛，泛指耕牛。唐·唐彦谦《越城待旦》诗："清溪白石村村有，五尺乌犍托此生。"宋·陆游《独立思故山》诗："青箬买来冲雨钓，乌犍租得及时畊。"

半翁诗草 卷四

次韵奉和黄菊襟司马闽中寄怀之作

两家元白结芳邻[①]，樽酒时时晤叙频。如此相知能几辈，那堪执别竟三春。浦南云树萦宵梦[②]，瓯海秋风念病身。踪迹云泥交谊在，前盟岂虑白头新。

欲话离愁路渺茫，天南翘首屡回肠。无多知己思同调，有限光阴易夕阳。时局艰难同涕泪，交情真切在文章。新诗和就愁迟滞，寄语邮程速寄将。

【注】

①元白，泛指诗友。骆鹏《寄怀师农》诗："元白卜邻曾有约，太平身世渺难期。"

②云树，喻朋友阔别远隔。清·彭而述《鄂渚别赵兴宁柱史之官滇南》诗："他日益州来驿使，武昌云树足相思。"明·高启《读周记室〈荆南集〉》诗："生别犹疑不再逢，楚天云树隔重重。"

夜坐

悠悠落月夜窗虚，半穗孤灯照眼馀。自分疏慵嵇叔夜，更堪多病马相如。窗间清课惟拈笔，枕畔闲愁偶展书。白尽圆颅吾老矣，垂头枯坐自欷歔。

村居

仲蔚蓬蒿寂掩门，竹间茶灶菊间樽。纵多迂拙招人笑，却借幽栖避俗喧。风雨同人联夜话，江湖无梦到天阍。书生只合村居好，以外闲愁莫更论。

士人

士人不得志，往往悔识字。云：不如农夫反快活得意。我大不谓然，此语毋乃戏。农夫事芸锄，所晓者农事。吾辈读诗书，所明者礼义。士为四民首，农乃居其次。慎毋因无成，便把诗书弃。况圣有明训，稼圃责樊迟[①]。

【注】

①樊迟，名须，字子迟，是孔子七十二贤弟子之一。樊迟除学道德、文章外，还曾向孔子问“学稼”和“学为圃”，受到孔子的斥责。

咏番薯，用逊学斋诗韵[①]

番薯来何时，厥功埒饭食。吾乡百数家，食此数居扐[②]。邻翁偶见饷，家人喜动色。臭香几类饧，味甘可敌蜜。粤种与大藤，种类我未识。馋涎口角垂，蒸炊爨妇逼。锄圃待来年，种萌须竭力。

【注】

①孙衣言（1814—1894），字绍闻，号琴西，清官吏、学者、藏书家，斋名逊学，孙冶让之父，浙江瑞安人。道光三十年进士，光绪间，官至太仆寺卿。生平努力搜辑乡邦文献，刻《永嘉丛书》，筑玉海楼以藏书，有《逊学斋诗文钞》。

②扐，通“捋”。

冬春多雨，田多积水，不得种麦

自冬及春雨不休，田田浸水歇耕牛。所关民食殊非浅，世乱兼荒我更愁。

渔家

泛宅浮家共一船，春风秋雨自年年。拾薪炊火儿童喜，钓得波心缩项鳊。

夜坐

飞蛾扑明灯，蛾死灯亦灭。戒仆弗复然，先生爱守黑。

早起

飞尘落几案，并与烟煤积。早起瞥见之，点点多鼠迹。

即景

鹰隼展双翅，鹭鸶拳一足。斜照入寒烟，风声喊古木。

对雪有感

阵阵尖风薄暮天，琼瑶堆满界三千。何如留取为霖用，洒遍人间种稻田。

斋居漫兴

乌兔匆匆去似驰[1]，菱花休怅鬓成丝。有身可病究非幸，对酒不歌恐是痴。蕉叶窗南疏雨候，荷花池北嫩风时。只应领取闲中味，长日韶光付与诗。

【注】

①乌兔，指日月，神话谓日中有乌，月中有兔。晋·左思《吴都赋》："笼乌兔于日月，穷飞走之栖宿。"

自写

襟怀与世不相宜，写出襟怀与世知。侠骨欲鸣狂士剑，痴情爱读美人诗。尽多好兴嫌花老，饶有吟怀恨月迟。安得脱身尘网外，闭门长与古人期。

自笑

一篇蛩駏镇相亲，破屋三间老此身。容我清闲真是福，粗完饱暖敢言贫[①]。盘桓松菊三条径[②]，迂拙江湖一散人。差喜幽居风味好，团圞乐事叙天伦。

【注】

①饱暖，乡著会抄本作“饱饭”。

②松菊，乡著会抄本作“松竹”。陶渊明《归去来辞》：“三径就荒，松菊犹存。”

游玉甑峰[①]

似把吾身裹，漫山遍是云。路盘旋似磨，石怪瘦于羵。松盖撑人立，溪流触石分。斜阳林外淡，万籁寂无闻。

【注】

①玉甑峰，位于乐清市中雁荡山风景区，又称道士岩，其以石质润白，莹洁如玉，形似甑而得名，高耸云天，有摩崖石刻“目空一切”。登临其上，有“目空一切”之感。其峰腰有玉虹洞，是开山祖师宋进士李少和当年栖身修炼之所。

自咏

敢言傲骨尚嶒崚，学问都从阅历增。十载名心双白鬓，卅年书味一青灯。过从时有知心客，枯坐几如结制僧。自笑迂疏成底事，除将懒外一无能。

井虹寺[①]

偶入招提境，盘桓薜径苍。老僧如我懒，古佛笑人忙。山鸟有奇语，幽花不断香。一条流水静，爱此坐残阳。

【注】

①井虹寺，一作政洪寺，在乐清市柳市镇象阳寺前村斗岭，后梁贞明五年赐额“保安禅院”，宋大中祥符年间赐额曰政洪寺。旧时于其旁设“玉溪书院”，延请名儒任教，从游甚众，颇著声誉。

感事

俄闻海警动边陬，决战谁如庙算优。蛮徼妖氛张猰貐[①]，军威神策整貔貅。干戈杀运天何酷，涂炭生灵我亦愁。自愧书生无将略，烽烟徒切杞人忧。

【注】

①猰貐，《尔雅·释兽》：“猰貐，类貙，虎爪，食人，迅走。”

游象山[①]

惯识象山面，未跻象山巅。蹑屐步危磴，如鸟穿云烟。倏忽阴翳合，凉生衣裳边。松涛龙啸谷，鸟语琴张弦。风物豁我目，世界别有天。忆昔桃源洞，刘阮来游仙。嫏嬛夸福地[②]，探奇有茂先[③]。何独象峰路，名人足不前。我作开山祖，胡涂赋一篇。庶几后名流，裙屐来连翩。

【注】

①象山，位于乐清市象阳，泮垟之北。

②嫏嬛，神话中天帝藏书处。《字汇补·女部》："玉京嫏嬛，天帝藏书处也，张华梦游之。"

③张华（232—300），字茂先，西晋文学家、诗人、政治家，范阳方城（今河北固安县）人。

山家题壁

地僻尘嚣远，来寻一径幽。书声狂出屋，山影静当楼。树色明如昼，溪光淡入秋。山家风物好，吟眺足清游。

题陈韵秋熹小照[①]

上有虬枝铁干老松苍，下有奇形怪状石一方。一个破砚一女郎，捧待濡墨侍其旁。先生其中兀然立，双瞳炯炯烂有光。一枝秃管搦在手，推敲未就头屡昂。披图一见笑相望，我亦吟怀恰正狂。欲夺先生手中笔，扫石糊涂写数行，未知先生肯否，如何却不妨。

【注】

①陈韵秋，名熹，一作云秋，号白沙后人，乐清北白象镇莲池头人。留学日本，攻文字学。后任教柳市、乐成及温州师范学堂等校，尤以书法驰声。

世局

世局江河下，因之感慨多。小康遭劫祸，细故起风波。

鸟欲逃矰缴，鱼思避网罗。桃源何处在，涕泪自滂沱。

刘醉庵、施咏西合照索题

瞻仰芝颜摄影中[1]，须眉各异两心同。索题未敢轻拈翰，须恕颓龄才思穷。

刘晨气宇轩昂甚，施显丰神亦自清。一纸图成双璧合，追随深羡两师生。

【注】

①摄，底本作“撮”，今改，下同。

忆近游有作

平生未远游，里门常跧伏[1]。天下名山多，皆未一寓目。前有金山横，后有象峰矗。生在吾同乡，时时可往复。山水固自佳，天生是使独。我幸住此间，谁云非眼福。朝去暮得返，地可无烦缩。策杖事幽探，玩赏亦云足。不必务远游，不必嗟跧伏。

【注】

①跧伏，蜷伏。

闲中偶兴

悠悠身世复何求，自笑浮生一赘疣。似我憨痴成底物，催人岁月去如流。生憎俗累还谁脱，醉放狂歌得自由[1]。检点棕鞋并箬笠[2]，随它童冠去闲游。

略拓阶前地半弓，小栽花卉倩儿僮。无诗便觉闲难耐，小闷方知酒有功。迂态冷招同辈笑，奇怀清扫万缘空。残书半帙心犹恋，读向寒窗一穗红。

满庭寒绿太迷离，突有疏花绽一枝。谁信牢骚难醉酒，却教疏放易成诗。残棋一局秋风冷，碎影半窗落月迟。独坐灯前清不寐，孤怀耿耿触愁思。

自分馀生老圃农，藉为养拙得从容。元卿阶下开三径[3]，徐邈狂来时一中[4]。医俗好栽千个竹，传家也种七枝松。栖身有屋何妨陋，恰称儒家半亩宫。

百年生计任荒唐，偏是愁怀莫可忘。福不如人闲辄病，性难灭我老还狂。诗才自信无奇气，杯酒聊教醉异香。却喜山妻能解事，恼人不与话家常。

东方长日事诙谐[5]，名利头头不挂怀。爱有花香红映户，凭它草长绿肥阶。新编书好从人借，老死闲中任性乖。何物残身最相称，绿蓑青笠白芒鞋。

两眼眵昏渐欲盲，案头缃帙任纵横。鹏飞霄汉人何远，鸥梦江湖我亦清。恰是无心偏得句，最难太上学忘情。参苓服久翻多病，枉觅奇方说养生。

生性迂疏喜静幽，浮沉身世一虚舟。埋头老我甘安拙，怀刺逢人敢浪投。但爱闲中寻乐趣，早从心里扫烦忧。年来学得嵇康懒，嘲笑何妨任辈流。

【注】

①醉放，乡著会抄本作“醉后”。

②棕鞋，底本作“椶鞵”，据乡著会抄本改。

③蒋诩（前69—前17），字元卿，杜陵（今陕西西安）人，东汉兖州刺史，以廉直著称，后因不满王莽专权而辞官隐退故里，闭门不出。赵岐《三辅决录》曰：“蒋诩，字元卿。舍中三迳，唯羊仲裘仲从之游，二仲皆推廉逃名。”后“三径”指隐士所居。

④徐邈（171—249），三国时曹魏重臣，性嗜酒，自称“中圣人”。《三国志·魏书·徐邈传》：“徐邈字景山，燕国蓟人也。太祖平河朔，召为丞相军谋掾，试守奉高令，入为东曹议令史。魏国初建，为尚书郎。时科禁酒，而邈私饮至于沉醉。校事赵达问以曹事，邈曰：‘中圣人。’达白之太祖，太祖甚怒。度辽将军鲜于辅进曰：‘平日醉客谓酒清者为圣人，浊者为贤人，邈性修慎，偶醉言耳。’竟坐得免刑。”

⑤东方，即东方朔。

雨

急雨下如注，因风斜射入。忘将窗放下，案上书俱湿。

客至

风雨一天骤，萧斋尽日闲。故人怜寂寞，携酒醉柴关。

养疾

或制汤丸或火攻，何曾奇诀可还童。长生药是欺人语，多健身凭调养功。凉借松棚防触暑，冷糊窗隙怕穿风。卫生在处勤防护，依旧终年是病中。

旷野

旷野村居远，林深一望冥。蛇蟠泥径黑，鳖晒草头青。虎豹威幽穴，狐狸幻怪形。知多遗塚在，鼯鼠伴幽灵。

废圃

废圃二三尺，疏花四五枝。为山多载石，引水小穿池。樵集新飘叶，茅编旧剪茨。痴僮偷懒惯，唤茗又迟迟。

予有少作，不复记忆。丙午秋仲，家志平先生装订成册见还，并辱题词，不胜骇异。予与先生未一面，想必被人携去转落先生手。因成长句志愧，并以酬谢

接到封题事大奇，开函令我费猜疑。不嫌顽石劳收拾，未识偷儿是阿谁。败楮飘零忘记忆，佳章宠锡辱题词。盥薇读罢还迟答，怕对生花笔一枝。

寄赠黄仲荃，即用集中赠朱君味温韵，兼示味温[①]

累世通家旧，与君多夙缘。故人欣有子，老我逼残年。

交谊忘年友，文思下水船。多才朱公叔，心折我同然。

【注】

①朱味温（1873—1933），名鹏，字复戡，又字味温，清廪生，乐清黄华岐头人。曾就读梅溪书院，历任乐清师范传习所、浙江省第十中学（温州）、第十一中学（处州）等校教习。曾任县民政、教育科长。应余鼎三师长所聘，任师部秘书，后任乐清县教育会会长，著有《复翁吟草》四卷。

春日偶成

老我名心久死灰，案头文史亦尘堆。病躯疣赘知交绝，佳句琼瑶旧雨来。黄君胥庵屡有诗来。夜月楼台灯火静，春风桃李酒樽开。物华妍丽年华迈，稳步林间日几回。

遣怀

弹指流光廿载馀，依然章句一迂儒。论文眼岂光明镜，博学胸无记事珠[①]。一味糊涂嵇叔懒，早衰形貌列仙癯。不堪仰首云霄远，局促谁怜辕下驹。

【注】

①记事珠，传说能帮助记忆的珠子。五代·王仁裕《开元天宝遗事·记事珠》："开元中张说为宰相，有人惠说二珠，绀色有光，名曰'记事珠'，或有阙忘之事，则以手持弄此珠，便觉心神开悟，事无巨细，涣然明晓，一无所忘。说秘而至宝也。"

书愤

巽离天一角，有国瀛海东。厥名曰日本，环球称为雄。版图错三岛，广袤几一同。厥声曷赫濯，实惟维新功。明治大皇帝，矫矫人中龙。雄略列强慑，英武一世空。变法逾二纪，声威震列邦。甲午彰战绩，名誉尤崇隆。陆海两军制，制胜实无双。声光化电外，一切学尤工。遂令逖听者，争赴长崎中。 我国诸年少，热血填臆胸。精力出山虎，意气漫天虹。愿言去游学，破浪乘长风。欲仿彼国新，以易我法庸。上以更朝制，下以迪愚蒙。政府豕鬣虱，头脑太冬烘。彼法固足多，故见狃自封。更新类超海，守旧实养痈。天心未思治，人力难强通。椎胸泣白屋，搔首涕苍穹。譬彼鼎足折，大力谁能扛。又如狂澜倒，莫挽任激冲。救溺无缓步，袖手但从容。震旦云埋黑，扶桑日出红。塞耳彼聩聩，忧心我忡忡。

吾邑少年多游学日本者，诗以送之

轮舟飞驶快乘风，争赴扶桑瀛海东，不向离筵挥别泪，牵情儿女岂英雄。

晨兴

晨兴有客过，此客却颇可。呼僮争烹茶，延之上座坐。其时无杂宾，相对惟一我。高论在文章，谐谈逮细琐。两心各忻然，相印毋相左。譬如调素琴，得遇知音者。可怜朋友多，如斯人者寡。

观梅偶成

我欲作梅诗，恐梅不我许。举头问梅花，梅花寂无语。

药瓯铭

人之瓯，盛者茶；予之瓯，盛者药。而竟坦然受之，不以予为待之薄。噫！彼世之辞苦就甘者，信此瓯之不若。

客来

昨日有客来，对之眉飞舞。今日有客来，有话不肯吐。老仆见之笑相问，迂哉子何异宾主。吾云气类判熏莸，人生所贵以类聚。况是圣门有明言，可者与之不可拒。后来阮家青白眼，亦是待人有异处。性情冰炭面目亲，匿怨友人我不取。

独坐偶成寄叶石农

是最无能者，愁生独坐时。满身都是病，如我孰相知。有话向谁吐，惟君最系思。因将诗寄与，一笑有同痴。

闲居杂遣

嫩竹斜窗绿，晨曦入座明。含苞花坼露，避患鸟吞声。拄杖行能稳，枕书梦自清。一篮番薯好，邻父恰多情。

送黄仲驹之官滇南

岂真官爱热，则仕学而优。万里蛮江路，孤怀夜雨舟，离情应共切，残局恐难收。却喜才曾练，无须代作愁。

斋居用《船山诗草》韵①

万虑空何有，斋居乐此身。杜门谢俗客，赌酒唤狂人。炉鸭留香久，瓶花插架新。闲情多孤负，散赏莫逡巡。

径僻还多趣，闲行日几回。避人双户掩，访旧老僧来。独树留人好，一花对我开。呼僮休扫石，任长绿莓苔。

【注】

①张问陶（1764—1814），字仲冶，号船山，清诗人、诗学理论家、书画家，四川遂宁人，名相张鹏翮玄孙。乾隆年间进士，曾任翰林院检讨、江南道监察御史、吏部郎中、山东莱州知府。著有《船山诗草》及《补遗》等。

舟中即目

天容空旷湿烟收，兰桨轻摇一叶舟。有水有山供望眼，不寒不暖可遨头。黄花十里雌雄蝶，绿草一坡子母牛。即景欲成诗句好，枯肠芒角费寻搜。

和黄菊襟归田

重逢一笑倒清卮，脱略形骸各不羁。卅载交情青两眼[①]，一时声誉白双眉[②]。漳江堕泪争攀辙，榕峤归装满载诗。独为先生深叹想，清风两袖买山赀。

解组欣闻挈眷回，相于花下酌深杯。宦情嚼蜡抛何恋，诗笔探骊句屡裁。承示闽中留别并归田诸作。勋业几人酬老壮，文章千古未心灰。幸教旧雨来同调，相伴桑榆亦乐哉。

击壶慷慨动悲歌，四顾苍茫唤奈何。世路崎岖平处少，人情云雨幻时多。交游强半晨星散，门巷何人辙迹过。独处倍深今昔感，临风争禁涕滂沱。

江夏清标高莫攀，莼鲈归兴水云间。陶潜松菊闲寻乐，仲蔚蓬蒿静掩关。剪韭一灯留话月，踏云双屐癖游山。归田赋就多欣羡，不独空山一老顽。

文酒当年屡往还，不堪回首怅衰孱。十年旧谊苔岑合，一代高风泉石间。瓯海山川吟屐恋，闽江烟月梦魂环。去思欲访碑铭去，大海茫茫鼓棹艰。

罢官漫说一身轻，众浊何心诩独清。仕宦君胡同倦羽，泥涂我惜一编氓。敢沉邱壑冰心冷，为脱风波世虑撄。少住东山须再出，休教猿鹤老联盟。

【注】

①青眼，借指知心朋友，见前注阮籍之青白眼。宋·司马光《同张圣民过杨之美明日投此为谢》诗：“呼儿取次具杯盘，青眼相逢喜无极。”

②白眉，喻兄弟或侪辈中的杰出者。见前注白眉马良。

黄菊襟司马归田后枉顾草庐话旧喜赋

枉顾当年屡草庵，联床剪烛酒频酣。十年阔别天南北，一夕重逢话再三。诗草待删寻旧雨，樵苏不爨爱清谈。头颅君亦垂垂白，相对欷歔各不堪。

感时

世局烟云怆变更，匪徒啸聚劫风横。间离遍地多迁徙，静谧何时见太平。天意苍茫宁厌乱，祸胎蔓衍误裁兵。未知新政风雷厉，能否萑苻一扫清。

次韵黄君沤簃见赠之作兼简令叔菊襟司马

累月不见黄叔度，相逢喜色动眉须。如予见弃人皆是，似子多情世倘无。交谊真能倾肺腑，病躯终恨太清癯。更期大阮归来早，莫任田园满眼芜。

叠前韵再寄沤簃

故人有子不凡器，得荷垂青愧白须。家学岂惟乃叔似，雄才真可古人无。犹龙声誉终能淡，似鹤风标却喜癯。独恨效颦多丑态[1]，床头砚匣恕荒芜。

【注】

①效颦，即东施效颦。

再叠前韵复寄沤簃

佳什琳琅屡见示，盥薇狂诵展眉须。诗中雄伯君真是，老去吟情我已无。交谊不访如菊淡，孤标各自肖梅癯。风波满眼愁人泪，努力前程扫秽芜。

柳市报恩寺晤家志平赋赠

满眼风尘静掩门，一庵长自卧闲云。偶从柳市轻摇棹，喜向莲宫得识君。腹有诗书饶道气，人如兰蕙挹清芬。殷勤欲吐同心话，落日催人手遽分。

次黄仲荃六月十二夜大风雨原韵

年来飓母寂无刁，霡霂兼蒙降泽调。突起痴云炎暑伏，骤惊急雨疾风骄。瓦飞似叶千家屋，浪涌如山八月潮。速欲扶筇看野稻，无眠坐待到明朝。

感事叠前韵

裁兵宸诏撤鸣刁，玉烛天时更不调。遍地嗸鸿生计蹙，残黎饿虎劫风骄。维新时局华胥梦，思乱人心奰赭潮。忧愤填胸消未得，多沽清酒醉连朝。

忆昔

忆昔龆龀上学时，屡事逃学逐儿嬉。严亲谓我渐逵师，此儿顽耍又多痴。必须严加以训词，抑或随以夏楚笞。吾师点头曰唯唯，约束维勤严馆规。自卯至酉督诵习，不许东逐并西驰。兀坐但索枣栗吃，课以读书识字仍不知。吁嗟乎！人生所贵在年少，寸阴千金须知宝。此时若不肯用心，后悔莫追徒懊恼。懊恼惜在后来时，年少之人都不晓。我今岁月匆匆渐老大，方知从前好好光阴错过了。

忆昔我亲训我词，科第须从读书基。汝曹年少能力学，后生正是可畏时。学古惟勤乃有获，岂可玩愒以过之。谆谆频为数典知，汝曹须效古人为。苏秦六国佩相印，当年辛苦股刺锥。江东贤相董仲舒[①]，目不窥园勤下帷，与夫铸砚磨杵囊萤映雪一切诸英奇。其时吾齿尚幼少，耳虽听之心藐藐。迨我壮佼稍有知，我亲弃养归蓬岛。回首当日庭训时，此景此情俱渺渺。言犹在耳人渐老，悔我读书苦不早。徒看他人年少得意上青云，我尚终老一青衿，埋头牖下无声闻。

【注】

①《汉书·董仲舒传》："董仲舒，广川人也。少治《春秋》，孝景时为博士。下帷讲诵，弟子传以久次相授业，或莫见其面。盖三年不窥园，其精如此。进退容止，非礼不行，学士皆师尊之。"

家侠夫震以赠京都女校书月梅诗，并摄影见示索和，次韵答之

一枝梅影易牵情，老我犹思快寄声。但恨瓯燕南北隔，空从纸上看分明。

白石山中有水一潭清澈可爱

一泓秋水碧晶莹，照见须眉彻底明。不肯出山知汝意，人间流去便难清。

自写

衣者何？衣草服。食者何？食脱粟。居者何？居陋室。友者何？友麋鹿。万事付浮云，双轮任转毂。不贪没世名，不慕王家禄。插架罗牙签，锄畦栽杞菊。赏心盆有花，医俗居种竹。诗惟写性情，书但遮眼目。囊里钱不空，瓮中酒方熟。习静常闭关，懒出而驰逐。人多愿雄飞，我自甘雌伏。世以我为迂，我以是为福。

钓叟

溪边垂钓叟，镇日一鱼无。无端风雨里，独立傍菰蒲。

读内经

医籍煌煌祖内经，卅年穷究到如今。岂知尚有未穷处，费尽精神用尽心。

自叹

卅年身世感行藏，跧伏蓬茅两鬓霜。老我一衿知愧否，几多年少快腾骧。

黄菊襟家饮普洱茶

雁荡吾乡谷雨芽，五珍名擅共相夸。谁知别出龙湫外，又有滇池普洱茶。

和将石蜜味逾佳，饮罢馀甘溢齿牙。我纵中寒无茗癖，也难禁住一瓯茶。

恍同玉液咽仙家，香味双清绝可嘉。若使陆鸿尝一过①，应添几页著新茶。

多情黄宪最缠绵，病肺相如独我怜。为出一瓶清绝味，竹中亲课小双煎。

【注】

①陆鸿，即陆羽。《新唐书·陆羽传》：“陆羽，字鸿渐，一名疾，字季疵，复州竟陵人……羽嗜茶，著经三篇，言茶之原、之法、之具尤备，天下益知饮茶矣。”陆羽一生嗜茶，精于茶道，著有《茶经》，被誉为“茶仙”，尊为“茶圣”，祀为“茶神”。

自题六十小像

行年一何速，六十已平头。聋聩人多唾，予近病聋。迂疏世莫俦。生同疣赘设，性癖水山幽。自笑形模陋，何烦摄影收。

六十自述

卅年前已疾沉绵，敢冀将来再卅年。下寿即今欣已届，平生回首却堪怜。尽多苦况谁知我，或假馀龄且听天。壮不如人何况老，残生不过病中延。

枳棘编篱竹作门，一衿坐老水云村。性迂事每任诸妇，儿晚人多误作孙。不厌疏慵安运命，敢随庸俗问田园。委心岂借矜高淡，似水家风旧尚存。

少日早凋椿与萱，中年又苦折鸰原[①]。家庭多故真堪痛，忧患馀生却幸存。略解医颇可自活，粗知足又复何言。称觞我敢沿乡例，家祭应先备一樽。

光阴荏苒莫心伤，百岁光阴梦一场。悟后襟怀如水淡，闲中岁月为诗忙。蓬蒿篱落开三径，笑语妻孥聚一堂。消遣衰年更何事，扶筇陇亩看耕桑。

【注】

①鸰原，谓兄弟。《诗经·小雅·常棣》：“脊令在原，兄弟急难。”郑玄笺：“水鸟，而今在原，失其常处，则飞则鸣，求其类，天性也。犹兄弟之于急难。”杜甫《赠韦左丞丈济》诗：“鸰原荒宿草，凤沼接亭衢。”

接读黄仲荃见和六十自述

缄封喜接寄诗筒，不但诗工字亦工。壁上高粘勤护惜，破悭速买碧纱笼。

己酉仲春病中赋示索医诸人

蒙头我卧疾，谒医人索方。辞之不获已，立待床之旁。曰君之于医，视人实差强。移来纸笔砚，强我写数行。其时我委顿，厥势颇披猖。病剧年又老，自治恐不遑。自治固难缓，治人亦应当。除非我宗党，即是我梓桑。彼既不我谅，我辄当彼偿。但恨来说者，述病多匆忙。全不吐情实，恐惹我张皇。岂知此何事，而敢率意将。生死系呼吸，差谬界毫芒。孰宜进连檗，孰宜捣椒姜，孰宜补参术，孰宜泻巴黄。生津检冬地，发表取羌防。或朝清夕燥，或先热后凉。随他百变病，劳我九回肠。强起倚高枕，涂就方一张。得方欣然去，似若效非常。急煮督灌下，一剂续命汤。而我默思之，转令心彷徨。古法重四诊，闻问并切望。合以察其病，病情难遁藏。近来医道坏，药病两相妨。四诊尚多错，此错坐荒唐。今我一无有，投剂敢孟浪。揣测凭臆想，摸索暗中央。品药信多误，辨症岂能详。即起和与缓，即起扁与仓。魏国华元化[①]，汉代张南阳[②]。医门此数公，女中之施嫱[③]。背后索方药，亦恐难见长。医籍浩如海，俗眼昏若盲。病家既无识，医家又不良。含冤而夭枉，吾心为悲伤。大书诗一纸，谨告我同乡。请观孔夫子，馈药有季康。亦曰某未达，置之不敢尝。语非出僻书，见诸乡党章。又有曰慎疾，凄然斋战场。论语人多读，岂果类亡羊。慎药又慎疾，即病不膏盲。胡乃不自爱，而徒于我商。矧我于医学，自信犹面墙。少日曾研究，病久多遗忘。授口索背治，可否细思量。若必阿所好，此实自召殃。于汝必贻悔，我益增恐惶。曷若舍我去，速去延高明。汝我两各得，行矣视勿轻。

【注】

①华佗，字元化，一名旉，东汉末年著名医学家，医术全面，尤其擅长外科，精于手术，被后人称为“外科圣手”、“外科鼻祖”。

②张仲景，名机，字仲景，东汉南阳郡涅阳县人，著名医学家，著《伤寒杂病论》，被后世尊为“医圣”。

③施嫱，古代美女西施、毛嫱的并称。

不出

不出言非古，于人我是今。世情看渐熟，阅历此方深。生幸为时弃，愁偏与我寻。杯中有乐趣，却恨枉酣沉。

入冬雨

秋禾被浸望冬晴，争待翻犁种麦成。偏是田间多贮水，天真有意苦生民。

辛亥冬日吊黄菊襟

匆匆别我去生天，泪洒秋风八月前。此日翻为君破涕，免教在世见烽烟。

阅报有感

武昌都督阅兵亭，腋下飞来弹子声。堪笑汉奸真失计，头颅虚掷事无成。

递经展限各停兵，和议磋商尚未成。寄语民清两方面，莫持鹬蚌毒生灵。

闭门

闭门无个事，添得读书工。壁破将诗补，颜衰借酒红。惜花时筑土，怜鸟早开笼。苔径盘桓好，儒家一亩宫。

门清闲客少，地僻小窗明。煮药劳娇女，谈诗与外甥。静中惟读史，兴到偶敲枰。超得尘劳外，先生一味清。

闲游

敢将放浪诩风流，鱼鸟亲人乐未休。此处会心真不远，也如濠濮一闲游。

偶向田间缓步行，摇风一路稻花香，闲游不为寻诗出，那用奚奴背锦囊。

家人畜鸡四五头[①]，中有不鸣者，戏书一绝

一声报晓仗司晨，是尔如何舌竟扪。莫效微劳知也否，应教愧受主人恩。

【注】

①头，乡著会抄本作“尾”。

山家

竹里人家好，幽栖此结庐。药苗培坞草，菜甲撷园蔬。樵径偕妻采，秧畴督子锄。归来双户掩，泥饮乐何如。

偶有寻山兴，来敲破寺扉。风从岩腹起，瀑向树头飞。梵呗声初歇，炉香篆正微。盘旋苔径好，幽谷易斜晖。

招宗吉人小饮，席间赋赠

萧斋小集夕阳迟，妙有谈锋独擅奇。只合酒杯狂醉后，同君谐语夜阑时。

斋中夜坐

竹槛残月低，苔阶清露湿。开窗纳凉风，流萤先飞入。

舟中即目

两三间屋傍溪湾，竹里篱门半未关。灶突无烟妻出唤，晚炊想是待樵还。

云补断山缺处平，柳丝袅袅弄新晴。倚舷闲向蓬窗听，一路风声又水声。

山行

山路时高下，磊磊多是石。石罅一竹生，高可二三尺。山童扫落叶，坐石待飘风。眼看飞片片，强半堕溪中。山径细如线，积叶不知路。踏来声策策，随着樵人去。只可走向上，不可视向下。视下万丈深，令人胆惊破。

新凉

细雨催凉白露天，寒暄候准是今年。如何我独偏多冷，才入秋风已着绵。

新正

疏帘清簟净无尘，院落幽闲岁正新。独饮屠苏倾小盏①，多裁笺纸贴宜春。阶前新竹添生意，庭角寒梅似故人。一笑先生真个懒，满窗书卷任横陈。

流年似箭又逢春，箫管声喧夜响晨。知有明朝朋旧至，先愁此日雨风频。红灯绿酒豪情减，砌草盆花景色新②。欲对春光描好句，案头笔砚满黄尘。

【注】

①屠苏，酒名，古风俗于农历正月初一饮屠苏酒。南·朝梁·宗懔《荆楚岁时记》：“（正月一日）长幼悉正衣冠，以次拜贺，进椒柏酒，饮桃汤，进屠苏酒。”卢照邻《长安古意》：“汉代金吾千骑来，翡翠屠苏鹦鹉杯。”王安石《元日》：“爆竹声中一岁除，东风送暖入屠苏。千门万户曈曈日，争插新桃换旧符。”陆游《除夜雪》：“半盏屠苏犹未举，

灯前小草写桃符。”

②景色新，乡著会抄本作“景物新”。

初春遣兴

春意鸟先觉，一声报晓晴。摇风花有态，过雨草旋生。堆榻书千卷，留僧棋一枰。消闲聊遣兴，信笔有诗成。

杨花

飘泊长依芦荻洲，生成骨相自风流。怜它憔悴无人惜，只有春风为解愁。

春日喜老友小堤见过

及此青春日，曾劳屐齿过。花催狂兴涌，酒逼醉颜酡[①]。偻指年华老，伤离岁月多。可能时促膝，相对快吟哦。

【注】

①颜酡，醉后脸泛红晕。《楚辞·招魂》：“美人既醉，朱颜酡些。”王逸注：“朱，赤也；酡，着也。”

闲意

午枕掩双扉，门前过客稀。苔衣经雨润，豆荚带霜肥。小沼波三尺，浓阴屋四围。结盟鸥鹭好，我亦渐忘机。

不作繁华梦，幽怀只自知。碑临新刻帖，案贮自圈诗。

爱鸟多留树，怜花小凿池。人生行乐耳，莫恨鬓成丝。

病足

新秋光景十分清，淡日疏花不胜情[1]。尽欲行吟偏病足，天真有意困先生。

【注】

①不胜情，乡著会抄本作“不世情”。

谢友人问疾

故人忽见过，一病已身苏。客猝肴无备，僮痴茗待呼。被衣多穴虱，涕唾乱粘须。欲发先生笑，缄诗遣小奴。

挽从叔辇三[1]

夙羡筋骸健，应教享大年。六旬原下寿，一病竟登仙。酒醉樽中月，茶烹竹里烟。过从踪迹密，回首泪潸然。

记得花朝节，携来数首诗。相观同一笑，索和我偏迟。不料高谈日，殊成永诀时。从今悲不胜，清泪洒灵帷。

【注】

①辇三，底本作“辈三”。

秋日

不须絺绤不须裘[1]，一领单衣得自由。却恐天心多冷热，未能一例尽如秋。

【注】

①絺绤，葛布的统称。葛之细者曰絺，粗者曰绤，引申为葛服。《周礼·地官·掌葛》："掌葛掌以时征絺绤之材于山农。"李白《黄葛篇》："闺人费素手，采缉作絺绤，缝为绝国衣，远寄日南客。"

秋日偶成

碧天如水露华多，满院清香听桂花。竹外风凉来水面，林间月淡上檐牙。龙涎香喷初温鼎，雀舌清烹乍碾茶。生世须寻行乐趣，北窗跂脚鼓琵琶。

哭延士弟

天道茫茫不可知，斯人斯疾竟难治，谁言阴骘多明验，黑籍从今有错时。

从来修短孰司权，竟使斯人不永年。盗跖寿终颜子夭[1]，难将此理问苍天。

曾同砚席忆当年，善气迎人爱阿连。回首秋风挥涕泪，惨教玉树化为烟。

竟教爨下委焦桐[2]，却使斯人似此同。惆怅池塘春草冷，相逢惟有梦魂中。

【注】

①《史记·伯夷列传》："或曰：'天道无亲，常与善人。'若伯夷、叔齐，可谓善人者非邪？积仁絜行如此而饿死！且七十子之徒，仲尼独荐颜渊为好学。然回也屡空，糟糠不厌，而卒蚤夭。天之报施善人，其何如哉？盗跖日杀不辜，肝人之肉，暴戾恣睢，聚党数千人横行天下，竟以寿终。是遵何德哉？此其尤大彰明较著者也。"

②《后汉书·蔡邕列传下》："吴人有烧桐以爨者，邕闻火烈之声，知其良木，因请而裁为琴，果有美音，而其尾犹焦，故时人名曰'焦尾琴'焉。"

枕上

何处吹来一阵风，帘前檐马响丁东。惊回清梦三更后，照眼孤灯一点红。

中秋对月

去年中秋月正明，有酒盈樽我其醒。今年中秋月亦明，笔端跃跃有诗成。酒味固自佳，诗味亦自清。我欲问明月，何不引我诗怀酒兴一时并。诗得酒而诗胆大，酒得诗而酒量宏。月云此事君自主，请君置笔砚、设杯羹，对我吟兮诗百篇，对我饮兮酒一觥，不妨大醉狂吟怡汝情。若教待我堕落西岩后，佳节一过，相隔又是一年久。

有感

持论原须秉至公，漫将先意介胸中。憨痴共笑人情拙，倾轧谁知世态同。好恶难凭多白眼，恩雠无限只青铜。怒颜相对君休甚，那有人间百岁翁。

茫茫世故易撄情，燕鹊鸾凰百感生。大药有灵原小草，奇花可爱却无名。秘书枉自求鸿宝，上寿何能及老彭。莫把便宜都占尽，何曾天道不亏盈。

次韵黄胥庵遂安见赠之作，兼祝令堂太夫人六旬，时太夫人尚在家

好语飞来臭似兰，在官争颂政多宽。素怀岂为穷通变，宦海谁能操守完。案牍馀闲诗起草，狱情未得食传餐。望云翘首惟遥祝，未奉潘舆到遂安①。

【注】

①潘舆，养亲之典。晋·潘岳《闲居赋》："太夫人乃御版舆，升轻轩，远览王畿，近周家园。体以行和，药以劳宣，常膳载加，旧痾有痊。"杜甫《奉贺阳城郡王太夫人恩命加邓国太夫人》："卫幕衔恩重，潘舆送喜频。"宋·刘克庄《得家讯》："不觉离乡久，南来驿使疏。羁臣一掬泪，慈母两行书。租税闻输毕，田园说歉馀。何时真宦达，处处奉潘舆。"

山行

名山擅佳胜，惟峰及水木。木使山能青，水使山有瀑，峰使山添险，均可豁心目。兹山虽平平，三者亦皆足。有峰矗高冈，水木满岩谷。蹑屐偶来游，倏入山之麓。贾勇跻其巅，恍如画一幅。荆关夸绝技，十只像五六。有地更幽遐，

窈然缭以曲。憩石结心赏，此焉居可卜。牵萝剪茅茨，拟欲一椽筑。参差垒怪石[1]，左右列修竹。啸岩坐听猿，悬洞眠看蝠。狎我下栖禽，伴我来林鹿。新材饶松杉，食料饱杞菊。杖履恣闲游，风尘谢征逐。地僻神便清，心幽颜不俗。长日卧烟霞，我恐无此福。

【注】

①参差，底本作“差参”，今改。

题黄仲荃大令《天南鸿爪集》

西指滇南路八千，一官策马试吟鞭。地怜荒徼艰行役，诗带仙才况妙年。旧雨同游频唱和，集中多与朱君倡和之作。蛮江梗道惨烽烟。归来莫便增惆怅，赢得佳章压满船。

舟中遇风雨

乱雨如珠入破篷，恼人更有打头风。纵教身在舟中坐[1]，栉沐还如行路同。

【注】

①纵教，乡著会抄本作“纵更”。

偶成

一炷炉香袅锦帷，一双水鸟弄晴晖。轻风忽又檐牙起，吹断蛛丝一缕飞。

闲行

前溪后溪春水生，村南村北任闲行。依人小犬眠曲径，投宿昏鸦弄晚晴。

雨鸠鸣歇晴鸠鸣，布谷布谷乱作声。西山顶上云薄处，唤出残阳一点明。

一点残阳西岭巅，家家茅屋起炊烟。晚霞一抹红成彩，占得明朝晓日妍。

云烟明灭无常态，松萝纠葛互相交。日影多留桑竹径，风色已上杨柳梢。

人生

人生论离合，合离各有缘。兄弟本天亲，同根或相煎。路人本至疏，爱同骨肉然。或其人本美，恶之如腥膻[①]。或其人本恶，好之如琼璇。此中必有故，其故口难宣。或由生性殊，爱憎固多偏。或由尘网蔽，迷惑混媸妍。吾愿观人者，抹煞勿意先。好恶如美恶，慎毋倒且颠。

【注】

①腥膻，底本作“鯹羶”，据乡著会抄本改。

世风

世风日益下，人心日益诡。所言者如是，所行者如彼。

心口不相符，机变多如此。更有阴险者，面目亦可喜，笑里藏刀锋，害人胡底止。鲰生虽不才，久将此风鄙，一笑语斯人，胡乃不知耻。下流所不为，况是命为士。

古人

古人亦读书，藉书明道义。今人亦读书，藉书博禄位。见利丧本心，殊肆无顾忌。甚或骨肉亲，倾轧无不至。但解较锱铢，全不顾物议。以致士林中，每被人唾弃。吾辈读书人，各自立其志。自待以古人，于士庶无愧。

正月晦日人定时，接读仲荃手札[①]，并见示与同人咏雪诗二章，用苏长公尖叉韵。词旨清新，与昔贤可称劲敌，曷胜叫绝。不自揣量，斗胆次韵率成二律

老怯春寒缩冻鸦，蓬茅跧伏懒驱车。小窗人静灯如豆，午夜书来笔有花。斗韵昔贤能继美，编诗异日定名家。深知对客挥毫乐，不让温筠手八叉。

春深花柳勒秾纤，料峭寒威近较严。未到昏黄先集霰，旋看生白已铺盐。最愁彻夜风侵骨，甚望明朝日挂檐。冬雨淋漓春雪大，田间青损麦苗尖。

【注】

①札，底本作“扎”，今改。

和吴菊逸五十自寿

未曾识面早相知，十载逢人说项斯。翘楚君真乡邑望，衰迟我恨夕阳时。缔交有幸凭文字，趺坐无缘对奕棋。欲和新诗频搁笔，骚坛旗鼓怯雄师。

文士声名半盗虚，多君才藻孰方诸。干云纵屈平生愿，鉴古能成警世书。翰墨纵横王逸少，史才卓荦马相如。寻山他日龙湫去，来访东都处士庐。

夏日得雨喜凉

云气濛濛黯画楼，檐端急雨泻珠流。风来不待窗棂启，自有凉生满室秋。

咏忧

吾心向惟丛百忧，独对作诗百忧失。藉此消遣法亦良，无奈又苦诗才拙。一思不能成，再思面辄热，三思心摇摇，汗涌如珠不可灭。核以古今医家言，云是胸中失心血。更兼禀质不坚牢，如蜂之起生百疾。精疲神倦力不支，坐此又去寻暇逸。岂知静中忧复来，困我如囚不得脱。不知此后几春秋，付与忧中老岁月。想是磨蝎坐命宫[①]，更有何言复何说。旁有一客前致词，消忧我恰有妙诀。此诀妙处不可言，不在寻诗事纸笔。若必待诗将忧驱，诗不作时忧定出。况诗由来能穷人，历数十中常六七。兼且先生疾满身，贫病交攻实可必。何如将诗与忧并放开，不诗不忧两清绝。有如一个泥塑人，是即消忧策第一。呜呼，此法我久秘不传，先生幸毋向人述。

【注】

①磨蝎。星宿名，磨蝎宫之省称。旧时信星象者谓生平行事常遭挫折者为遭逢磨蝎。苏轼《东坡志林·退之平生多得谤誉》："退之诗云：'我生之辰，月宿直斗。'乃知退之磨蝎为身宫，而仆乃以磨蝎为命，平生多得谤誉，殆是同病也。"

偶成

涤砚花阴墨待磨，开轩恰受惠风和。新糊窗觉凝尘少，惯看书常脱线多。最爱妻愚偏解事，敢欺奴小便轻诃。黄昏饱饮愁生胀[①]，频向丹田手自摩。

数椽老屋水云乡，一榻窗南睡味长。爱听清音怜小鸟，最饶幽兴是秋凉。庭宽可任闲行便，墙矮多留夜月光。但解吟诗能得句，即无佳构亦何妨。

【注】

①饱饮，乡著会抄本作"饱饭"。

朝种田中粟

朝种田中粟，暮披架上书。粟足饱我腹，书足启我愚。二者有兼资，奚事求其馀。藉以度馀生，其乐复奚如。奈何热中者，好自苦其躯。有书不诵读，有田懒耘锄。东驰并西逐，尘垢满衣裾。志愿苦未酬，颓景逼桑榆。彼昏未觉悟，我悯为欷歔。

夙昔

夙昔慕仕进，讵愿抑郁居。千载抱沉痾，此志恐终虚。名心日以冷，自分应蘧庐[①]。蘧庐信可乐，奚复事欷歔。人寿虽百年，迅若过隙驹。况乃多不及，逐逐毋乃愚[②]。一笑谢尘鞅，陶然乐有馀。

【注】

①蘧庐，犹传舍，即旅馆。《庄子・天运》："仁义，先王之蘧庐也，止可以一宿，而不可久处。"

②乃，乡著会抄本作"其"。

病中

清臞似我最堪怜，惭对炎威六月天。气候一般寒暖异，人皆衣葛我衣棉。

初秋遣兴

已入秋风热有馀，葛衫葵扇未须除。携壶爱向桐阴醉，匿迹惟宜荜户居。幸有馀赀资饱暖，敢因多病废诗书。溪边不为闲游去，欲借泉声一启予。

遣兴

鸦鹊枝头弄晓晴，跏趺静坐小窗明。培花闲唤僮锄草，佐馂时催婢煮羹。留客敲棋聊破寂，借诗排闷岂求名。如予懒拙休嘲笑，须恕腰肢太瘦生。

自咏

沙鸥那许厕鹓班，桑柘阴中事学耕[①]。人羡蓬瀛鄙畎亩[②]，我将蓑笠当簪缨。清邀猿鹤联交契，闲觅琴樽适性情。林下逍遥多自在，人间福岂尽公卿。

世情阅历放心平，幻影空花杂念清。度日惟凭书一卷，早眠不待月三更。无求剩有寻诗兴，多拙难留没世名。饱吃炉头新熟酒，醉扶筇杖听松声。

衰颓无复想科名，不爱繁华只爱清。移榻绿阴消昼永，卷帘青草上阶生。安排几席横长卷，补贴光阴借短檠。却有夸张纨绔处，满庐晨夕读书声。

【注】

①耕，底本作“畊”，据乡著会抄本改。

②畎亩，底本作“亩亩”，据乡著会抄本改。

闲居

蟠泥踪迹漫欷歔[①]，款段居乡乐有馀。京洛香尘人走马，泮溪烟雨我骑驴。寻花约伴穿游屐，扫石留僧说梵书。聊自闲居安我拙，敢言高隐傲樵渔。

一梦浮名已扫空，蓍龟无复问穷通。馀生合作墙东客，得失奚关塞上翁[2]。泮水堤边杨柳月，象山峰下桂花风。一筇领取闲中趣，未厌终身白屋中[3]。

一任人呼作马牛，浮沉聊复一虚舟。不平世事风吹耳，无限悲欢雪上头。欲拨筝弦先扫榻，为开眼界屡登楼。故人若问馀生事[4]，看取沙汀一懒鸥。

【注】

①蟠泥，底本作“蟠坭”，据乡著会抄本改。

②塞上翁，用《淮南子》中“塞翁失马”之典。

③白屋，即茅屋，古代指平民的住屋，因无色彩装饰，故名。《汉书·萧望之传》:“今士见者皆先露索挟持，恐非周公相成王躬吐握之礼，致白屋之意。”

④馀生，乡著会抄本作“浮生”。

人生

人生天地间，寿夭不可必。作一日之人，须快活一日。乃有无知者，营营竟若失。徒自苦其躯，曾无稍安逸。况且百年中，隐忧易成疾。旷达乐馀年，我亦其间虱。

生质

生质苦羸惫，众病来相缠。朝考针灸图，夕觅汤液篇。光阴付药鼎，一年复一年。冤哉此病魔，何独累我偏。无术以攻之，徒使心忧煎。不如且任他，高枕得安眠。

病中

秋风倏抱采薪忧[1]，厥疾几成不可瘳。差幸自家粗解药，掀天浪里把帆收。

老来万念尽颓唐，独有闲游兴未忘。正是秋凉好天气，偏教困我卧匡床[2]。

【注】

①采薪忧，指患病。《孟子·公孙丑下》："昔者有王命，有采薪之忧，不能造朝。"朱熹集注："采薪之忧，言病不能采薪。"

②乡著会抄本作"偏教困卧一匡床"。

枕上偶成

冬晴待种麦，雨势日相寻。卧听檐溜急，点点滴愁心。

冬日即事

风紧垂帘好，围炉胜负暄[1]。褥铺籼稻软，裘借木棉温。夜雪欺新竹，邻花压短垣。诗多新得句，信笔且姑存。

【注】

①负暄，指冬天受日光曝晒取暖。唐·包佶《近获风痹之疾题寄所怀》诗："唯借南荣地，清晨暂负暄。"

述怀

奇书拥榻乱横陈，待聘惭为席上珍。傲骨有棱难媚世，呕心得句易惊人。枕中梦付邯郸幻，眼底缘怜骨肉真。拟向杯中拼一醉，半坛春酒漉山巾。

气味清于云水僧，不知谁爱又谁憎。闲中得句诗千首，醉里挥毫墨数升。乐事琴书怀栗里，高风园圃学东陵①。清幽岂借矜高尚，世态繁华奈不能。

【注】

①东陵，即召平的别称。《史记·萧相国世家》："召平者，故秦东陵侯。秦破，为布衣，贫，种瓜于长安城东，瓜美，故世俗谓之'东陵瓜'，从召平以为名也。"杜甫《园人送瓜》诗："东陵迹芜绝，楚汉休征讨。园人非故侯，种此何草草。"

元旦即事

满村萧鼓闹新年，香烛家家礼佛虔。儿女新妆庭内戏，祖宗遗像壁间悬。红笺楷写平安字，青简多翻彖象篇。笑煞童心犹未减，还将爆竹弄寒烟。

春间一病，屡起屡复，近更耳聋

屡起风波百病攻，眼昏倏又耳成聋。纷纷世事闻来恼，恰喜于今塞听宫。

落花

一笑嫣然烂似霞，无多时即谢铅华。心头万种伤心泪，拼与风前哭落花。

和宗星舫六十自述

岁长先生阅八春，行年转瞬古稀人。爱闲久谢催诗钵，索和偏邀老病身。硕望谁同尊北斗，高才久已仰东邻。片言介寿休嫌简，须恕龙钟一老民。

和洪鲁山五十自述

卧病悠悠闭草堂，突来佳客破苔苍。新诗脱手花生李，励学当年砚铸桑。兰谱曾叨交廿载，菊觞待晋酒三行。只惭老我无才思，勉强推敲和一章。

和余心舫先生五十述怀

时时卧病记当初，一味偷闲懒读书。荒废对人滋忸怩，光阴怜我付空虚。腾骧君似驰燕骥，谫陋吾惭误鲁鱼[①]。七十年来成底事，药炉茶灶老蓬庐。

诗坛笔阵扫千军，敏捷兼工制举文。早已泮宫将藻撷，旋看贡树又香分。高才世已争推轼，下第人谁敢薄蕡[②]。闻道和章多杰作，何须再索老夫云。

夙愿知君信有违，屡经铩羽困秋闱。文章自古无如命，科第吾乡本属稀。大著自能传世久，一衿何必厌名微。学随年进同蘧瑗[③]，未必从前事尽非。

老我名场战未曾，徒钻故纸一飞蝇。病多转习医家术，冷极差同退院僧。诗写千篇君独富，觞分一酌吾难胜。先生豪于饮，予则不然。新诗迟和休相责，须恕才疏实不能。

生平绝不计升沉，安命都由学问深。狂饮未妨醉连日，豪吟岂肯放分阴。徜徉山水高人福，唱和诗篇大雅音。此是先生真乐趣，令人那得不倾心。

【注】

①鲁鱼，“鲁”“鱼”两字易相混，指抄写刊印中的文字讹误。晋·葛洪《抱朴子·遐览》：“故谚曰：‘书三写，鱼成鲁，虚成虎，此之谓也。’”

②《新唐书·刘蕡传》：“刘蕡，字去华，幽州昌平人，客梁、汴间。明《春秋》，能言古兴亡事，沈健于谋，浩然有救世意。擢进士第。”《资治通鉴》卷二百四十三《唐纪五十九》：“李郃曰：‘刘蕡下第，我辈登科，能无厚颜！’”

③蘧瑗，字伯玉，谥成子，春秋卫大夫，自幼饱读经书，每日皆思前日所犯之错，力求使今日之我胜昨日之我。《论语·宪问》：“蘧伯玉使人于孔子，孔子与之坐而问焉，曰：‘夫子何为？’对曰：‘夫子欲寡其过而未能也。’使者出，子曰：‘使乎！使乎！’”

董君文甫庆恩以六十自寿索和次韵奉祝[①]

一岁先余庆六旬，来年我亦后来人。只惭薄植成衰柳，敢冀高年媲大椿。文字论交偏有味，箪瓢乐道不妨贫。少年同学晨星散，云水逍遥剩两身。

草堂聚首记前时，樽酒留连晷影移。疏懒多招庸俗怪，清狂只有故人知。宕台约伴穿游屐，甥侄传经侍讲帷。旧梦重提如在眼，掀髯各自笑开眉。

少日才名千里驹，飞腾蹀躞定何如。争看出手雄场屋，竟致蟠泥屈里闾[2]。温饱岂祈瓶有粟，清寒翻爱草为庐。平生不问穷通事，闭户时还读我书。

投示琼章昔屡经，半生相对眼垂青。诗名早已倾吾党，心事无惭问影形。行比彦方争颂德[3]，人如正则独能醒[4]。添筹自有天心眷[5]，伫看他年享大龄[6]。

得失升沉一任天，登山临水自年年。齑盐[7]早脱胸中累，花鸟多招世外缘。淹雅无惭名下士，优游真个地行仙。祝釐拟逐诸君后，一曲南飞奏几筵。

【注】

①董文甫，名庆恩，清廪生，乐清后所人。毕生舌耕，培成后彦。迨一九一〇年适其六十寿诞，赋自寿诗四律，奉祝甚多，裒曰《宾筵酬唱集》。本书作者亦有唱和。

②蟠泥，底本作“蟠坭”，据乡著会抄本改。

③《后汉书·独行列传》：“王烈，字彦方，太原人也。少师事陈寔，以义行称乡里。有盗牛者，主得之，盗请罪曰：‘刑戮是甘，乞不使王彦方知也。’烈闻而使人谢之，遗布一端。或问其故，烈曰：‘盗惧吾闻其过，是有耻恶之心。既怀耻恶，必能改善，故以此激之。’后有老父遗剑于路，行道一人见而守之，至暮，老父还寻，得剑，怪而问其姓名，以事告烈。烈使推求，乃先盗牛者也。诸有争讼曲直，将质之于烈，或至涂而反，或望庐而还。其以德感人若此。”

④《离骚》：“皇揽揆余初度兮，肇锡余以嘉名；名余曰正则兮，字

余曰灵均。”《渔父》：“屈原曰：‘举世皆浊我独清，众人皆醉我独醒，是以见放。’”

⑤添筹，添加一签，即增加一岁。赵翼《己巳元旦》：“添筹且喜增年岁，鼓击惟当乐夕晨。”

⑥他年，底本作“它年”，据乡著会抄本改。

⑦齑盐，指日常生活中的柴米油盐等琐事。

消夏杂诗

闭户萧然万念空，科头赤脚便疏慵。随身一领龙须席，展向桐阴卧晚风。

潇潇一雨涨平池，出水新荷放一枝。时有二三朋好至，藕香风里共谈诗。

长铺竹簟傍池荷，脱却巾衫放醉歌。不怕炎熇蒸似火，南榕高处晚风多。

题牛女隔河图

各抱春心唤奈何，盈盈一水恨难过。知他两处相思泪[①]，应与银河一样多。

【注】

①他，底本作“它”，据乡著会抄本改。

秋感

泥涂潦倒感年华，荏苒秋风暮景斜。白日难消颅畔雪，青灯喜对案头花。狂怀傲兀人谁识，诗句清奇醉自夸。却恨昂藏寒瘦骨，半生清梦老烟霞。

数椽庐舍小于蜗，竹里双扉静不哗。四面溪山清入画，半堤烟柳淡于花。短篱课婢删瓜蔓，夜雨留宾剪笋芽。满眼蓬蒿成一笑，清幽恰称野人家。

己未一月十一日，高君性朴谊以雪诗见赠，倒用苏东坡尖叉韵答之

敝裘不御朔风尖，溜水成冰冷挂檐。夜坐围炉灯似豆，晨兴放眼地铺盐，凄凉岭树愁容黯，栗冽霜风寒气严。底事今年天梦梦，入春雨雪尚廉纤。

推敲险韵斗尖叉，媲美嵋山自一家。清入心脾诗亦雪，光生笺素笔添花。漫天飞絮妨来客，何处寻梅好驾车。甚望春融消积冻，谁知连日缩寒鸦。

董文甫先生以七十自述诗索和，次韵奉酬

示疾维摩迄暮年，医经枉读素灵篇。残躯愧我虚生世，厚福多公独得天。杖履逍遥寻乐趣，李桃培植广心传。纵教境遇多寒俭，自古诗人大抵然。

屈指故人日渐稀，与公两地又睽违。满怀却喜多珠玉，卒岁何妨无褐衣。原唱有“处境偏教缺食衣”句。卅载嘤鸣敦友谊，一灯蛾术守经帏。馀生寄语须珍重，孤愤成书莫效非。

漫说年来贫病侵，我知磨炼是天心。奇才多向穷愁出，乐道何伤空谷吟。座上笑谈佳客满，门前车辙草泥深。他时腰脚如能健，旧雨关心好去寻。

生比先生后一秋，即今相对倍含羞。学如鹢退今逾尽，病似蜂屯最惹愁[1]。路阻恐难时我过，道同只合与君谋。古稀我亦明年届，能否同添海屋筹。

【注】

①蜂屯，犹蜂聚。元·陈高《丁酉岁述怀一百韵》：“处处蜂屯盛，时时豕突狂。”

七十自述

六旬草草曾自述，七十今臻再赋诗。幸有田园蒙祖荫，惭无福泽可儿诒。生当乱世愁情重，人到衰年病鬼欺。敢说养生多妙术，搜寻灵素枉知医。

匆匆落照逼桑榆，株守家园一病夫。逐臭人情甘旧守[1]，附羶世态厌新趋[2]。里邻索药情难却，亲旧言怀兴未孤。樗栎无成蒲柳弱[3]，空教七尺负曹躯。

眼花齿脱鬓须皤，步履艰难拄杖佗。衰慕乐天难任事，疏狂叔夜合居家。暮年看惯人情险，晚景愁生夜梦多。已届颓龄重回首，岁华强半病中过。

一枝筇杖一寒毡，磨灭光阴年复年。屈指平生成底事，扪心往事悔从前。图书零乱尘堆案，岁月推移雪满颠。笑写近来衰景象，三餐以外只高眠。

【注】

①逐臭，谓喜爱臭味。清·和邦额《夜谭随录·某太守》：“况趋炎附势者，如蝇之逐臭，蚁之慕羶，不堪屈指，讵止此两端而已。”

②附羶，喻依附恶势力。明·陈汝元《金莲记·诗案》：“不是做人太狠，功名之会，最用附羶，势利之场，犹如骑虎。”

③樗栎，喻自谦才能低下。苏轼《和穆父新凉》：“常恐樗栎身，坐缠冠盖蔓。”

自题药馀初稿

半描疏懒半狂痴，尽把生平写入诗。也当自家年谱看，条条清朗列如眉。

跋

黄迁

象山郑氏为吾邑西乡巨族，子孙散居各村，无虑数万家，其间积学能文之士，以荷盛、泮垟两村为最盛。先是科举未废，督学使者岁科两试。郑氏以俊异列高等者岁不乏人。而能博读群书，工为诗词古文者，荷盛则有履阶、星波、雪涛三先生[①]，泮垟则有紫石、筠村、友兰三先生。友兰先生兄弟，视履阶先生兄弟年辈稍后，两家所居之村，宇衡对望，相距仅数百武[②]，后先接踵，竞爽一时，至今邑人士犹啧啧叹慕不置。履阶先生兄弟为迁舅祖，迁少时犹及见之。舅祖兄弟皆致力于古，尤耽吟咏，尝斐然思有所著述而皆未成以殁。惟雪涛先生有《绿蕉轩诗》二卷，尚未付梓，紫石先生兄弟亦然。惟友兰先生有《半翁诗草》四卷[③]，亦藏于家。今春其哲嗣天白将举而刻之，乞言于迁，迁惟先生之诗，昔先叔父司马公曾为序，何敢复赞一辞[④]。惟念自诸先生之逝，先后不过数十寒暑，风流歇绝，继起无人。今者世变益亟，海内学子争摭拾新说，唾弃旧学，视同土壤。欲求如诸先生之博洽儒雅，歌啸自遣，殆不可复睹。盖不惟一邑之郑氏为然矣。呜呼，是可悲已。丙寅二月后学黄迁谨跋。

【注】

①履阶，即郑梦松，谱名景崇，字松龄，号履阶，乐清市象阳荷盛人。星波，即郑梦白，谱名景庚，字斗西，号星波。雪涛，即郑梦江，谱名景文，字希淹，号雪涛，光绪恩贡。著有《绿隐轩吟草》。郑氏昆仲系林大椿外甥，学诗于林大椿，称入室弟子。

②武，半步，泛指脚步。

③《半翁诗草》，底本作四卷，乡著会抄本作五卷，盖将底本卷四中《新凉》诗之后归于卷五。

④底本无“复”字，据乡著会抄本改。

省身录

为人父宜慈爱，而偏于慈爱亦不可。子而贤智，宜教之读书明理，扬名显亲。子而愚不肖，亦宜教之守己安分，不失先绪。

为人子宜孝敬，然不幸父母偶有错误，亦宜婉言开导，俾之不陷于非，方为肖子。

为人兄宜友爱，为人弟宜恭顺，兄弟为天属之亲，须以恩爱相待方好。近见风气渐衰，人心日险，骨肉之间，几成仇隙，家庭之际易启参商，非独平民，即读书明理之家往往而有此，真令人不解也。凡兄弟于少年之时，无不相爱好者，至成人则渐疏矣，至娶妇则更疏矣，至析产则大疏矣。盖少年则天性未漓，成人则嗜欲渐开，娶妇则为妇言所惑，析产则为财利所蒙，此皆必至之势也，惜无人能道破。予于此中思之颇熟，故略缀数言，以为世之有兄弟而不免蹈此数弊者，作当头之一棒也。

凡今之人，但知责人，不知责己。予每见人于谈论时，往往谓某则鄙吝，某则诡诈，某则骄矜，某则懦弱，试将责人之事反而责之于己，其果能一一无憾否乎？此躬自厚而薄责于人，圣人之所以谆谆垂戒也。

凡人做事切不可诡诈。若一味诡诈，则人皆防汝，汝虽机心百出，亦乌能挟其术以愚人，有徒受此诡诈之名而已，其实于事毫无所济也。

有无相通，亦所时有，然有借必有还也。今之人则不然，其无力能偿者，固不必论，往往有一等家亦颇可，一经借去便存不偿之心。噫！如此等人真所谓无脸面也。此大丈夫所以贵财帛分明也。

凡人居家不能事事尽如我意，须以和缓处之。若遽加之以辞色，恐非君子容人之大度也。

交友宜交端品励学之士，方能劝善规过，以德业互相砥砺。否则，游戏征逐，徒尚浮文，乌贵其为朋友也。

人无论智愚不肖，总以读书为第一要紧事。盖人不读书则才识全无，每易入于放僻邪侈而不自觉，即间有守己安分而满腔俗气，未免贻笑大方。

“反己”二字虽非圣贤极功，然吾人苟能于此二字体认得真，则于持身涉世之道思过半矣。

凡人处事切不可有自是之心。有自是之心，则事与言之出于人者，皆见为不是。以人为不是，愈以自为是，此所以终身迷罔而不自觉也。

凡人居家，吝啬固不可，而过于挥霍，不知物力难艰，亦未见其得也。

亲朋中有贫乏来告贷者，量力为之，少有赒恤可也[①]。

吾人饮食、衣服、布袍、菜羹，足以饱暖。何必穷极奢侈华丽，不特费财，亦且损福。

读书宜读有用之书，一切淫词小说概不宜阅。

读书必先立品。苟品之不立而徒务词章之学，则虽文有可观，亦何足取？有文无行，终不免见弃于端正士也。此古之取士者，所以必先器识而后文艺也。

张湘涛太史[②]曰："人能多买书籍藏之家塾，虽当身不能尽读，而其子孙必有能读之者。"此言极有味，故录之。

吾人居家，凡事俱宜节俭，惟买书则不宜吝惜，然亦量力为之，可也。

乡里中有端人正士，可为师友者，宜常与往来，互相砥砺，以成德业，方能有益。

处事宜从容，不宜迫促，迫促则易于错误，从容则自然中度也。

每日之中，虽极忙冗，而书不可不看数行者。昔人云："三日不读书，便觉语言无味。"

凡事不可做到十分，做到七八分便可。予尝有句云："亏我几分原是福，饶他一着未为愚。"

凡事皆当知足。知足则守己安分，不罔营求，做事自可过得去。否则，贪得无厌，未免入于下流。

随园老人[③]云："士君子宜有定见，不宜有成见。定见者，在我之性情学问，不与世推移者也。不宜有成见者，在人之亲疏厚薄与其知愚贤否，当从容以审其分量而不可先意抹杀者也。"

武三思[④]语云："我不知世上何者为善人，何者为恶人。但与我善者即善人，与我恶者即恶人。"此种见解，今之人往往皆然，即读书明理具大识见者，亦未免蹈此，但不肯如三思之直捷说出耳。我愿人味其言且自反焉。

晋卫玠[⑤]曰："人有不及，可以情恕，非意相干，可以理遣。故终身无喜愠之色。"

范忠宣公[⑥]常曰："人虽至愚，责人则明；人虽至明，恕己则昏。但常以责人之心责己，恕己之道恕人，不患不到圣贤地位也。"

凡一事而关人终身，纵实见实闻，不可着口。凡一语而伤我忠厚，虽谈酒谑慎勿轻言。

言语之当慎。正在当快意时，遇快意人，说快意事。

面谀之词，闻之者未必皆感；背后之议，衔之者尝至刻骨。

何远言不诞妄，每语人云："卿若得我一妄语，则谢卿一缣。"古人乐于闻过如此。

朱子[⑦]尝曰："凡事须思量到人所思量不到处，防备到人所防备不到处，方得无患。"世之脱略草率者，当书二语作座右箴。

持家善法舍"勤俭"二字，无他术也。予体素羸且善病，凡内外一切凌杂事，必以先之，料必不能，勤无有也。而药物饮食之费，又日形其浩繁，俭亦无有也。幸托先人庇荫，有田二三百亩，足以自奉，俾不至于饥寒。不然，恐不能安坐而食。每一念及，辄不禁怃然感慨。凡我后人须于勤俭二字身体力行，以补予之过，可也。

予一生饮食衣服，罔非先人福泽，久欲作述祖德诗，以表扬先烈，而每以才疏学浅为憾，今聊记数字于此，以识不忘。

薛文清公[⑧]谓:“应事最当熟思缓处。熟思则得其情，缓处则得其当，虽至微至易者，皆当以慎重处之。”

昔人有句云:“浮生泡影须臾事，莫把恩雠抵死分。”此诗极有味，予每尝诵之。

黄山谷先生[⑨]诗云:“老色日上面，欢悰日去心。今既不如昔，后当不如今。”二十字中有无限感慨。世之滑口读过者，往往不觉其佳。

驹隙光阴，为时有限，而复以忧愁烦闷消耗精神，抑何不思之甚也。予尝撰一楹帖云:“时不再来，莫虚掷堂堂岁月；人须行乐，勿错过好好光阴。”

“不识字人真快活，但求钱处必艰难。”云菘先生[⑩]诗也。此真阅历有得之言，予时时诵之。

予赋性懒拙且善病，他无所嗜，惟于书好之笃，时时翻阅之。自患病后体日羸弱，读书不能终卷。偶翻一二页，辄目眩神倦，背发热，颜赪，汗如水涌。欲姑舍之而又苦于太寥寂，不得已用陶靖节先生[⑪]不求甚解之法读之，聊以消遣而已。以故学日退无稍进，因忆袁仓山老人句云:“读书身健真为福”实获我心矣。

予性太褊急，发多不中节。每欲学朱子法，于语言作止间皆以缓持之，而每自憾其未能也。

予最爱王阳明先生言[⑫]，曰:“学须反己。若徒责人，只见人不是；若能反己，方见自己有许多未尽处。奚暇责人？”

待仆婢宜宽恕。仆婢多愚鲁无知者，焉能事事迎合主人之意？偶有错误，亦宜宽恕他，不可任意呵责，致损威重。

凡人居家闲暇时，宜取先哲格言时时翻阅。虽不事事与他吻合，而时常取看，则此心自有所检制也。

凡一切声伎游宴势利纷华诸务，少年无识，每易听人诳骗，为父母者必当严行约束方可。

赌博切不可学。无端不精之技，即能精其技，不至因此丧财破产。而一习其事，即足为人品心术之累，况往往有因此丧财破产者。吁！可畏哉。

至于弈棋，高人韵士往往藉以消遣，似无损于人品心术，然亦只宜于亲朋叙晤，或读书闲暇时偶一为之，沉溺其中亦断不可。

吾乡敝习，每岁上元灯市时，富室大家其子弟，往往好为呼卢喝雉为娱乐。此风相沿已久，似不能骤变，然以仆愚见，为父兄者亦宜严行约束，勉以读书力学。否则，或别觅一消闲之具，如赋诗、弹琴、弈棋、种花，以此易彼可也。

予最爱富郑公弼[13]一言，曰："忍之一字，众妙之门。若勤俭之外，更加一忍，何事不办。"

近来富室大家必多购古人名画，以作书斋之饰，以数十贯之青铜，购一二张之破纸，其无谓也。予谓此亦可以不必，欲装饰须摘先哲之嘉言懿训，嘱善书者书之条幅，悬挂斋壁，俾之触目警心，方有受益。

人家居室不必大，清雅便可，又须有一二间屋为宴客留宾之所。庭前隙地植竹数十竿，下凿小池蓄鱼数尾，杂莳花木于其中。花不必皆佳品，须春夏秋冬接续开者，又多购书籍藏庋其内，以便翻阅，闭门谢客以时自乐，亦足自得也。此愿恐难遂，姑识之以俟他日。

今之为朋友者，当面则谀，背后则谤。求有如前辈之相爱好主，于直谅镌切而不苟为谀者，盖亦难其人矣。

读书须二三知己，互相谈论或广集名师益友，以益其学问。若但好与不若己者友，以自矜博洽者，岂求益之道哉？

凡人居家不为子孙久远计，固非尊长之心。而过为经营，似可不必。昔苏玉局[14]有句云："儿孙自有儿孙福，莫为儿孙作马牛。"

人家兄弟之相怨恨者，其弊皆由于妇人。而奸滑巧诈者，尤易令人阴堕其术中而不自觉，此浸润之谮谮，不行焉[15]。之所以为难也，昔人有句云："只缘被底莺声巧，致使天边雁影孤。"诚为有见也。

施愚山先生闰章[16]尝云："终日不见己过，便绝圣贤之路；终日喜言人过，便伤天地之和。"时以为名言。

昔人云："三日不读书，便觉面目可憎，语言无味。"予谓：每日之间，虽极忙冗，书不可不看几页，或可藉以稍开茅塞也。

薛文清公曰："轻当矫之以重，急当矫之以缓，偏当矫之以宽，躁当矫之以静，暴当矫之以和，粗当矫之以细。"然此非一二日之功也，久久得之，自能由勉强臻自然也。

"凡人读书，原拿不定发达。然即不发达，要不可以不读书，主意便拿定也。科名不来，学问在我，原不是折本的买卖。愚兄而今已发达矣，人亦共称愚兄为善读书矣，究竟自问胸中担得出几卷书来？挪移借贷，改窜添补，便尔钓名欺世。人有负于书，书亦何负于人哉！昔有人问沈近思侍郎，如何是救贫的良法，沈曰：读书。其人以为迂阔，其实不迂阔也。东投西窜，费时失业，徒丧其品，而卒归无济。何如优游书史中，不求获而得力存眉睫间乎！信此言，则富贵；不信此言，则贫贱。亦在人之有识与有决，并有忍耳。”此家板桥先生《潍县寄舍弟第四书》⑰，予最喜诵之。

梨园唱剧，至今日而滥觞极矣。然敬客宴神，世俗必不能废。但其中所演传奇，有邪正之不同，主持世道者正宜从此处设法立教，则虽无益之事，亦未必非转移风俗之一机也。先辈陶石梁曰：今之院本，即古之乐章也。每演剧时，见有孝子悌弟、忠臣义士，激烈悲苦流离患难，虽妇人牧竖，往往涕泗横流，不能自已。此其动人最恳切最神速。较之先生拥皋比讲经义，老衲登上座说佛法，功效更倍。至于《渡蚁》《还带》等剧，更能使人知因果报应秋毫不爽，而好生乐善之念油然生矣。此则虽戏而有益者也。近时所撰院本多是男女戏媟之事，败俗伤风莫此为甚。有司牧之责者，务宜严为禁止可也。

【注】

①赒恤，周济救助。《礼记・孔子闲居》：“凡民有丧，匍匐救之。”汉・郑玄注：“救之，赒恤之。言君于民有丧，有以赒恤之。”《金史・雷渊传》：“不迎送宾客，人皆以为倨。其友商衡每为辩之，且赒恤焉。”

②张湘涛，即张之洞（1837—1909），字孝达，号香涛、香岩，又号壹公、无竞居士，晚年自号抱冰。清直隶南皮（今河北省南皮）人，曾任翰林院编修、四川学政、山西巡抚、两广总督。

③袁枚（1716—1798），字子才，号简斋，晚年自号仓山居士、随园主人、随园老人，清诗人、散文家，钱塘（今浙江省杭州市）人。著有《小仓山房诗文集》《随园诗话》等。

④武三思，并州文水（今山西省文水县）人，唐荆州都督武士彟之

孙，女皇武则天的侄子。

⑤卫玠(286—312)，字叔宝，河东安邑(今山西省夏县)人。魏晋之际著名的清谈名士和玄理学家。

⑥范纯仁(1027—1101)，字尧夫，谥忠宣，范仲淹次子，北宋大臣，人称“布衣宰相”，吴县(今江苏省苏州)人。著有《范忠宣公集》。

⑦朱子，即朱熹。

⑧薛文清，名薛瑄（1389—1464)，字德温，号敬轩，谥文清，山西河津县（今山西省万荣县）人。明朝著名的理学大师，河东学派的创始人。

⑨黄山谷，名黄庭坚（1045—1105)，字鲁直，号山谷道人，晚号涪翁，黔安居士，八桂老人。北宋诗人、书法家。

⑩云崧，名赵翼（1727—1814)，字云崧，一字耘崧，号瓯北，又号裘萼，清文学家、史学家，江苏阳湖（今江苏省常州市）人。著有《廿二史劄记》《陔馀丛考》《瓯北诗钞》等。

⑪陶靖节，即陶渊明，谥靖节。

⑫王阳明（1472—1529)，名守仁，字伯安，浙江余姚人，因被贬贵州时曾于阳明洞（在贵阳市修文县）学习，世称阳明先生、王阳明。明著名的文学家、哲学家、思想家、政治家和军事家，官至南京兵部尚书、南京都察院左都御史。“心学”流派的重要代表人物。今有《王阳明全集》。

⑬郑公弼，即富弼（1004—1083)，字彦国，河南洛阳人。天圣八年以茂才异等科及第，累官至相，封“郑国公”。

⑭苏玉局，即苏轼。曾任提举玉局观，世称其为苏玉局。

⑮《论语·颜渊》：“子张问明。子曰：‘浸润之谮，肤受之愬，不行焉，可谓明也已矣。浸润之谮，肤受之愬，不行焉，可谓远也已矣。’”

⑯施闰章（1619—1683)，字尚白，号愚山，安徽宣城人。顺治进士，康熙时举为博学鸿儒，授侍讲，转侍读。清初著名诗人，与宋琬齐名，有“南施北宋”之称。著有《学馀堂文集》等。

⑰郑燮（1693—1765)，字克柔，号板桥，兴化（今江苏省兴化县）

人。乾隆元年中进士，曾先后任范县（今河南省范县）、潍县（今山东省潍坊市）知县十馀年。能诗善画，尤工书法，散文亦颇具特色。著有《板桥集》。

砚北漫录

先君子有仆，名词源，性颇聪颖，好观书，每操作毕，辄偷看数行，夜辄灯燃翻阅，往往至五鼓尚未就寝，先君子最爱之。一日，遣赴市购鸦片烟，乘便过麻园市蛎壳灰，少顷返，曰："麻园无白玉，柳市有乌烟。"先君笑曰："此好诗也。麻园柳市白玉乌烟的成佳对矣。"因忆昔人谓李青莲脱口成诗，苏东坡嬉笑怒骂皆成文章，不信然乎。吾乡谓鸦片烟为乌烟，蛎壳灰为白玉。

吾乡有村学究郑某，小业贾，后藉训蒙糊口。有剃匠姓何名夏兰者，日往与谈，郑屡屈，衔之。一日，语何曰："子能对乎？"何曰："能。"郑曰："贱业薙头谈儒子。"何即应声曰；"贩夫糊口假先生。"一时闻者无不绝倒。

洪君鲁山，名邦泰，予友杨少堤之高弟也。杨尝向予誉其文笔颇佳，不知其能诗也。顷闻叶甥石农诵其题沙头山道院诗云："壁上新诗题欲遍，未知谁得碧纱笼。"不觉为之叫绝。

叶甥石农，性聪慧，喜吟咏，不好为制举业，常过予，谈论多言诗，无及文者。予虽勉，其以彼易此，然人各有志，不相能强也。诗有佳者，如《读书》云："好书读过愁忘却，折角先防异日翻。"《乐清竹枝》云："借问阿姑何处去，板桥西畔捉棉花。"又句云："溪桥平似掌，茅屋小于舟。"

吾乡黄菊襟秀才鼎瑞，家铭之鼎彝、陈咏芗莛两上舍，邀同人结十二香诗社。每人字下一字皆用香字，一时英俊少年皆争入社，亦韵事也。家雪涛上舍梦江有句云："入社班联玉笋行，翩翩裙屐少年郎。江干近日添佳话，词客争传十一香。"后菊襟旋举乙酉孝廉，人皆目为"香头"云。

吾乡陈荪卿上舍荃，年少多才有所作，人皆口呿舌綷，不敢发一语。与同邑陈铭叔箴、黄菊襟鼎瑞两孝廉，陈咏芗莛、家铭之鼎彝两上舍[①]，王贯三秀才连中六人[②]结为策鳌文社，飞觞角艺倾动一时。予尝有赠诗云："黄菊君昆仲陈铭叔、咏芗王贯三郑铭之、云帆共心倾[③]，牛耳文坛一代雄。休把才名都占尽，合留馀地让诸公。"

吾乡老农郑景彬，少时操舟为业。先君子有所往，皆乘君舟。壬子春避瞿逆乱，黑夜乘舟至潘垟村，忽见前有小船横于浦口。先君子疑是匪人来劫，心甚惶惑，景彬即吟曰："野渡无人舟自横。"先君子意遂定，旋复大笑曰："仓猝中竟能吐属妍雅如此，君其石户农之流亚欤。"为人性清介，不喜入少年热闹场，常曰："人以类聚，彼非吾类也。"足以见其志趣矣。

表侄南吉儒岳，为人和平温厚，不露棱角。文笔亦极圆融清晰，诗不多作。尝馆予家，戏题一联于书室云："教几个童蒙聊堪糊口；攒十年故纸总笑埋头。"予大为击节称赏。

陈寿宽明经[4]，号颐伯，永嘉人，少年玉貌，好学多才，尝有挽吾邑余筱泉[5]庶常朝绅夫人联云："绿衣郎来乎，帐闺中才叙离情，十日弥留旋撒手；白头姑老矣，叹厨下谁谙食性，九原回顾定关心。"时余中进士初回才十馀日耳。

瑞安孙蕖田先生致仕家居[6]，年馀七十，岿然为吾郡灵光殿，洵神仙中人也。尝有挽周莲仙先生[7]联云："了了去来因，掷笔诗成，果是逍遥骑鹤背；悠悠爱憎口，盖棺论定，何曾谣诼损蛾眉。"又有挽吾邑吴荆山先生联云："风月两闲身，姻娅近联香火社；人天一大觉，色空早悟去来因。"

仲兄筠村署所居室曰"一枝巢"，尝题一联云："小小蜗庐差堪容膝；劳劳蠹简莫笑埋头。"

林汉川秀才翰，初聘同邑徐菊屏妹，予小姨也。幽闲贞静，有林下风。不幸婚期已倏，仙籍遽登。汉川往奠哭以文。后予往菊屏家，见其敝簏有文一纸，拉杂摧毁，细与展阅，乃汉川祭元聘徐氏文也。读之文华韶秀，心颇愕然，问何人作，无知者，遂携归。后询知是余筱泉庶常捉刀，予窃自夸老眼之非花也。

吾乡吴荆山先生郑衡，丰颐广颡，风貌伟然，有笑癖，工书好吟咏。家故雄于资，性颇豪，兼有园林胜，杂莳花木无算，虞美人特盛，尝为赏花之举，演剧设宴，招诸文人墨客，饮酒赋诗以为娱乐，其风雅多类此。晚耽禅悦，别筑屋数楹，署曰“三一阁”，自称“三一居士”，取三教如一之义。尝绘小照，道冠儒履，穿释氏水田衣，持斋诵佛，谢绝一切。西偏屋三楹为奉佛所，庭前凿小池，池以外叠石为山，旁开两小洞，从洞中回旋上，循山径至峰巅，有亭可小憩焉。左右皆植竹，绿阴如幕，其地修广，仅三四丈，而峰峦洞壑皆具，步步引人入胜，仿佛令人置身武夷九曲间也。予一再游焉，羡先生之福之清且闲，尝戏语先生曰：“此即先生之三神山也。”因为诗以赠先生计十首，录二：“禅机参彻净尘缘，日月壶中别有天。修到人间清净福，先生已是地行仙。”又：“闻说芝颜只笑嬉，一瞻眉宇信非欺。佛家面目原欢喜，弥勒龛中但解颐。”

瓯北先生[8]曰：“予有田五六百亩，在各乡高下不一，各佃户旱则指我田为高阜，潦则指我田为下隰，缘田主不知田所在也。稍遇旱潦，辄有抗不输纳者。”予谓此不独常州乡俗然也，吾乡亦皆如此。且更有甚者，顷读先生诗云：“我田未必水中央，因潦都称被浸伤。同此一区丰歉异，佃家大熟我奇荒。”又云：“少日无田叹釜鬵，谁知田亦有升沉。我田便是沧桑幻，旱则山头潦海心。”不觉为之一笑。

洋棍子，一名火柴，一名自来火，未知始于何时，古无所考。惟《蕉窗闲话》载：“杭人削松木为小片，其薄如纸，镕琉璜涂木片顶分许，名曰发烛，又曰焠儿，用以发火。史载周建德六年，齐后妃贫者以发烛为业，岂即杭州所制欤？”《清异录》[9]呼为“引光奴”。殆自来火之滥觞乎？

余素清羸，畏寒特甚，每凉风始戒，即重茧袭裘，围炉墐户。虽当盛暑，亦着木棉布衣，偶穿纱葛，辄觉太轻，因戏题一绝云：“清癯似我最堪怜，惭对炎威六月天。气候一般寒暖异，人皆衣葛我衣棉。”

王荆公[10]咏谢公墩云：“我名公字偶相同，我屋公墩在眼中。公去我来墩属我，不应墩姓尚随公。”或谓荆公好与人争，在朝则与诸公争新法，在野则与谢公争墩，亦善谑也。

陆放翁家训曰：“子孙才分有限，无如之何？然不可不使读书。虽不能上进，而训蒙为养，使书种不绝，亦为好子孙。若布衣草履，从事农圃，足迹不至城市，亦是美事，切不可迫于衣食为市井小人事。”

鸦片烟，乾嘉间中国无种之者。今则处处皆然，俞荫甫樾[11]有句云：“山中生计年来异，罂粟花开当麦秋。”

朱晦翁[12]诗曰："耕牛无宿食，仓鼠有馀粮。万事分已定，浮生空自忙。"又曰："翠死因毛贵，龟亡为壳灵。不如无用物，安乐过平生。"此二诗足醒世，予最喜诵之。

予每见近人之病，药之而愈者，不药而亦愈也。药之而不愈者，不药未必皆不愈也，何也？以世之业医者，多不知病且不知药也。病之不知，药之不知，而欲其以药治病，其幸而偶中者，固有其人；其不幸而为所误者，亦不少矣。赵云崧先生尝有句云："庸医无刃杀人多。"其信然矣。

王荆公《字说》云："诗者，寺言也。寺为九卿所居，非礼法之言不入。故曰'诗无邪'。"其言颇正。而《孝经·含神雾》云："诗者，持也，持其性情不使暴去也。"其立意比荆公差胜。

风水之说，吾乡最信。富贵大家往往迟之数十年而不葬者，吁！何所见之愚也。盖形家之书，虽相传已久，其实不甚可凭。试观古来操是术者极多，其中必有精其技者，未闻其子孙多膺显秩。宜乎吾乡林恒轩先生大椿[13]有句云："其家旺气来，寒谷变邹律。其家衰气来，玉盏碎千镒。数以理为根，理以数为匹。惠吉从逆凶，万法两言毕。恃地夺天权，此谋终难必。"其言颇有理。因忆昔人有句云："汾阳祖墓朝恩掘，依旧荣华阅四朝。"又谢梅庄先生讳济世[14]，题金山郭璞[15]墓云："云根浮浪花，生气来何处。上有古碑存，葬师郭璞墓。"

予家藏明刘宗周先生《人谱类记》一书[16]，是胡瑞澜学使光绪丙子科试发落时分来[17]。其书多记先儒嘉言懿训，且文亦雅驯，非乡曲劝善诸书可比。予常置案头[18]，时时翻阅，颇有得力。丙子科试，云衢蒙取一等五名，得补增广生员。自后辄获病，岁科试皆不得与，而科举业亦日就荒废矣。兹从敝簏中检得此书，用记数语，以识知己之感。

痘神之说，不见经传。西汉以前，无童子出痘之说，自马伏波往交趾，军人带此病归，号曰“虏疮”，不名痘也。凡史书中载人形体者，妍媸各备。无载人面麻者。惟《文苑英华》载颖川陈黯《花面》[19]诗云：“玳瑁应难比，斑犀点更佳。天怜未端正，满面与妆花。”痘痂之见诸歌咏，当自此始也。

予最爱仲小海先生言曰：“人生一世，但愿留得几行笔墨，被人指摘，便是有大福分人。不然，草亡木卒，谁则知之？而谁则议之？”此言极沉痛，深得圣人疾没世无称之意。

诗有愈改愈佳者，亦有天机一到，脱口而成，如生铁铸就，断不可改者。

唐试士式，涂几字，乙几字。抹去伪字，曰涂。字有遗脱句，其傍而增之，曰乙。

查悔庵句云：“老来不喜闲桃李，别约山僧看菜花。”可以识其胸怀之高淡矣。

近世人心日趋诡诈，李笠翁渔[20]咏七夕乞巧句云：“天巧尽归人，人谋鬼神屈。牛女至今宵，合向风尘乞。”先生盖有慨乎其言之。

近来书院掌教者皆称“山长”，此二字见《荆湖近事》[21]，五代蒋维东隐居衡岳，受业者号为“山长。”

予最爱周栎园亮工[22]之论诗曰：“诗以言我之情也。我欲为则为之，我不欲为则不为。未尝有人勉强之，督责之，使之必为诗也。是以《三百篇》称心而言，不著姓名，无意于诗之传，并无意于后人传我之诗。噫！此其所以为至与！今之人，欲借此以见博学，竞声名，则误矣。”

《文选》诗：“挂席拾海月”[23]。注选者以海月为蚌蠲之类。袁简斋先生非之，谓：“此诗之妙，全在海月之不可拾。若是蚌蠲之类，则作此诗者，不过一摸蚌翁耳。”予最服先生之论诗，惟此论颇不惬予意。

好删改古人诗文，亦是文人习气。屈悔翁好改少陵诗，方望溪好改八家文[24]，虽所改亦有当处，然徒向字句间抉摘痴类，即六经三传亦不无可议，且二公所著诗文，岂皆无一二句可删改者。固无劳兢兢焉，舍其田而芸人之田也。

吾乡业医者多开设药铺之人，虽不必其技之皆工，而临症既多，亦颇一二幸中者。林恒轩先生尝有句云：“庸医临症多，十亦愈三四。”

孙琴西先生衣言《逊学斋》诗[25]，多生硬拗峭语，逼近山谷，固推一代作手。同时如俞荫甫辈，亦推为诗笔高迈，一时作者无与抗行。予最爱五律二句云“我非求将相，天或悯流亡”，谓其用意极高而自命极大。七言如“疏柳作阴藏酒店，东风吹絮点深杯”、“芦梢过雨茸茸出，荇叶牵风冉冉移”、“湖光一片月初满，疏星数点霜欲飞”，皆集中清和妍雅者，其它生硬拗峭等作概不录入。

查初白老人慎行[26]尝教人作诗，谓：“诗之厚，在意不在词；诗之雄，在气不在貌；诗之灵，在空不在巧；诗之淡，在脱不在易。”诚词苑之良规，诗家之秘诀也。尝有句云：“座中放论归长悔，醉里题诗醒自嫌。”

唐孙华[27]，字君实，别号东江。尝论诗云：“学问性灵缺一不可。有学问以发性灵，有性灵以融冶学问，而后可与言诗。”此真横截中流，独标心印，与严沧浪[28]“诗有别才，有别趣，而非多读书，多穷理，不能极其至”等论，同为谈艺家之金丹大药也。

新正贺节，俗谓之拜年。率皆身自往谒，未有代以名纸者。惟前明文衡山先生[29]《拜年》诗曰："不求见面惟通谒，名纸朝来满敝庐。我亦随人投数纸，世情嫌简不嫌虚。"可知拜年代以名纸，此风已久。余衰年多病，懒于出门，窃援此例以自解，然总觉太简慢也。

《笠翁偶集》有四时行乐法，而于夏季尤兢兢焉："《戴记》云：'是月也，阴阳争，死生分。'危哉言乎！令人不寒而栗矣……凡人苟非民社膺身，饥寒迫体，稍堪自逸者，即当以三时行事，一夏养生。过此危关，然后出而应酬世故，未为晚也。予每于此时，闭户闲居不谒客，亦无客至。匪止头巾不设，并衫履亦废之；或裸处乱荷之中，妻孥觅之不得；或偃卧长松之下，猿鹤过而不知。洗砚石于飞泉，试茗奴以积雪，欲食瓜而瓜生户外，思啖菓而菓落树头。可谓极人世之奇闻，擅有生之至乐者矣[30]。"噫！先生此乐真令人健羡矣。予衰颓多病，扃户偷闲，尝有《消夏》诗云："闭户萧然万念空，科头赤脚便疏慵。随身一领龙须席，展向桐荫卧晚风。"又句云："不怕炎熇蒸似火，南荣高处晚风多。"虽不及先生之清闲自得，以视世之营营逐逐者，殆过之矣。

南海罗萝村侍郎文俊患短视[31]。尝于召见时，上笑谓曰："汝见朕否。"对曰："臣视不过咫尺。"可谓应对得体。

金华叶维一太守新署嘉州时，有会稽钱生流落其地。一日，具牒乞佽助，词颇哀艳动人，叶猝无以应，判一绝于后还之云："两年宦辙等飘蓬，赚得清名是屡空。惭愧穷途步兵尉，不堪持赠袖间风。”以五马之尊而不能庇一寒士，余未敢信也。

同治壬戌春，粤逆踞乐时，家大人挈家人辈避地永嘉西岙山，惟以吟咏自遣，借戎马流离之感，写牢愁激楚之音，著有诗百馀首，皆记粤逆事。惜不戒于火，厥后辄抱疾闭户养疴，殊废吟咏。惟记有送长林场盐课大使、长洲江公弢叔名湜诗十馀首，今亦仅记其三，句云“卸篆文旌北赴杭，一囊诗稿压行装。好官但袖清风去，消受衿民一炷香”“读罢新诗唤奈何，声声呜咽似悲歌。听猿三峡肝肠断，不及先生血泪多”“语着离情酒不欢，谁言饯别赴江干。便当烂醉华筵上，只作亲朋聚首看”。

家雪涛上舍梦江，工诗，好吟咏，林恒轩先生高弟也。所著诗亦与求是斋诗相仿佛。师弟洵沆瀣一气也。家颇贫，尝戏题一联于书室云：“靠一枝笔作生涯，但求糊口；得半文钱有定数，且放平心。”又有一联云：“人情薄似飞花纸；世路危于烂树桥。”

家云帆秀才湘，为人权奇倜傥，善诙谑，谈论风生。每欢场酒席惟君在，便令人笑吃吃不休也，诚昔人所谓座无车公不乐也。闻其书室亦有一联云：“惜食惜衣，省得觑人脸嘴；求名求利，趁未老我头颅。”

【注】

①上舍，宋代太学分外舍、内舍和上舍，学生可按一定的年限和条

件依次而升，明清因以“上舍”为监生的别称。

②原文为七人，有误，实为六人，今改。

③郑云帆，名湘，乐清象阳荷盛人，清庠生，习医济世，暮年困顿，豪气未除，曾撰春联云：“家仅馀粮一二日；胸贮广厦万千间。”

④陈寿宽（1857—约 1904），字颐伯，号谷孙，光绪十七年举人，曾任东嘉书院掌教。懂医术，著有《医门十二种》等。

⑤余筱泉（1859—1917），名朝绅，别字筱泉，一作筱璇，祖籍乐清，徙居永嘉（今温州鹿城区）丁字桥巷。清光绪元年(1875)中举人，九年进士，十二年为翰林院庶吉士，十五年散馆授编修，历任国史馆纂修、编书处协修、会典馆纂修等职。曾被举为温州府中学堂总理，转任温州商会总理。民国后膺永嘉县自治会议长，复创设温州甲种商业学校。其著现存《地方利弊论》及《感事诗》十二首。

⑥孙蕖田(1817—1901)，名锵鸣，字绍甫，号蕖田，晚号止园、止庵，衣言仲弟，温州瑞安人。清道光十五(1835)年中举人，二十一年成进士，入翰林。

⑦周莲仙（1851—1908），瑞安人，著有鼓词《十二思君》。

⑧瓯北先生，即赵翼，号瓯北。

⑨《清异录》是北宋陶谷著的笔记，借鉴类书的形式，记载我国古代文化史和社会史方面的很多重要史料，多记唐、五代时人称呼当时人、事、物的新奇名称，每一名称列为一条，而于其下记此名称之来历。

⑩王安石（1021—1086），字介甫，号半山，谥文，封荆国公世人又称王荆公，抚州临川人，北宋丞相、新党领袖，杰出的诗人、政治家、思想家、文学家、改革家，唐宋八大家之一。著有《王临川集》、《临川集拾遗》等。

⑪俞樾（1821—1907），字荫甫，自号曲园居士，浙江德清人，清末著名的学者、文学家、经学家、训诂学家、书法家。学问博大精深，被尊为朴学大师。

⑫朱熹（1130—1200），字元晦，一字仲晦，号晦庵、晦翁、考亭先生、云谷老人、沧洲病叟、逆翁，徽州府婺源县（今江西省婺源）人。

曾任荆湖南路安抚使，仕至宝文阁待制。南宋著名的理学家、思想家、哲学家、教育家、诗人。

⑬林恒轩（1812－1863），名大椿，字宏训，又字敷言、孚年、萱士，号恒轩，别号航山，林启亨之子，乐清市翁垟镇高垟人。年幼时承父教，咸丰九年（1859）岁贡，十七岁考入温州郡学。林大椿藏书室名“菜香”，藏书万卷，平生精研儒书及天官历算家言，著有诗集《恒轩诗稿》《求是斋诗抄》《垂涕集》，文集《红寇记》《恒轩文集》《海滏方言》等。

⑭谢济世（1689—1755），字石霖，号梅庄，广西全州县人。康熙四十七年，举乡试第一。康熙五十一年中进士，改庶吉士，授检讨。雍正四年官至浙江道监察御史。乾隆三年，授湖南粮道，后以老病致仕，家居而卒。著有《梅庄杂著》《大学注》《经义评》《西北域记》等。

⑮郭璞（276—324），字景纯，河东闻喜县人（今山西省闻喜县），东晋文学家、训诂学家，风水学鼻祖，历任宣城、丹阳参军。晋元帝时期，升至著作佐郎，迁尚书郎，又任将军王敦的记室参军，因力阻驻守荆州的王敦谋逆，被杀身亡。著有《葬经》。

⑯刘宗周（1578—1645），字起东，别号念台，绍兴府山阴（今浙江绍兴）人，因讲学于山阴蕺山，学者称蕺山先生。著述甚丰，其开创的蕺山学派，在儒学史上影响巨大。

⑰胡瑞澜（1818—1886），谱名原郡，字观甫，号筱泉，湖北武昌人，道光二十五年进士，钦点翰林院庶吉士，授编修，历官国史馆纂修、文渊阁校理、浙江学政等。著有《读史日抄馆课诗赋》《湘帆杂咏》《越吟草》《星轺杂纪》《星轺续纪》《海槎日记》《海槎续记》《训士质言》《教士申约》《教士隅说》等。

⑱案头，底本作“按头”，有误，今改。

⑲《文苑英华》，宋太宗命李昉、徐铉、宋白及苏易简等二十馀人共同编纂的文学类书，一部继《文选》之后的总集，太平兴国七年九月开始纂修，雍熙三年十二月完成。唐陈黯《自咏豆花》：“玳瑁应难比，斑犀定不加。天嫌未端正，满面与妆花。”

⑳李渔（1611－1680），初名仙侣，后改名渔，字谪凡，号笠翁，浙江金华兰溪人，明末清初文学家、戏曲家。

㉑《荆湖近事》为陶岳著。陶岳，字舜咨，永州祁阳（今湖南祁阳）人。宋太宗太平兴国五年进士，官太常博士，尚书职方员外郎，后出为郡守，曾为端州（今肇庆）知府。历官四十馀年，清正廉洁。著有《五代史补》《零陵总记》《荆湖近事》《陶康州文集》《陶陵州集》及《货泉录》。

㉒周亮工（1612—1672），字元亮，又有陶庵、减斋、缄斋、适园、栎园等别号，学者称栎园先生、栎下先生。明末清初文学家、篆刻家、收藏家，江西省金溪县人。

㉓《文选》（李善注）谢灵运诗："扬帆采石华，挂席拾海月。"《临海志》曰：石华附石，肉可啖。又曰：海月，大如镜，白色，扬帆挂席，其义一也。《海赋》维长绢，挂帆席。

㉔方苞(1668—1749)，字凤九，号灵皋，晚年号望溪，清散文家，桐城派的创始人之一，安徽省桐城县人。康熙四十五年进士，累官礼部待郎。论文以"义""法"为主，与姚鼐、刘大櫆合称"桐城三祖"。著有《望溪文集》。

㉕孙衣言（1814—1894），字绍闻，号琴西。见前注。

㉖查初白（1650—1727），原名嗣琏，字夏重，一字悔余，号初白，后改名慎行，浙江海宁人。康熙时举人，赐进士出身，官翰林院编修。著有《敬业堂诗集》等。

㉗唐孙华（1634—1723），字实君，别字东江，江苏太仓州人。康熙二十七年进士，选陕西朝邑知县，会召试乾清宫称旨，授礼部主事，兼翰林院行走，后充浙江乡试副考官，因事落职。著有《东江诗钞》。

㉘严羽，南宋诗论家、诗人，字丹丘，一字仪卿，自号沧浪逋客，世称严沧浪，邵武莒溪（今福建省邵武市莒溪）人。著有诗集《沧浪先生吟卷》，《沧浪诗话》附其后。

㉙文征明（1470—1559），原名壁，字征明，因先世衡山人，故号衡山居士，世称"文衡山"，明画家、大书法家、文学家，长州（今江

苏苏州）人，曾官翰林待诏。

㉚见李渔《闲情偶寄》，《笠翁偶集》又名《闲情偶寄》。

㉛罗文俊（1789—1850），字泰瞻，号萝村，广东南海（今佛山市）人。清道光二年进士，以探花及第授翰林院编修，记名以御史任用，累官工部左侍郎，曾任顺天乡试同考官、山东乡试正考官、山西学政、陕甘学政、山东学政和浙江学政等。著有《绿萝书屋文集》。《庸闲斋笔记》："尝于召见时上笑问曰：'汝见朕否？'公奏曰：'天威不违颜咫尺。'人共服其应对之得体。"

郑郁集

[清]郑　郁　著
黄　煜　编注

前言

郑郁，谱名祥莪，字蓉荃，号晓初，后更为天白，生于一八九八年。郑郁出生于书香门第，祖郑菊如，父郑云衢，皆当地名士诗人，家学渊源甚深。云衢晚年得子，钟爱逾常，但郑郁从小体质羸弱，遂不使外出就傅，设私塾于家，请当地名宿郑澹如、高性朴等亲授。当时正是废科举兴学堂之时，郑郁性聪慧，不习举业，亦喜吟咏，善对仗，大博亲欢。后因避乱迁居温州高公桥，屡迎诸乡先辈小住，敲诗谈艺，引为至乐。终因惊悸致狂疾，精神失常。

郑郁平日家居，不习远游。与同邑诗人文士亦多有接触，并有诗互赞奉唱。所交往密者，有徐宗曾、徐性（圣）旸、涤性等人。存世诗集有《乐园诗草》。其中，有三十多首诗是写与徐宗曾、性旸、涤性等人交往的，如《寒食怀徐君宗曾》："恼我苦别离，尤觉心瑟瑟"、"聚散如浮云，悠悠一梦里。诀别三春来，离情牵萝苇。况兹寒食节，远作书一纸。交君已十年，怀人每万里。君也有同情，相思应共起。"《送性旸归里时性旸在余家读书》："十年情谊两心知，才唱骊歌怕别离。折柳遽成罗邺句，暮云遥忆少陵诗。黄花篱角为谁媚，碧月床头系我思。回首相期随返棹，家园虽好莫来迟。爱君载酒访园林，忽动怀归一片心。投辖未能延吕向，寒毡谁更共华歆。情同金石心相洽，谊系茑萝思倍深。争奈中秋风月好，倚栏翘首独长吟。"郑家父子与黄式苏为同邑文人，关系甚好，《半翁诗集》中有黄式苏所写的跋，《乐园诗草》有黄式苏所写的序。

郑郁承祖上田产，家境富裕，养尊处优，喜欢自由闲适的生活。《水阁闲意》：“绿荫松枝画阁深，凭栏日日听幽禽。陶然而乐怡然得，几上清樽酒满斟。”《幽居写意》：“紫荆寂寂满蓬蒿，独有幽人住此中。除却三餐无人事，闲游随意向西东。”《排闷》：“闲如陶令惟耽酒，懒似嵇康常掩荆。自爱东篱黄菊好，一樽相对倍心清。”诗中亦多处提到陶渊明式的优俗闲适的生活，喜爱读书吟作。郑家书房名“书带草庐”，在《自题书带草庐》中说：“书带经神草满庐，吾庐带草亦多书。常关门似陶彭泽，屡下帷师董仲舒。玉轴牙签时检点，清风明月两相于。园蔬欲种愁无地，剩有花间一片馀。”《次韵黄君惧华岁暮感怀四章》：“自怜傲骨太崚嶒，天外昂头孰与朋。对酒常歌唐李白，论文雅慕宋庐陵。自知阅历功还浅，谩欲名高谤易兴。省识岁寒书味苦，夜阑犹自对残灯。”郑郁为人胸襟旷达，向往高洁人士的人生品格与精神追求。《次韵黄君惧华岁暮感怀四章》：“艰难身世知何似，旷达襟怀我独求。毁誉任他风过耳，蛾眉谣诼几时休。”与其父一样，诗中常用松竹梅菊之意象，喻自身追求君子般高洁品格之志。《刘冠山先生惠书条幅志喜》：“品拟柏松香晚节，隐居城市亦神仙。”《菊花》：“老圃韩琦香晚节，东篱彭泽闹重阳。”《偶咏》：“筑屋数椽傍水湾，柴门虽设却常关。秋风帘幕香金粟，夜月楼台映翠颜。文笔何能追子厚，诗篇最爱学香山。平生不逐繁华梦，松竹梅花相对闲。”

郑郁生活在民国时期，国家与社会动荡不安，时局不稳，诗中常抒发对社会与时局的忧虑与担心，对安定平静生活的向往。《元旦》：“世局如斯乱未平，人间奚事贺新正。纷纷诸友偏投刺，碌碌鲰生敢矫情。当道豺狼犹梗塞，殊方锋镝苦纵横。中原到此无宁岁，何日萑苻一扫清。”《感事》：“中岁何堪乱世逢，烽烟满地正愁侬。有书可解寻常闷，无酒难浇块磊胸。性命微生如蝼蚁，风波沧海恶蛟龙。乾坤岁月悠悠过，感兴题诗意万重。”《慨时》：“闽浙萑苻未肃清，湘南皖北苦长征。干戈杀连嗟何酷，烽火他乡那勿惊。犹有热河遭倭劫，可堪塞北屡兴兵。万方糜烂元元苦，偏地哀鸿感不平。”《寄怀吴君天五》：“奈何世风变，萑苻太披猖。盗贼时西顾，使我心惊惶。”诗中表达对战争的无奈与厌恶，忧愁与憎恨，对国家大局的关心，充满忧国忧民之情。

郑郁颇具诗才。其《论诗》：“写得性情出，天然便是诗。韩苏李杜辈，绝世本天资。写出诗书气，长吟复短吟。汗牛充栋里，咀嚼发奇音。写出眼前景，寻常亦自奇，风云与月露，到处有新诗。诗有别裁理，非关书五车，沧浪标此说，总算作诗家。”其诗题材广泛，大多以写实为主，以送别、怀念、赞颂亲戚朋友同乡人士为主，就花草树木，节日岁月，心境感慨，皆能发而为诗。一首《菊花》诗，长达二百四十句，赏花吟志，可见吟诗作对乃其所长。诗中也常抒发自己的愁思之感，《秋日偶兴》：“到处商音响玉珂，萧萧索索意云何。风翻红叶孤吟冷，月照寒斋逸兴多。平野霜干天惨淡，空山秋老客悲歌。迢迢一带荒芜地，肠断江皋涕泪沱。”可见其愁思凄清之感慨。

诗无达诂。本校注根据丛书整理凡例要求，将现藏温州图书馆1937年铅印《乐园诗草》加以标点，主要针对人名和地理进行注释，旨在便于阅读，利于保存文献。

黄　煜

目 录

乐园诗草叙

高谊

昔予在山阁，郑生郁蓉荃偕其内兄弟徐生宏爝宗曾[①]、宏琎性旸[②]来从予游。予讲《左氏》与《史记》，暇辄以事吟咏，宗曾、性旸与蓉荃皆喜为之。宗曾为诗以意胜，性旸以句胜，而蓉荃以调胜。蓉荃为友兰先生嗣子，先生有《半翁集》，为世所传诵。半翁生平所唱和，以黄纫秋司马，叶石农、洪潜园两上舍为最多，故蓉荃所为诗，具有家学。自半翁卒，蓉荃遂不获出门读书。既乃移家永嘉，予间过访蓉荃，辄留予作竟夕谈，恋恋不遽别。久之，蓉荃聘予教其子权、若、标等。方半载，予以事与蓉荃别，而蓉荃家居多不适，每有烦闷，辄发而为诗。未几而宗曾亡，蓉荃之孺人徐氏又亡，而蓉荃益郁郁不乐。去冬，蓉荃以《乐园吟草》见寄，乞删其繁冗，并为叙其端，予以事羁，卒卒未暇。今春予在籀园，暇出所为吟草，穷半月之力，稍删节之，间易一二，为述数语以还蓉荃。窃谓人生为学，既不获大显其用，而仅仅托于诗以自见，固已厄矣。而天又加之以艰苦之境，致不能适其吟咏之，天岂彼苍酷待斯人而使之不获成其著述乎？抑亦天玉成兹人而使之工于诗，以卒成其著述乎？欧阳永叔叙梅圣俞诗，谓非诗能穷人，谓诗以穷而后工也。蓉荃诗虽未至于工，如知夫天所以摧折之者，正所以磨励之，则益当致力于诗。考求夫古之所为作者，再以暇日遍游宇内名山大川，以广其见而拓其胸，奚事叹苦伤穷而自悲其不遇，则蓉荃之诗必自此益进矣。不然，人生养尊处优，虽有聪颖之姿，往往为绮纨所误。故予于蓉荃所处之境益厚视蓉荃，蓉荃益当厚以自待，和神养性以适其天，逆来而顺受之，此予所为以此慰蓉荃，而即以此叙其诗焉。中华民国二十六年一月十日愚高谊撰。

【注】

①徐宏爔，字宗曾，乐清乐成人，毕业于中央大学，曾任中国公学、集美中学等校教师，后归里创设“遵今专修社”，门墙称盛。

②徐宏琎，字性旸，乐清乐成人，系宏爔胞弟，毕业于北京朝阳大学，后客死贵州。

乐园诗草叙

黄迂

丙子秋，余自秣陵归里。郑子蓉荃病中书来，以所著《乐园诗稿》乞序于余，余老矣，年来奔走四方，学殖荒落，何敢言诗，顾以与郑子居同里闬，知之至稔。其尊人友兰先生与先叔菊襟府君为莫逆交，府君家居日，与先生俱以诗鸣于时，往来唱和无虚日。先生所著《半翁诗集》，府君曾为之序，余亦为一跋以附于尾。郑子所学既有渊源，兼以禀资聪颖，年甫逾冠，偶有所作，已斐然成章。余自离乡远游，不见郑子忽忽已逾十载。今读其所作，清思隽语，篇中往往见之。盖其天才英隽，益之家学濡染，故其吐词属事，迥非庸俗人所能及。惟以里居日多，不习远游，其所闻见不出乡里之间，交游不逾亲旧之辈，未能发抒其天才，私心窃为之惜。吾愿郑子自今而后，和神养气，以求舒适。一旦病体康复如常，他日者多读古今奇书，遍游海内名山大川，日与当世之贤士大夫游，行见所学益充，其诗益进，骎骎乎不难齐于古作者之林矣！郑子勉乎哉！中华民国二十六年一月黄迂迂叟撰于慎江草堂。

乐园诗草自序

逊清末叶，为余诞生之世。先君子暮年得子，爱余益甚，刻不离膝下，而余性又愚鲁，先君子为余设塾于家，令就学。其时科举已废，改立学校。先君子慨时局之变迁，郁郁不乐，遂不甚望余读书有成，以为当今之世粗谙文义可矣。而塾师又不严厉训诲，教四子书，仅仅于字句之间熟读背诵而已，独于吟咏一道颇乐为之。先君子常命余属对，余以为此甚易事。或命一题，余偶咏数句以呈先君子与塾师，视之赞曰："此儿于诗当不甚远。"自是遂渐渐吟哦不自休，但秉质羸弱，不耐思索，中岁以后，又多疾病，药炉茶灶，淹淹岁月。年二十，先君子忽遭弃养，更不暇学习韵语。庚申癸亥间，群盗蜂起，吾邑两乡匪氛愈盛，而余遂徙居永嘉县治十易寒暑，马齿忽忽已四十年。精神虽幸如恒，而须发已星星斑白。间有吟咏，不外伤离怨别、舒愤破愁之作，藉除烦恼而解忧思。噫！如余者，天其有意困之，岂非其命也耶。盖自十五岁始至今四十，此二十馀年间，得诗四百馀首，芟其太甚者，录而存之，曰《乐园吟草》。非敢问世，亦聊以留此二十馀年之鸿爪云尔。

民国二十六年丁丑，郑郁自述于书带草堂。

卷一

村居题壁

村居泮溪水环抱，更有山从四面绕。门前金峰青嵯峨，屋后象山碧环缭。宅同仲蔚满蓬蒿[①]，径似子猷多篁条[②]。篱边丛菊人皆爱，石上荒苔我懒扫。春来杏李着花闹，冬至盆梅放萼早。蟠墙藤蔓乱垂青，撑盖疏榕未成老。松阴蔽地色苍苍，溪流带雨声灏灏。壁间图画案上书，卧游意仿宗炳好[③]。楼头极目资清玩，豁我眼界深且窅。惟爱清幽门常关，不妄交接客来少。阶前纯净绿阴铺，多是康成书带草[④]。

【注】

①赵歧《三辅决录注》："张仲蔚，扶风人也。少与同郡魏景卿隐身不仕。明天官，博学，好为诗赋，所居蓬蒿没人也。"《文选》卷三十一《诗庚》："顾念张仲蔚，蓬蒿满中园。"李咸用《陈正字山居》诗："一叶闲飞斜照里，江南仲蔚在蓬蒿。"吴筠《高士咏·郑子真张仲蔚》诗："子真岩石下，仲蔚蓬蒿居。礼聘终不屈，清贫长晏如。"

②子猷，晋·王徽之之字，系王羲之之第五子。性爱竹，曾说："何

可一日无此君！”苏轼《墨君堂记》：“独王子猷谓竹君，天下从而君之无异辞。”清·李兆洛《骈体文钞》：“稽叔夜之山庭，尚多杨柳；王子猷之旧径，唯余竹林。”

③卧游，以欣赏山水画代替游览。《宋书·宗炳传》：“宗炳，字少文，南阳涅阳人也……好山水，爱远游，西陟荆、巫，南登衡、岳，因而结宇衡山，欲怀尚平之志。有疾还江陵，叹曰：‘老疾俱至，名山恐难遍睹，唯当澄怀观道，卧以游之。’”元·倪瓒《顾仲贽来闻徐生病差》诗：“一畦杞菊为供具，满壁江山作卧游。”

④郑玄，字康成，北海高密（今山东省高密市）人，东汉大经学家，当年在崂山讲学论经，其讲学之所后称“康成书院”，因郑玄的字“康成”而得名。康成书院边的山坡、沟壑、山崖处，长有一种叶如韭，长过尺，坚韧异常，四季常青的草，因当年郑玄在此讲学论经时，经常采摘草叶编竹简，当地人便把这种草叫作“康成书带”，也叫“书带草”。

元旦偶成

苇茭桃梗万家新，岁首阳回大地春。喜把绛笺吟好句，偷将元日作闲人。盆梅寒自生花早，水阁香闻清味匀。一室平安多好意，团圞乐事叙天伦。

焚香扫折味逾清，爆竹声声响满城。儿女粉妆齐斗艳，园林草木欲争荣。东窗读易承遗训，南陌迎春爱晓行。自问吾生成一笑，中年未改少年情。

废除旧历有明文，到此如何岁又分。视彼官场俱淡淡，依然乡曲闹纷纷。看来世事逾增叹，说到人情不欲闻。当道豺狼真可怕[1]，江湖何日洗氛氲。

来来去去客中客，腊尾年头异主张。残岁都缘尘网缚，新正更为贺年忙。思量圣语粗知足，达道庄生赋短章[2]。我已世情看烂熟，宽人一着乐非常。

【注】

①汉·荀悦《汉纪·平帝纪》:“宝问其次，文曰:‘豺狼当道，安问狐狸!’宝默然不应。”

②达道，明白、彻悟道理、规律。杜甫《遣兴》诗:“陶潜避俗翁，未必能达道。”杨载《赠胡汲古》诗:“先生唯达道，久矣乐山林。”

新正雨雪，连日不止，坐观古诗得二律，用苏东坡《雪后书北台壁》韵，兼寄徐君圣旸

霜风阵阵战飞鸦，新岁无端阻客车。怪底轻裘寒似水，故应瑞雪散成花。关门有客吟冰柱，冷巷无人叩酒家。敢信丰年能兆瑞，茫茫不辨路交叉。

漫天冷雨已纤纤，未到黄昏势更严。但觉瑶台飞屑玉，悬知平地撒晶盐。赌吟句就风翻絮[1]，据案光疑月在檐。甚欲明朝去访戴，豪情踊跃落毫尖。

【注】

①刘义庆《世说新语·言语》:“谢太傅寒雪日内集，与儿女讲论文义。俄而雪骤，公欣然曰:‘白雪纷纷何所似?’兄子胡儿曰:‘撒盐空中差可拟。’兄女曰:‘未若柳絮因风起。’公大笑乐。即公大兄无奕女，左将军王凝之妻也。”

春日独酌，用李太白集中韵

葱葱草木发，荣荣岩壑辉。春光已云半，杨花和鸟飞。可怜忧时心，春半愁春归。何物能解闷，对酒相因依。对酒若无伴，一任斗芳菲。

淳于善饮酒[①]，常饮一石间。我却有所异，一杯聊自闲，两杯即成醉，三杯颓如山。何况千百杯，让与古人还。自笑不能饮，藉以解愁颜。

【注】

①《史记·滑稽列传》：齐威王好为淫乐长夜之饮，问淳于髡能饮几何而醉，髡对曰："臣饮一斗亦醉，一石亦醉。"并以"酒极则乱，乐极则悲；万事尽然，言不可极，极之而衰"讽谏齐王。齐王乃罢长夜之饮，以髡为诸侯主客。

新正墨樵兄邀陪徐志明先生宴罢偶成[①]

宴客今宵设绮筵，阿兄招我觉欢然。高谈座上宾朋满，适口盘中肴馔鲜。醉后自歌还自唱，归迟宜静更宜眠。只愁事过成陈迹，展纸书成诗一篇。

【注】

①墨樵，名郑励，清庠生，系云阶之子，为作者从兄。徐志明，名幹，一作智民，乐清乐成人。以捐巨金兴学，奏请旨下以知县分发安徽候补。及辛亥革命起，归里仍行善事，惜仅四十岁遽殁。

元宵乐城看灯[①]

惊传爆竹响通衢，无数花灯拥道途。天上星河齐灿烂，街头儿女倍欢愉。牧之纵有春心好，商隐还饶饮兴无[②]。争趁满城萧鼓闹，耽耽万目看吴姝。

【注】

①乐城，指乐清县城。

②李商隐，字义山，号玉溪生、樊南生，晚唐著名诗人，河南荥阳（今郑州荥阳）人。唐文宗开成三年（847）进士及第。曾任弘农尉、佐幕府、东川节度使判官等职。著有《李义山诗集》。

自题书带草庐

书带经神草满庐，吾庐带草亦多书，常关门似陶彭泽[①]，屡下帷师董仲舒[②]。玉轴牙签时检点[③]，清风明月两相于。园蔬欲种愁无地，剩有花间一片馀。

【注】

①陶彭泽，即陶渊明，其《归去来兮辞》："园日涉以成趣，门虽设而常关。"

②下帷，放下室内的帷幕，指教书。《史记·儒林列传》："董仲舒，广川人也。以治春秋，孝景时为博士。下帷讲诵，弟子传以久次相受业，或莫见其面，盖三年董仲舒不观于舍园，其精如此。"

③玉轴牙签，原作"玉轴牙籤"，今改，指卷型古书的卷轴和标签，借指书籍。宋·周紫芝《鹧鸪天》（荆州都倅生日）："读尽牙签玉轴书。不知门外有园蔬。"

读《蜕盦剩稿》[①]感赋

飘然此老骨崚嶒，解蜕盦中尚有灵。客过哈同留雪印，秋深瓯骆暮云停。兴来濡墨歌兼哭，吟到呕心涕欲零。读罢遗篇一惆怅，生前恨未睹芳型。

【注】

①该书著作者符璋（1853—1929），字聘之，一字笑拈，号蜕盦，别署广桑山民，后以身世颇似罗隐，自称后江东生。江西宜黄人。清光绪间曾任海门镇署参军、温处道署文案及统计科长，辛亥春暂署瑞安知县。后赴任九江交涉署秘书，继署理宜春、广昌。因知国事不可为，洁身自退，终归温州作寓公，唯耽吟咏，著述宏富，有诗四千馀首，别录《无题诗存》。另著有《蜕盦剩稿》《丁卯稿》《豫章集》等。

论诗

写得性情出，天然便是诗。韩苏李杜辈，绝世本天资。

写出诗书气，长吟复短吟。汗牛充栋里[①]，咀嚼发奇音。

写出眼前景，寻常亦自奇，风云与月露，到处有新诗。

诗有别裁理，非关书五车，沧浪标此说[②]，总算作诗家。

【注】

①汗牛充栋，运书很多使牛累得出汗，书存放时多得可堆至屋顶，喻藏书多。柳宗元《文通先生陆给事墓表》："其为书，处则充栋宇，出则汗牛马。"《黄生借书说》："汗牛塞屋，富贵家之书，然富贵家读书者有几？"

②严羽，字丹丘，一字仪卿，自号沧浪逋客，世称严沧浪，其著《沧

浪诗话》:“夫诗有别材,非关书也;诗有别趣,非关理也。然非多读书、多穷理,则不能极其至,所谓不涉理路、不落言筌者,上也。”

郑志平先生以六旬自寿诗来索和,次韵奉祝

记与公初识,流光越几春。蠢愚惭自误,少壮不如人。齿德尊前辈,江湖养性真。骚坛推健将,插架未为贫。

搜罗藏玉轴,设帐忆当时。今古书成府,晨昏意在斯。文章叨赏识,师道更求谁。何日心香爇,私衷独念兹。

翰墨工夫达,毛锥日日持。六旬犹未老,叉手快成诗[①]。白雪人难和[②],江花笔一枝[③]。优游饶蔗味,顾盼笑掀髭。

福厚如公少,须眉独皓然。康成谈理学[④],永叔爱青毡[⑤]。自不矜才大,谁非道隐贤。何当青眼意,相对杏花天。

【注】

①八叉手,形容才思敏捷。五代·孙光宪《北梦锁言·温李齐名》中记载,温庭筠“才思艳丽,工于小赋,每入试,押官韵作赋,凡八叉手而八韵成”,所以时人称为“八叉手”、“温八叉”。

②《阳春白雪》是我国著名的古琴十大名曲之一,相传是春秋时期晋国的乐师师旷或齐国的刘涓子所作。现存琴谱中的《阳春》和《白雪》是两首器乐曲。《神奇秘谱》:“《阳春》取万物知春,和风淡荡之意;《白雪》取凛然清洁,雪竹琳琅之音。”阳春白雪现喻高雅艺术。战国楚·宋玉《对楚王问》:“客有歌于郢中者,其始曰:《下里》《巴人》,国中属而和者数千人……其为《阳春》《白雪》,国中属而和者不过数十人。”

③《南史·江淹传》:“淹少以文章显,晚节才思微退……又尝宿于

冶亭，梦一丈夫自称郭璞，谓淹曰：‘吾有笔在卿处多年，可以见还。’淹乃探怀中得五色笔一以授之。尔后为诗绝无美句，时人谓之才尽。”

④郑玄，字康成，东汉经学大师，遍注儒家经典。范晔在《后汉书·张曹郑列传第二十五》中曰：“郑玄括囊大典，网罗众家，删裁繁诬，刊改漏失，自是学者略知所归。王父豫章君每考先儒经训，而长于玄，常以为仲尼之门不能过也。及传授生徒，并专以郑氏家法云。”

⑤欧阳修（1007—1073），字永叔，号醉翁，又号六一居士，北宋著名的文学家、史学家。曾与宋祁合修《新唐书》，并独撰《新五代史》。又喜收集金石文字，编为《集古录》。有《欧阳文忠公文集》。青毡，指清贫生活。

春日吟

快哉快哉春也春，乐兮乐兮人乎人。春何快兮人何乐，乐在于心快在神。一年四时春在首，候属青阳事南亩。恰如过客去复回，岂不欣然重携手。可怜最贵是光阴，一寸光阴一寸金。今日之日不复来，明日之日爱倍深。否则东涂西抹过晨夕，磨灭韶光亦足惜。非但心亏功亦亏，后悔难追驹过隙①。矧此良辰天地光，不在异乡在故乡。飞烟飞雾散复遮，春草春花芬复芳，宵长昼短苦不觉，胡不夜游秉华烛②。就寻南华至乐篇③，喜赓北府无愁曲。年年古春李贺诗④，迟迟晴日王粲词⑤。阳春烟景招太白，淡霭东风适牧之⑥。黄蜂蛱蝶寻香色，紫燕流莺劳双翼。十日雨丝洒园林，二月风光近寒食。戴仲出游心正怡，斗酒双柑爱听鹂⑦。康乐才华高复高，春草池塘生梦时⑧。金谷宴会赌诗句⑨，一咏一觞分赏罚。乾坤假我以文章，诗中有画王摩诘⑩。陌头光景望悠悠，三五人皆探花游。嗟余独抱寂寞怨，有酒难消离别愁。枝上仓鹖作伴侣，相对无言眉飞舞。却非昔日公冶长[11]，那有聪明解鸟语。

【注】

①白驹过隙，白驹：指骏马，喻日影。《庄子·知北游》："人生天地之间，若白驹之过郤，忽然而已。"《魏书·列女传》："人生如白驹过隙，死不足恨，但夙心往志，不闻于没世矣。"

②《古诗十九首·生年不满百》："昼短苦夜长，何不秉烛游。"

③南华篇，庄子所著《南华经》。

④李贺，（790—816），字长吉，福昌（今河南省宜阳县）人。唐诗人，有《李长吉歌诗》四卷，《外集》一卷。

⑤王粲（176—217），字仲宣，山阳高平（今山东省邹县）人。系"建安七子"之一，以诗赋见长，文学成就很高，有《王侍中集》。

⑥杜牧（803—853），字牧之，京兆万年（今陕西西安）人，号樊川居士，晚唐杰出诗人。有《樊川文集》。

⑦戴颙（377—441），字仲若，谯郡铚县人。其父善琴书，颙并传之，且有创建，凡诸音律，皆能挥手。斗酒双柑，指春日胜游。《高隐外传》："戴颙春携双柑斗酒，人问何之。曰：'往听黄鹂声。'"

⑧《南史·谢方明传》："（谢方明）子惠连，年十岁能属文，族兄灵运嘉赏之，云：'每有篇章，对惠连辄得佳语。'尝于永嘉西堂思诗，竟日不就，忽梦见惠连，即得'池塘生春草'，大以为工。常云：'此语有神功，非吾语也。'"

⑨石崇有宠妾梁绿珠，美艳且善吹笛，石崇为解绿珠思乡之情，建"金谷园"，筑"百丈高楼"，可极目南天。石崇和左思、潘岳等二十四人曾结成诗社，号称"金谷二十四友"，常在金谷园宴客饮酒赌诗。

⑩王维（701—761），字摩诘，盛唐时期的著名诗人，其诗、画成就都很高。苏轼《东坡志林·书摩诘〈蓝田烟雨图〉》："味摩诘之诗，诗中有画；观摩诘之画，画中有诗。"

⑪公冶氏，名长，字子长、子芝，春秋时人，孔子的女婿，为孔子

七十二贤弟子之一。聪颖好学，博通书礼，德才兼备，终生治学不仕禄，相传通鸟语。

去腊与王君涤性别后至今春未面[1]，作此招之

记曾往日快衔杯，剪烛寒窗笑语陪。底事至今成远别，思君屡欲速君来。

咫尺睽违路岂遥，盈盈一水手能招。如何不肯穿游屐，令我相思魂黯销。

足音何处听跫然，独坐怀人写一笺，笑我忆君如忆月，月光缺后望重圆。

绿杨阴里接芳邻，似可时时来往频。谁料翻成千里别，徒教翘首望清尘。

【注】

①王涤性，乐清象阳高园人，喜吟咏，系作者吟侣，过往甚密。

寒食怀徐君宗曾[1]

冷节可怜时，百五近寒食。东坡爱惜春，诚哉春可惜。恼我苦别离，尤觉心瑟瑟。柳条未易攀，柳花白如雪。东风何处来，卷地太有力。借此芳草候，吟诗怀李白。

莫道岁月迁，抚景情何已。聚散如浮云，悠悠一梦里。诀别三春来，离情牵萝苇。况兹寒食节，远作书一纸。交君

已十年，怀人每万里。君也有同情，相思应共起。

【注】

①寒食，即寒食节。相传此俗源于纪念春秋时晋国介之推。介之推与晋文公重耳流亡列国，割股肉供文公充饥。文公复国后，之推不求利禄，与母归隐绵山。文公焚山以求之，之推坚决不出山，抱树而死。文公葬其尸于绵山，修祠立庙，并下令于之推焚死之日禁火寒食，以寄哀思，后相沿成俗。唐·卢象《寒食》诗："子推言避世，山火遂焚身。四海同寒食，千秋为一人。"

春日偶成

茅舍枳篱泮水东，青山跳出我门中。门前杨柳窗前竹，山共横斜一亩宫。

候到艳阳万象新，小园细草缘成茵。幽君谁问闲中客，一任迂疏不管春。

栽培花木赖天工，李桃开成白间红。一种杨花狂太甚，与风拚战画帘东。

柳阴深处鹧鸪啼，春满江城夕照低。笑我才华非郑谷[①]，也思索句向墙西。

逝水流光二月中，故园生意渐蒨葱。自生自长吾家草，灌溉栽培不费工。

澹霭青山日日遮，春分时节草繁华。风前掩映红交树，不辨桃花与杏花。

湖上看来绿转敷，分明一片画倪迂[2]。寻常行踏随彳亍，好趁斜阳兴不孤。

帘锁轻烟院锁苔，双扉长掩少人来。庭前罗置花千树，日日来看开未开。

花信乍传到牡丹[3]，几枝浓艳几枝香。怜他蛱蝶劳双翅，乍去乍来竟日忙。

眼看景物故依然，谁信春光倍去年。满路东风怜杜牧，寻春爱到百花前。

【注】

①郑谷，字守愚，晚唐诗人，以《鹧鸪诗》得名，人称郑鹧鸪。

②倪瓒(1301—1374)，原名珽，字元镇，元朝画家、诗人。性情孤僻狷介，有洁癖，世人称之为倪迂。擅山水、竹石、枯木等画，画史将他与黄公望、吴镇、王蒙并称元四家。

③牡丹，原作“壮丹”，今改。

呈南侠臣先生[1]

南吉嘉名海内闻，老来强健卧闲云。桑榆晚念弥陀佛，梨枣募刊警世文。高义过人偏落落，多情对我更殷殷。诙谐仿佛东方朔，日日清谈到夜分。

【注】

①南侠臣，名蒋磅，谱名常智，字侠群、侠臣，号任庵，乐清黄华南宅人，南延宗大伯父，清秀才。曾任职浙江遂安县、福建宁德县。多才多艺，工诗文书画，善三弦，精画象，有“顾虎头”之誉，后居乡校勘《南氏宗谱》。

送南侠臣归里

卅年眷属两知心，旧学商量非一时。对榻敲棋聊破寂，焚香赌韵喜吟诗。无端忽唱归云曲，惆怅难为送别词。为问还家须几日，再来郡寓莫迟迟。

接南侠臣书

江海惊传一纸书，开缄字字尽琼琚。竟教多事劳犇走，翻恨无聊感寂居。预报车公来有信，却教谢譓乐何如。春光尚早春风冷，未答先生双鲤鱼[1]。

【注】

①双鲤鱼代指书信。古代人们多以鲤鱼状的函套藏书信，诗文中以鲤鱼代指书信，以双鲤鱼借代远方来信。汉乐府《饮马长城窟行》诗：“客从远方来，遗我双鲤鱼。呼儿烹鲤鱼，中有尺素书。长跪读素书，书中竟何如？上言加餐食，下言长相忆。”

寿南侠臣六十

神精矍铄老犹龙[1]，六十年来不杖筇。道义论交情落落，儿孙绕膝喜雍雍。乐天信佛谈因果，莱子娱亲带笑容[2]。消受人间清净福，昂昂高立一枝松。

【注】

①矍铄，形容老人目光炯炯、精神健旺，老而强健。《后汉书·马援传》：“援据鞍顾眄，以示可用。帝笑曰：‘矍铄哉！是翁也。’”

②莱子娱亲，喻孝养父母，相传春秋时楚国老莱子事亲至孝。《艺

文类聚·列女传》:“老莱子孝养二亲，行年七十，婴儿自娱，著五色采衣，尝取浆上堂，跌仆，因卧地为小儿啼，或弄乌鸟于亲侧。”《幼学琼林·祖孙父子类》:“戏彩娱亲，老莱子之孝。”

奉怀张阆声道尹宗祥[①]

帝乡北望盼幽燕，瓯骆迢迢路几千。此处海疆留政绩，昔年良吏号神仙。叨陪筵席高朋座，曾听街谈令尹贤。我上江心双塔望，阴霾一扫见青天。

海宁一老擅才华，记得征轺莅永嘉。海上旌旗迎晓日，劫余爪印认飞霞。乞书客到无虚晷，得句人夸是作家。莫道先生多宦业，即论翰墨遍笼纱[②]。

不才似我一痴憨，谬荷垂青只自惭。拜谒何妨居末席，趋承惯与共清谈。无声每念龙湫瀑，览胜时来雁荡骖。踏遍名山归眼底，东南山水想全谙。

功名刍狗寻常事，腹笥便便最可钦[③]。日静衙斋书有味，官闲玉斝酒频斟。归来菊共陶潜乐，去后棠留召伯阴[④]。犹忆攀辕争诵德[⑤]，蜃江春水别情深[⑥]。

【注】

①张宗祥(1882—1965)，名思曾，后慕文天祥为人，改名宗祥，字阆声，号冷僧，别署铁如意馆主，海宁市硖石镇人。曾历任瓯海道尹、浙江省教育厅厅长、浙江图书馆馆长、省文史馆副馆长、西泠印社社长等。一生治学勤奋谨严，精心校勘古籍三百多种。

②笼纱，即碧纱笼。五代·王定保《唐摭言·起自寒苦》:“王播少孤贫，尝客扬州惠昭寺木兰院，随僧斋餐。诸僧厌怠，播至，已饭矣。

后二纪，播自重位出镇是邦，因访旧游，向之题已皆碧纱幕其上。播继以二绝句曰：‘二十年前此院游，木兰花发院新修。而今再到经行处，树老无花僧白头。’‘上堂已了各西东，惭愧阇黎饭后钟。二十年来尘扑面，如今始得碧纱笼。’”后以“碧纱笼”为所题受人赏识、重视的典故。

③《后汉书·边韶列传》：“边为姓，孝为字，腹便便，五经笥。”笥，书箱。后因称腹中所记之书籍和所有的学问为“腹笥”。

④《甘棠》，《诗经·国风》中的一首诗。《毛诗序》云：“《甘棠》，美召伯也。召伯之教，明于南国。”郑笺云：“召伯听男女之讼，不重烦百姓，止舍小棠之下而听断焉，国人被其德，说其化，思其人，敬其树。”朱熹《诗集传》云：“召伯循行南国，以布文王之政，或舍甘棠之下。其后人思其德，故爱其树而不忍伤也。”

⑤攀辕，形容热情挽留。《东观汉记》：“第五伦为会稽太守，为事征，百姓攀辕扣马呼曰：‘舍我何之？’”

⑥据《集异记》载，唐元和(806—820)中永嘉郡守韦宥，在江浒游宴中获筝弦，投入江中，化为白龙，故名蜃江。瓯江旧名慎江，蜃与慎同音，故又称之为慎江。

黄君亚侠自宁海归途遇有赠①

记从江上与君别，弹指匆匆两载过。此日相逢欣握手，惊人岁月太蹉跎。

争说祖生先着鞭②，他乡风月易流连。每从瓯海思宁海，一度相思一黯然。

【注】

①黄亚侠，名廓，又名式羲，字亚侠，黄鼎瑞之子，能承家学，亦善吟事，曾任浙江海宁县典狱官。

②晋·虞预《晋书》：“刘琨与亲旧书曰：‘吾枕戈待旦，志枭逆虏，

常恐祖生(指祖逖)先吾著鞭耳。'”后因以“祖生鞭”为勉人努力进取的典故。李白《赠宣城宇文太守兼呈崔侍御》诗：“多逢剿绝儿，先著祖生鞭。”杨万里《寄题郭汉卿琴堂》诗：“如何划然里，犹露祖生鞭。”

呈宗竞生先生①

吾家大阮度翩翩②，不坠青云志益坚。鹿郡迁乔怜故我③，象山教学忆当年。高风夙抱河汾志④，当世谁知陋巷贤。荷水清清差比拟，砚田无税胜良田。

【注】

①竞生，郑姓名垓，字竞生，乐清象阳荷盛人。乐清师范传习所毕生，曾在象山等地教学。

②大阮，即阮籍，这里借指郑竞生。

③迁乔，即乔迁，祝贺迁居。语出《诗·小雅·伐木》：“出自幽谷，迁于乔木。”清·李调元《题李鹤林〈听莺图〉兼求墨兰》诗：“惕斋始迁乔，种花满书屋。”

④隋朝王通设教河汾之间，受业者达千馀人，后以“河汾”指称王通及其学术流派。明·高启《追挽恭孝先生》诗：“关洛遗风在，河汾旧业传。”

寄赠宗翼臣先生

闻道先生鬓已皤，催人岁月易蹉跎。柳川校务抛将去，荷沼楼居意若何。兴至赌棋围别墅，吟成叉手发清歌。闲门不管他人事，只管自家养性和。

寿郑星舫先生七十

江乡父执晨星少，屈指如公有几人。却喜灵光存一老[①]，还期鹤寿富千春，沧桑阅尽人间世，里闬安居物外身。我正隔江才返棹，跻堂祝嘏附来宾。

【注】

①灵光，喻硕果仅存的人。

呈郑姜门先生[①]

郑公荦荦擅才华，十载声名压永嘉。与我原来同姓氏，论交从此属通家[②]。文章岂敢轻前辈，诗笔争传灿好花。屈指吾宗称健者，更谁继起竞相夸。

【注】

①郑猷，号姜门，温州永嘉人，瓯社、慎社社员，曾被林铁尊聘为瓯海道公署秘书，著有《姜门词钞》。

②通家，犹世交。《后汉书·孔融传》："语门者曰'我是李君通家子弟。'"唐·卢照邻《哭明堂裴主簿》诗："缔欢三十载，通家数百年。"

春日病中闻逖生君过访[①]

悴憔头颅客里身，杏花绚丽柳条春。病魔正共愁魔困，解闷欣来一故人。

【注】

①闻逖生，名舞，乐清北白象镇石船人，毕业于温州师范学堂，后曾任该校附小主任。

访倪伯陶兄得遇吴君公达

春宵访旧快如何，得遇吴生兴更多。有名父必有名子，荦荦声华继老坡。

荒村

荒村寂寂午阴迷，云气漫漫雨脚低。门外潺湲声不断，会流终日灌前溪。

竟日

竟日无人顾草庐，安仁甘自赋闲居[①]。一杯香茗一樽酒，清味还欣伴读书。

【注】

①《闲居赋》，是西晋潘岳所写的散文。

纸

古时原无纸，字写竹简底。风气尚未开，用殊不便耳。汉有蔡伦出，制作穷妙理。物既便利用，精莹尤光美。价值不高贫易买，何必拾取柿叶偏遗此。卓卓蔡之名，后世之人莫与比。嗟尔大文家，慎勿胡涂涂满令人拉杂摧烧而后已。

笔

伏案朝朝把纸涂，一枝不律喜相于。乐天作赋夸鸡距，逸少挥豪爱鼠须。入手谁曾装翡翠，无才我敢架珊瑚。怜他老去中书秃，安置寒窗伴腐儒。

二月

万木含苞二月天，东风一到便嫣然。未舒软软纤纤柳，已障轻轻淡淡烟。过耳莺声喧碧树，穿花蝶影动前檐。园林此日忙游屐，知否春光倍去年。

瀛州书院题壁

四面河如带，门通一石桥。庭阶宽半亩，风月满中宵。院小山为抱，楼高市不嚣。壁间题句后，一片景如描。

遣闷游沐箫寺作①

连日雨偏多，羁愁奈若何。客心徒郁塞，春意怕消磨。著屐穿樵径，扶节渡涧阿。沐箫来小憩，得句献弥陀。

【注】

①沐箫寺，位于乐清市区内。明永乐《乐清县志》在“仙释门”中写到“周灵王子名晋，世传来游邑西山，吹箫于山顶，沐箫于山泉”，此处泉名沐箫泉，山名箫台山，赵文韶于明嘉靖年间于泉旁始建此寺，后多次重建复修。

喜徐君性旸重来书带草堂

去岁同窗乐，今年别好春。偶来重聚首，相对话前因。学力随年进，交情见性真。吟诗频商榷，唱和共昏晨。

寄怀王君涤性

蓬蒿三径静，未见仲宣来[1]。披卷谁同赏，对花手自栽。萧斋无客到，草舍待君开。不尽别离恨，题诗日几回。

【注】

①仲宣，即王粲，此借代王涤性。

晓发馆头舟中遇雨

三十里外许多程，一路舟行缓陆行。恼我更多梅雨大，如珠点点跳船声。

闲中口占

卒岁幽居意快哉，柴门长日不曾开。楼头独倚栏干立，叠叠青山刺眼来。

春日奉寄宗伯高先生

郑公不见久相思，怊怅山河远别离。玉甑峰高人卓立，飞霞地胜我孤羁[1]。目空一切无馀子，胸有千秋敢自期。漫把春光轻放过，积怀诉与素心知。

【注】

①飞霞，原温州市飞霞山，因旧城改造而不复存在，此地现为温州市飞霞南路。

春日

春日游山桃放鲜，东风卷卷柳飞绵。时来时去横江燕，忽有忽无隔岫烟。

花红草绿五湖春，满路香风乱拂尘。但见行人如逝水，不知逝水逐行人。

呈陈韵秋先生

柳校昔年忆从学，梼昧无知懒诵读。绛帷荦荦陈龙川[①]，一门弟子皆折服。彼时朋辈都少年，英隽才调各翩翩。先生口讲兼指画，培植人才乐陶然。惟我中途废书册，株守家园尠良觌。茅塞惭愧无文章，回首师门久疏隔。时移事异哀感多，逝水流光易蹉跎。羞对明镜生白发，悠悠忽忽病里过。无何迁居到瓯骆，萍水相逢叙欢乐。客中相对更殷勤，兴来酒漉陶公巾。酒后挥洒书翰飞，但愿长作醉中人。

【注】

①绛帷，原作“绛唯”，今改，也作绛帐，喻授业师长或授课处所。范晔《后汉书·马融传》：“融才高博洽，为世通儒，教养诸生，常有千数。涿郡卢植、北海郑玄皆其徒也。善鼓琴、好吹笛，达生任性，不拘

儒者之节，居宇器服，多存侈饰。常坐高堂，施绛纱帐。前授生徒，后列女乐，弟子以次相传，鲜有入其室者。”

刘公次饶前辈为鉴定先人诗草[1]，赋此奉谢

横阳刘公齿德全[2]，乡邦文献天俾传。何年移席来东瓯，岿然高踞文选楼。予生恨晚迟卌载，比邻何止千金买[3]。因携先人诗一册，少称半翁头半白。乞公为我加丹铅，庶几稍存先人之手泽。

【注】

①刘次饶（1867—1942），名绍宽，号厚庄，浙江平阳刘店（今苍南县龙港）人，清拔贡。曾赴日本考察，历任温郡中学堂监督、平阳县教育会会长、乐清县第三科（教育）科长、旧温属公立图书馆馆长，膺永嘉区征辑乡先哲遗著委员会副主任，实主其事，纂修《平阳县志》，著有《厚庄诗文钞》及《续集》《籀园笔记》《厚庄日记》等。

②横阳，即今温州平阳县。

③李昉《太平御览》：“《南史》曰：宋季雅市宅在吕僧珍宅侧。吕问宅价，曰：‘千一百万。’吕怪其贵，宋曰：‘一百万买宅，千万买邻也。’”

泮溪

泮溪流水漾轻波，泛宅浮家天气和[1]。雨洒嫣红花窈窕，风摇官绿柳婆娑。百年世事都空幻，三月春光已尽过。今日出游无个事，可怜岁月去如梭。

【注】

①泛宅浮家，指以船为家，张志和语也。《新唐书》：“陆羽常问：

‘孰为往来者？’对曰：‘太虚为室，明月为烛，与四海诸公共处，未尝少别也，何有往来？’颜真卿为湖州刺史值志和来谒，真卿以舟敝漏，请更之，志和曰：‘愿为浮家泛宅，往来苕、霅间。’辩捷类如此。”

感事

中岁何堪乱世逢，烽烟满地正愁侬[①]。有书可解寻常闷，无酒难浇块磊胸。性命微生如蝼蚁，风波沧海恶蛟龙。乾坤岁月悠悠过，感兴题诗意万重。

【注】

①烽，原作“锋”，今改。

春寒

飞尽杏花春欲残，如何瑟瑟怯衣单。但知腊去交春暖，不料春来甚腊寒。裘拥鹔鹴身尚冷，被围翡翠睡难安。关心谁信贫家苦，几处儿啼夜未阑。

送春

残红堕地任狂吹，乍见春光到眼差。将去只留三月暮，再来动隔一年期。风前蜂蝶多成怨，山里荼蘼已觉迟[①]。寂寂池塘芳信歇，送春时是可怜时。

【注】

①荼蘼，原作“茶蘼”，今改。一种植物，落叶小灌木，花在夏季盛放。荼蘼过后，无花开放。故常以荼蘼花开是一年花季的终结。

山阁晚眺

远首来登眺，名山却有绿。林幽禽语稳，涧曲水声圆。旧雨联吟社，寒风动暮天。江村饶雅趣，放眼独超然。

荒村晚兴

孤村烟火起，缓步盼归鸿。庭静迎新月，天空接远峰。疏林听鸟语，远树入云封，晚景明如画，诗情分外浓。

竹

篺篁初解箨，密叶已垂青。澹影摇千干，浓阴蔽一庭。飘风接茅舍，滴雨近郊坰。林下堪娱乐，卧听泉水淙。

草舍

草舍无多景，平分春色饶。轻风吹月夕，细雨湿花朝。事简眠僮仆，诗成弄犬猫。闭门无俗客，最喜种芭蕉。

雨后

雨过山争出，重重绿荫浓。村深人寂寂，溪狭水淙淙。对我花如笑，凌人志远冲。最怜双鹁鸽，飞上最高峰。

闲中偶咏

一庭月色一窗风，篱菊芬芳桂子红。景物清幽才思弱，写生翻恐句难工。

门前绿水后青山，同与渔樵住此间。度日惟凭书一卷，尽抛俗事爱清闲。

窗间一纸课诗严，墨瀋淋漓溅笔尖。偏是终朝无一句，双扉静掩学陶潜。

底事人情最爱红，江山无恙古今同。江山犹是人情变，搔首诗成问碧空。

短短藩篱小小池，游鱼可数水中窥。庄生对景知鱼乐[①]，砚椠安排只付诗。

茅舍竹篱屋数椽，壁间图画四时悬。衡门竟日无人至，恰喜清幽恣我眠。

【注】

①《庄子·秋水》：庄子与惠子游于濠梁之上。庄子曰："鯈鱼出游从容，是鱼之乐也。"惠子曰："子非鱼，安知鱼之乐？"庄子曰："子非我，安知我不知鱼之乐？"惠子曰："我非子，固不知子矣；子固非鱼也，子之不知鱼之乐，全矣。"庄子曰："请循其本。子曰'汝安知鱼乐'云者，既已知吾知之而问我，我知之濠上也。"

偶题

闲挂湘帘静掩门，书声隐约鸟声喧。字因学米多磨墨[①]，心为留髡喜抱樽[2]。避俗移来庭院竹，偷闲爱住水云村。三餐以外无多事，自赏温公《独乐园》[3]。

【注】

①米，即米芾（1051—1107），北宋书法家、画家，书画理论家。

②髡，即淳于髡。留髡，为留客之意。《史记·滑稽列传》："日暮酒阑，合尊促坐，男女同席，履舄交错，杯盘狼藉，堂上烛灭，主人留髡而送客，罗襦襟解，微闻芗泽，当此之时，髡心最欢，能饮一石。"

③温公，即司马光（1019—1086），字君实，卒赠太师、温国公，谥文正，故称司马温公。司马光在洛阳多年，谓其园曰"独乐园"，在此主编《资治通鉴》，有《司马文正公集》（亦题作《独乐园集》、《传家集》）。

端阳

佳节逢端阳，维时日正长。榴花曜屋角，蒲叶满池塘。声声鸲谷语，拂拂南风凉。美人娇欲醉，浴兰竟体香。纷纷小儿女，争试葛衣裳。

五月十五晚自城归舟中写意

检点轻装出乐城，乐城时正夕阳明。微波渺渺摇双桨，吹到清风分外清。

望日还家月满船，诗情却与月同圆。水程迢递卅馀里，船到家中人已眠。

寄怀高薏园师

　　龆龄懒读书[1]，天资戆且愚。先君不约束，任我驰马车。亥鱼读多误，复寻戏樗蒲。那知光阴速，犹似车转毂。学业愧无成，双丸去莫赎。素仰大宗师，负笈来从学。诲我十载迟，朽木难雕琢。柳川象岫间，追陪侍公读。中途哀感多，肝肠悲郁塞。蛰居困病魔，驱魔苦无策。旋迁瓯海居，云泥遥相隔。有时渡江来，为吾座上客。留之无多日，遂归子云宅[2]。何时重载酒，问字绵教泽。

【注】

①龆龄：幼年。

②子云宅，即扬雄宅。

奉呈洪鲁山先生

　　象山吾始祖，泮垟吾故土。聚族五百年，合村五百户。先生地滨海，齿与父执序。鲁殿独岿然，长我廿年许。所居潜园中，薏园作伴侣。去冬北游归[1]，文章快先睹。诗成每寄予，读罢惊起舞。诗人江弢叔，有堂名伏敔。翁垟多诗豪，德星一处聚。令人仰慕之，如拜李与杜。

【注】

①洪鲁山著有《北游吟草》集。

夏日偶书

　　池荷出水水平池，红艳纷披照眼时。交颈鸳鸯轻泛浪，如丝杨柳早垂枝。北窗高卧调琴曲，南圃低吟醉酒卮。宅满蓬蒿张仲蔚，惟开一径快题诗。

数丛兰蕙自芬芳，小草无名亦觉香。竹簟高眠新茗熟，松阴静坐午风凉。人从醉后诗多健，心到开时兴易狂。起向阶前闲眺望，花间林下足徉徜。

差喜濂溪栽小草[1]，还欣彭泽掩柴荆。久迟出郭桑麻长，偶尔登楼海月生。兴好方知诗亦好，心清便觉地逾清。莳花种竹浑闲事，我自经营适我情。

门前流水碧清沦，垂钓人来放钓纶。应物题诗蕉叶嫩[2]，志和煮茗竹林新。雨晴无定惟当夏，花木多情尚是春。把酒持螯颇有味[3]，陶然狂醉笑噸噸。

【注】

①濂溪，即周敦颐（1017—1073），字茂叔，北宋哲学家，人称“濂溪先生。”晚年居住在江西庐山，因故乡有一溪流名濂溪，为怀念故乡，在莲花峰下的小溪旁修建了一座房子，改溪名为濂溪，故后人称之为濂溪先生。

②应物，即唐诗人韦应物。

③把酒持螯，手持蟹螯饮酒，古人视为人生一大乐事。《晋书·毕卓传》：“卓尝谓人曰：‘得酒满数百斛船，四时甘味置两头，右手持酒杯，左手持蟹螯，拍浮酒船中，便足了一生矣。’”

消夏杂诗

芭蕉叶密午阴凉，拟仿苏州题数行。聊作消闲聊遣兴，炎威虽热觉寻常。

人人皆赴招凉馆，处处登临避暑台。我学诗家常爱静，芰荷香送好风来。

南窗寄傲拥牙签，为爱清风卷画帘。身是羲皇以上客，高怀奚必让陶潜。

豆蔓瓜藤绕曲篱，自家风物自家知。椠铅且学随园老[1]，何处凉多何处移。

【注】

①随园老，即袁枚，号随园老人。

送黄仲荃先生之官闽中，即次其留别同里诸子原韵

一行作吏济时心，霖雨苍生期望深。陶菊花开刚远别，召棠树老旧成阴。台江诗句前尘杳[1]，宦海风波百劫任。鸿爪重寻闽峤胜，遨头只合供泉林。

名场蹀躞自年年，遐迩争传陶令贤。南海悠悠鹏奋翮，东瓯渺渺水连天。久钦叔度汪陂量[2]，怕读兰成赋别篇[3]。此去定多良政绩，只论名德不论钱。

投簪昔日返南溟，又去南溟不暂停。千里相思劳远望，一帆飞渡杳无形。人言伯起为官好[4]，自别涪翁感涕零。欲和佳章当送别，才疏漫怨笔无灵。

闽江此去有前因，泥雪曾羁两代身[5]。吏治颍川争颂德[6]，高名江夏倍添新。天教作宦前缘定，地为重游爱更亲。愿祝

政成归里早，退闲泉壑养精神。

【注】

①黄仲荃刊有《台江骊唱》。

②叔度汪陂量，原作“叔度汪波量”，今改。黄宪字叔度，以气量广远著称。《后汉书·黄宪传》：“林宗曰：‘奉高之器，譬诸氿滥，虽清而易挹。叔度汪汪若千顷陂，澄之不清，淆之不浊，不可量也。’”

③庾信（513—581），字子山，小字兰成，北周时期人。初仕梁出使西魏时，恰值梁灭，被留长安，后仕周，长期羁留北方，不得南归，作《哀江南赋》《伤心赋》《愁赋》等。其作品艺术成就，集六朝之大成，对唐代诗赋的发展产生颇大的影响，有《庾子山集》。杜甫《戏为六绝句》：“庾信文章老更成，凌云健笔意纵横。”

④杨震，字伯起，东汉弘农华阴人，少好学，博览群经，时称“关西孔子杨伯起。”《后汉书·杨震列传》：“当之郡，道经昌邑，故所举荆州茂才王密为昌邑令，谒见，至夜怀金十斤以遗震。震曰：‘故人知君，君不知故人，何也？’密曰：‘暮夜无知者。’震曰：‘天知，神知，我知，子知。何谓无知！’密愧而出。后转涿郡太守。性公廉，不受私谒。子孙常蔬食步行，故旧长者或欲令为开产业，震不肯，曰：‘使后世称为清白吏子孙，以此遗之，不亦厚乎！’”

⑤黄仲荃的叔父黄鼎瑞曾代理漳平县事，故云两代。

⑥颍川，原作“颖川”，今改。颍川，郡名，以颍水得名。《后汉书·志·郡国二》：“颍川郡，秦置，雒阳东南五百里。”

喜南执如表兄至①

数载未曾到我家，久疏音闻怅天涯。但因中表情怀绻，愈恨秋风别路遐。地僻忽欣杖履至，年高更觉鬓霜加。回头曩日萧斋话，往事重思岁月差。

今朝知有佳宾到，报晓欣闻鹊噪先。相对殷勤聊旧雨，论交尔我喜忘年。陶潜雅度真清绝，何逊襟怀自淡然。屈指中秋佳节近，愿同留赏待樽筵。

【注】

①南执如，即南吉如。

中秋对月寄徐君圣旸五十韵

弹指流光速，秋风年复年。浮生如醉梦，世事忽推迁。丹桂飘香日，黄花结蕊天。幽居怜寂寞，良友隔天渊。曲篱只自赏，苔径孰同穿。中秋好时节，忽又来眼前。举头看明月，明月易团圆。好将一纸信，寄与故人先。相思日以切，相望日以缠。可怜燕雀心，竟乏鳞鸿传。奈何看没没，胡不来翩翩，回忆去年时，楼头开一筵。壶樽置醇酒，盘羹炙肥鳣。烂银海上涌，直射象山巅。三更僮仆睡，尔我笑嫣嫣。月衔西山顶，两人犹未眠。赓歌四五页，至今尚在焉。无端今年节，别在水一边。使我团圞夜，独坐意萧然。狂歌无兴会，谈笑谁拍肩。憬然发长叹，而竟同寒蝉。忽报黄子来，醉饮相扶颠。更邀两三人，玩月泛小船。宛作赤壁游，狂歌争叩舷。笙停应以管，琴阑续以弦。宫商角徵羽，五音相勾连。虽有此数事，终尠好句联。不若徐毅伯，烟霞兴会全。中山朋旧集，燕会心悁悁。当筵定有作，藻思总缠绵。佳句胸间出，斗韵声喧阗。回念鄙人心，定有梦想牵。佳节已错过，缟纻犹悬悬。况是我两人，情同胶漆坚。渺渺鹿城云，茫茫瓯海烟。绿杨依白傅，暮云忆青莲。分飞伤鸿鹄，离情泣杜鹃。家居甘小隐，异地快着鞭。青天原无极，健翮奋膺鹯。愿言文字道，横行蟹在川。山斋不妨僻，日日守椠铅。默默叔夜懒，昂昂孺子贤[①]。乐府千层嶂，离骚万斛泉。可称诗中圣，可拟酒中仙。笔下龙蛇动，行间鲛鳄旋。半载参商别，十年香火缘。有心勤笔砚，无志学参禅。自朝以至暮，开卷心䡩[②]。但愿有佳作，其来勿迟延。今宵月光下，为寄诗一篇。

【注】

①徐稺，字孺子，豫章南昌人，南州高士，隐居不仕。

②䡩䡩（tián），喜悦貌。

中秋对月，呈徐君宗曾

碧天如洗净无瑕，似此良宵莫错过。曾拟玉盘赓李白，高吟水调学东坡。诗怀同染毛锥子，酒兴狂斟金叵罗。待月楼头月更好，今宵明比旧时多。

高悬玉镜最珑玲，直射辉光照画屏。千里今宵人尽共，一樽对饮我犹醒。狂吟有客诗先就，搁笔无才砚不灵。永夜中庭相笑坐，轻风拂拂桂花馨。

次陈铭石[①]先生呈刘次饶前辈原韵一首，兼呈刘公，时予刚从沪上回里

绿阴门巷惠风和，九十春光未尽过。作客他乡同调少，还家旧雨聚头多。共嗟岁月悠悠度，不觉鬓须渐渐皤。惭对

樽前诸前辈，狂吟日日醉颜酡。

【注】

①陈铭石，名格，字铭石，号明夷，清庠生，乐清北白象镇莲池头村人，后迁北白象镇瑞里村。曾考取公费留日，入日本早稻田大学。归国后从事古文学研究，兼工篆刻，精鉴赏，曾在温州开“慎江山房”书店。

祝郑志平先生八十

杜陵早庆古稀年，鲁殿灵光尚岿然。客至何妨斟酒盏，老来犹自爱林泉。江山风月资吟兴，师弟友朋都夙缘。阅历更深闻道久，冈陵晋祝寿如天[①]。

【注】

①冈陵，丘陵。《诗·小雅·天保》：“如山如阜，如冈如陵。”明·王世贞《鸣凤记·严嵩庆寿》：“筵开相府胜蓬莱，寿比冈陵位鼎台。”

秋月王涤性过访，留宿一宵，对月酌酒，即席赋赠

浓香丛桂拂楼台，六扇纱窗面面开。翳我思君闲里坐，感君访我雨中来。展颜花下摅衷曲，握手阶前步草莱。莫厌晚餐无美味，大家酩酊醉深杯。

喜家器远来舍[①]

云烟漠漠雨潇潇，竟日幽居颇寂寥。三径蓬蒿难自遣，

一庭花木伴无聊。奇书有味堪同赏，同里多情不费招。为感故人风义好，多沽清酒醉连宵。

【注】

①器远，姓郑名原宏，字器远，后以字行，乐清市象阳泮垟人。能行医，有书行世。一度任教白象小学，曾任国民党乐清县党部常务委员等职。

晚间与友人怡园对饮[①]

拂拂凉飚暮景清[②]，波光潋滟月光明。与君相对当风坐，饮罢陡教吟兴生。

【注】

①怡园，位于乐清市北白象镇樟湾村，具花木之胜。主人黄李英，字次卿，系清廪生，洵风雅士。膝下五子，如挽尘、叔震等，俱崭露头角。

②飚：同飙。

次余信舫先生见赠，还字韵

崇墀甫叩掉舟还，邱垤如何傍泰山。问字未曾亲杏幄，谈心有幸接芝颜。人钦霁月光风度，家在金峰玉涧间。更羡生花诗笔健，满堆锦绣灿璘斑。

叠前韵再寄

为访先生不肯还，却欣讲学傍湖山。清谈有味诗同癖，相对多情笑解颜。占卦能工季主术，临池可拟子瞻间。唱酬壁上饶佳构，满目琳琅锦绣斑。

再叠前韵

正值闲游出未还，忽教有客到空山。缘悭觌面期他日，交辱忘年觉汗颜。素仰平生情性淡，每怀高躅水云间，何时再肯萧斋到，预向门前扫藓斑。

三叠前韵

又有诗来迟和还，愧予才逊白香山[①]。宏开讲帐施时雨，屡集高朋展笑颜。志道馀闲游艺事，赏心乐趣在书间。平居泉石多清兴，收拾奚囊付管斑[②]。

【注】

①白香山，即白居易，字乐天，号香山居士。

②《新唐书・李贺传》：“（贺）每旦日出，骑弱马，从小奚奴，背古锦囊，遇所得，书投囊中。”后因称诗囊为“奚囊”。

贺松如叔移居新屋

夏屋渠渠筑始完，乔迁行看举家欢。地欣比接频来往，楼爱玲珑恣眺观。结构别饶新格式，清幽恰对好林峦。门闾预祝须高大[①]，他日能容车马盘。

【注】

①门闾，家门。《后汉书・张曹郑列传》：“昔东海于公仅有一节，犹或戒乡人侈其门闾，矧乃郑公之德，而无驷牡之路！可广开门衢，令

容高车，号为‘通德门’。”

咏桂

一枝老干耸层岩，不待栽培不待镵。庾信小山人尽恋，杜陵金粟句非凡。何来香气随风度，独把丹心向日严。晓起莫嫌飘碎锦，多随清露点衣衫。

次高薏园先生写怀原韵

云水逍遥证夙缘，老来风度比青莲。休嗟白发生明镜，长似苍松耐暮天。寡过卫瑗闻道久[①]，学诗常侍导人先[②]。年来赢得荒江住，当世谁知陋巷贤。

西风欲动意先惊，仿佛横江过雁声。犹喜著书多暇日，只今啸傲见高情。千秋事业文章重，一瞬烟云富贵轻。愧我抠衣无善状，还应侍座话平生。

【注】

①卫瑗，卫大夫璩瑗，字伯玉。《淮南子》卷一《原道训》：“凡人中寿七十岁，然而趋舍指凑，日以月悔也，以至于死。故蘧伯玉年五十，而有四十九年非。”汉·高诱注：“伯玉，卫大夫璩瑗也。今年则行是也，则还顾知去年之所行非也。岁岁悔之，以至于死，故有四十九年非，所谓月悔朔，日悔昨也。”

②高适，唐诗人，官至散骑常侍，世称“高常侍”。

九月五日王君涤性过访，留宿一宵，喜而有赠

九秋有客过柴荆，问自何来倒屣迎[①]。交谊半生同臭味，清谈此日畅欢情[②]。黄花篱角晴怀淡，丹桂帘前夜月明。更尽论文频剪烛，高楼相对听吟声。

思旧情同尔我深，时时有味对寒灯。高山奏曲琴三弄，破纸挥毫墨数升。自笑篱头栖小鷃，何当天表逐云鹏。着鞭千里前程远，可许鲰生得附蝇[③]。

【注】

①倒屣迎，指对贤才尊重或对宾客热情。《三国志•魏书•王粲传》："献帝西迁，王荣徙长安，左中郎将蔡邕见而奇之，时邕才学显著，贵重朝廷，常车骑填巷，宾客盈坐。闻粲在门，倒屣迎之。粲至，年既幼弱，容状短小，一坐尽惊。巨曰：'此王公孙也，有异才，吾不如也。吾家书籍文章，尽当与之。"王维《春过贺遂员外药园》："画畏开厨走，来蒙倒屣迎。"

②畅，原作"鬯"，今改，下同。

③附蝇，《史记•伯夷列传》："颜渊虽笃学，附骥尾而行益显。"司马贞索隐按："苍蝇附骥尾而致千里，以譬颜回因孔子而名彰也。"

重阳

恰逢九九作重阳，秋雨秋风渐欲凉。萸酒载来拼一醉，菊花开满送馀香。客中赢得渊明趣，糕字怕题梦得狂[①]。我亦有怀吟不得，未成跋扈敢飞扬。

登高忽复晚凉天，少壮襟期黯自怜。易去总难留此日，重来定是属明年。人生几度逢佳节，时序偏教屡改迁。试上巉岩容极目，移时种种幻云烟。

【注】

①宋邵博《邵氏闻见后录》卷一九："刘梦得（禹锡）作《九日诗》，欲用糕字，以'五经'中无之，辍不复为。宋子京（祁）以为不然。故子京《九日食糕》有咏云：'飚馆轻霜拂曙袍，糗糍花饮斗分曹。刘郎不敢题糕字，虚负诗中一世豪。'"遂为古今绝唱。

东篱

东篱遍觅菊枝枝，花到秋深放已迟。叶低偶然开小朵，我犹未见蝶先知。

连日

连日潇潇湿薜萝，秋来雨反比春多。园夫心喜吾心恼，盆里花多被折磨。

秋日早凉

孟秋岁岁尚骄阳，底半今年独异常。未到秋分时已冷，才过白露夜先凉。抛开团扇添新被，易去单衣换夹裳。我本平生畏热者，小斋如水味先尝。

寒夜友人斋中坐吟

冻合银屏夜漏分，开樽相对细论文。声声耳乱三更雨，冉冉胸生一片云。斗室灯明书味好，纸窗人静夜膏焚。分笺斗韵无佳句，才捷温叉独羡君。

十月十日瓯江归舟，逆风大作，苦寒遣闷

晓气阴阴冻云合，涛浪掀翻与天接。平沙盼望渺无人，但闻朔风声飒飒。酒店寒旗冻不翻，群鸟啁啾树中集。一江之潮犹未平，舟子开船声声亟。我正苦寒寓酒楼，只须小饮沽一榼。速将行笈携上船，展开行李绒毡氎。半醒半醉卧船中，打头逆风心胆怯。布帆时转东西渡，挖手篙工惊且詟。相彼群船宛如飞，一帆斜渡一帆立。咄哉行路难更难，早船行缓迟船及。

冬日寒意

残冬冷日下江滨，料峭寒威最怆神。炉火新添煨不暖，酒杯相对手常亲。最宜霜雪盟知己，且喜梅花接好邻。人事天心两相逼，催来腊鼓已频频。

贺友人婚娶

久耳新人解爱才，洞房作赋趣佳哉。知君自有生花笔，不怕催妆句不来。

郎君诗调总翩翩，夙羡奇才擅少年。纵是金闺有苏氏[①]，诗才不让窦滔先。

琴瑟诗篇赋友之，共裁笺纸共题诗。诗成写遍画眉稿[②]，总算风流笔一枝。

早采琼花灿似霞，却教徐淑配秦嘉[③]。天缘巧凑良缘合，乐尔妻孥宜尔家。

【注】

①《晋书·窦滔妻苏氏传》："窦滔妻苏氏，始平人也，名蕙，字若兰，善属文。滔苻坚时为秦州刺史，被徙流沙，苏氏思之，织锦为回文旋图诗以赠滔。宛转循环以读之，词甚凄惋，凡八百四十字，文多不录。"

②张敞替妻子画眉毛，喻夫妻感情好。《汉书·张敞传》："敞为人敏疾，赏罚分明，见恶辄取，时时越法纵舍，有足大者。其治京兆，略循赵广汉之迹……敞为京兆，朝廷每有大议，引古今，处便宜，公卿皆服，天子数从之。然敞无威仪，时罢朝会，过走马章台街，使御吏驱，自以便面拊马。又为妇画眉，长安中传张京兆眉怃。有司以奏敞。上问之，对曰：'臣闻闺房之内，夫妇之私，有过于画眉者。'上爱其能，弗备责也。然终不得大位。"

③秦嘉、徐淑夫妇，皆东汉诗人，夫妇恩爱成为佳话。秦嘉，字士会。桓帝时，为郡吏，岁终为郡上计簿使赴洛阳，被任为黄门郎，后病死于津乡亭。秦嘉赴洛阳时，徐淑因病还家，未能面别。秦嘉客死他乡后，徐淑兄逼她改嫁。她毁形不嫁，哀恸伤生，守寡终生。

奉贺庄君强南乔迁之喜

庄生意气雄且朴，肆志诗书羁沪渎。才大宁甘蠖屈终，刑名喜习韩非学。雁山榴屿带水遥，却从海上得相熟。解衣磅礴几盘桓，破浪乘风慕宗悫[①]。灯火星河不夜天，十里楼台酣歌曲。五陵裘马皆少年，纵谭新法心折服。归思自怜日夜生，辗转愁肠车转毂。匆匆一别到东瓯，两地相思春梦觉。闻道学成还故乡，藉藉声华惊老宿。挈眷亦从此地来，海坛之南新居卜。甲第峨峨人境幽，丘壑怡情花悦目。偶赋小诗补高斋，三月莺声正出谷。

【注】

①《宋书·宗悫传》："宗悫，字元干，南阳人也。叔父炳，高尚不仕。悫年少时，炳问其志，悫曰：'愿乘长风破万里浪。'悫好武，后为大将军。"

山阁漫兴，兼送徐君宗曾归里

双鳌山势何崔嵬，灵峰十丈傍水隈。有路直自东麓上，凿岩为磴何危哉。岩腹平广生古阁，登临无阻心为开。我亦携朋蹑屐上，此间有客何处来。书声隐隐出户外，名师益友共徊徘。独羡此乐真难得，负笈欣来末座陪。楼居憩自北窗下，日日惟多吟兴催。前临沧海心同壮，后枕峰峦万叠堆。徐家昆弟吾亲戚，唱和无虑日数回。有时联吟角斗胆，兴来只觉声如雷。有时磨崖频吊古，荒祠青冢心尤哀。风景依稀落叶秋，芦荻花开鹦鹉洲。徐君忽作还乡梦，骊唱匆匆去莫留。客中人事怕离别，况复萧萧飒飒愁。悲秋谁续安仁赋，明月清风独倚楼。楼头远眺潮水大，狂风激浪鸣飕飕。惭无宗悫万里概，空把毛锥志未酬。如嚷如诉虫声切[①]，清夜相闻肝胆裂。物各有时作不平，人岂无情关寒热。壮志难羁愿莫违，相励以勤攻金铁。

【注】

①嚷，原作“壤”，今改。

次韵黄君惧华岁暮感怀四章

遥天瞥见月初弦，珍重分阴鉴昔贤。多病不堪尝药饵，浮生悔自误华年。黄梁梦觉沧桑局[①]，绿蚁醅斟雨雪天[②]。毕竟苦心须自遣，狂歌种种付吟笺。

酒场几辈客寻幽，把盏纷纷声满楼。履患何人同攘臂，渡江每自掉孤舟。艰难身世知何似，旷达襟怀我独求。毁誉任他风过耳，蛾眉谣诼几时休[③]。

自怜傲骨太崚嶒，天外昂头孰与朋。对酒常歌唐李白，论文雅慕宋庐陵[④]。自知阅历功还浅，谩欲名高谤易兴。省识岁寒书味苦，夜阑犹自对残灯。

挥毫四顾每踌躕，腊去春来气象殊。深巷已闻燃爆竹，中原偏奈遍萑苻[⑤]。愁多有客呼醇酒，隐者何人过市屠。岁晏儿童寻乐事，声声箫鼓街满衢。

【注】

①唐·沈既济《枕中记》：开成七年，有卢生名英，字萃之。于邯郸逆旅，遇道者吕翁，生言下甚自叹困穷，翁乃取囊中枕授之。曰：“子枕吾此枕，当令子荣显适意！”时主人方蒸黍，生俛首就之，梦入枕中，遂至其家，数月，娶清河崔氏女为妻，女容甚丽，生资愈厚，生大悦！于是旋举进士，累官舍人，迁节度使，大破戎虏，为相十馀年，子五人皆仕宦，孙十馀人，其姻媾皆天下望族，年逾八十而卒。及醒，蒸黍尚未熟。怪曰：“岂其梦耶？”翁笑曰：“人生之适，亦如是耳！”生怃然

良久，稽首拜谢而去。

②绿蚁，古指美酒。白居易《问刘十九》："绿蚁新醅酒，红泥小火炉。晚来天欲雪，能饮一杯无。"

③屈原《离骚》："众女嫉余之蛾眉兮，谣诼谓余以善淫。"

④欧阳修，字永叔，宋吉州永丰（今江西省永丰县）人。因吉州古名庐陵，常自称"庐陵欧阳修"。

⑤萑苻，指盗匪。

高薏园先生以雪诗见赠，倒用苏东坡尖叉韵，遂书以和之

砚水凝冰笔冻尖，闲吟竟日伏茅檐。登楼忽讶光侵牖，堕地无声白似盐。谁信春来飞絮早，漫愁才薄斗诗严。山河惨淡都无色，遮莫飘扬乱舞纤。

自赓白雪斗尖叉，韵事能追苏氏家。元宝门前频扫径，谪仙檐上乱飞花。山阴客冷谁相访，东阁梅开待驾车。转盼寒云都散尽，依然庭院射金鸦。

梅花次赵瓯北集中韵

傲骨生成别有天，冰肌谁与媲清妍。香中逸韶岁寒友，世外风情清下仙。难得高人穿屐访，恍逢妃子绣帏褰。先春占得花王号，古貌清臞一老禅[①]。

高风自昔漫相思，此日频开高下枝。水月襟期霜厉节，山林骨格雪交时。淡妆惹得杨妃妒，瘦影摇来玉女窥。索到

檐前花一笑，堪称得意两相知。

南枝忽放陇头云，松竹同盟谊最殷。自道清癯难入俗，原来高淡孰如君。苦吟何逊花盈树，作赋之翰笔有文。莫讶襟怀寒似水，凭栏时有暗香闻[②]。

雪魄冰魂世岂知，横斜月下瘦难支。铁心何以广平赋[③]，玉貌还应韩国姨[④]。韵胜格高风定后，心清体洁梦回时。故园才领东风到，遥向枝头备一诗。

【注】

①禅，原作“蝉”，今改。

②林逋《山园小梅》：“疏影横斜水清浅，暗香浮动月黄昏。”

③广平赋，为宋璟所著《梅花赋》。宋·赵鼎《蝶恋花》：“一朵江梅春带雪。玉软云娇，姑射肌肤洁。照影凌波微步怯，暗香浮动黄昏月。谩道广平心似铁。词赋风流，不尽愁千结。望断江南音信绝，陇头行客空情切。”苏轼《章质夫寄惠崔徽真》：“为君援笔赋梅花，未害广平心似铁。”

④韩国姨，唐玄宗贵妃杨玉环的大姐，唐蒲州永乐（今山西芮城县）人。唐玄宗称杨贵妃的三个姐姐（大姐、三姐、八姐）为姨，天宝七载，唐玄宗封她们三人为韩国夫人、虢国夫人和秦国夫人。

雪

天公幻戏兆丰年，白似飞花软似绵。千里堆成银世界，万家齐展绣花毡。松梅骨格堪禁耐，柳絮颠狂绝可怜。忽忆欧阳吟白战，敢将寸鉄托诗篇。

朔风阵阵夜偏长，玉屑凌空片片扬。驴背未妨吟郑綮[①]，蠹编犹可照孙康[②]。寒堆檐瓦虚生白，冷逗窗棂月有光。偏到贫家多作势，箧中未赎旧衣裳。

飒飒凄风斫薜萝，纤纤微霰点平沙。桥边酒散银杯马，陌上人翻缟带车。晚画渔簑歌郑谷，高吟才思意刘叉[③]。试看堂后梅千树，傲甚隆冬转放芽。

树无声色水无纹，但觉天花乱堕纷。飞去飞来原不定，似盐似絮总难分。荒江渺渺怜孤钓，冷巷深深罩冻云。谁似袁安能僵卧[④]，洛阳寻遍世无闻。

【注】

①郑綮，字蕴武，郑州荥阳人，唐进士，累官庐州刺史。孙光宪《北梦琐言》卷七："唐相国郑綮虽有诗名，本无廊庙之望……或曰：'相国近有新诗否？'对曰：'诗思在灞桥雪中驴子上，此处何以得之？'盖言平生苦心也。"

②孙康，晋太原中都人，元嘉中为起部郎，迁征南长史，有集十卷。《艺文类聚·卷二·天部下》："孙康家贫，常映雪读书，清介，交游不杂。"

③刘叉，唐河朔间人，为人刚直，工为歌诗，以《冰柱》《雪车》等诗著名。苏轼《雪后书北台壁二首》："老病自嗟诗力退，空吟冰柱忆刘叉。"

④袁安，字邵公，汝南汝阳（今河南商水西南）人，东汉大臣，袁绍的高祖父。历任太仆、司空、司徒，节行素高。《后汉书·袁张韩周列传第三十五》李贤注引晋周斐《汝南先贤传》曰："时大雪积地丈馀，洛阳令身出案行，见人家皆除雪出，有乞食者。至袁安门，无有行路。谓安已死，令人除雪入户，见安僵卧。问何以不出，安曰：'大雪人皆饿，不宜干人。'令以为贤，举为孝廉。"

除夕写怀，兼寄徐君宗曾

腊酒中宵已满斟，物华暗换岁华侵。铜壶恋旧心逾切，砚墨磨人感独深。漫道生涯原醉梦，不妨身世任浮沉。知君别有深情在，来岁联床合再寻。

辉煌腊炬满堂开，历历中天斗柄回。聊仿祭诗罗美脯[①]，何须书闷拨寒灰。匆匆岁事今宵尽，苒苒新年明月来。自愧呆痴难卖我[②]，屠苏如意醉深杯。

【注】

①贾岛常于每年除夕，取自己当年诗作，祭以酒脯而自勉。后因以“祭诗”为典，表示作者自祭其诗藉以自慰。

②宋时吴中民俗，除夕小儿绕街呼叫卖痴卖呆，意谓将痴呆转移给别人。范成大《腊月村田乐府十首序》载：“其九《卖痴呆词》：分岁罢，小儿绕街呼叫云：‘卖汝痴！卖汝呆！’世传吴人多呆，故儿辈讳之，欲贾其馀，益可笑。”

卷二

元旦

匆匆腊尾又春前，晓起焚香祝上天。自问半生成底事，居然一味异童年。镜中须鬓惊相对，世上沧桑奈屡迁。富贵功名徒扰扰，放怀毕竟乐陶然。

新妆儿女竞时流，只解戏嬉不解愁。压岁昨宵钱早索，春王告朔礼谁修[①]。携将爆竹街头弄，狂喜笙歌市上浮。彷佛龆龄犹记忆，畅怀历历在前头。

记别枌榆十载过[②]，流光逝水恨蹉跎。虽然新岁乡音远，为忆高堂衰须皤。故里几人赓合调，客中邀友共清歌。及时行乐真为福，贤达由来一任他。

世局如斯乱未平，人间奚事贺新正。纷纷诸友偏投刺[③]，碌碌鲰生敢矫情。当道豺狼犹梗塞，殊方锋镝苦纵横。中原到此无宁岁，何日萑苻一扫清。

【注】

①春王，指正月。按《春秋》体例，鲁十二公之元年均应书“春王正月公即位”，有些地方因故不书“正月”二字，后遂以“春王”指代正月。《春秋·定公元年》：“元年春王。”杜预注：“公之始年不书正月，公即位在六月故。”《旧唐书·文苑传下·刘蕡》：“鲁定公元年春王不言正月者，《春秋》以其先君不得正其终，则后君不得正其始，故曰定无正也。”清·蒋士铨《临川梦·宦成》：“我想春王伊始，猛虎横行，咎归令尹。”

②枌榆，指故乡。原本误作“粉”，今改。《南齐书·沈文季传》：“惟桑与梓，必恭敬止，岂如明府亡国失土，不识枌榆 。”《太平广记》卷三四七引唐裴铏《传奇·赵合》：“知君颇有义心，傥能为归骨于奉天城南小李村，即某家枌榆耳。”

③投刺，原为投递名帖，后亦指留下名帖。

新春寄怀徐宗曾

轻烟薄雾嫩寒天，细雨如丝不断檐。差喜闲门无俗客，偶然乘兴到前川。池塘弱柳牵离恨，故榻焦琴怅断弦。安得故人长聚首，一樽相对话新年。

盼断音书何处埋，踌躕只觉隔天涯。不来怅望空搔首，别后相思易感怀。春梦一场天地阔，离情两处水云乖。萧斋独坐无佳趣[①]，写寄新诗把闷排。

【注】

①萧斋，孤寂的书房。宋·贺铸《掩萧斋》词：“落日逢迎朱雀街。共乘青舫度秦淮。笑拈飞絮罥金钗。洞户华灯归别馆，碧梧红药掩萧斋。顾随明月入君怀。”

寄徐君性旸

相望相思二月天，足音何处听跫然[①]。空吟小雅鸣嘤句[②]，怕读王风采葛篇[③]。棠棣君家春自满，岑苔何日迹同圆。故应旧梦难抛却，一别纷纷万虑牵。

屡向君家共举杯，更兼戚谊结陈雷[④]。离情云树春三月，别恨参商梦几回。名士高踪寻竹径，神仙遗迹访笙台。回头旧岁盘桓乐，负笈春风肯再来。

【注】

①《庄子·徐无鬼篇》："逃空虚者，闻人足音跫然而喜矣。"

②《诗经·小雅·鹿鸣之什·伐木》："伐木丁丁，鸟鸣嘤嘤。出自幽谷，迁于乔木。嘤其鸣矣，求其友声。相彼鸟矣，犹求友声。矧伊人矣，不求友生？神之听之，终和且平。"

③《诗经·国风·王风·采葛》："彼采葛兮，一日不见，如三月兮！彼采萧兮，一日不见，如三秋兮！彼采艾兮！一日不见，如三岁兮！"

④陈雷，即东汉陈重与雷义的并称。两人情深谊厚，胶漆相投。范晔《后汉书·独行列传》："陈重字景公，豫章宜春人也。少与同郡雷义为友，俱学《鲁诗》《颜氏春秋》……雷义字仲公，豫章鄱阳人也。初为郡功曹，尝擢举善人，不伐其功……义归，举茂才，让于陈重，刺史不听，义遂阳狂被发走，不应命。乡里为之语曰："胶漆自谓坚，不如雷与陈。"

正月二十日晚何岳峰先生宴客，邀余列席，赋以谢之

昊天连日冻云合，刺骨朔风声飒飒。须臾阵阵雪霰并，

底事元宵变残腊。何公宴客兴正高，葡萄美酒饮自豪。邀余列坐宾朋席，当筵赌酒声怒号。一个主人唐李白，既爱饮酒又爱客。客不能饮辄强饮，瓮头春添陈琥珀[①]。我感主人情意多，醉倒蓦地发狂歌。春宵胜会难再得，人生不乐胡为何？无以为谢将诗谢，主人视之笑哑哑。

【注】

①瓮头春，指好酒。胡韫玉《周六介招饮即席有作》诗："烂泥新擘瓮头春，越醴浓斟醉杀人。"岑参《喜韩樽相过》诗："瓮头春酒黄花脂，禄米只充沽酒资。"

书带草庐自题

环堵萧然一亩宫，清幽何幸我居中，堂前书带多生意，差与经神一样同[①]。

南面金峰北象峰，西迎泮水自溶溶。容身只有三间屋，岁岁坐过春复冬。

【注】

①经神，指东汉郑玄。

偕内子徐芝英赴沪医病[①]

出门恰值菊花天，十月中旬月正圆。远道沪江劳跋涉，故乡瓯海隔云烟。未忘德曜同甘苦[②]，自愧黔娄废食眠[③]。偕汝远来为疗病，中途卿我两堪怜。

【注】

①内子，即妻子，古代卿大夫的嫡妻称为“内子。”《左传·僖公二十四年》：“（赵姬）以叔隗为内子，而己下之。”杜预注；“卿之嫡妻为内子。”《礼记·曾子问》：“大夫内子有殷事，亦之君所，朝夕否。”郑玄注：“内子，大夫妻也。”

②德曜，东汉梁鸿所娶妻子孟光，字德曜。梁孟夫妇，守贫高义，相敬如宾。后因以“梁孟”为对人夫妇的美称。《后汉书·逸民列传》：“鸿曰：‘吾欲裘褐之人，可与俱隐深山者尔。今乃衣绮缟，傅粉墨，岂鸿所愿哉？’妻曰：‘以观夫子之志耳。妾自有隐居之服。’乃更为椎髻，着布衣，操作而前。鸿大喜曰：‘此真梁鸿妻也。能奉我矣！’”

③黔娄，战国时贤士。刘向《列女传·贤明传》：“鲁黔娄先生之妻也。先生死，曾子与门人往吊之。其妻出户，曾子吊之。上堂，见先生之尸在牖下，枕墼席稿，缊袍不表，覆以布被，首足不尽敛。覆头则足见，覆足则头见。曾子曰：‘邪引其被，则敛矣。’妻曰‘邪而有余，不如正而不足也。先生以不邪之故，能至于此。生时不邪，死而邪之，非先生意也’……其妻曰：‘昔先生君尝欲授之政，以为国相，辞而不为，是有馀贵也。君尝赐之粟三十钟，先生辞而不受，是有馀富也。彼先生者，甘天下之淡味，安天下之卑位。不戚戚于贫贱，不忻忻于富贵。求仁而得仁，求义而得义。其谥为康，不亦宜乎！’曾子曰：‘唯斯人也而有斯妇。’”陶渊明《咏贫士》：“安贫守贱者，自古有黔娄。好爵吾不荣，弊服仍不周。”

除夜接内子海上书

堂前花木报新年，梅蕊舒红柳眼鲜。酒饮屠苏思远道，情牵沪渎隔遥天。传来除夜平安信，解去心中烦恼悬。屈指出门无几日，春风应在万花先。

次韵余心舫先生五旬自寿六章

海屋筹添五十初[①]，蘧瑗好学尚攻书[②]。吟成佳句诗宜寿，写出平生志不虚。杖履逍遥寻水石，村庄啸傲乐禽鱼。老来元亮幽居好，恰傍山南静结庐。

年少声名早冠军，词场人尽能羡文。一枝笔妙谁来夺，八斗才多未许分[③]。但爱豪吟追白傅，奚须下第怨刘蕡[④]。笑谈座上多佳士，除却诗书无别云。

带水盈盈咫尺违，久迟双屐谒经闱。韩门桃李春常满，坡老才名世所稀。自喜著书消岁月，偶谈命理剖纤微。于今早谢繁华梦，不管人间是与非。

篇章酬唱记吾曾，自分名惭附骥蝇。室入芝兰熏尔德，胸无尘垢淡于僧。谈诗汝士骊珠得[⑤]，赌酒淳髡斗石胜。漫道儒冠多自误，骚坛几个擅才能。

耆英高会集名流，此福先生几世修。晚节菊花香自永，后雕松树翠长留。休多身世沧桑感，喜值年华迟暮秋。强赋小诗来祝嘏，休嗤胆大不知羞。

堆床书史任酣沉，学问知公老更深。才擅枚皋传《七发》[⑥]，勤如陶侃惜分阴[⑦]。龙钟怀抱谁同调，马走文章辱赏音。为有先生青眼待，于今识得苦吟心。

【注】

①海屋筹添，指长寿，后为祝寿之词。苏轼《东坡志林·三老语》：“尝有三老人相遇，或问之年……一人曰：‘海水变桑田时，吾辄下一

筹，尔来吾筹已满十间屋。'”

②蘧瑗，字伯玉，谥成子，春秋卫大夫，自幼聪明过人，饱读经书，能言善变，仕三公（献公、襄公、灵公），因贤德闻名诸侯。

③八斗才，高才。《南史·谢灵运传》：“天下才共一石，曹子建独得八斗，我得一斗，自古及今共用一斗。奇才博识安足继之。”

④刘蕡，字去华，唐宝历二年进士。《旧唐书·列传第一百四十》：“是岁，左散骑常侍冯宿、太常少卿贾餗、库部郎中庞严为考策官，三人者，时之文士也，睹蕡条对，叹服嗟悒，以为汉之晁、董，无以过之。言论激切，士林感动。时登科者二十二人，而中官当途，考官不敢留蕡在籍中，物论喧然不平之。守道正人，传读其文，至有相对垂泣者。谏官御史，扼腕愤发，而执政之臣，从而弭之，以避黄门之怨。唯登科人李郃谓人曰：'刘蕡不第，我辈登科，实厚颜矣！'请以所授官让蕡。事虽不行，人士多之。”

⑤杨汝士，字慕巢，曾任唐朝吏部侍郎、刑部尚书，善诗。王定保《唐摭言》：“裴令公居守东洛，夜宴半酣，公索联句，元白有得色。时公为破题，次至杨侍郎曰：'昔日兰亭无艳质，此时金谷有高人。'白知不能加，遽裂之曰：'笙歌鼎沸，勿作冷淡生活。'元顾白曰：'白乐天所谓能全其名者也。'”

⑥枚皋，字少孺，枚乘的庶子，西汉辞赋家。《汉书·艺文志》著录枚乘赋九篇，代表作有《七发》。

⑦陶侃，字士行（或作士衡），江西鄱阳人，东晋大司马。《晋书·陶侃传》：“侃性聪敏，勤于吏职……常语人曰：'大禹圣者，乃惜寸阴，至于众人，当惜分阴，岂可逸游荒醉，生无益于时，死无闻于后，是自弃也。'”

乙亥冬赴上海感作

五马联吟仅两旬，惭予遽作远游人。客中驴背谁同调，愁里[①]驹光付转轮。瓯海云山如昨梦，浦江风月喜回春。寒威料峭岁将暮，驿路梅花照眼新。

【注】

①里，原本误为“衷”，今改为“里”。

江头闲眺

踏遍江头路，风情二月天。归来春酒熟，不醉自天全。

题曾氏怡园摄影图，次叶君任民原韵

阴晴无定半寒喧，携手同来曾氏园。隔水楼台空有影，满山花木静当轩。游观不尽兴衰感，寂寞惟闻鸟雀喧。领略个中好风景，聊凭一幅画图存。

刘冠山先生惠书条幅志喜[①]

绰有才名处处传，更钦妙墨比青田[②]。笔端隐约龙蛇出，书味浸淫岁月专。品拟柏松香晚节，隐居城市亦神仙。捧笺乞得元章笔[③]，恰好装潢蓬荜悬。

【注】

①刘冠山，即刘景晨（1881—1960），字贞晦，号冠山、潜庐、梅隐、梅屋先生等，温州人。早年就读京师学堂，曾执教于温州府学堂（温州中学）。民国初年，被选为第一届国会众议院候补议员。解放后为温州市文物管理委员会主任，浙江省文史馆馆员，温州市政协副主席、浙江省人大代表等职。善诗文书画金石，绘画尤长梅花。著有《贞晦印存》

《贞晦题画绝句》《题画梅百绝》《古遗爱传抄》《贞晦诗集》等。

②青田，指刘基（1311—1375），字伯温，谥曰文成，青田县南田乡（今属浙江省文成县）人，故时人称他刘青田。明洪武三年封诚意伯，又称刘诚意。武宗正德九年追赠太师，谥文成，后人又称他刘文成、文成公。元末明初杰出的战略家、政治家、文学家，以辅佐朱元璋完成帝业、开创明朝并尽力保持国家的安定，因而驰名天下，被后人比作为诸葛武侯。

③米芾，字元章，北宋书法家、画家、书画理论家。

访余心舫先生

却傍南山守乐窝，杜门终日事吟哦。自鸣得意孟东野[①]，老尚康强马伏波[②]。湫溢何妨居陋室，徜徉独喜踏岩阿。目空一切无纤芥，赢得婆娑两鬓皤。

【注】

①孟东野，孟郊，唐代诗人，字东野。韩愈《送孟东野序》:“其存而在下者，孟郊东野始以其诗鸣。其高出魏晋，不懈而及于古，其他浸淫乎汉氏矣。”

②马伏波，马援，东汉名将，因功累官伏波将军。《后汉书·马援列传第十四》:“援据鞍顾眄，以示可用。帝笑曰：‘矍铄哉是翁也！’”后以“矍铄翁”为马援的代称。

年年

年年笔墨尚横陈，辜负平生七尺身。略解作诗颇自喜，藉消烦恼复何呻。天心知共人心改，书味差同世味辛。惟种陶潜三径菊，闲寻乐事叙天伦。

日日

日日青山迎面清，芊芊草色不知名。门喧好鸟争人语，庭满荒苔适我情。军国忧怀杜子美，故家书带郑康成。一潭流水一轮月，写出新诗墨数行

白象喜晤刘君韵松①

峭帆落日江上返，幞被随身归兴狂。迢迢时抵馆头驿，匆匆又过白象乡。故人忽逢刘子骥②，久别恨似宋江郎③。相对不须更惆怅，要知此会岂寻常。

【注】

①刘韵松，又名宗向，乐清市北白象镇沙门人。曾就读北京大学，后任浙江省第十中学等校教师。

②刘麟之，字子骥，晋太元年间之河南南阳人，《晋书·刘麟之传》有记载。

③江郎，即江淹，字文通，南朝著名文学家，著有《别赋》《恨赋》等。

题黄寄人得月楼

大千何处无明月，此处独名得月楼。每想故人行乐地，得凭高阁俛清流。箕裘克绍家三世①，兄弟平分屋两头。惭愧鹧鸪才思弱②，题诗倘许姓名留。

【注】

①箕，扬米去糠的竹器，或畚箕之类的东西。裘，冶铁用来鼓气的

风裘。克，能够。绍，继承。箕裘克绍，喻能继承父、祖的事业。《礼记·学记·卷十八》："记问之学，不足以为人师。必也其听语乎？力不能问，然后语之；语之而不知，虽舍之可也。良冶之子，必学为裘。良弓之子，必学为箕。始驾马者反之，车在马前。君子察于此三者，可以有志于学矣。"陈少平《题载敬堂》："邻德里仁，克绍箕裘世泽；笔耕砚拓，长传诗礼家风。"

②唐诗人郑谷擅咏《鹧鸪诗》，后人称"郑鹧鸪"。

次宗韩夫留别原韵，兼送北京之行

柳川求学忆当年，同调纷纷散似烟。久别忽过十五载，重逢未了半生缘。雄才君可追韩信，懒读我应比孝先①。时正需材莫迟误，论功会看勒燕然②。

【注】

①《后汉书·边韶列传》："边韶字孝先，陈留浚仪人也。以文章知名，教授数百人。韶口辩，曾昼日假卧，弟子私嘲之曰：'边孝先，腹便便。懒读书，但欲眠。"韶潜闻之，应时对曰："边为姓、考为字。腹便便，《五经》笥。但欲眠，思经事。寐与周公通梦，静与孔子同意。师而可嘲，出何典记？'嘲者大惭。韶之才捷皆此类也。"

② 燕然，山名，即今蒙古杭爱山。勒：雕刻。勒功：把记功文字刻在石上，即刻石记功。《后汉书·窦融列传》："明年，宪与秉各将四千骑及南匈奴左谷蠡王师子万骑出朔方鸡鹿塞，南单于屯屠河，将万馀骑出满夷谷，度辽将军邓鸿及缘边义从羌胡八千骑，与左贤王安国万骑出稒阳塞，皆会涿邪山。宪分遣副校尉阎盘、司马耿夔、耿谭将左谷蠡王师子、右呼衍王须訾等，精骑万馀，与北单于战于稽落山，大破之，虏众崩溃，单于遁走，追击诸部，遂临私渠比鞮海。斩名王以下万三千级，获生口马、牛、羊、橐驼百馀万头。于是温犊须、日逐、温吾、夫渠王柳鞮等八十一部率众降者，前后二十馀万人。宪、秉遂登燕然山，

去塞三千馀里，刻石勒功，纪汉威德，遂命班固作铭。”范仲淹《渔家傲》:“燕然未勒归无计。”

黄君亚侠之官慈溪数载未晤，赋诗招隐，兼念君右邻王涤性，曷胜痛悼。即次前感旧原韵寄之

故人绾绶镜湖头，匆匆别我阅数秋。甬江瓯海遥相隔，月白风清独倚楼。矧兹霜高气呜咽[①]，雁阵横江声凄切。思君翘首欲问天，愁肠辘轳肝胆裂。回忆畴曩聚首时，日日相呼醉酒卮。黄香夙具龙马骨[②]，郑谷惭无鹧鸪诗。往时羡君鸣金玉，斗韵忆唱阳关曲[③]。声声相应似鸾凰，云表高翔羡鸿鹄。谩讶相爱更相怜，命驾常开玳瑁筵。陈迹思量终杳渺，王子忽断伯牙弦[④]。梦里时复来邂逅，彷佛生前衣长袖。墓门宿草秋萧萧，谁怜玉人哭残漏。客中岁月易消磨，老大徒教怅逝波。忽念君官慈溪久，宦海风波别恨多。他乡风月都收拾，吊古诗成泪痕湿。频烦寄书述旧情，愿期解组归来急[⑤]。莫愁有闷酒难消，偕隐共把锋铓销。乐城城外山水好，台寻吹笙寺沐箫。否则何处觅仙岛，闭门种菜徒草草。世界花花易受牵，精神颓废颜易老。可怜世乱谁用才，徒自摧残更可哀。君倘以我为然否，弃官早赋归去来。

【注】

①矧，况且。

②《后汉书・文苑列传第七十上》:“黄香字文强，江夏安陆人也。年九岁，失母，思慕憔悴，殆不免丧，乡人称其至孝。年十二，大守刘

护闻而召之，署门下孝子，甚见爱敬。香家贫，内无仆妾，躬执苦勤，尽心奉养。遂博学经典，究精道术，能文章，京师号曰‘天下无双江夏黄童’。”元·郭守正《二十四孝子》中有载。

③阳关曲，词牌名。因王维《送元二使安西》诗“西出阳关无故人”句而得名。

④伯牙绝弦，《列子·汤问》与《吕氏春秋》中都有记载，伯牙鼓琴，钟子期听之。方鼓琴而志在泰山，钟子期曰：“善哉乎鼓琴！巍巍乎若泰山。”少选之间，而志在流水，钟子期又曰：“善哉乎鼓琴！汤汤乎若流水。”钟子期死，伯牙破琴绝弦，终身不复鼓琴，以为世无足复为鼓琴者。

⑤解组，解下印绶，谓辞去官职。组：印绶。

寿杨淡风先生七十①

淡风先生淡何似，诗品清于瓯江水。诗如其人俱卓绝，人淡堪与菊花比。诗耶人耶菊花耶，点缀园林具四美②。日手长镵以为命，耻与万千斗红紫。园内俗尘飞不到，在昔康乐简讼里。居敬行简可临民，彼太简者毋乃鄙。此园时有高轩顾③，贤宰有时文宴集。佳士诗成每为花作媵，心清何妨门如市。总之先生品格高，一切功名弃敝屣。品高天俾寿亦高，明日跻堂觥称兕。堂前菊开并蒂花，先生顾之应色喜。

【注】

①杨淡风（1865—1935），名青，字淡风，一作淡峰，别号杨园主人，今温州市区人，著有《永嘉风俗竹枝词》三卷，《百花吟》《慈荫山房笔记》等，编有《杨园诗录》。

②四美，指良辰、美景、赏心、乐事。谢灵运《拟魏太子邺中集诗八首序》：“天下良辰美景赏心乐事，四者难并。”

③高轩，高车，贵显者所乘，亦借指贵显者。《新唐书・文艺下》："李贺字长吉，系出郑王后。七岁能辞章，韩愈、皇甫湜始闻未信，过其家，使贺赋诗，援笔辄就如素构，自目曰《高轩过》，二人大惊，自是有名。"

寿黄仲荃先生六十

雁荡故乡数父执，孝廉黄公推第一。自昔龆龀闻大名，每见公来笑抱膝。先君交友重儒林，独与孝廉情更密。其时我当舞勺龄[①]，侍立案傍学涂抹。有时亹亹谈文章，有时琅琅摇诗笔。明灯风雪心怦怦，一瞥光阴惊飘忽。亡何先君归仙乡，公亦出山事簪笏[②]。厥后世局乱仓皇，我幸雒瓯居卜吉。前度黄公海上来，难得高轩光蓬荜。梅溪二谷景乡贤，继起风流未歇绝。峨峨道貌老犹强，远道还家庆六秩。江夏堂前争捧觞，沸耳春声都欢悦。孙曾儿女满阶除，彩戏斓斑鹓鹭集[③]。祝公之寿寿无量，六旬已届再七十。而耄而耋而期颐，矍铄精神胜仙佛。

【注】

①舞勺龄，指幼年。勺，即《周颂・酌》，古未成童者习之。舞勺指未成童者学习《勺》舞。《礼记・内则》："十有三年，学乐、诵诗、舞《勺》，成童舞《象》，学射御。"孔颖达疏："舞《勺》者，熊氏云：'勺，篇也。'言十三之时，学此舞勺之文舞也。"

②簪笏，冠簪和手板，喻官员或官职。古代笏以书事，簪笔以备书，臣僚奏事，执笏簪笔即谓簪笏。南朝・梁简文帝《马宝颂》序："簪笏成行，貂缨在席。"

③彩戏，也称"戏彩"。《艺文类聚》卷二十引汉刘向《列女传》："老莱子孝养二亲，行年七十，婴儿自娱，著五色采衣，尝取浆上堂，

跌仆，因卧地为小儿啼，或弄乌鸟于亲侧。”后用为孝养长辈之典。

寿黄吉舫先生七十

吉翁老人安且吉，订纪群交称莫逆[①]。难得忘年不挟长，赓同调兮生同邑。翁尚家垟我泮垟，中隔一水怀靡及。逮我播迁过江来，屡过我门情更密。昨寿淡风诗甫成，今又寿翁深揖揖。翁之淡泊似澹风，其才可以青紫拾。两人俱以诸生终，仅着青衿之一袭。深山大泽龙蛇蛰。此亦何足为翁屈，长鲸拔浪一呼吸。况翁子孙皆薛凤[②]，尽为海滨人钦挹。予亦効牵郑伯之一羊兮[③]，媵以小诗祝翁长寿，由七秩以蕲至于八秩百秩。

【注】

①纪群交，累世之交。《三国志·魏志·陈群传》：“鲁国孔融高才倨傲，年在纪、群之间，先与纪友，后与群交，更为纪拜，由是显名。”（陈纪为陈群之父）。清·钱谦益《嘉定金氏寿宴序》：“余既耄老，尤获以纪、群旧交为登堂燕喜之客。”

②薛凤，祝贺人得子的贺辞。《旧唐书·薛收传（附薛元敬传）》：“元敬，隋选部侍郎迈子也。有文学，少与收及收族兄德音齐名，时人谓之“河东三凤”。收为长雏，德音为鸑鷟，元敬以年最小为鹓雏。”

③《左传·宣公》：“宣公十二年春，楚子围郑……三月克之。入自皇门，至于逵路。郑伯肉袒牵羊以逆，曰：‘孤不天，不能事君，使君怀怒以及敝邑，孤之罪也。敢不唯命是听。其俘诸江南以实海滨，亦唯命。其翦以赐诸侯，使臣妾之，亦唯命。若惠顾前好，徼福于厉、宣、桓、武，不泯其社稷，使改事君，夷于九县，君之惠也，孤之愿之，非所敢望也。敢布腹心，君实图之。’左右曰：‘不可许也，得国无赦。’

王曰：‘其君能下人，必能信用其民矣，庸可几乎？’退三十里而许之平。”

九日偕郑师登飞霞山归后放歌，为哀白象学生作

万木萧萧风瑟瑟，芦荻枝头吐白雪。谁穿腊屐作重阳，独陟高冈兴勃发。龙蛇起陆雨满城，况乃中原未休兵。避灾何处堪饮酒，提壶指向飞霞行。彼处闻有刘根者，仙成霞飞自欣赏。楼头剩有卧树存，火劫枝枯步难上。忽闻鸿雁南飞声，时台匪掳学生南渡。哀哀令我难乎情。手把茱萸不忍插，宋玉有诗空悲鸣[①]。长江滚滚连天涌，对此江流能无恐。回忆家园久别离，高堂年高发种种。吁嗟乎！归来归来盍归来，白象学生可怜哉！

【注】

①宋玉，又名子渊，战国时鄢（今襄樊宜城）人，楚国辞赋家。《史记·屈原贾生列传》：“屈原既死之后，楚有宋玉、唐勒、景差之徒者，皆好辞而以赋见称；然皆祖屈原之从容辞令，终莫敢直谏。”著有《九辨》《风赋》《高唐赋》《登徒子好色赋》等。

喜徐君宗曾来舍

闭门无事冷空山，报道君来笑解颜。草舍重寻鸡黍乐，萍踪正是鹿城还。订交十载芝兰合，并坐一灯水月闲。莫怪迩来无好兴，相逢狂醉酒杯间。

自怜潘岳赋闲居，门外何来长者车。十载无名谁识我，半生有幸子知余。喜逢旧雨关心切，恰是春寒乍霁初。检点杯盘无美味，呼僮好去剪园蔬。

半窗修竹半床书，花满庭阶草满篱。佳客欣来徐孺子，留宾聊仿郑当时[①]。帘开速下高人榻[②]，席上闲敲橘叟棋[③]。一笑相将频话旧，风声淅淅漏声迟。

高楼相对夜迢迢，人遇相知兴倍豪。往事未忘谈娓娓，流年容易恨滔滔。联床剪烛春风暖，樽酒论文夜月高。欲斗诗才愁笔弱，让君头地敢拈毫[④]。

【注】

①《史记·汲郑列传》："郑当时者，字庄，陈人也。为汉景帝时太子舍人，结交天下名士。庄为太史，诫门下：'客至，无贵贱无留门者。'执宾主之礼，以其贵下人。"

②《后汉书·徐稚传》："陈蕃为太守，在郡不接宾客，唯徐稚来特设一榻，去则悬之。"后因以"陈蕃榻"为礼贤下士之典。

③橘叟棋，橘中戏，即象棋。《太平广记》卷四十《神仙四十·巴邛人》："有巴邛人，不知姓，家有橘园，因霜后，诸橘尽收。馀有二大橘，如三四斗盎。巴人异之，即令攀摘，轻重亦如常橘，剖开，每橘有二老叟，须眉皤然，肌体红润，皆相对象戏。"

④头地，高出别人的地位。清·赵翼《浙二子歌赠张仲雅程春庐两孝廉》诗："乃知欧阳让头地，正惧相逼先相推。"

送宗曾归里

故人今日访我至，笑我正忆故人时。偶然相见两相洽，如胶投漆兰合芝。不妨先把离怀诉，不觉匆匆三月奇。君旋殷勤劳相问，问我近来曾作诗。我道幽居太寂寞，朋交乖隔苦无师。有时纵有诗兴发，吟成多是离别词。惟君与我情最亲，情亲不得长相随。跫然足音响空谷，相对不觉晷影移。其时恰是二月尽，春草春花烂漫滋。樽酒爱吐同心话，车公在座心自怡[①]。教把鄙人诗与看，自笑年来亦太痴。幸是徐陵旧相好[②]，谅不见笑毋相嗤。三更琐琐谈往事，灯光如豆月光迟。久别愿作久叙首，忽复一声说别离。教侬欢尽即悲生，争奈归心有所私。骊歌一曲一情深，风前依旧折柳枝[③]。合时偏少别时多，携手河梁神欲驰[④]。问君何时再相见？君来亦复无定期。再将一语向君说，诗成速作鳞鸿贻。倘得音书频来往，两身虽隔两情知。

【注】

①车公，即车胤。《晋书·车胤列传》："胤恭勤不倦，博学多通。家贫不常得油，夏月则练囊盛数十萤火以照书，以夜继日焉。及长，风姿美劭，机悟敏速，甚有乡曲之誉……时惟胤与吴隐之以寒素博学知名于世。又善于赏会，当时每有盛坐而胤不在，皆云：'无车公不乐。'谢安游集之日，辄开筵待之。"

②徐陵，字孝穆，南朝梁陈间诗人、文学家，与庾信齐名，并称"徐庾"，与北朝郭茂倩并称"乐府双壁"。选编有《玉台新咏》。

③折柳枝，含惜别之意。古代亲朋好友离别时，送行者要折一柳条赠送远行者，称"折柳送行"。因"柳"与"留"谐音，表挽留之意。离别赠柳表难分难离恋恋不舍之心意。唐·施肩吾《折杨柳》："伤见路边杨柳春，一重折尽一重新。今年还折去年处，不送去年离别人。"

④携手河梁，指送别。汉·李陵《与苏武》诗："携手上河梁，游子暮何之？徘徊蹊路侧，悢悢不得辞。"

闲居自遣

蓬门清寂寞，潘岳赋闲居。白露晨光润，黄花夕照虚。人情多冷暖，世事可欷歔。一笑都抛却，焚香只读书。

楼头夜坐

景好诗多好，风清兴倍清。澹云开四宇，落叶响三更。天润星难数，楼高月易生。凭栏书一卷，闲坐最关情。

闲中口占

地僻最宜我，幽居静不嚣。闲情耽水竹，乐事问渔樵。鸥鹭同盟结，云山对面招。悠悠何所似，岁月任逍遥。

荒村晚眺

孤村烟火起，翘首盼归鸿。庭敞迎新月，天空矗乱峰。疏林听鸟语，古寺响人踪。晚景明如画，诗情分外浓。

倪君鼎华别一年矣，今春二月二日邀宿其家，次日同往珠城游玩[①]。既还郡患病数日，而鼎华来，复赠佳章，次韵答之

卒然相遇与同行，二月春光恰满城。犹忆前番留我宿，别饶雅意敢忘情。还家病卧曾尝药，问疾人来薄具羹。临去

匆匆留妙句，盥薇起诵辄相惊。

【注】

①珠城，乐清磐石之别称。

送鼎华归里

漫天冷雨细纤纤，陡作春寒势更严。疾苦维摩殊郁郁，医来仲圣喜沾沾[1]。清谈令我襟怀畅，说别教人愁绪添。留宿一宵旋归去，赠言未免太谦谦。

【注】

①仲圣即张仲景，东汉末著名医学家，人称“医圣”，著有《伤寒杂病论》。

食故乡玉豆感赋

秋风忆着莼羹美[1]，春日归尝玉豆鲜。各恋故乡风味好，不因鲈脍也垂涎[2]。

【注】

①莼羹，用莼菜烹制的羹。《世说新语・识鉴》：“张季鹰辟齐王东曹掾，在洛，见秋风起，因思吴中莼菜羹、鲈鱼脍，曰：‘人生贵得适意尔，何能羁宦数千里以要名爵？’遂命驾便归。俄而齐王败，时人皆谓见机。”

②鲈，原本误作“驴”，今改。

偶成

春桃开后夏兰开，兰后菊花菊后梅。从此不须愁寂寞，一花才谢一花来。

春日倪梧湘表兄过访

春风和煦杏花天，记别乡园已两年。沆瀣几人团一气，熏莸独自怅偏弦。偶思中表连同调，拟寄邮书问健全。难得过江来访我，一樽相对话前缘。

春日喜洪鲁山先生过访

记别乐清住永嘉，匆匆乌兔十年过。客中岁月偏多病，愁里光阴怅逝波。每念故乡情缱绻，却思父执涕滂沱。岿然道貌神仙骨，难得先生问莽萝。

柳市喜晤宗晓莲先生[①]

海滨遗老数黄花[②]，与我原来共一家。白发争钦前辈貌，青眸肯为后生加。康成声价巾同拜[③]，浃漈风标玉不瑕[④]。恰恰萍飘过柳市，匆匆相对笑哑哑。

【注】

①郑侠，字晓莲，一作晓廉，乐清黄华人。清廪生，民国后任首届浙江省议员，办理地方慈善事业。

②黄花，即黄华，地名。

③郑玄，字康成。《后汉书·张曹郑列传》：“国相孔融深敬于玄，屣履造门。告高密县为玄特立一乡，曰：昔齐置‘士乡’，越有‘君子军’，皆异贤之意也。郑君好学，实怀明德。昔太史公、廷尉吴公、谒者仆射邓公，皆汉之名臣。又南山四皓有园公、夏黄公，潜光隐耀，世嘉其高，皆悉称公。然则公者仁德之正号，不必三事大夫也。今郑君乡宜曰‘郑公乡’。”

④《宋史·郑樵传》：“郑樵，字渔仲，兴化军莆田人。好著书，不为文章，自负不下刘向、杨雄。居夹漈山，谢绝人事。久之，乃游名山大川，搜奇访古，遇藏书家，必借留读尽乃去。赵鼎、张浚而下皆器之。初为经旨，礼乐、文字、天文、地理、虫鱼、草木、方书之学，皆有论辨……金人之犯边也，樵言岁星分在宋，金主将自毙，后果然。高宗幸建康，命以《通志》进，会病卒，年五十九，学者称夹漈先生。”今存《通志》《夹漈遗稿》《尔雅注》《诗辨妄》等。

夏六月自鹿城返，舟中口占

偶然客舍束装回，泛棹中流潮渐催。四海烟销初日上，一帆风送好山来。巉岩矗立随江转，淡霭平拖逐鸟开。对此却挑诗兴动，狂吟谁共醉荷杯。

次高蒉园先生五月四日同游于园韵

韩门载酒忆畴昔，十载犹思学啸歌。衣钵未能传孟喜[①]，文章谬许类苏过[②]。瓣香我愧陈思道[③]，矍铄公真马伏波。回首半生成底事，悠悠岁月易蹉跎。

鹿城不少好花园，独有于园可解烦[④]。乘兴无端呼蹑屐，清淡有味胜开樽。探骊得句输才捷[⑤]，附骥论文况齿尊。甚欲扳留无别意，商量韵事话寒温。

【注】

①《汉书・儒林传》:“孟喜字长卿，东海兰陵（今山东苍山县西南）人也。父号孟卿，善为《礼》《春秋》，授后苍、疏广。世所传《后氏礼》《疏氏春秋》，皆出孟卿。孟卿以《礼经》多、《春秋》烦杂，乃使喜从田王孙受《易》。喜好自称誉，得《易》家候阴阳灾变书，诈言师田生且死时，枕喜膝，独传喜，诸儒以此耀之。同门梁丘贺疏通证明之，曰：‘田生绝于施雠手中，时喜归东海，安得此事？’又蜀人赵宾好小数书，后为《易》，饰《易》文，以为‘箕子明夷，阴阳气亡箕子；箕子者，万物方荄兹也。’宾持论巧慧，《易》家不能难，皆曰‘非古法也。’云受孟喜，喜为名之。后宾死，莫能持其说。喜因不肯仞，以此不见信。”

②苏过，字叔党，东坡幼子，有《斜川集》二十卷，其《思子台赋》《飓风赋》早行于世，时称为“小坡”。

③瓣香，师承。陈思道，即北宋诗人陈师道。

④于园，位于温州，系吕渭英（文起）拓建，笃友于之乐，取名“于园”，且具花木之胜，人多游览。

⑤骊，原本作“鹂”，今改。

附录原作

十年旧雨今都散，一曲阳春孰续歌。下榻未堪当徐孺，能诗争说有苏过。九秋鳌背寻陈迹，半百驹光怅逝波。如子青年犹自悔，况予衰鬓更蹉跎。

偶然乘兴到于园，佳日登临足解烦。看竹多情休问主，论文有味且开樽，眼中空阔无馀子，胸次夷犹独我尊。明日恰逢蒲酒节，客中相对语尤温。

端阳观竞渡

家家解粽盛开筵，竞渡千年旧俗延。湖上宾朋舟荟萃，江头旗帜鼓喧阗。冲波前去纷如织，打桨归来捷似烟。此事起原惟吊屈，何须斗力苦争先。

访宗澹如先生于谢氏磊庐[1]，而天五君先至[2]，赋诗索和，次韵答之

谢氏欣延傅，春风扫万愁。君来先在座，我亦此登楼。浃漈才名大，梅村诗笔幽[3]。吟成归去晚，落日任悠悠。

【注】

①谢磊明（1884—1963），名光，字烈珊，一字磊明，号玄三、磊庐，书法金石篆刻家，温州人。出身于盐商家庭，学养广博，精篆书，善治印，一生临池，刀耕不辍。为西泠印社早期社员，解放后任浙江文史馆馆员，温州市文管会委员等职。

②吴天五（1910—1986），名艮，晚年改名鞄，字天五，号鹭山，乐清虹桥镇南阳人。前在家塾，从郑淡如游。弱冠擅词，名噪东瓯。后笃志树人，先后任温州中学、浙江师范学院、东北文史研究所教职。有《周易学》《杜甫诗选》《杜诗论丛》《读陶丛札》《苏轼诗选注》等多种，及刊有《光风楼诗词》等。

③吴伟业(1609—1672)，字骏公，号梅村。《清史稿·吴伟业传》："伟业学问博赡，或从质经史疑义及朝章国故，无不洞悉原委。诗文工丽，蔚为一时之冠，不自标榜。" 今有上海古籍出版社的《吴梅村全集》。

春日喜宗仲愚偕陈韵秋先生过访[①]

郑谷原前辈，龙川亦我师。蓬门联袂至，高义寸心知。春好花三月，天生笔两枝。追陪滋忸怩，未敢逞狂痴。

【注】

①宗仲愚，即郑明，字仲愚，乐清象阳荷盛人，善书。

柳市访刘雪琴先生[①]

榉市寻遗老[②]，如公有几人。逍遥漆园叟[③]，淡泊葛天民[④]。矍铄须髯古，婆娑岁月新。相逢天气冷，和气自生春。

【注】

①刘雪琴，乐清柳市镇人，业儒，善吟咏。

②榉市，指乐清柳市

③漆园叟，指庄子。晋·葛洪《抱朴子·博喻》:“子永叹天伦之伟，漆园悲被绣之牺。”

④葛天民，字无怀，越州山阴（浙江绍兴）人，南宋诗人，与姜夔、赵师秀等多有唱和，其诗为叶绍翁所推许，著有《无怀小集》。

遇郑汉侯师喜作[①]

立雪程门久[②]，匆匆岁月迁。可怜仍故我，未学似当年。怅触前尘梦，遭逢老夙缘。相期前路远，爱我意拳拳。

【注】

①郑汉侯，名解，字汉侯，乐清北白象镇瑞里人，系清庠生，曾留学日本，曾任乐清劝学所长、柳市小学校长，门墙蔚然。

②立雪程门，指学生恭敬受教，喻尊师。《宋史·杨时传》："见程颐于洛，时盖年四十矣。一日见颐，颐偶瞑坐，时与游酢侍立不去。颐既觉，则门外雪深一尺矣。"

送宗曾游学南京

少年最怕是居家，谁抱雄心别样赊。同学如君情意好，着鞭先我壮心夸。岑苔结契旧难恝[①]，萍水相逢新孔嘉。差喜邮书容易达，何愁消息隔天涯。

出门惘惘别离心，分袂灞桥柳色侵。此去乘风堪破浪，临歧得句为题襟。秣陵求学千山隔[②]，瓯海交情一样深。只愧黔娄株守兔，故乡风月枉闲吟。

【注】

①恝，无愁貌。

②秣陵，今南京。

七夕

填桥今夕渡银河，久阔相逢意若何。一岁一回才聚晤，百年百度孰先过。离怀到此情难已，良觌于今恨转多。三百六旬闲里度，休将别绪诉姮娥。

门前晚眺

一带烟霞高莫攀，骚人眼力出尘寰。昂临天表情同远，小立门前意自闲。无定闲云时出岫，倦飞小鸟亦知还。飕飕落叶迷荒径，樵牧归随日下山。

秋日偶兴

到处商音响玉珂，萧萧索索意云何。风翻红叶孤吟冷，月照寒斋逸兴多。平野霜干天惨淡，空山秋老客悲歌。迢迢一带荒芜地，肠断江皋涕泪沱。

七月念四日偕鼎华上郡阻风馆头驿，游清莲寺作

欲渡瓯江未上船，无端风雨太狂颠。阻人归路愁兼闷，战退炎歊秋满天。且向清莲寻古寺，相逢老衲亦前缘。松涛谡谡尘心净，来作人间半日仙。

赠黄剑庐

五六年前同砚时，惟君与我最相知。书声合共刘歆席[①]，文字闲商董子帷[②]。乘兴偶登山以上，归来或聚水之湄。而今相对都陈迹，遮莫相逢说别离。

【注】

①刘歆，字子骏，刘向之子，西汉后期著名学者。《汉书·楚元王传第六》："歆字子骏，少以通《诗》《书》能属文召见成帝，待诏宦者署，为黄门郎。河平中，受诏与父向领校秘书，讲六艺传记，诸子、诗赋、数术、方技，无所不究。"刘歆不仅在儒学上很有造诣，而且在目录校勘学、天文历法学、史学、诗等方面都堪称大家。

②董子，即董仲舒。

晚眺江心

独上江心静倚楼，潮平风正暮帆收。萧条时序秋将晚，寥落乾坤水自流。孤屿霜林如脱发，荒城峰影欲低头。千秋遗恨怀南宋，都付骚人一段愁。

赠别黄君郁民

昔年一见便相知，春树暮云怅别离。萍水重逢黄叔度，驿程深愧郑当时。浇愁午夜同杯饮，分手明朝又路歧。琐琐班荆学声子[①]，寓楼催促进盘匜。

【注】

①班荆(道故)，坐在铺在地上的荆上谈说过去的事情，指老朋友在路上碰到，坐下来谈谈。《左传・襄公二十六年》：“伍举奔郑，将遂奔晋。声子将如晋，遇之于郑郊，班荆相与食，而言复故。”

八月十日与王涤性同游井虹寺

一路蝉声杂鸟声，云烟淡荡水天明。岚光极目清如洗，松色迎人翠欲倾。贾勇不嫌山径远，攀条好趁夕阳晴。无端兴尽将归去，且让樵夫缓缓行。

萧瑟秋风晚霁天，一身已到万山巅。眼前览物心多暇，壁上留题句孰传。寥寂精庐生乱草，珠玑良友炫诗篇。清谈有味忘归路，一杵钟声响暮烟。

和徐性旸

满径蓬蒿处士家，柴门闲寂辄无车。吟诗长吉才如锦，入梦文通笔有花。庭桂香生晨露润，井梧影拂夕阳斜。佳章和罢楼台静，半岭残霞噪暮鸦。

孤村依旧水云宽，世事无端怒似澜。有恨不妨诗遣兴，偷闲却喜食加餐。腾骧徐孺干云上，疏懒嵇康卧月寒。自笑鸥凫空泛水，高飞何日展双翰。

楼头晚望

楼头远望乱云多，袅袅炊烟一带斜。隐约前村灯火闪，模糊未认是谁家。

中秋张云秋、陈毅民两先生招饮柴氏楼，即席口占①

二公明月是前身，邀我衔杯情更亲。底事青莲偏独享，月中对饮作三人。

【注】

①张云秋，名武，榜名张绳武，字云秋，乐清乐成人，清庠生。转而习法政，毕业于浙江法政专门学校。曾任民国时期乐清县民政科长。继应试得中，分发湖南署理古丈县知事。后在温州、乐清等地执业律师。先生，原作“民生”，今改。

中秋对月歌

楼头翘首望高天，夕阳欲堕西山巅。恰无轻云四面起，应有皎月空中悬。人间此夕是何夕，佳节中秋古所传。其时丹桂绽金粟，阵阵浓香来屋角。更有暮蝉叶底鸣，与蟋蟀声两相续。伫看好月海上升，忽尔东方云重复。须臾飘来几阵风，吹散云烟豁长空。大家搴帘齐拍手，一轮明月挂在东。亟唤膳夫来，为我一筵开。肴核不必备，但爱罗酒杯。座上人无多，招客来相陪。亲朋喜叙首，谈笑无嫌猜。饮如长鲸吸，醉似玉山颓[①]。就中得句谁最早，我爱徐陵诗笔好。骊龙颔下珠已探，元白今宵都压倒[②]。我亦斗胆事吟哦，破纸涂鸦聊草草。一年几度逢佳节，辜负蟾光亦可惜。不但索和客殷勤，自笑我亦有诗癖。君不见东坡狂赓水调歌，玉宇琼楼寒意多。又不见武夷峰头凑丝竹，聚集村人满山谷。古来韵事无不有，至今啧啧传人口。我欲留月不许沉，可惜徒存一片心。当头照我最有情，此夕月光分外明。但愿此后月月如斯夕，使我醉酒题诗长快适。

【注】

①玉山颓，犹玉山倒。《世说新语·容止》："嵇康身长七尺八寸，风姿特秀。见者叹曰：'萧萧肃肃，爽朗清举。'或云；'肃肃如松下风，高而徐引。'山公曰：'嵇叔夜之为人也，岩岩若孤松之独立；其醉也，傀俄若玉山之将崩。'"唐·黄滔《二月二日宴中贻同年封先辈渭》诗："帝尧城里日衔杯，每倚嵇康到玉颓。"

②压倒元白，喻作品胜过同时代有名的作家。元、白，指唐诗人元稹和白居易。王定保《唐摭言·慈恩寺题名游赏赋咏杂记》卷三："时元、白俱在，皆赋诗于席上。唯刑部杨汝士侍郎后成。元、白览之失色……

汝士其日大醉，归谓子弟曰：‘我今日压倒元、白。’”

中秋对月，次南侠臣韵

奔驰岁月去如梭，驹隙光阴客里过。佳节偏教晴日少，强邻犹梗乱烟多。开筵怕奏霓裳曲，醉饮迟赓水调歌。头上团圞心绪恶，先忧后乐问如何。

八月念五晚访薏园夫子

买得轻舟访薏园，薏园风景似桃源。文人墙壁多诗草，名士庭阶即月痕。三径黄花饶晚节，十分秋色护高门。先生此福能消受，富贵浮名岂足论。

挽堂叔寿坪先生

象山讲学忆从前，曾侍绛帷阅两年。此后余方迁异地，如何公忽去生天。师资恩好难图报，善类人偏早弃捐。欲哭以文无一字，空疏故我尚依然。

衡宇毗连在右邻，晨昏晤对最相亲。骑鲸倏促天边驾[①]，遗象空瞻壁上身。回首何堪思往事，此生那复接清尘。灵前为下潸潸泪，苦雨凄风倍怆神。

公去匆匆一载强，重寻旧榻益凄凉。传家赖个谁堪托，作嫁刚逢事正忙。公女正出字。人孰无情难已已，天胡不恤太茫茫。招魂哀挽尤凄惋，不忍流连读卒章。

地起风波出代平，解纷排难著贤声。鲁连能免围城困[③]，伯道偏多缺憾生[③]，分属竹林叨雅契，居同梓里更多情。箧中岁久尘埃积，剩有遗书著未成。

【注】

①骑鲸，亦作“骑京鱼”。《文选·扬雄〈羽猎赋〉》：“乘巨鳞，骑京鱼。”李善注：“京鱼，大鱼也，字或为鲸。鲸亦大鱼也。”后喻隐遁或游仙。

②鲁连。即鲁仲连，又称鲁仲连子、鲁连子，战国末齐国人。善于出谋划策，常周游列国，为其排难解纷。赵孝王九年，秦军围困赵国邯郸。魏王派使臣劝赵王尊秦为帝，赵王犹豫不决。鲁仲连以利害说赵、魏两国联合抗秦。两国接受其主张，秦军以此撤军。七年后，燕将攻占齐国的聊城。齐派田单收复聊城却久攻不下，鲁仲连闻之而来，以义正辞严的书信说服燕将，于是齐军轻而易举攻下聊城。赵、齐诸国大臣皆欲奏上为其封官嘉赏。他一一推辞，退而隐居。司马迁《史记·鲁仲连邹阳列传第二十三》：“太史公曰：鲁连其指意虽不合大义，然余多其在布衣之位，荡然肆志，不诎于诸侯，谈说于当世，折卿相之权。邹阳辞虽不逊，然其比物连类，有足悲者，亦可谓抗直不桡矣，吾是以附之列传焉。”

③邓攸，字伯道，晋襄陵人。《晋书·邓攸传》：“石勒过泗水，攸乃斫坏车，以牛马负妻子而逃。又遇贼，掠其牛马，步走，担其儿及其弟子绥。度不能两全，乃谓其妻曰：‘吾弟早亡，唯有一息，理不可绝，止应自弃我儿耳。幸而得存，我后当有子。’妻泣而从之，乃弃之。其子朝弃而暮及。明日，攸系之于树而去……攸弃子之后，妻子不复孕。过江，纳妾，甚宠之，讯其家属，说是北人遭乱，忆父母姓名，乃攸之甥。攸素有德行，闻之感恨，遂不复畜妾，卒以无嗣。时人义而哀之，为之语曰：‘天道无知，使邓伯道无儿。’”

郑淡如先生主教乐城洪季翰家，予偕宗曾访之，见斋壁多诗，宗曾亦有和作。自惭谫陋，勉成二律奉呈

年年讲学拥皋皮[①]，教泽咸称时雨施。韩氏门多佳弟子，欧阳人仰大宗师。雕镂玉润珠圆句，富丽班香宋艳词。我欲担簦来请益，从游自悔十年迟。

斗山文望早飞扬，何待鲰生为表彰。论学人争称泱漭，临池字欲逼襄阳。屡求墨宝辉蓬荜，为访师资到讲堂。读遍新诗粘满壁，令人齿颊亦生香。

【注】

①皋皮，虎皮。古人坐虎皮讲学，拥皋皮即为教师，故后以皋皮指讲席。唐·戴叔伦《寄禅师寺华上人次韵》："禅心如落叶，不逐晓风颠。猊座翻萧瑟，皋比喜接连。"

送性旸归里时性旸在余家读书

十年情谊两心知，才唱骊歌怕别离。折柳遽成罗邺句，暮云遥忆少陵诗。黄花篱角为谁媚，碧月床头系我思。回首相期随返棹，家园虽好莫来迟。

爱君载酒访园林，忽动怀归一片心。投辖未能延吕向[①]，寒毡谁更共华歆[②]。情同金石心相洽，谊系茑萝思倍深。争奈中秋风月好，倚栏翘首独长吟。

【注】

①《汉书·陈遵传》："遵嗜酒，每大饮，宾客满堂，辄关门，取客车辖投井中，虽有急，终不得去。"辖，车轴两端的键。后以"投辖"指殷勤留客。杜甫《晚秋长沙蔡五侍御饮筵》诗："甘从投辖饮，肯作致书邮。"徐渭《吴宣府新膺总督》诗："最怜投辖相知客，不得随车负此情。"

②华歆（157—231），三国时魏大臣，字子鱼，平原高唐（今山东禹城西南）人。《世说新语·德行》："管宁、华歆共园中锄菜，见地有片金，管挥锄与瓦石不异，华捉而掷去之。又尝同席读书，有乘轩冕过门者，宁读如故，歆废书出看。宁割席分坐，曰：'子非吾友也。'"

寄赠洪君子白[①]

君住龙湾我泮垟，虽然两地是同乡。只怜远客还家少，每每思君道路长。

【注】

①洪子白，一作知白，乐清翁垟人，毕业于浙江省第十师范学校，后从事教育工作。

寄赠施君咏北[①]

柳营军务太倥偬[②]，鹤唳风声处处同[③]。回忆西窗曾剪烛，豪怀慷慨话兵戎。

【注】

①施咏北，名普，乐清柳市蟾河堡人，毕业于浙江武备学堂，曾任宁波卫戍司令部上尉副官，继升少校，北伐后见国事日非，遂归隐家居。

②柳营，即细柳营。汉文帝年间匈奴犯汉，汉文帝命周亚夫驻扎在细柳（今咸阳市西南），因周亚夫治军有方，得到文帝赞赏，后遂以"细柳营"为军营的美称。

③东晋时，秦主苻坚率领大军，号称百万，列阵肥水，要与东晋决战。晋将谢玄等以精锐八千涉水进击，大败秦兵。《晋书·谢玄传》："坚众奔溃，自相蹈藉投水死者不可胜计，肥水为之不流。馀众弃甲宵遁。闻风声鹤唳，皆以为王师已至，草行露宿，重以饥冻，死者十七八。"

蒋君绿园素未谋面，丁巳冬为访徐宗曾相遇于志明学校，殷殷情话，宛如旧好，喜而有赠

蒋径三三羊与裘[①]，胡然与我赋同游。异乡访旧寻徐稚，客舍相逢识马周。表表出群仙鹤骨，轩轩高举凤凰俦。尤欣好语殷勤甚，何异芝兰臭味投。

【注】

①蒋径（羊仲，裘仲），《初学记》卷十八引汉赵岐《三辅决录》："蒋诩，字元卿，舍中三迳，唯羊仲、裘仲从之游。二仲皆推廉逃名。"后用以泛指廉洁隐退之士。晋·陶潜《与子俨等疏》："但恨邻靡二仲，室无莱妇，抱兹苦心，良独内愧。"

九日王君涤性送酒至舍，恰篱菊盛开，芬芳满座，赏玩之下，遂成大醉，醒而赋此

王君涤性送酒至，物虽微也见情致。我家恰值菊花开，赏菊一杯复一杯。再酌一杯陶然醉，不觉独向花间睡。客去不辞折花去，以酒易花情可恕。试问昔日王弘如此否[①]？否

则渊明得酒何以酬。

【注】

①王弘，王珣子，字休元，南朝宋人。南朝·宋·檀道鸾《续晋阳秋》："陶潜九月九日无酒，于宅边菊丛中摘盈把，坐其侧，人望见白衣人，乃王弘送酒，即便就酌而后归。"唐·李嘉佑《答泉州薛播使君重阳日赠酒》诗："共知不是浔阳郡，那得王弘送酒来。"

竹屋[①]

一枝两枝千万枝，此中有屋影离离，羲之若不来寻访，纵有高人那得知。

【注】

①竹屋，此指东晋张文君竹屋，位于乐清市乐成丹霞山下。明·永乐《乐清县志》"仙释"部记载："张文君，字子雁，乐清人。世居白鹤山下，得神仙修炼之术，于所居旁炼丹……羲之来访，其避竹中，不与相见……后遂舍宅为寺，日中乘白鹤入山，不知所之。"

花影

移得庭前花影斜，半依栏楯半窗纱。若非明月多情甚，谁送枝枝到我家。

寄怀吴君天五

瓯雒属县五，厥首曰永嘉。古称小邹鲁，今渐习奢华。我邑位东北，渡江路不赊。东北复东北，雁宕足翱翔。龙湫天际落，瀑飞声不扬。地灵人亦杰，近在我东乡。梅溪与二谷，卓哉侯继王。奈何世风变，萑苻太披猖。盗贼时西顾，使我心惊惶。迁居到瓯骆，忽忽已十霜。到瓯又数徙，屡迁地未良。积榖与飞霞，日日去徜徉。突来一高士，产乐之南阳。闻从去岁冬，避乱到鹿城。来寻郑夫子，谓子平先生。时值北风凉。病魔忽欺我，辘轳怆愁肠。缠绵一载馀，问疾孰周详。吁嗟乎！多君频劝慰，惠我画帧愈我疾，此意思量岂寻常。

夜泛瓯江

渺渺轻漪白，摇摇泛小船。星光明堕水，山影远连天。蓬背压霜重，波心捞月圆。是谁同鼓棹，五两趁风便[①]。

【注】

①五两，测风器。

祝倪春亭先生八秩双寿

人生何者是真福，福莫大于天伦乐。和气致祥乖致戾，讵可枭刀伤骨肉。我怜世人那知此，百岁光阴如转毂。何必见利较锱铢，但愿恩情笃手足。阿翁生长长林村，椿萱早凋惟痛哭。姜被[①]田荆[②]四弟兄，兄兄弟弟无抵触。翁年居长早读书，仲也少年曾继读。叔季学稼事耕耘，自春徂秋常碌碌。翁年二十抛毛锥，从事刀圭多储蓄。象浦市左厂新居，赖有少君车挽鹿[③]。膝下都是人中杰，不减双丁[④]与二陆[⑤]。伯也学成擅才华，仲虽经商华而朴。我住郡城几春秋，过江每投翁家宿。阿翁与我谈古事，侃侃其言便便腹。伯氏鼎华来吾家，夜半敲门声剥啄。我亦不为鼎华怪，惊人清梦黄粱熟。自言来温为制锦，乞大手笔书数幅。亲友鼎鼎借大名，诸孙纷纷名附录。阖室团圞数百指，翁之福命生使独。明朝诞辰争称觞，戏彩斓斑衣莱服。我亦隔江飞一舭，媵以小诗当庆祝。

【注】

①《后汉书·姜肱传》："姜肱字伯淮，彭城广戚人也。家世名族。肱与二弟仲海、季江，俱以孝行著闻。其友爱天至，常共卧起。及各娶妻，兄弟相恋，不能别寝，以系嗣当立，乃递往就室。"注引《谢承书》曰："肱感《恺风》之孝，兄弟同被而寝。"后以"姜被"为兄弟友爱之典。

②南朝·梁·吴均《续齐谐记·紫荆树》载："京兆田真兄弟三人析产，拟破堂前一紫荆树而三分之，明日，树即枯死。真大惊，谓诸弟曰：'树本同株，闻将分斫，所以顦顇，是人不如木也。'兄弟感悟，遂合产和好。树亦复茂。"后因以"田荆"为兄弟和好之典。

③《后汉书·列女传》："勃海鲍宣妻者，桓氏之女也，字少君。宣尝就少君父学，父奇其清苦，故以女妻之，装送资贿甚盛。宣不悦，谓妻曰：'少君生富骄，习美饰，而吾实贫贱，不敢当礼。'妻曰：'大人以先生修德守约，故使贱妾侍执巾栉。即奉承君子，唯命是从。'宣笑曰：'能如是，是吾志也。'妻乃悉归侍御服饰，更着短布裳，与宣共挽鹿车归乡里。拜姑礼毕，提瓮出汲，修行妇道，乡邦称之。"后因以"挽鹿车"为夫妻同心共守清苦生活之典故。

④双丁，指三国时魏国丁仪、丁廙兄弟两人。二人以文学齐名，与曹植亲近。曹丕为帝后借故杀双丁兄弟。《梁书·到溉传》："时以溉、洽兄弟比之二陆，故世祖赠诗曰：'魏世重双丁，晋朝称二陆，何如今

两到，复似凌寒竹。’”清·陈维崧《憺园赋》：“并跗则无林不桂，五窦宁赊；连枝则何树非琼，双丁讵拟？”

⑤二陆，指陆机和陆云。《晋书·陆机传》：“陆机，字士衡，吴郡人也。祖逊，吴丞相。父抗，吴大司马。机身长七尺，其声如钟。少有异才，文章冠世，伏膺儒术，非礼不动。”《晋书·陆云传》：“云字士龙，六岁能属文，性清正，有才理。少与兄机齐名，虽文章不及机，而持论过之，号曰‘二陆’。”

竹

千竿修竹乱交叉，一种幽情王子家。吟罢每当高枕卧，轻风摇影扑窗纱。

不改容颜四季浓，不凋柯叶自蓬篷。松梅自喜盟三友，傲雪棱棱侠骨同。

冬日严寒金惠民偕同楼崇本兄过访

料峭寒威暮景斜，两君过我笑哑哑。金葵的是云中鹤，楼护恍如天半霞。

亹亹豪谈飞屑玉，殷殷老仆献新茶。岁阑正喜寻闲乐，忽遇良朋兴倍加。

赠金惠民兄

杭城有客寄瓯城，萍水初逢问姓名。与我相投多善意，同君闲话畅欢情。盈樽美酒饮金谷[①]，满腹牢骚愧屈平[②]。回忆西湖游未遍，相期携手再同行。

【注】

①金谷园是西晋石崇的别墅，遗址在今洛阳老城东北的金谷洞内，是历史上的名园，石崇常在园中设宴豪饮，劝客喝酒。

②屈平，屈原。

病中寄怀郯川、渭川二兄

榉校同窗忆畴昔，流光箭急等过客。弹指匆匆二十年，回溯前尘犹历历。彼时同学都年少，意气洋洋各自得。旋感离索各天涯，几人鹏奋摩天翮。为山自怜一篑亏，深愧当年空挟册。君家兄弟学俱成，造凤楼手孰与敌。二难声名噪海滨，譬彼苏家辙与轼[①]。思之思之我深羡，懊悔徒教恼魂魄。废书不读病又生，半世光阴等虚掷。吁嗟乎！命运迍邅可奈何[②]，纵事吟哦无畅适。寄诗为报故人知，满腹牢愁似山积。

【注】

①辙与轼，即苏辙与苏轼兄弟。

②迍邅，处境不利、困顿。晋·左思《咏史》之七：“英雄有迍邅，由来自古昔。”唐·张鷟《游仙窟》：“嗟运命之迍邅，叹乡关之眇邈。”

岁暮感怀

匆匆岁月易蹉跎，瓯雒移居五载过。依旧生涯仍故我，漫将恨事托狂歌。中年渐历酸咸味，世事偏惊诡谲多。人自纷纷我自静，万缘前定且凭佗。

作客他乡计也痴，萱堂近况未曾知[①]。江湖两地嫌迢递，风雨频年恨别离。满腹牢愁谁诉语，一家门户赖撑持。不妨俗务都抛撇，且诵蓼莪一首诗[②]。

不如归去度残年，梅冷江头欲雪天。与我消寒惟酒可，况人因醉得天全。劳人草草成何事，世界花花不受牵。饮罢一杯无个事，闭门高卧学前贤。

人事都随斗柄回，眼前节物故相催。一年已尽惊霜鬓，万树争先让腊梅。渐看天心催短景，任凭楚俗卖痴呆。祭诗爱仿浪仙例[③]，亲旧频年数往来。

【注】

①萱草又名忘忧草，古时候母亲居屋前往往种有萱草，人们雅称母亲所居为萱堂。清·赵翼《陔馀丛考》："俗谓母为萱堂，盖因《诗》'焉得萱草，言树之背'。"

②蓼莪，即《诗经·小雅·蓼莪》，该诗表达子女追慕双亲抚养之德的情思。

③贾岛，字浪仙，一作阆仙，见前贾岛"祭诗"典注。

卷三

元旦口占

元旦吟成一纸诗，丰年光景意先知。漫天瑞雪深三尺，老干寒梅着数枝。时序轮回春又至，岁华增长腊初辞。文章事业争千古，立志从来总有为。

万花都让老梅先，羯鼓催春又一年。晓日楼台天气暖，满街爆竹响声连。焚香读易承遗训，信口闲吟缮绛笺。喜逐儿童寻乐事，吹箫击鼓闹阗阗。

春日偶兴

桃正着花柳正含，黄梅时节困茅庵。一番骀荡春光丽，十里艳阳草色酣。兴至种花排俗虑，闲来对客畅高谈。听骊此际林间好，斗酒双柑日两三。

正月二十日冒雨到盘石何迪臣家

客冬岁尽天地否，连旬纷纷雨不止。一月中间不见天，冻云黯黯千万里。光阴忽忽又今年，使我寸心生欢喜。难得元旦一日晴，万般乐事从此始。岂料天心转梦梦，依旧雨打新年鼓。客中兴会叹无聊，安得良朋杯共举。渐渐元宵到眼来，一日一日复如此。思量只好出远游，呼僮为我拾行李。江上乘轮快如飞，双轮转毂掉海水。转盼珠城在眼前，自笑贺年来冒雨。且向城中访故人，故人一见快相睹。良宵留宴更殷勤，美酒满樽肴满篮。自称相别一载馀，者番当作十日聚。文举座中客何多[1]，我亦豪狂忘宾主。兴来任君十日留，临行赠君诗一纸。

【注】

①孔融（153—208），字文举，鲁国（治今山东曲阜）人，东汉文学家，“建安七子”之一。

访宗叔仲愚先生

象山同住郑公乡，瓯郡迁乔宁不良。公以万千曾买宅，我来拜谒甫登堂。绿杨元白春分两[1]，妙墨苏黄笔擅长。迭荷嗣宗青眼待，阿咸相对话家常[2]。

【注】

①白居易《欲与元八卜邻先有是赠》：“明月好同三径夜，绿杨宜作两家春。”

②阮籍，字嗣宗。阿咸，阮籍侄阮咸，，字仲容，擅长音乐，有才名，后因称侄为“阿咸”。杜甫《示侄佐》诗：“嗣宗诸子侄，早觉仲

容贤。”

偕倪君鼎华同赴盘石，访高薏园先生及杨君挽初①

舣舟海上问珠城，舍却舟行换陆行。有路直从江岸入，隔墙忽听读书声。子云有志能兴学，马氏传经早播名。讲舍弦歌声婉转，杜陵广厦筑方成。

【注】

①杨挽初，乐清磐石人。

访尚君冠南

记从瓯海识荆州，弹指匆匆阅数秋。春树暮云怀李白，达观齐物悟庄周。观人眼更无馀子，苦我身如不系舟。此日高斋重聚首，道同却合与君谋。

闲居自题

数间老屋赋闲居，满径蓬蒿仲蔚庐。明月满庭花事闹，清香时透嫩风馀。

春日恼雨

湿云压屋未曾开，白雨跳珠颗颗来。檐角丁东双耳乱，叩门声误雨声猜。

水阁闲意

绿荫松枝画阁深，凭栏日日听幽禽。陶然而乐怡然得，几上清樽酒满斟。

寿马祝眉先生六十[①]

澹园彷佛似于园[②]，讲席名山道自尊。家住鹿城无俗累，学承马帐有渊源[③]。养心静谱高山调，豪气遥将云梦吞。况又知医善调摄，岿然喜见鲁灵存。

【注】

①马祝眉(1869—1962)，名寿洛，古琴名家，清庠生，温州市区人。其书画传家，早享盛名，子孟容、公愚、味仲俱驰名艺坛。一九四九年后被聘为省文史馆员，著有《春晖堂琴谱》。

②澹园，即马祝眉所居园名。于园，温州吕渭英所居园名。

③《后汉书·马融列传》:“融才高博洽，为世通儒，教养诸生，常有千数。涿郡卢植，北海郑玄，皆其徒也。善鼓琴，好吹笛，达生任性，不拘儒者之节。居宇器服，多存侈饰。尝坐高堂，施绛纱帐，前授生徒，后列女乐，弟子以次相传，鲜有入其室者。”后因以“马帐”指通儒的书斋或儒者传业授徒之所。

寄朱味温先生

绛帐传经数廿年，文章声价让公先。坐风不少三千侣，负笈争称七十贤。变计出山为入幕，感怀乱世赋归田。儿童相见惊相问，今日须眉倍皓然。

呈刘赞文先生[①]

博极群书刘孝标[②]，老来声誉更超超。曾持手版称良吏，独擅才名腾绛霄。后起有人龙与象，晚年清福受能消。功名五斗寻常事，不向当途一折腰。

【注】

①刘赞文，字凤轩，浙江泰顺人，清末曾供职温处学务总汇处，民国初曾任乐清县知事。

②刘峻（462—521），字孝标，本名法武，曾注释《世说新语》。唐·姚思廉《梁书·刘峻传》：“刘峻，字孝标，平原平原人……峻好学，家贫，寄人庑下，自课读书，常燎麻炬，从夕达旦，时或昏睡，爇其发，既觉复读，终夜不寐，其精力如此。齐永明中，从桑乾得还，自谓所见不博，更求异书，闻京师有者，必往祈借，清河崔慰祖谓之‘书淫’。”

呈庄松坡先生[①]

潇洒襟怀得拟陶，不求闻达逐贤劳。庄生篇著逍遥远[②]，老子经成道德高[③]。雁荡结庐消俗累，龙湫飞瀑溅诗毫。东西谷口往来健，终日捻髭兴自豪。

【注】

①庄松坡，原名良涛，又名绍光，后用名以临，字松圃，一作松坡，另署雁荡老人，生于清同治己巳（1869），乐清虹桥瑶岙人。民国后，曾任缙云县参事兼教育科长，两代县政。立身坚卓，正气盘薄，廉介不取，素孚众望。解放后，被聘为省文史馆馆员，著有《白龙山房诗存》。

②庄子著有《逍遥篇》。

③老子著有《道德经》。

幽居写意

紫荆寂寂满蓬蒿，独有幽人住此中。除却三餐无人事，闲游随意向西东。

对蝴蝶作

和风暖日睡酣酣，满院梨花蕊尚含。叶底偷闲人不觉[①]，输他蛱蝶已先撢。

【注】

①闲，原作“开”，今改。

楼头晚望

四面霞光一带烟，树头落日薄虞渊[①]。归鸦千点横空过，飞向丛林浅水边。

【注】

①虞渊，即隅谷，古代神话传说中日没处。

过启明学校赠王吕九

端居不喜逐时贤，景仰高风已数年。相见君方谈亹亹，论交我愧腹便便。风骚可拟辋川笔[①]，笙管能成子瑨仙[②]。此日高斋樽酒话，吟声遥答水声圆。

【注】

①辋川笔，原作“網川笔”，今改，代指王维，有《辋川集》。

②子瑨仙，或为子晋。相传为周灵王太子，喜吹笙作凤凰鸣，修炼后升仙，在乐清市乐成箫台山吹箫，其音清雅，乐清因此而得名。

闲中口占

山明水秀足清娱，酒味茶香亦快吾。锄药浇花晨露润，安棋扫石晚风粗。

闲中写兴

买得清风不费钱，壁间图画四时悬。衡门剥啄无人到，红日三竿我尚眠。

过启明学校访王吕九先生，赋此留赠

大开绛帐傍湖滨，来听书声和水声。桃李春风新种植，乡邻旧日早知名。敦严人品王安石，锦绣诗篇陆士衡[①]。更喜超超元妙处，一回论古一心惊。

【注】

①陆机，字士衡。

过祖素学校，赠徐敏生、施金波两先生[①]

偶过徐氏读书堂，听得书声喜欲狂。西席才华称卓卓，东家雅度羡汪汪。多君佳话劳相问，要我新诗速寄将。地接东皋钟秀气，新栽桃李已成行。

韩门弟子满城中，训诲谆谆兴不穷。对客纵谈留夜饮，熏人和气带春风。青垂谬荷嗣宗眼，白璧诗同玉局工[②]。直到课馀无个事，投纶矶畔小桥东。

【注】

①施金波，乐清柳市镇蟾河堡人，系名医施昌川之子，能传家学，后供职乐清医科所。

②玉局，即苏轼。

挽倪椿庭先生

须鬓垂垂白似霜，精神更喜老犹强。八旬自有神仙护，一事偏争作贾忙。壮岁学医希仲景，暮年卖药慕韩康[①]。善人一去真堪痛，化鹤何年返故乡。

【注】

①《后汉书·逸民列传》："韩康字伯休，一名恬休，京兆霸陵人。家世著姓。常采药名山，卖于长安市，口不二价，三十馀年。时有女子从康买药，康守价不移。女子怒曰：'公是韩伯休那？乃不二价乎？'康叹曰：'我本欲避名，今小女子皆知有我，何用药为？'乃遁入霸陵山中。"

落花

春至草萋萋，芬芳花满枝。吹来风料峭，落尽絮纷披。散乱堤边柳，飘零江上蓠。林花都似此，宁独绿珠悲[①]。

【注】

①绿珠，西晋名歌女。《晋书·石崇传》称她“美而艳，善吹笛”。后为感激石崇之厚恩，跳楼自杀以保节。

燕至

春昼添长帘卷迟，呢喃双燕乍来时。隔年认得侬家否，犹有巢痕在绣楣。

颉颃来觅旧家巢，时序匆匆三月交。掠雨冲烟忙两翅，有时飞倦立花梢。

招贤旅馆，余到日恰值悬牌示人，书以贺之

一间旅馆招贤客，近悦远来人自欢。入座喜看灯彩闹，悬牌乐酌酒杯宽。庆祥诗写花笺润，贺吉聊书墨瀋团。他日鹿城侬再到，壁间题句想犹完。

鹿城寓斋晓起即景

半窗红日半窗尘，听此鸡声坐此身。旅店频邀沽酒客，街头却看卖花人。相逢难觅知心者，觌面无多旧识因。却喜鹿城风物好，一番诗思一番新。

挽周仲明先生

东山一老胜神仙，身谪人间六十年。家事早完平子累[①]，闲情寄托杜陵篇。盈头须鬓垂垂白，绕膝儿孙卓卓贤。天不憖遗悲永诀，秋风追悼泪潸然。

【注】

①平子，即子平。《后汉书·逸民列传》：“向长，字子平，河内朝歌人也。隐居不仕，性尚中和，好通《老》《易》。贫无资食，好事者更馈焉，受之取足而反其馀……建武中，男女娶嫁既毕，敕断家事勿相关，当如我死也。于是遂肆意，与同好北海禽庆俱游五岳名山，竟不知所终。”

牡丹

月华淡淡露华浓，几朵名花向小窗，生就丰神占第一，看来艳色竟无双。辉煌增态烘初日，摇曳生姿映夜釭，恰是春来好时节，相寻相对酒盈缸。

闲意

地僻最宜我，幽居静不嚣。闲情耽水竹，乐事问渔樵。鸥鹭同盟结，云山对面招。悠悠何所似，岁月任遥逍。

晓起

喔喔鸡先唱，曚胧日未昕。小僮炊饭早，老仆灌花勤。声杂来群籁，天空灭晓云。庭前兰蕙嫩，和露有奇芬。

夜深独坐

一几茶香一榻书，闲斋寂寞夜窗虚。月明千里人声阒，只有虫吟闹雨馀。

春日多雨

细雨如丝湿藓苔，泥涂滑滑阻人来。天心似适先生意，正喜高眠门不开。

山家题壁

小憩青山里，盘桓踏夕曛。潆洄泉滮滮，荣茂木欣欣。石磴东西并，巉岩高下分。春来幽景在，桃李闹纷纷。

闲咏

为爱琴书好接盟，平生自问喜幽清。心非厌俗惟求静，草不碍花任乱生。有画有书多逸趣，一邱一壑若为情。何须别觅桃源路，半榻茶烟掩小荆。

偶成

小小蜗庐短短垣，池鱼游泳水潺湲。花经雨露香多润，门掩蓬蒿静不喧。叠嶂当头吟谢朓[①]，乱书堆榻坐陈蕃。闲来试展来禽帖，坐对明窗写几番。

【注】

①谢朓，字玄晖，陈郡阳夏(今河南太康县)人。南朝齐山水诗人，与“大谢”谢灵运同族，世称“小谢”。

溪行口占

溪流曲曲水清沦。溪径花花香气匀。花映清溪光可鉴，香浮波面意俱新。雨晴无定逢初夏，草木多情犹暮春。双脚任从行处去，人间何处不天真。

余与石君源仲别两年[①]，今春忽来过访，喜赠

草堂无事且垂纶，带草盈阶寄此身。热客偏来寻野趣，高轩竟肯屈闲人。开樽花下联今雨，对榻窗前话昔因。此日重逢情更密，流连莫漫负芳辰。

【注】

①石源仲，乐清象阳新河人，民国初曾任柳市女子学校校长。

过徐君勤侯新筑亦园[①]，赋此留赠

君家园林人人好，十载自惭足未到。偶然乘兴来闲游，诒谷轩中快登眺。入门相见欣相问，不但君喜我亦笑。文举座中无俗客，谢譓门庭占清妙[②]。款以音乐与笙歌，又把闲棋榻上敲。须臾邀我玩园花，我请君先作引导。一斋才过又一斋，园林深入占清奥。及时行到此园中，花木森森从旁绕。

东北一园又新筑，穿入垣墙如穿窖。到园先把园名询，主人旋将亦园报。客初来，鸟正噪，一花一石恣清啸。园中穿，一池菡萏，红花正闹。四面短篱丛菊围，闲情差比陶潜傲。更有奇花异卉不知名，春去秋来任腾趠。我来草草等闲看，花落无人风来扫，宛如石家金谷园，娱目依然春梦觉。游遍归来陈迹存，顿使奚囊多诗料。

【注】

①徐勤侯，一作堇侯，字元长，家住乐成居仁巷，营筑具花木之胜，名曰亦园，人称徐宅花园。徐氏富才艺，被誉为“东瓯才子”，后迁居温州，享有医名。

②谢譓，晋·谢弘微之曾孙，谢朏之次子。李延寿《南史·列传第十》：“譓不妄交接，门无杂宾。有时独醉曰：‘入吾室者但有清风，对吾饮者唯当明月。’位右光禄大夫。”

舟过珠城，怀葛焕猷君作[①]

泛泛瓯江卅里程，每从舟上望珠城。城中云护葛仙宅，篱下风高栗里情。投笔班超才早展[②]，忧时杜甫恨难平。先生未合沧江卧，报国须回细柳营。

【注】

①葛焕猷，名葛琦，字焕猷，乐清市磐石人，毕业于保定军官学堂，曾任国民党军事委员会处长。

②《后汉书·班梁列传》：“（超）家贫，常为官佣书以供养。久劳苦。尝辍业投笔叹曰：‘大丈夫无他志略，犹当效傅介子、张骞立功异域，以取封侯。安能久事笔研间乎？’”后立功西域，封定远侯。

挽体松侄

出门百日遽归真，造物无端太不仁。差似优昙花幻现，浮生二十六年身。

竹林曩日忆同游，屡集高朋爱唱酬，独有阿咸能解事，偏教撒手去神州。

庸医杀命恨如何，热病偏投热药多。刚仅纠缠十馀日，遽埋黄土悔蹉跎。

汝真善画忽凋亡，只恨微名尚未扬。空对壁间遗墨在，青山红树觉凄凉。

一门哭泣怆伤神，稚子孀妻白发亲。更有鸰原兄弟在[1]，冤深手足失斯人。

闽江瓯海怅分离，万里长途雁到迟。别后情怀增郁郁，况闻噩耗更伤悲。

他乡为客未经年，凶讣传来泪黯然。今日临风更惆怅，天南遥隔路三千。

【注】

①《诗经·小雅·常棣》："脊令在原，兄弟急难。""脊令"，也写作"鹡鸰"。郑玄笺："水鸟，而今在原，失其常处，则飞则鸣，求其类，天性也。犹兄弟之於急难。"后因以"鸰原"谓兄弟友爱。

送徐圣旸出门留学

出门送客去悠悠，落日河梁古渡头。渐渐鸿飞君自远，匆匆骊唱我无俦。草亭月冷吟应健，瓯海云浮道阻修。幸有邮筒容易达，秋来能递手书不。

苍颉祠故址[①]

寂寂空山篆迹幽，每怀前圣为低头。星沉阁外寒烟动，秋冷风前过客愁。庙貌于今嗟渺渺，馨香终古自愁愁。雨珠雨粟都陈迹，巢燧轩羲一貉邱。

【注】

①仓颉，也称苍颉。苍颉祠位于陕西省南乐县城西北吴村。

次韵陈君省疚见赠之作

生当乱世更何求，甘卧蓬茅万念休。多病顽躯但食粟，畏炎夏日怕登楼。论诗君可无馀子，得句目尤隘九洲。内省于心况不疚，何忧何惧复何愁。

省疚索诗写此奉报

我索君诗君索我，深知此债实难偿。骚坛旗鼓推谁健，若说相当未敢当。

寄怀王涤性

匆匆岁月怅离群，带水盈盈两地分。把酒谁同秋夜月，敲诗独怅暮山云。终朝高卧嗟余懒，五夜焚膏羡汝勤。何日萧斋重聚首，一灯相对细论文。

日日思君君未至，鱼沉雁杳两无声。横江孤鹤方高举，泛水闲鸥终懒鸣。满径蓬蒿无客到，一樽醽醁待谁倾。秋深怀抱无由畅，寂寂鳏生梦不成。

登象山

吾居名泮垟，有山当其北。一水横于中，盈盈咫尺隔。高楼玻璃窗，窗疏山嵌壁。向山春复秋，面山晨复夕。坐与山共宜，卧与山共适。摊书窗下坐，得山增学识。春风草木天，清光向人碧。面山几何年，入山未蹑迹。忽然两三人，乘兴穿游屐。平地向北行，百步山之侧。易径步危蹬，高低多欹仄。盘桓扶松枝，流泉声脉脉。樵夫让我路，荷薪问来客。回顾东南方，村庄分历历。足倦心亦倦，我息人亦息。大家不复前，拣择坐平石。风声偶然来，清香飘无极。却喜山居人，绝无尘虑忆。当我入山时，身闲心自得。当我下山时，趣味殊索索。

秋燕

闲窗寂寂昼帘垂，双燕呢喃系我思。掠羽庭前声断续，斜风花外影差池。来寻芳草三春日，去逐西风八月期。知否明年寻旧垒，清明时节早来时。

声声相对话晴檐，侵晓湘帘欲卷先。映日飞鸣真自得，衔泥辛苦果谁怜。闲云踪迹原无定，细雨荒郊有夙缘。已入晚凉芳信歇，秋风又是别离天。

见虹

日落云阴合，凉飔天末回。长虹挂寥廓，幻影上楼台。渐觉风吹散，旋看雨送来。须臾惊不见，景象总难猜。

秋宵

地静心逾静，孤灯伴寂寥。雨风骄昨日，星月澹今宵。菊瘦花犹放，荷残叶半凋。萧条堪叹息，我独赋逍遥。

早起

正是睡思生，鸡栖报五更。一轮犹未出，万籁已先鸣。灯焰光将曙，窗棂色渐明。披衣花畔立，香气透心清。

读徐君圣旸见赠之作，即次其韵答之时圣旸在予家读书

衡门寂寂竹蓬蓬，对月楼头月在东。怜我襟期多简慢，

羡君意气独豪雄。诗才烂熳花生笔，文字纵横气吐虹。和就佳章成一笑，未知吟咏是谁工。

翩翩才调自芬芳，佳句飞来满锦囊。情密更欣同砚席，诗多半是梦池塘。论文却喜携樽酒，不学深惭类面墙。从此分阴须爱惜，莫教岁月去堂堂。

中秋玩月，用杜拾遗“月到中秋分外明”句为韵，寄徐君圣旸

前年八月十五日，君在我家同玩月。去年八月十五日，一西一东遥相别。今年八月十五日，又隔瓯江一水阔。三载之中两载离，但得一年同佳节。今宵对月遥忆君，欲寄新诗迟下笔。

一年佳节中秋好，或晴或雨难预料。今年今夜天无云，通宵银蟾长光耀。地虽远隔月相同，玩赏诗成知多少。我今独坐高楼上，也学东坡赓水调。歌成一曲伸纸书，书成欲寄君边到。

楼头凭槛望苍穹，云灭烟消豁长空。是时夕阳已西下，一轮明月挂在东。狂怀忽作开筵想，篱菊将开桂子红。纷纷儿女陈饼果，一一罗列闲庭中。我生只爱月光好，未悉君否与我同。

莫言今夕是何夕，一年佳节在中秋。莫言独处实寡欢，杯酒亦足解烦愁。花间闲步颇清绝，况有蟾光长夜留。对饮成三古人乐，我亦乐此未肯休。况乃青莲先有句，一生几见

月当头。

但爱亲朋思劝酒，每逢佳节生离恨。自怜知己已无多，一二同心相隔远。人生聚散如浮云，何必萦纡抱嗟叹。生平本是兰蕙交，于今久断萍蓬信。风尘客路感炎凉，乍合乍随离缘分。

人生入世须行乐，行乐又须联雅会。雅会多是良时节，良时一过将奈何。一年良时有几日，况是中秋亦为最。夜深露白感相思，独坐中庭不成寐。今年不得同樽酒，相期当在明年外。

拂拂凉风暮景清，渺渺长天又幸晴。到处争传此夕好，无人不道月光明。徐家孝穆我良友，别在天涯意转惊。思君怕看团圞月，强对清樽饮一觥。不知君亦忆我否，明日修书问近情。

中秋

窗外蝉声帘外风，残阳西下月升东。恰当十五中秋夕，一面清光一面红。

西门榕树

树老一身皮尽裂，枝繁叶大尚生全。巨根跨水世稀见，渡得行人几百年。

秋日闲咏

莳花种竹等闲嬉，布置何嫌琐琐为。入画又添三品石，养鱼先凿一弓池。堂高识得风来早，树密翻教月到迟。时节于今秋已半，大开丛菊满东篱。

排闷

新诗草草恰初成，倦倚楼头听鸟声。偶借种花为遣闷，岂能抛卷不关情。闲如陶令惟耽酒，懒似嵇康常掩荆。自爱东篱黄菊好，一樽相对倍心清。

楼居晚兴

晚餐初罢快逍遥，独上危楼望碧霄。四面云开风为扫，一窗月好手相招。光阴荏苒年华大，时序推迁草木凋。须趁少年勤励学，岂容玩愒过朝朝。

九日高薏园师率宗曾、性旸及余同登双鳌峰

登临直上最高峰，四顾苍茫野色空。万里悲风惊叶落，九秋冷露湿花丛。相携师弟步趋缓，遥盼江潮声势雄。倘踏蓬山双足下，犹留颜色夕阳红。

秋日偶成

时序当八月，入秋有所思。所思却如何，凉风来有期。平生最畏暑，暑退喜可知。草木虽黄落，园花却迷离。墙角耸丹桂，花开香自奇。傲霜有残菊，红紫绽东篱。梧桐弄玉井，叶上清露滋。芙蓉名拒霜，红艳更纷披。清风入怀抱，明月澹帘帷。闲斋清寂寞，柴门过客稀。焚香闲读史，扫榻静吟诗。须臾吟读罢，狂饮向琼卮。醉乡多乐趣，身安心自怡。一年皆秋日，此乐不可支。

菊花

一番细雨一番风，时序匆匆八月中。篱畔渐催芳信到，枝头偏看淡烟笼。休嗤冷艳输娇艳，却爱轻红胜大红。从此看花心自逸，聊凭寄与冷香丛。

徘徊篱落看秋容，却有黄花开正重。知己莫言今日少，故人又向此时逢。生多耐性情偏契，薄具柔姿淡不浓。只恐吟诗无妙笔，不能描写子之丰。

何嫌老圃秋容淡，掩映偏宜近小窗。帘卷寒斋人独立，月斜水槛影成双。光凝密叶深宵露，香度微风午夜缸。移榻当前相对坐，频惊花外吠村尨。

屈曲园林长短篱，四围遍种菊枝枝。漫言先后着花异，不信沾濡雨露私。开就有香还有色，生成如爪也如丝。画工难觅荆关笔[1]，来写阶前拔俗姿。

如丝连日雨霏微，吐出篱葩嫩蕊肥。雅淡最宜寒贾岛[②]，秾鲜如见醉杨妃[③]。搴帏可有幽人赏，隔院偏无小蝶飞。试问孤标谁得似，陶潜风味倍依依。

满径黄花赋索居，风前相对淡容与。题诗窃恐描难尽，醮墨还愁画不如。短砌数枝人共瘦，闲园午夜月相于。开迟亦足增秋色，气象萧森未厌疏。

霜信频催草色梧，何当冷蕊转荣敷。风怀出世如高士，枝叶扶疏入画图。半拱半开纱幔护，或欹或倒竹枝扶。莫嗤日日勤浇灌，晚节生香可自娱。

画帘搴处冷风凄，吹入寒丛一径齐。淡泊自应同隐者，芬芳岂肯让兰兮。好将瓶里留香住，恰喜窗开月映低。早约亲朋来玩赏，同斟美酒劈团脐。

未荒三径绿盈阶，为爱清幽亦自佳。静女梳妆甘淡粉，高人索句响芒鞋。堕残零露浮清味，历甚寒霜恋壮怀。桂后梅前开正盛，赏心正愿与君偕。

满眼黄花又一回，一畦佳色费栽培。预防雨折将枝护，却喜风摇有蕊开。别有丰姿饶骨格，绝无丑态洗尘埃。花魂耐久尤堪羡，香到初冬接早梅。

瘦态堪怜似故人，年年伴我作诗新。最宜闲客清同赏，甘守蓬茅澹有因。争怪梅松伤岁暮，翻嗤桃杏闹新春。从今欲觅丹青笔，细向东篱为写真。

自家香气自家闻，秋到东篱占十分。不合时宜惟契我，淡于人意最怜君。傲霜未免思同调，留客只缘结想殷。最是无言相对处，数枝低拜晚风熏。

金粟飘残莫更论，萧萧瑟瑟冷家园。新妆帝女颜如洗，绝代高人品自尊。淡淡疏香饶别韵，亭亭瘦影共无言。春花应被秋花笑，共向风尘漫托根。

秋雨秋风太不情，园林万卉尽摧残。枝枝疏影寒仍放，片片秋英夕可餐。消瘦恰宜钟魏醉[④]，含情惟适阳梦看。对他索句无佳句，作赋才如孙楚难[⑤]。

一柄霜锋白木镵，篱根墙角手锄芟。众芳摇落能抒艳，同调无多自不凡。对饮有香浮短袖，狂吟乘醉舞轻衫。助娇好上佳人鬓，采撷何嫌女手掺。

东篱秋色十分鲜，晓起轻轻带淡烟。之子推为霜下杰，有谁能并晚凉天。香多黄者胜红者，开早今年似去年。惭愧才非晋处士，题诗苦恨句难圆。

奇葩含笑淡今宵[⑥]，霜信频催总不凋。清赏恰如人意好，纷披为助雨声骄。晨兴虢国慵施粉，风细吴姬巧舞腰。醉倒重阳吹帽落，孟嘉诗兴自超超[⑦]。

才到乌衣别旧巢，纷纷冷蕊满篱梢。赏心有客忙携屐，着眼何人为订交。清映最宜同淡泊，孤芳端合守蓬茅。潇潇风雨连朝恶，为搭遮棚免被敲。

不逐繁华品自高，宁随凡卉萎蓬蒿。名多强半因心造，性淡还应与我曹。日日浇培惟望茂，千千收拾莫辞劳。一枝移近床头玩，只为香多快漱醪。

凄切秋声几度过，霜姿相对兴如何。凭君好结同心契，伴我能消俗意多。篱畔忽欣添色相，酒边时或发狂歌。叮咛僮仆须勤护，莫使摧残萎薜萝。

露华淡淡月华斜，素艳凌秋绝可嘉。学圃自惭[8]非老圃，此花总觉胜群花。九秋香满罗含宅，三径开齐元亮家。不但凌霜饶健骨，丰神高淡更堪夸。

生成骨格本非常，开向西风不萎霜。老圃韩琦香晚节[9]，东篱彭泽闹重阳。一庭渐看频舒蕊，三径还欣未就荒。时把玉壶花下醉，因君聊发少年狂。

雨馀独占十分清，仿佛形容各异名。对饮香披晨露润，摇风寒耐夕阳明。爱他秋色胜春色，助我诗情与酒情。莫怪开迟同调少，芙蓉枝上有花生。

无限深情无限清，一枝喜折插磁瓶。昂头伴客饶奇色，窗下怜君有暗香。灯写玲珑扶小朵，影留杂沓画疏棂。更深竹院寒相对，飒飒商飚满一庭。

一种风情弱不胜，栏边独立瘦于僧。香微总觉无聊甚，色薄偏从冷淡增。若较清高应独绝，即论品格漫相矜。春花却比秋花少，爱尔高昂劲节凌。

自从丹桂飘残后，喜见东篱嫩蕊稠。红白相辉争吐艳，风霜交作傲深秋，繁枝得月神逾淡，小院无人意自幽。只好订为交耐久，寒香清味总相投。

卷起湘帘满眼金，疏香瘦影送村砧。茅檐竹院开偏好，露蕊霜葩冷不禁。含笑俨如人对坐，多情只合酒频斟。纷纷闲客来清赏，共道今年秋已深。

平生只为看花贪，别具风情任笑憨。玩赏戏题名一一，寻芳来踏径三三。谁知高士尘心净，合是幽人笑语含。无限秋容供领略，曲栏干北小窗南。

种类纷繁近又添，一盘各记一条签。来从异域香多变，吟入秋心律更严。逸士萧闲沽美酿，佳人迟暮卷疏帘。晨兴倍讶花光润，况复深宵露点沾。

天教晚节耐芳颜，只愿频开不愿攀。雅淡妆宜描玉女，萧疏风为舞仙鬟。晓烟迷处沉琼梦，瘦影摇来点藓斑。喜对篱东增赏爱，自家花放自相关。

【注】

①荆关，指荆浩和关仝，五代后梁画家，北方山水画派的代表。荆浩，字浩然，曾隐居于太行山洪谷，自号“洪谷子”。博通经史，并长于文章。擅画山水，创造水晕墨章的表现技法，著有《笔法记》一卷。关仝，一作关同、关穜，画山水早年师法荆浩，北宋米芾说他“工关河之势，峰峦少秀气”，在山水画的立意造境上显露出自己独具的风貌，被称之为关家山水。

②寒贾岛，指寒兰（兰花名）。贾岛有诗句：“身事岂能遂，兰花又已开。”

③醉杨妃，兰花名。宋·王贵学《兰谱·紫兰》：“何兰壮者十四五萼，繁而低压，冶而倒披，花色淡紫……有红酣香醉之状，经雨露则娇困，号醉杨妃。”

④钟会（225—264），字士季，三国时魏国将领，《三国志·魏书》

中有钟会传，著有《菊花赋》。

⑤孙楚（221—294），字子荆，西晋诗人，太原中都(今山西平遥西北)人。《晋书》有孙楚传，著有《菊花赋》，《隋书•经籍志》载晋冯翊太守《孙楚集》六卷。

⑥宵，原作“霄”，今改。

⑦孟嘉，东晋时大将军桓温的参军。据《晋书・孟嘉列传》载：“孟嘉，字万年，江夏人。吴司空宗曾孙也……后为征西桓温参军，温甚重之。九月九日，温燕龙山，僚佐毕集。时佐吏并著戎服，有风至，吹嘉帽堕落，嘉不之觉。温使左右勿言，欲观其举止。嘉良久如厕，温令取还之，命孙盛作文嘲嘉，著嘉坐处。嘉还见，即答之，其文甚美，四坐嗟叹。”后以“孟嘉落帽”形容人气度恢宏，临乱不惊。

⑧惭，原作“渐”，今改。

⑨宋•韩琦《九日水阁》诗：“随惭老圃秋容淡，且看黄花晚节香。”后诗人常以“晚节香”颂菊。

楼头得句

寒灯如豆最关情，窗外东窥月色明。夜静将阑人意好，楼高倦倚客愁生。不知残笛谁家起，但触吟怀一片清。正是诗成桂花发，风来香气透深更。

夜坐

莲漏丁东触所思，沉沉未识夜何其。银灯光暗花初结，布被霜高冷不支。街柝声中人语静，湘帘影里月光迟。凄凉剩有吟诗兴，写出疏狂性又痴。

病中寄怀谢剑秋先生

老子犹龙先生似，拨浪上天风雨起。不然或是云中鹤，顾视清高谁与比。当初与我不相识，闻先生名心便喜。一自移家来温州，相隔敝庐亦甚迩。季雅幸遂买邻愿，距离无多只尺咫。若非先生来访我，我辄去访先生矣。从此两人交渐密，诗酒留连更寒暑。鲰生居郡十载馀，历数神交能有几。无何先生疾缠身，不良于行艰步履。蹒跚持杖懒出门，门犹如市心如水。用是移家返故乡，不见先生谁诉语。无端我命亦迍遭，恸哭亡儿颡有泚。岂是两人缘分疏，天遣分离各一处。寄诗为告先生知，快来俾予相依倚。

哭次女蕙香

生来秀质太聪明，噼咡戏嬉倍有情。可惜性灵偏命促，一朝一病遽伤生。

断送一生剧惨哀，漫言笑口我难开。蕙香蕙香汝无语，梦里犹思汝再来。

头角峥荣总出奇，不须提抱逐儿嬉。更难能识之无字，三岁恍如十岁时。

提携哺乳近三年，夜夜床头共母眠。忽尔分离难已已，每宵临枕泪如泉。

密密相呼密密应，追思生日恸加增。流干眼泪捶胸泣，想尔回家总不能。

遗祼相看泪辄流，神形憔悴梦魂悠。如今永隔幽明路，还忆生前父母不。

梦觉分明路不赊，醒来总是隔天涯。吾思汝亦汝思我，好待他生到吾家。

岁底立春

辛盘初办治，卯酒满金罍。活火烹新茗，微香溢小梅。风光都变换，斗柄倏东回。岁底逢春早，春来诗又来。

佳节条风发，书云物候新。五更饯去岁，一帖写宜春。花木随时动，阳和逐渐匀。家园逢此日，生意媚芳晨。

晓起见白石山积雪未融有作

远山雪积近山无，同是一区寒暖殊。白石岩岩春尚冷，日高银界色犹铺。

除夕偶成

雨雪纷纷逼岁除，衡门客散懒驱车。焚香兀坐祭诗卷，插架安排理旧书。自笑浮生虚廿载，伊谁古训守三馀[①]。不妨且逐儿童戏，得个今宵意快如。

【注】

①《三国志·魏书·王肃传》裴注引《魏略》云："董遇善治经传，人从学，他强调多读，多读则其义自见，从学者云：'苦渴无日。'遇言

‘当以三馀’。或问三馀之意，遇言‘冬者岁之馀，夜者日之馀，阴雨者时之馀也’。”后以“三馀”泛指空闲时间，亦指善于利用空闲时间来学习。

除夕

一年尽矣馀今夕，谁到明朝忆旧年。过眼光阴如逝水，浮生逐逐最堪怜。

文章妄与古人期，努力都缘少壮时。岂料中年生百感，到今后悔已难追。

贫富荣枯原有数，予心何必太牢骚。世人百事生机巧，作孽那知不可逃。

入世匆匆大变更，少年人半欠分明。世风日下潮流急，毋怪先生胜后生。

元旦偶成

瓯海播迁年复年，每逢元旦擘吟笺。偶思旧里睽多日，又喜今朝第一天。幸际太平容傲骨，粗完饱暖有良田。年华卅八知非早[①]，我比蘧瑗觉尚先。

【注】

①知非，知道与反思过失。《淮南子》卷一《原道训》：“故蘧伯玉年五十，而有四十九年非。”谓年五十而知前四十九年之过失。

黄禹人斋中喜晤林君海容[①]

高园胜地偶停车，咫尺黄公旧酒垆[②]。儒雅犹传名父教，清幽私爱浣花居。故交和靖欣同席[③]，久别江淹尚记予。弹指忽经年十五，相逢历历话当初。

【注】

①黄禹人，名希干，别署虎痴，为黄式苏长子。偶作吟哦，不受格律所拘。任侠嗜酒，常为人排难解纷，抗战时避乱于永嘉楠溪患伤寒卒。林海容，名樾，毕业于浙江第十师范学校，擅书法，系黄禹人姐夫。

②垆，原作“庐”，今改。《世说新语·伤逝》：“王濬冲为尚书令，着公服，乘轺车，经黄公酒垆下过。顾谓后车客：‘吾昔与嵇叔夜、阮嗣宗共酣饮于此垆。竹林之游，亦预其末。自嵇生夭、阮公亡以来，便为时所羁绁。今日视此虽近，邈若山河。’”后因以“黄垆”作悼念亡友之辞。此处黄公代指黄菊襟孝廉。

③和靖，即林逋，人称为和靖先生，北宋初年隐士。此代指林海容。

吴菊逸先生五十寿诗次韵[①]

耳熟大名世界知，先生风雅竟如斯。五旬初度祈多福，二十无知愧少时。因果评衡千古史[②]，闲情消遣一枰棋。论交敢作忘年友，行谊文章两我师。

常侍诗名信不虚，始衰胡遽赋闲居。品流誉媲无瑕玉，著述编成劝善书。泰岱人钦韩吏部[③]，凌云才拟马相如[④]。胸怀更喜无尘俗，竟日耽吟坐一庐。

【注】

①吴菊逸，名桂参，字利滨，别署菊逸，乐清虹桥镇南阳人。系清

廪生，乐善好施。子天五承家学，蜚声诗坛。

②千古史，指吴菊逸著《因果史鉴录》。

③韩吏部，即韩愈，字退之，唐文学家、诗人、哲学家，古文运动的发起者，唐宋八大家之一。

④马相如，即司马相如，字长卿，西汉辞赋家。

挽冯君寄安[1]

坛坫如君有几人，每思同调泪沾巾。半耕先德芬堪挹[2]，劳草雄才迹未陈[3]。东美着鞭才返驾[4]，南闽作宦遽埋身。壁间遗象犹悬挂，太息英豪志未伸。

【注】

①冯寄安，一作济安，字霁寒，乐清白石凰岙人。曾留学美国，曾任国民党中央组织部干事、福建省党部指导委员兼组织部长等职，曾手创凰岙小学，且笃于孝。

②冯寄安的祖父冯涧卿，著有《半耕轩诗》。

③冯寄安的父亲冯豹，字地造，著有《劳草吟》。

④冯寄安曾赴美，故其长女取名留美。然另一说其未曾留美。

东山书院[1]

江干高矗一名山，城堞陂池屈曲环。南渡至今传嫡派，东嘉到此孰跻攀。池塘春草自千古，乡哲高风见一斑。庙貌巍峨虔礼拜，介轩一老读书闲。

【注】

①东山书院，旧在华盖山，宋王开祖讲学处。清雍正十年（1732）巡道芮复传移建于城东南积谷山麓。同治二年（1863）巡道周开锡将其

经费拨给中山书院，东山书院月保遂废。

幽居写意

幽居谁劝醉如泥，独抱琴书任鸟啼。午睡醒来蝴蝶过，翩翩飞向乱花迷。

寿施耀东先生七十次韵[①]

六洲一老鬓成霜[②]，旧岁相逢卧故乡。七秩犹能扶杖出，半生只为活人忙。顽躯曾服怀中药，隻手难回举国狂。仁里碧环深我羡[③]，千秋述德姓名香。

春满杏林寿足当，引年奚必进昌阳。才堪济世知心赤，诗有名篇比绢黄。飞到华笺刚五月，别饶远韵嗣三唐。嗟予长作瓯东客，脱颖何时得处囊[④]。

【注】

①施耀东，名昌明，乐清柳市镇蟾河堡人。清庠生，业医济世。

②六洲，施耀东居地蟾屿，一名六洲。

③碧环，乐清柳市蟾河堡有碧环院。

④《史记·平原君虞卿列传》："平原君曰：'夫贤士之处世也，譬若锥之处囊中，其末立见……'毛遂曰：'臣乃今日请处囊中耳。使遂蚤得处囊中，乃颖脱而出，非特其末见而已。'"后因以"脱颖"喻人的才能全部显示出来。

寄赠倪藩屏先生[1]

江湖春水日茫茫，若水于今有草堂。长日闭门留醉客，有时辩论到词章[2]。乡关回首谁同调，父执如公尚自强。为念先人遗画本，千秋旧业踵青缃。

【注】

①倪藩屏，一作衡平，乐清黄华长林人，业儒。

②辩，原作“辨”，今改。

闲行写意

长河匹练望悠悠，晚向桥东信步游。半岭残阳留远树，一轮明月近中秋。臣心似水清无滓，世事如云乱未休。予独超然尘俗外，聊将诗句写清幽。

晚兴

夕阳挂暮岭，襟怀郁不舒。小鸟飞还倦，闲云意自如。去沽村店酒，快煮细鳞鱼。新月窥帘早，携樽一醉予。

秋日感兴

壮不如人志未休，草堂无事喜清幽。绿添画阁茶盈盏，香逗萧斋酒满瓯。看竹不妨陶令宅，吟诗应上仲宣楼。搴帘为爱熏风透，骚客襟怀易感秋。

中原千里几全荒，对此愁人枉断肠。木叶凋零留瘦影，黄花惨淡有清香。三山归路迎新月，一棹中流荡夕阳。堪笑悠悠成底事，浮生幻梦是炊粱。

徐甥百里来访，出示佳章，作此答之

吾家宅相挺琼枝[①]，五载杭州怅别离。记向湖滨同下榻，归谈风月触相思。无端一夕遥来访，坐对孤灯喜可知。予自病来吟怕苦，三更叉手报成诗。

【注】

①宅相，外甥的代称。《晋书·魏舒传》：“（舒）少孤，为外家宁氏所养。宁氏起宅，相宅者云：‘当出贵甥。’外祖母以魏氏小而慧，意谓应之。舒曰：‘当为外氏成此宅相。’”

月瓯

月瓯月月向书房，窗外花开窗内看。惹得佳人心欲妒，故施粉态斗新妆。

慨时

闽浙萑苻未肃清，湘南皖北苦长征。干戈杀运嗟何酷，烽火他乡那勿惊。犹有热河遭倭劫，可堪塞北屡兴兵。万方糜烂元元苦，偏地哀鸿感不平。

石榴

石榴花放午风凉，红晕重重日正长。忽见枝头双蛱蝶，问渠底事为花忙。

深夜口占

灯下吟诗诗更好，楼头玩月月常明。也知深夜襟怀畅，不觉鸡声已五更。

寄赠钱翼素先生①

意气相同独有君，毛锥误我复何云。如兹残局蛇添足，几见高才鹤立群。剑腹人多能蜜口，土崩势渐兆瓜分。山居风味真堪赏，国事蜩螗未忍闻。

【注】

①钱翼素，一作逸素，乐清白石人，系律师。

赠李君仲霖

客舍相逢岂偶然，一番晤聚亦前缘。诙谐不愧东方朔，潇洒无惭李谪仙。二月风光惊梦觉，四营门巷自闲眠。多君午夜频规劝，为受良箴当佩弦①。

【注】

①佩弦，弓弦常紧绷，性情迟缓之人佩在身上，用以自戒。《战国·韩非子》：“西门豹之性急，故佩韦以自缓；董安于之性缓，故佩弦以自

急。”

徐君勤侯款师，邀予陪宴，即席有作

交谊平生重，通家十载心。客来三月暮，花放一庭深。爱晷追陶甓[①]，高风叹抃琴[②]。一樽新酿绿，留我手频斟。

延师勤向学，兀兀守三馀。画仿倪迂笔，签盈邺架书。如君真富贵，笑我太荒疏。更羡诗才健，高名信不虚。

多情徐孺子，下榻喜陈蕃。气味诗书厚，家庭风节敦。名园侔杜曲，高第仰韩门。尤爱朋交好，春风笑语温。

并世谁青眼，相知独两人。偶然联旧雨，愿与话前因。宅有逍遥地，门无猥杂宾。一花兼一石，布置见精神。

【注】

①陶甓，甓：砖。陶侃运甓表示励志勤力。

②赵抃（1008—1084），字阅道，宋衢州西安（今浙江衢州市）人。为政简易，长厚清修，时称“铁面御史”。《宋史·赵抃传》：“帝曰：‘闻卿匹马入蜀，以一琴一鹤自随，为政简易，亦称是乎？’”宰相韩琦赞赵抃为“世人标表”。累官至参知政事，以太子少保致仕，卒后谥清献。

金氏别墅避暑杂咏

金谷园林处处嘉，风亭水榭占清华。一花一草多生意，自有幽情静不哗。

炎炎长夏日轮高，火伞张空何处逃。惟有一窝凉似水，绿阴门掩乱蓬蒿。

青山一角绕东城，树补山凹阙处平。坐对山灵应笑我，愁人底事不心清。

脑中事事起波澜，自笑庄生未达观。输却窗前新种竹，摇风日日报平安。

新春有感

处处儿童笑语轰，惭予寂寂过新正。庭前不见贺年客，如此家门竟太平。

卷四

次韵黄仲荃先生五旬自述十二首

瞻韩犹记廿周前，龆龀无才愧半千。蓬荜每欣来父执，蹉跎枉自误华年。黄公风度钦山斗，白也吟诗捧砚田。前辈如公能有几，性情恬淡似参禅。

萧闲合住水云村，佳日春秋绿满痕。北海朋交无俗客，东山丝竹助清樽[①]。高才笔可千军屈，劲节松犹三径存。自是孤高真格调，肯随浮俗共评论。

家藏古砚作生涯[②]，盖世文章不自夸。山谷有闲诗起草，文通入梦笔生花。堆床青史盈千卷，插架陈编富五车。垂老归田双鬓雪，放怀日日问桑麻。

热情为救百家饥，苦劝乡人共解衣。裂地争惊潮水溢，赈灾已觉世情非。狂流横决谁能障，只手撑持未敢违。为听口碑声啧啧，今年犹幸得公归。

十年宦迹寄他乡，历尽风波兴独长。潘令桃花开满县[③]，召公棠树渐成行[④]。还家自唱归云曲，故里欣开昼锦堂。养得精神犹矍铄，坐看世局日沧桑。

宦涂风味喜从心，闻说黎民颂到今。南吉相从钟子曲，朱琦同调伯牙琴。篮舆到处留宾语，宴饮偏多击钵忱。山水遨游腰脚健，奚囊都向奥区寻。

吟鞭迢递指南州，叠绾铜章阅数秋。难得李莲频说项[⑤]，漫言王粲暂依刘。秋风屡动莼乡思，闽海偏教辙迹留。赢得簿书多暇日，荔支饱啖胜闲游。

突来烽火满江城，时局蜩螗未解兵。国事艰危资荩画，宦途险恶任长征。豺狼当道终能制，鹬蚌相持枉自争。群羡先生多硕略，尽拼才力治民生。

一帆风利且随行，厚福如公心独倾。水部移家为吏稳，阮孚着屐乐平生[⑥]。西河风景寻常见，南国烽烟几度更。更喜记游黍稿本，砚田无税自锄耕。

禅机参彻养天真，晚岁琴樽意更亲。犹喜耽吟传退宦，还看习静作闲人。枚皋倚马才尤捷，杜甫忧时恨更亲。朋辈唱酬诗满箧，琳琅篇什未为贫。

闭门著述日纷纷，未敢人云我亦云。仲则论诗无暇晷[⑦]，昌黎妙笔擅能文。古香家学兼三世，瓯海才名占十分。毕竟逍遥文字乐，鸡鸣午夜读书勤。

精神矍铄日加餐，强健无愁行路难。作吏不辞千里远，放衙每到五更寒。讼庭似水心常畅，案牍馀闲心自安。黄霸官声谁得似[⑧]，仙凫到处万人看。

【注】

①东晋谢安，做官之前曾在东山（今浙江省上虞县）隐居。朝廷几次召用，他都不去就职，成天游山玩水。每次游玩，都命从人带上乐器，一路音乐丝竹之声。后人称其为“东山丝竹”。

②古砚，黄仲荃家藏先祖昆南古香楼用古砚，奈因贫卖，后以币赎回，黄赋有《还砚歌》。

③潘岳为河阳令，满县遍种桃花，人称“河阳一县花”。后遂以“花县”为县治的美称。

④《史记·燕召公世家第四》：“召公之治西方，甚得兆民和。召公巡行乡邑，有棠树，决狱政事其下，自侯伯至庶人各得其所，无失职者。召公卒，而民人思召公之政，怀棠树不敢伐，哥咏之，作甘棠之诗。”《诗经·甘棠》云：“蔽芾甘棠，勿剪勿伐，召伯所茇；蔽芾甘棠，勿剪勿败，召伯所憩；蔽芾甘棠，勿剪勿拜，召伯所说。”

⑤说项，唐杨敬之看重项斯，赠以诗云：“几度见君诗总好，及观标格过于诗。平生不解藏人善，到处逢人说项斯。”后来用“说项”指替人说好话或说情。

⑥《世说新语·雅量》：“或有诣阮（阮孚），见自吹火蜡屐，因叹曰：‘未知一生当著几量屐！’神色闲畅。”后因以“蜡屐”指悠闲、无所作为的生活。

⑦黄景仁（1749—1783），字汉镛，一字仲则，号鹿菲子，清诗人，阳湖（今江苏省常州市）人。十七岁为秀才，乾隆四十一年（1776）应皇帝“东巡召试”，列名第二，任武英殿书签官，以例得仕主簿，捐赀为候选县丞。诗负盛名。著有《两当轩集》。

⑧黄霸，字次公，淮阳阳夏（今河南太康）人。历经汉武帝、汉昭帝和汉宣帝三朝。为官清廉、文治有方，为政外宽内明，力劝耕桑，推行教化，《汉书·循吏传》称其为：“然自汉兴，言治民吏，以霸为首。”

后世将他与龚遂作为“循吏”的代表，称为“龚黄”。

元旦偶成

街衢爆竹响声连，新岁初开又一年。底事光阴何迅速，惭予阅历故依然。闲寻书史消清旦，喜把平安写绛笺。赢得此身强健乐，清幽毕竟胜神仙。

庭宇萧闲曝晓暄，先生此际未开门。梅花篱角窥红晕，苔藓窗南扫绿痕。楹帖高粘多自撰，炉香清袅有馀温。中年渐改童年事，贺客频来颇厌烦。

声声箫鼓乱喧哗，鹊叫晴檐喜有涯。儿女团圞寻乐事，笙歌嘹亮竞相夸。呼僮汲水烹薪茗，扫榻迎宾醉脸霞。最合吾生无俗韵，隔邻静听鼓琵琶。

阳历新年已早过，今看阴历又新年。椒花献颂沿乡例，柏叶书铭饮旧觥。甲坼初萌寒尚冻，辛盘和可味尤清。庭前花木堂前画，吾自安排适我情。

奉呈姚味辛司令[①]

鼎鼎大名海内闻，关山万里去从军。亚夫勋业终垂后，惜抱文章总出群[②]。南峤今朝平变局，东瓯从此息妖氛。来寻郑谷谈诗学，谓子平先生。[③]曾过蓬门得识君。

【注】

①姚琮（1889—1977），字味辛，浙江省瑞安人，国民党陆军中将。

保定通国陆军速成学堂第一期马科、陆军大学第四期。曾任黄埔军校校长室主任、总教官，南京警备司令部司令，一九四八年任总统府战略顾问委员会中将委员，一九四九年去台湾。后任温州旅台同乡会会长。

②惜抱学派为清姚鼐所创学派。姚鼐（1732—1815），字姬传，一字梦穀，清桐城（今属安徽）人，其室名惜抱轩，世称惜抱先生、姚惜抱，故称此学派为惜抱学派。此处“惜抱”借指姚味辛。

③郑子平曾应聘在姚氏家塾任教，为姚氏受业师。

赠万君一天

湘浙睽违路几千，偏从瓯骆驻征鞭。鹏飞霄汉前程远，龙跃江湖世运迁。拔剑纵谈希曾左[①]，提师何日破幽燕。荡平宇宙男儿事，人定依然可胜天。

【注】

①曾左，即曾国藩、左宗棠。

立春日偕南侠臣访友作

垂垂岁月久逢春，谁念江湖老病身。强与先生去访友，偷将一夕作闲人。

喜晤宗伯南丈

皤皤一叟鬓堆银，学行文章都可亲。问讯始知同姓氏，吾宗浃溹有传人。

访郑伯高先生，喜晤族祖味之

兼旬身滞郑公乡，诗酒流连乐未央。来客几人皆莫逆，旧交似子岂寻常。遭逢一叟须髯古，陪侍高斋情话长。漫说山村山水味，却教洗涤净肝肠。

病中喜倪君鼎华过访

敢云多病似相如，好好光阴付药炉。春至惊看生意满，别来只叹故交疏。闭门惟学东山卧[①]，出郭愁驱薄笨车[②]。赖有先生来顾我，殷殷情话尽琼琚。

【注】

①东山卧，喻隐居不仕，生活安闲。《晋书·谢安传》：“卿累违朝旨，高卧东山。”

②薄笨车，一种制作粗简而行驶不快的车子。

与徐君性旸一月未晤奉寄

一别匆匆一月间，无端如隔万重山。若非尔我心相契，未必相思泪暗潸。遥想故人同此意，愿言沽酒解愁颜。不然只好频来访，免使云泥面久悭。

寄宗宝善兄[①]

去年一别到今年，未接音书意怅然。两载韶光欺病客，十年良友隔遥天。闭门歧伯精医学[②]，我病相如废简编。寄与故人成一笑，客冬卖去百棱田[3]。

【注】

①郑宝善，系郑平子之子，善书法，工金石，亦知医。

②岐伯是我国远古时代著名的医生。

③棱，田埂，唐、宋时用以约计田亩的单位。

洪君仲侯之官兰溪，诗以代柬[1]

锦样风标玉样肌，逢人笑口自嘻嘻。生当乱世谁知己，交辱同心语不欺。救世君如洪佛子[2]，豪情我愧郑当时。兰溪风月倘相忆，乞写新诗慰别离。

【注】

①洪仲侯，名式里，系洪叔翰之子。曾任兰溪县公安局长及临安监狱员，后任乐清救济院院长，著惠善名。

②宋赵善璙《自警篇·救荒》:“宋洪皓为秀州司录，以所掌发运司钱赈济饥民，州人称之为‘洪佛子’。”

奉呈宗哲民先生[1]

又向青田去做官，关山迢递策征鞍。鸿坭先后印重叠，鹏翮扶摇路杳漫，地产青芝有嘉瑞，洞开玄鹤认重峦。文成事业何须问[2]，且向前朝史上看。

【注】

①郑迈，字哲民，乐清市白石坭岙人。早年留学日本，曾任浙江省议员，两任青田县长。著有《议牍文存》。

②文成，指刘基。

访黄漱泉先生不值[①]，赋此留赠

兰谱订交已十霜，半生恨未一登堂。异乡怜我空为客，骂世与公同称狂。卷起秋风怨离别，来寻旧雨感参商。高斋此日匆匆过，不得相逢话短长。

【注】

①黄解，字漱泉，乐清市柳市镇前五宅人。曾留学日本习法政，归国后创设造姆女子学校，并曾当选为省议员。

陈君达民过访

荆树花开灿两枝[①]，十年仲氏早相知。今朝才得逢君面，从此真堪慰我思。穆穆每怀风度雅，谦谦能寡吉人词。初交也有深情处，如饮醇醪语不欺[②]。

【注】

①见前注“田荆”。

②《三国志・吴志・周瑜传》：“惟与程普不睦。”裴松之注引晋•虞溥《江表传》：“普颇以年长，数陵侮瑜。瑜折节容下，终不与校。普后自敬服而亲重之，乃告人曰：‘与周公瑾交，若饮醇醪，不觉自醉。’”后遂以“饮醇”指受到宽厚对待而心悦诚服。

予与叶漱菊先生别十年矣[①]，今夏相遇于温州，率呈

记得迁乔到永嘉，匆匆乌兔十年过。客中须鬓侵霜雪，愁里光阴付啸歌。炎暑何期来邂逅，故乡回首渺山河。暮年

犹有风情在，丰度翩翩一老坡。

【注】

①叶漱菊，名臣芳，乐清市翁垟人。性风雅，善诗。

与南君镜秋有再游杭州之约[①]

相逢犹记在杭州，排日看山得自由。归后寻芳犹入梦，客中挟妓喜登楼。思量何日复同辔，怂恿奚妨再浪游。有约多情还恋恋，西湖风月足消愁。

【注】

①南镜秋，谱名常朋，名蒋澄，乐清市黄华南宅人。

三月廿三日回里，邀倪鼎华象山观剧

象山演剧沿常例，三月风光年复年。遥隔一江飞渡至，邀君同看意拳拳。

三月念八日偕宗叔中愚、倪君鼎华同舟上郡

一肩行李一轻艭[①]，澎湃惊涛声怒撞。借得东风为我助，片帆安稳渡瓯江。

【注】

①艭，小船。

不厌

不厌连朝种菜忙，金锄一柄手难抛。客来不速无须备，好剪园蔬当上肴。

访宗蓉秋先生敬呈[1]

荷花盛处屋鳞鳞，恰与吾村结好邻。相对望衡堪接武，闲居谢客只修真。晨星落落数前辈，古貌峨峨一老人。世变沧桑都莫问，满头霜雪自长春。

【注】

①蓉秋，名郑蛰，乐清市象阳荷盛人，蝉联区自治委员十五年，造福地方，有“积卫宣劳”额表其庐。

听南镜秋话武林事

武林寄迹已多年，一别纷纷万感牵。每念故人空对月，更多同调散如烟。话来诗酒谈心乐，梦到湖山望眼穿。听说近来新建设，一年一度胜从前。

赠陈烈华先生[1]

大海沧桑天倒悬，别开异想让君先。经营管晏商家学[2]，精究萧曹律令篇[3]。放债孟尝忙碌碌[4]，买田阳羡自年年[5]。故乡回首多贫困，赢得声名到海壖。

【注】

①陈烈华，乐清市翁垟人，性聪颖，善经营盐业，并研究法律，擅长口才。

②管晏，管仲和晏婴的并称，皆春秋时齐国名相。

③萧曹，指汉高祖的丞相萧何、曹参。

④战国时期齐国的孟尝君在自己的封邑“薛”地放债取息，作为奉养宾客的财源之一。

⑤买田阳羡，指辞官归隐。宋·苏轼《菩萨蛮》词：“买田阳羡吾将老，从来只为溪山好。”

同宗澹如先生回乐舟中感作

出城高唱大刀环①，我亦随公江上还。同是羁人伤濩落②，怕看逝水海波间。

【注】

①《汉书·李广苏建传》：“昭帝立，大将军霍光、左将军上官桀辅政，素与陵善，遣陵故人陇西任立政等三人俱至匈奴招陵。立政等至，单于置酒赐汉使者，李陵、卫律皆侍坐。立政等见陵，未得私语，即目视陵，而数数自循其刀环，握其足，阴谕之，言可还归汉也。”

②濩，雨水从屋檐下流貌。

瓯江舟中

一月几回江上行，往来踏破水波平。相逢恐被青山笑，底事忙忙过此生。

傍晓

傍晓床头睡不成，鸟啼知是报新晴。窗棂曙色侵纱白，檐角流霞射槛明。红杏纷披呈艳态，黄鹂睍睆试新声①。隔墙竹叶重重叠，横射书斋帘上生。

【注】

①睍睆，鸟色美好貌或鸣声清圆。《诗·邶风·凯风》：“睍睆黄鸟，载好其音。”

薄暮写兴

漫天点点乱归鸦，顷刻楼台暮色遮。一片红霞明似画，三分皓月淡当花。丛林鸟雀巢深叶，浅水池塘噪乱蛙。忝得今宵诗笔好，毫端跃跃吐奇葩。

春日偶成

竹枝袅袅木森森，烟绕清溪雾绕林。近水近山多逸趣，乍寒乍暖接层阴，诗乘兴健吟逾健，花到春深色倍深。帘外黄鹂窗外燕，自鸣得意自长吟。

题柳市东庄读书图

吾友邀吾去伴读，赁得三间东庄屋。朝起读书犹未熟，夜听枕上鸡声喔。近市不嚣无点尘，伴吾读者三四人。门前水绕一湾绿，屋树扶疏鸟鸣春。此景可作画图传，图成悬之书斋前。我懒多病书废读，且看妙画绘天然。画亦不言任我看，诗又不作无一篇。须知孔氏曾教我，逝者如斯观柳川。

绣球

新植球花一朵开，红如脂粉大如盆。当头娇态风摇影，带露幽姿月照痕。词客行看争索句，美人相对却无言。团团笑蒨轩窗下，果否能招蝴蝶魂。

荷花

纷披红艳弄窗纱，菡萏初开几朵花。香气袭人晨露润，芳容映水晚风斜。为怜绮丽愁摧雨，不受污泥烂似霞。清傍池荷深处坐，纳凉儿女笑谈哗。

小园初夏

春去无多日，小园绿转浓。池经新雨涨，山为白云封。林密添新竹，盖圆撑古松。幽怀爱处士，扶杖乐雍雍。

夏夜庭中独坐

独坐中庭夜气清，月华未上露无声。流萤点点自明灭，飞扑书窗似有情。

银河耿耿漏声长，月出疏林夏夜凉。何处好风吹入户，隔墙送过夜来香。

到处

到处春来到处花，幽居此日正繁华。闲蜂游蝶时时舞，薄雾飞烟日日遮。草色易生春意满，柳条渐长雨丝斜。呢喃梁上新巢燕，知是谁家到我家。

竹

数枝清映水边斜，中有幽人处士家。客去酒阑人倦后，尚从个里煮香茶。

游玉甑峰偕宗伯高、倪鼎华、王玉眉、黄寄臣共五人，记之以诗

东南夙称山水窟，吾乡玉甑峰尤兀。距离吾家数十里，咫尺未能探其穴。询之樵客磴盘纡，石梯百级易蹉跌。昔年群盗聚其中，今畏崎岖路难越。以是趑趄十馀年，有愿未酬徒郁郁。准拟今春去登眺，一日一日复一日。春光乍去夏又来，绿阴处处荫林樾。相约朋辈四五人，贾勇一登眼界豁。览胜偏无济胜具，各乘肩舆上龉龁[①]。下马岭过十二盘[②]，嶙峋崄巇更曲折[③]。下睇深溪惶且怖，令人对此肝胆裂。山僧看见笑相问，遥遥出寺来迎接。奇境别开一洞天，雨不能入阳光入。俯视群山齐拜伏，覆地如瓯分疏密。吁嗟乎！观于海者难为水，不登兹山曷知此。可笑世间名利人，不及山僧

意自在。兴尽归来循故径，谡谡松风无渣滓。

【注】

①肩舆，即轿子。起初只是作为山行的工具，后来走平路也以它为代步工具。《资治通鉴》："导使睿乘肩舆，具威仪。"胡注："肩舆，平肩舆也，人以肩举之而行。"齮龁，侧齿咬噬，引申为毁伤、龃龉、倾轧。

②下马岭、十二盘，地名，均在乐清市中雁风景区内。

③崄巇，险峻貌。《文选·嵇康〈琴赋〉》："丹崖崄巇，青壁万寻。"

县寓同陈立由先生对酒[①]

笑问先生何处来，客中相对好怀开。自云昔日虹桥过，不畏纡途鹿郡回。林下子猷清似竹[②]，病馀中散瘦如梅[③]。凭春劝向花前饮，为洗征尘酒数杯。

【注】

①陈立由，一作里侯，乐清市柳市镇鲤岙人，家富于资，培育诸子成才。

②子猷，晋·王徽之之字，系王羲之之第五子，性爱竹。

③中散，即中散大夫的省称。嵇康曾任中散大夫，世以"中散"称之。

赠宗济宽先生

相逢握手记从前，弹指匆匆已十年。底事光阴如逝水，果然老大各华颠。韩门弟子春常满，马氏文章世共贤。课罢每来谈往事，春风相对杏花天。

赠宗济时先生

杏林妙术驰名久，与我原来共一宗。前度谈心犹草草，者番聚首乐雍雍。客中岁月如流水，愁里光阴剩瘦容。难得医庐常对奕，丁丁响答夜深钟。

己巳孟夏偕倪君鼎华同游杭州，夜泊海门舟中偶成

故乡襆被出他乡，大有豪情在此行。远道烽烟犹作梗，江城鼓角漫相惊。射潮何处寻强弩①，破浪还须斗酒兵。汽笛数声停泊处，海门星月已三更。

【注】

①《宋史·志第十五·河渠七》："浙江通大海，日受两潮。梁开平中，钱武肃王始筑捍海塘，在候潮门外。潮水昼夜冲激，版筑不就，因命强弩数百以射潮头，又致祷胥山祠。既而潮避钱塘，东击西陵，遂造竹器，积巨石，植以大木。堤岸既固，民居乃奠。"

到杭看博览会感作

不到杭州已数年，每怀湖上望仍悬。关河邈隔一轮月，天末相思几度圆。襆被重游萍水熟，登山一览俗尘蠲。者番总胜前番乐，盛会躬逢信偶然。

海门即目

海门一线曙光开，晓日曈曈照眼来。云脚疾移江岸动，浪花滚起海山堆。码头争拥他乡客，轮轴喧传水底雷。差幸故人慰寂寞，客中斗韵语低徊。

椒江喜晤杨君仲和

记从瓯海过椒江，连夜惊涛声怒撞。到眼江山非故国，逢人口舌半新腔。异乡何处寻知己，远火凄清对夜釭。邂逅旧交杨伯起[1]，客中劝酒最心降。

【注】

①杨伯起，即杨震。

夜别椒江，舟中口占，与倪鼎华分韵作

商量文字记游程，搅我胸怀百万兵。渔唱寒江钓垂艇，猿啼荒谷戍边声。狂涛卷起鲸鲵乱，虚响何来魑魅惊。夜景教人描不得，同舟有客句先成。

舟中喜晤孔君伯陶[1]

海上相逢各远行，我来沪渎汝南京。只愁到埠重分手，依旧相思万里情。

【注】

①孔张鑫，字伯陶，后以字行，乐清乐成人。毕业于浙江第十师范

学校，即在该校附小任教十馀年。后回乡任县督学、县教育科长、县参议会秘书。解放年后仍执教小学，后聘为浙江省文史馆馆员。

海门道中

舳舻一去势如飞，万里风驰何日归。劫后沧桑惊变换，海山光景已全非。

景苏阁题壁[①]

巍巍高阁傍湖滨，下瞰清波白似银。此去苏堤知不远，后人甚愿景前人。

【注】

①壁，原作“璧”，今改。

汾阳别墅

枕湖一墅号汾阳，宰相家风姓氏香。曲槛玲珑水环抱，芰荷香送嫩风凉。

鷦寄庐题壁[①]

鷦寄名庐意亦良，一枝直欲效蒙庄[②]。笑他蜗角小为国[③]，蛮触兴戎作战场[④]。

【注】

①鷦寄庐，庐名。鷦寄指鷦鹩枝栖。语出《庄子·逍遥游》：“鷦鹩

巢于深林，不过一枝。”后因以“鷦鷯枝栖”喻托身之地。

②蒙庄，即庄子。刘禹锡《伤往赋》：“彼蒙庄兮何人！予独累叹而长吟。”

③蜗角：蜗牛之角，喻细微。

④蛮触，《庄子·杂篇·则阳》：“有国于蜗之左角者曰触氏，有国于蜗之右角者曰蛮氏，时相与争地而战。伏尸数万。”宋·苏轼《跋王晋卿所藏莲华经》；“乃知蜗牛之角，可以战蛮触。”

兰陔别业题壁

偶向兰陔墅里过，天涯游子恨如何。主人解读梅崖记，心不遑安我更多。

自杭返沪，寓佛照楼，喜晤周仲明先生

匆匆骊唱别杭州，襆被复来沪上游，客舍栖身伤濩落，天涯浪迹等浮沤。分金谁肯同鲍叔[1]，觌面何期挹马周[2]。难得相逢愁易别，先生亦有此情不。

【注】

①《史记·管晏列传》：“管仲曰‘吾始困时，尝与鲍叔贾，分财利多自与，鲍叔不以我为贪，知我贫也’。”

②《旧唐书·马周传》：“马周，字宾王，清河茌平人也。少孤贫，好学，尤精《诗》《传》，落拓不为州里所敬。武德中，补博州助教，日饮醇酎，不以讲授为事。刺史达奚恕屡加咎责，周乃拂衣游于曹、汴，又为浚仪令崔贤所辱，遂感激西游长安。宿于新丰逆旅，主人唯供诸商贩而不顾待周，遂命酒一斗八升，悠然独酌，主人深异之。至京师，舍于中郎将常何之家。贞观五年，太宗令百僚上书言得失，何以武吏不涉

经学，周乃为何陈便宜二十馀事，令奏之，事皆合旨。太宗怪其能，问何，何答曰：'此非臣所能，家客马周具草也。每与臣言，未尝不以忠孝为意。'太宗即日召之，未至间，遣使催促者数四。及谒见，与语甚悦，令直门下省。"白居易《新丰路逢故人》："知君不得意，郁郁来西游。惆怅新丰店，何人识马周。"李贺《致酒行》："吾闻马周昔作新丰客，天荒地老无人识。"

舟过海门，川费缺乏，得杨守贤君见助，赋此纪念

海上归舟路渐歧，阮囊羞涩最堪嗟[①]。夷吾何处寻鲍叔，须贾还能恋范雎[②]。如此交情能见几，犹存古道信非欺。客中不得长相聚，纪以小诗感故知。

【注】

①阮囊，晋阮咸的儿子阮孚的钱袋。阮囊羞涩，喻经济困难。宋·阴时夫《韵正群玉·阳韵·一钱囊》："阮孚持一皂囊，游会稽。客问：'囊中何物？'曰：'但有一钱看囊，恐其羞涩。'"

②《史记·范雎蔡泽列传》中载，范雎随魏国中大夫须贾出使齐国，须贾怀疑他通齐，回国后报告魏相。范雎含冤被打，几欲置之死地，后装死逃到秦国，改名张禄，当上宰相。后来须贾出使秦国，范雎扮作穷人去见他。须贾见状就送他一件绨袍，待发现范雎是秦相时吓得一再谢罪。范雎没有杀他，说："然公之所以得无死者，以绨袍恋恋，有故人之意，故释公。"高适《咏史》诗："尚有绨袍赠，应怜范叔寒。不知天下士，犹作布衣看。"

游杭归里，余信芳先生过而索诗，作此答之

离乡千里乍还乡，弹指流光两月强。为看湖山忙着屐，聊吟诗句不成章。流连光景无新意，学步邯郸失故常[①]。不比先生効宗炳，卧游得句乐徜徉。

【注】

①《庄子・秋水》：“且子独不闻夫寿陵余子之学行于邯郸与？未得国能，又失其故行矣，直匍匐而归耳。”学步邯郸，比喻模仿别人不得法，反而把自己原有的本领忘掉了。

谢星如老伯赠五月菊[①]

菊花开处待秋风，此本先开五月中。投赠敢忘前辈惠，隔篱呼取感邻翁。

【注】

①星如，郑姓，乐清市象阳泮垟人，与作者同里。精音律，善三弦，传其甥南侠群。

八月初一日口占

八月初来第一天，好风吹到小窗前。早知五夜凉生簟，待看初三月未弦。阵势高盘云外鹘，琴声朗听树头蝉。眼前景物休辜负，题入诗中结静缘。

八月十二夜中庭对月，忆徐宗曾、圣旸兄弟，却寄

独坐中庭月在天，思君撩乱未成眠。树云遥隔李供奉[①]，兄弟多才苏子瞻。有酒良宵难独醉，寄怀得句不成篇。人间不日逢佳节，可许同赓杯影联。

【注】

①李供奉指李白。杜甫《春日忆李白》："渭北春天树，江东日暮云。"

八月十二日自双鳌书院还家，连朝大雨，至中秋忽晴，喜而有作

光阴荏苒近中秋，忽动归心不可留。且自买舟还故里，偶思乘兴赋闲游。无端连日风兼雨，却喜今宵月满楼。我亦团圞似明月，人间天上乐无休。

中秋还家，寄徐宗曾双鳌书院

同宿双鳌阁，通宵共读书。偶然逢好节，乘兴赋归与。对月偏无伴，怀君情有馀。我思徐孺子，诗兴近何如。

秋夜与友人庭中对坐

时序秋将半，微凉满院风。桂香帘卷后，菊绽露零中。树杪烟初散，窗虚月已通。夜深声四起，作赋倩欧公[①]。

【注】

①欧公，即欧阳修，其有《秋声赋》。

奉和薏园月夜赏菊

十年前已脱尘缘，茂叔由来爱种莲[1]。白首公饶蔗境味[2]，青年我爱菊花天。韩门趋步居人后，陶径光明得月先。拟向鳌峰拼一醉，可能联袂逐时贤。

纷纷猿鹤漫相惊，秋到江南树有声。下笔吟诗留夜月，提壶买醉畅欢情。寻幽韩圃方秋晚，载酒玄亭问老成。从此薏园添韵事，征歌爱集旧门生。

【注】

①周敦颐，字茂叔，号濂溪，著有《爱莲说》。

②蔗境味，指蔗境弥甘，喻生活美好。

闲咏

曲栏深护绿阴稠，一点凉生夏转秋。诗健偏教人意懒，睡馀只觉酒情幽。铜炉烟袅书斋静，古砚香浓墨瀋浮。且把残棋留半局，竹林深处去闲游。

晚成

瀼瀼凉露洒蒹葭，一片秋容极目嘉。红到残阳霜后叶，淡于人意水边花。诗成纸上灯初暗，云入天心月半遮。最是晚来清兴好，旗枪新试一杯茶。

帘前

帘前初月挂金钩，唧唧虫吟未肯休。僮仆鼾眠灯已灺，风声萧瑟自鸣秋。

半日

半日秋阴半日晴，黄昏还有月华明。兴来独步东篱下，络纬声声不断鸣。

秋日有怀王君涤性

自笑平生无好友，闭户独居怜寡偶。读书疑义与谁商，欲觅良朋何处有。惟君与吾道相同，青眼多蒙相待厚。方期朝夕共吟哦，各喜合群无分手。奈君有志赋远游，一曲骊歌悲折柳[①]。胸中郁郁不可胜，别后光阴匆匆走。相思君应同此心，两地何时再叙首。清风明月空寂寥，独对园花难把酒。怕读诗中采葛篇，一日不见三秋久。欲仿江淹赋别离，笔不生花愁献丑。勿愁献丑且题笺，据案糊书诗一篇。诗成一笑无别语，惟述胸中别恨牵。况复心同胶漆坚，时序又在中秋前。举头望月月渐圆，有底忙时胡不来翩翩？使我翘首东望心怅然，期君移玉来赏一宵天。大家举杯邀月，狂醉倒琼筵。

【注】

①骊歌，原作“鹂歌”，今改。

瞥见

瞥见东篱下，菊花大似球。淡云初过雨，凉意晚来秋。独酌风吹座，狂吟月满楼。自怜稽叔懒，高卧喜清幽。

九月初十之夕庭中独坐

园林残菊剩秋声，节过重阳月更明。水动宛如风落帽，竹敲似听鹤吹笙。百年世事何须问，半壁残灯别有情。最是寒蛩空热闹，阶前如诉不平鸣。

夜深不寐独坐成咏

枕上宵深睡不成，燃灯兀坐动诗情。满窗松竹西风亟，到眼江山澹月明。玉笛谁家催午夜，草虫何苦诉残更。为怜秋气萧条甚，鸿雁哀鸣江上横。

秋日友人过访

折柳分襟半载馀，秋风来访乐何如。交情似昔清谭好，良会于今雅抱摅。并枕为赓同调什，赏心爱读古人书。才华似锦人争羡，一事无成莫笑予。

杨园赏菊赋赠主人淡风先生

中原无地不腥膻，谁信东瓯别有天。寄迹十年成底事，困人一病就相怜。杨园探菊秋风爽，韩圃寻幽晚节坚。多感主人情意厚，忘年相对乐陶然。

芙蓉

曲篱西畔画楼东，绰约轻姿弄晚风。青女剪成浓艳艳，美人巧笑淡融融。朝如缣素争清白，暮与臙肢比大红。几度寻花花未放，今番掩映树蓬蓬。

挨岩路亭

挨到岩边一草亭，挨岩之畔草青青。舆夫疲极不知苦，到此何妨一息停。

下马路亭

求名求利路湾湾，上马易兮下马难。到此亭中才下马，山间毕竟异人间。

钟岩

谁鞭一块石，山中问老衲。怒作蒲牢吼，飞向田间立。

飞泉

忽有忽无散似烟，喷来岩穴逐风旋。骚人亦要弄奇诡，飞作词源万斛泉。

山阁晚眺

大江渺渺望悠悠，放眼云烟四面收。远树经秋霜叶落，乱帆逐鸟暮潮流。羁人怕听砧传耳，照影何当月满楼。世事沧桑增百感，空山触动旅怀愁。

山阁夜坐

飒飒商飈起不平，骚人独坐每心惊。传闻关塞胡歌急，撼动山河鼓角鸣。危岭松杉晴亦雨，孤村灯火断还明。自怜文弱终无用，寸管何能斗甲兵。

晚兴

旖旎秋光冷雁群，一天风月此平分。无边江水迢迢白，傍晚商声处处闻。寄迹最宜山有竹，高飞漫羡鸟穿云。剧怜乌兔催人易，误我文章那复云。

寄怀王君涤性

怕读江淹赋，谁教别恨牵。独居怜寂寞，遥忆更缠绵。来践中秋约，同赓玩月篇。良宵重叙首，把盏各陶然。

花间闲立

清晨宜早起，汲水灌花茎。忽有微风到，旋闻香气清。衣沾秋露湿，心喜碧天晴。洒扫庭阶毕，朝阳窗上明。

芙蓉和王吕九先生韵

时恰严霜名拒霜，迎风和露更生凉。漫随桃李争花信，即到秋冬不萎黄。绮帐几回添暖气，锦城十里报琼芳。文章应入河东句，耐得寒风飐乱香。

浓枝树树映栏边，叶正繁阴花正鲜。搴去偏多迁谪感，开时奚止浅红妍。杜陵绣缛铺寒露，李白金光抹淡烟。能并菊花留向晚，也应笑着斗春嫣。

午枕口占

乍寒乍暖九秋天，一卷残书一枕眠。风里忽闻香气透，窗南昨放桂枝妍。

九月登双鳌顶歌，次高薏园师原韵

柴桑高士叹无酒[①]，携菊篱边度重九。白衣送酿有王宏[②]，后世啧啧传人口。今人不识古人乐，只向风尘去奔走。憧憧扰扰果何求，转瞬年华惊白首。今日何日匆匆来，题糕之节合登台。双鳌阁中胜友集，交欢酬酢声喧豗。兴来直上鳌绝顶，登临不乐胡为哉。但见江潮滚滚连天涌，千顷万顷如驱海外之蓬莱。才华吾惭鹧鸪郑，漫说今年良会盛。拼将酩酊放胆吟，诗情酒兴一时并。经霜落叶树树红，助我游观壮我咏。就中只爱高先生，人比黄花晚足庆。吁嗟乎！岁岁年年春复秋，几回佳节登高邱。故乡名胜擅奇古，东南山水未遨游。玉虹雁荡空有约，何必别寻海外洲。江山固足助文气，坐使墨士恣校雠。双瓯满恣蛟龙饮，沙渚苍茫不易览。大海沧桑几变迁，江关萧瑟青衫感。昔时参军气磅礴，落帽未曾寒我胆。亦有诗才白乐天，无人对酌素清俭。古来韵事至今存，且向峰头倒一樽。人生得意须行乐，遮莫傍人笑吾昏。佳节重阳年年有，雨晴不可一例论。先生作歌邀我和，惜我丹篆未曾吞。

【注】

①柴桑高士，即陶渊明，居柴桑。

②檀道鸾《续晋阳秋·恭帝》："王宏为江州刺史，陶潜九月九日无酒，于宅边东篱下菊丛中摘盈把，坐其侧。未几，望见一白衣人至，乃刺史王宏送酒也。即便就酌而后归。"

秋夜独坐

夜窗风定月纤纤，河汉微茫卷画帘。庭草不除思茂叔，菊花满径爱陶潜。香残炉鼎烟将歇，露滴梧桐凉欲添。碪杵频催虫语切，倦来不觉睡乡甜。

偶然

偶然九月菊花天，又是秋风过一年。眼底江山都是旧，园中草木异从前。炎凉世态真堪笑，冷淡襟怀却自怜。莫道韶光太迅速，闲中岁月寄诗篇。

病中述怀

时候方欣交及秋，炎威不日定能收。无端一病来侵我，其奈终朝独倚楼。满望痊愈常觉苦，十分烦恼不胜愁。亲朋虽复来相慰，莫若平时得自由。

九日王君涤性送酒至带草堂，恰东篱菊花盛开，芬芳满座，赏玩之馀，遂至大醉，喜而有赠

喜逢佳节不胜情，旧雨时来一座倾。自分爱花如陶令，故教送酒感王宏。尽拼豪兴杯同把，雅写新诗句有声。醉向东篱试一笑，晚香花下晚风轻。

隔岸桂花戏题

桂花隔水自鲜妍，香气来招晚霁天。欲折一枝瓶里插，盈盈一水渡无船。

樟溪章君仲侃斋中喜晤黄漱泉先生

樟溪地接双鳌塔，鳌岫巍峨卓然立。章君筑屋此间住，山色青青压眉睫。虽然近市不嚣尘，却合幽人来避劫。我至刚逢四月天，爽气澄鲜空中集。座上忽逢黄叔度，雅量汪汪两相惬。相逢不知宾主谁，各把杜康一笑酌。

樟溪访黄君叔震

樟溪路曲达双鳌，鳌背凌云一塔高。绝顶下窥山水秀，过桥容走俗尘嚣。达人于此能高隐，来客佯狂空自豪。攻错他山十年事，而今回首各牢骚。

梨

八月梨方熟，新来我最贪。解烦兼解渴，清热又清痰。温处所生者，松阳为最甘。吾生饶口福，啖食每盈篮。

寄怀故人

故人书札恨来迟，露白葭苍惹我思。欲写一笺先寄去，鳞鸿乏便亦稽时。

幽居感怀

老屋三间竹作扉，闭门方喜客来稀。摇风红爱花枝媚，经雨绿添豆荚肥。时序萧条增感慨，人情浇薄可歔欷。最怜生性多迂阔，毕竟都无问是非。

秋夜闲咏

闲斋香气透玲珑，凄切哀吟诉苦虫。数点疏萤千里月，半帘瘦影一窗风。三更碪杵催邻右，午夜鸡声乱枕中。灯焰将残天未白，露斯湛湛洒梧桐。

一天云散雨初过，湖上闲行日色和。小艇断桥轻荡桨，微风贴浪不扬波。鱼苗萍底吞新藻，鸥鹭堤边隐败荷。对景欲将佳句写，诗肠枯涩恨如何。

一笑

一笑年来爱作诗，诗情只有自心知。每从花里开三径，闲向楼头醉一卮。半亩家园容我静，十分秋色莫他移。堂堂岁月凭何度，半是书中半是嬉。

闲中偶述

栏干曲折槛萦湾，挂起湘帘静掩关。露白茅檐留素月，霜黄木叶脱空山。寻幽花下安吟榻，倦卧楼头解佩环。只有虫鸣寻不得，声声偏在竹林间。

闲中写兴

风味空山自主张，恍然身在黑甜乡。非关我事门常掩，但读古书味亦长。宅畔闲吟今杜牧，灯边作赋昔欧阳。倘教一作寻幽出，定有诗成满锦囊。

开却巾箱寂掩扉，一窗绿荫接纱帏。读书总要心先静，举步须知礼勿违。月夕宾朋齐唱和，花晨诗笔自珠玑。撇开俗虑臣心澹，毕竟都无问是非。

水榭风亭处处佳，一丘一壑占清华。三间张蔚蓬蒿宅，半亩王猷翠竹家。人澹宜生书带草，门清合瘦老梅花。区区婢仆谙人事，收拾牙签了不差。

辟得东南地半弓，分花植竹仿陶公。傍轩傍槛平平列，亦步亦趋处处通。灯射庭阶花有影，露零枝叶月当空。天公爱作重阳信，篱菊开成白间红。

萧条

萧条寒意占秋郊，古树枝空露鸟巢。想是严霜昨夜重，满山叶落见林梢。

扫榻

扫榻读书万福清，安排笔砚惬吟情。蕉窗闲雅金风透，一盏茶香诗正成。

帘前

帘前残月挂金钩，唧唧虫吟却未休。僮仆鼾眠灯烛施，风声萧瑟倍清幽。

忽然月落又参横，襟袖宵深凉意生。独坐座中无一事，梧桐枝上听蝉声。

闲趣

帘外花枝正吐芳，一回风送一回香。天将暑退心先喜，候已交秋夜早凉。但爱吟哦诗有味，不求富贵懒何妨。闭门偷得闲中趣，莫笑迂疏我未忘。

偶咏

筑屋数椽傍水湾，柴门虽设却常关。秋风帘幕香金粟，夜月楼台映翠颜。文笔何能追子厚，诗篇最爱学香山。平生不逐繁华梦，松竹梅花相对闲。

十月十日夜坐偶成

灯暗色曚昽，沉沉夜正中。题诗寄良友，漉酒唤家僮。光映遥天月，寒生矮屋风。萧萧听落叶，凋破一林枫。

宵寒口占

何以破幽寂，摊书试一看。庭阶初下露，襟袖已生寒。招月来杯底，吟诗上笔端。更深人欲倦，高卧学袁安。

落叶

一夜西风急，园林秋色催。打窗声淅索，和露堕莓苔。古树枝枝冷，闲庭处处堆。萧条增感慨，随着雁声哀。

枕上听雨

山阁潇潇雨，残钟报二更。风狂添烛泪，潮急逆江声。难作他乡梦，易生孤客情。何堪人痛病，二竖转相惊。

冬雪遇伯琅兄，赋此赠之

吾宗郑谷有传人，昨夜一枝早放春。无怪先生吟兴好，此花如雪又如银。

路遇黄寄人君

自别枌乡寄永嘉，纷纷良友隔天涯。与君两世通家久，脉脉深情莫与加。

别来许久未相逢，弹指流光逝水中。今日逢君惊且喜，须眉不与旧时同。

村店

前村隐隐酒旗飘，时价增高似涨潮。欲去沽来拼一醉，可怜我却乏金貂。

山中赏雪

晓起登楼雪满山，微云斜日屋三间。门前盈尺深难扫，不得出行尽日闲。

腊梅

腊梅久现岁寒身，冒雪香馨曲水滨。从此花开不须折，折花不是爱花人。

寒夜

晚来集霰夜来雪，檐溜成冰冷异常。穿上羊裘煨起火，还疑身在水中央。

看梅用苏东坡韵

老干经冬不枯槁，冒雪看花雪压倒。别饶逸韵资清娱，更爱微香解烦恼。众芳摇落春未回，之子报发陇头早。嗟予未入罗浮游，忽遇美人颜色好。纵情去叩酒家扉，妆淡描兮眉淡扫。人不如花岁岁新，花又催人年年老。花开向我最有情，我来看花漫草草。愿祝香魂长不散，明日再寻期晴昊。

腊月二十八日接刘侠民书，并见示咏雪诗一首，次韵答之

霏霏瑞雪坠遥天，白似杨花软似棉。一纸故人诗忽至，岁阑犹自擘吟笺。

车中口占

一出乐清心不清，愁肠辘辘似车声。无如世上人心险，犹觉梅园路尚平。

除夕

冬冬腊鼓岁将除，蓂叶阶前已尽舒。满地燃灯铺锦绣，诸儿压岁索琼琚。炉添商陆香初篆，酒酿屠酥味有馀。吩咐鸡声休再唱，明朝贺客剧愁予。

书带草堂

书带青青绕砌生，附他藤蔓乱纵横。为多生意休芟刈，同是濂溪一样情。

用张云秋、陈铭石两先生唱酬元韵

二公酬唱乐陶然，弄月吟风句欲仙。何幸晨昏常过我，不求闻达逐时贤。茂先笔带烟霞气，同甫胸罗锦绣篇。惭愧后生才思弱，和诗未就夜如年。

移居高公桥①

瓯脱置身阅十年，城南城北几回迁。卜居未定萍飘梗，避俗何堪市近廛。园辟中山嫌阒寂，街临五马恨喧阗。遍寻合意终无地，谁信先生性格偏。

上林多少树离离，幽谷莺迁无定枝。卧病曾居康乐里②，买邻拟傍右军池③。读书源溯永嘉学④，访古碑寻孔圣祠。欲学当时但好客，未能置驿四郊期。

买得蜗庐位正中，过桥遗迹忆高公。流风敢说师前辈，沽酒还思遣小童。人似飞霞楼卧树，塔临孤屿笔悬空。四邻风景浑如画，收拾奚囊句自工。

臣门如市心如水，最好读书差自强。日事闲吟诗草积，身缘多病药炉香。羲皇高枕北窗卧，邺架百城南面王。即此便为吾愿足，子孙世守莫相忘。

【注】

①高公桥，今温州市鹿城区五马街高公桥，因巷口有明代的高公桥一座，巷因桥而得名。

②康乐里，今温州市鹿城区康乐坊，为纪念谢灵运而名之。

③右军池，今温州市鹿城区墨池，为纪念王羲之而名之。

④永嘉学，即永嘉学派，又称“事功学派”、“功利学派”等，是南宋时期在浙东永嘉（今温州）地区形成的、提倡事功之学的儒家学派，是南宋浙东学派中一个重要分支学派。因其代表人物多为浙江永嘉人，故名。

梅溪书院有感[①]

书院无人书声寂，梅树无花谁弄笛。我来恰当五月馀，溪山苍翠空欲滴。吾邑自古少状头，宋代一人王氏出。曾闻读书东皋山，五色祥云罩其室。明年对策试万言，高宗亲擢名第一，迨乎出守历四郡，光明磊落名副实。左原亦有梅花溪，此处春风教泽溢。不料吾辈当年弦歌地，谁之责兮忍令书院荒芜如此日。

【注】

①梅溪书院，位于乐清市区。旧在城东隅，即王忠文祠，以旁置两斋，令诸生肄业其中，亦曰书院。明隆庆间，令胡用宾重建。清雍正六年，令唐传鉎改建西塔山麓，撤长春道院为之，兼祀王忠文。于内建五老堂，为叙语之所，置田地，以资膏火。嘉庆三年，令李珍改修大门。八年，令倪本毅创建文昌阁。

闲居

似隙驹光白发催，青春一去不重回。关怀无事耽泉石，碍步何妨薙草莱。楼对南山自镇静，门临流水绝尘埃。有时寄兴呼铅椠，诗体难追上玉台[①]。

【注】

①玉台，指以南朝徐陵编选的诗歌总集《玉台新咏》为代表的一种诗风，称这种类型的诗为“玉台体”。

湖横访宗澹如先生，一宿即返，先生同舟至白象，转赴郡城，作此送之

湖横来访郑公庄，五月五日是端阳。舣舟岸上问前路，先生家在山水乡。宜其锺毓多闲气，仙乎仙乎乐岂央。富贵浮云不挂眼，治乱黜陟都相忘。康强赢得须髯古，道味差胜世味长。老筑菟裘颇自乐，膝下才名又荦荦。我今一见倍心倾，得此儿曹侍讲学。匆匆一宿促束装，同舟论文气磅礴。雨后湖光分外清，一路幽情欣领略。刹那时抵白象乡，携手河梁心焦灼。恼我奔波苦无暇，不得随公返瓯骆。

岁暮送子平先生归里

岁暮已过岁又暮，一年度岁两度度。堕地于今四十年，作客他乡我亦仙。客里相依少亲族，半事闲游半诵读。旧交零落新交稀，玄亭问字谁可师①。白发星星一壶叟，春风载酒随其后。随其后兮乐事多，兴来日日发狂歌。胡奈江城腊鼓催，悬知故乡花着梅。此际此生欲归去，令我咏歌谁相与。吁嗟乎！但愿明年春风再来时，巾车快快来毋迟。

【注】

①扬雄所居称草玄堂或草玄亭，亦简称“玄亭”。清·刘献廷《江沛思并诸同人小集》诗：“玄亭问字樽徒载，绣佛逃禅调自殊。”

除夕

饮罢屠酥酒数卮，欢声雷动岁除时。增年愁入欧阳句，宿饭犹传荆楚词。自笑浮生真是梦，问谁此夕尚吟诗。深更听得邻儿唱，唤卖呆兼唤卖痴。

历历中天斗柄东，一年只在此宵中。邻鸡报晓声犹寂，炉鸭添香焰尚红。处处华堂燃腊烛，声声箫鼓闹儿童。门前楹帖堂前画，一样更新万屋同。

银烛高烧夜气和，围炉坐定兴如何。漏沉且任僮奴睡，门静欣无俗客过。旧岁将除新岁到，吟怀却比酒怀多。回头自把年华算，逝水流水快似梭。

爆竹声声岁又更，忽教心喜忽心惊。空过三百六十日，自笑百无一事成。且展零章灯下读，仍多吟兴酒边生。焚香守岁寻行乐，明日明年笑语轰。

岁暮怀人，次宗伯琅兄韵

堂堂岁月奈愁何，十载浮沉客里过。萍水相逢朋旧少，故乡回首别离多。中原遍地蔓荆棘，栗里怀人托啸歌。两字太平何日见，还期恢复旧山河。

奉呈刘赞文先生

昔有刘伶酒为命，御内饮酒频中圣。又有宾客诗中豪[①]，探骊独得冠其曹。先生能酒复能文，绰有家风气如云。何年渡江篆吾乐，两袖萧萧空宦橐。吾乐之民沭湛恩，去思碑镌今犹存。解组归来儿绕膝，荀龙薛凤都杰出[②]。吁嗟乎！龙凤翩翩萃庭中，先生不自以为雄，惟日事诗酒乐无穷。

【注】

①宾客，即刘禹锡，字梦得，曾任太子宾客，世称刘宾客，唐朝诗人、文学家、哲学家，有“诗豪”之称，著有《刘宾客文集》。

②荀，原作“苟”，今改。《后汉书·荀韩钟陈列传》：“荀淑字季和，颍川颍阴人，荀卿十一世孙也。少有高行，博学而不好章句，多为俗儒所非，而州里称其知人……有子八人：俭、绲、靖、焘、汪、爽、肃、专，并有名称，时人谓之‘八龙’。”

访陈铭石先生

陈君铭石汉高士，颍川星聚高阳里。何年迁住鹿城来，君先我后都在此。尊公名齐太邱长[①]，与吾先君年相似。凤麟文章冠一时，凤毛得君能继起。鲰生惭愧樗栎材，匏落无成攒故纸。昨日访君茶话久，君似忘年予窃喜。归来信步路无多，城北城南衣带水。花晨月夕日日过，酌酒赋诗相料理。世事浮云何足论，雅意在此不在彼。吁嗟乎！未知吾生缘分果有否，介绍特遣管城子。

【注】

①陈铭石父锡麟，字春波，清庠生。乐清市北白象镇莲池头人，始筹办西乡社仓，一保民食无虞，继倡建柳市高等学校，为“六君子”之一。后人感激，以“太邱道广”挽之。

昨宴洪叔翰、刘赞文两先生，赋诗纪事

东南不少佳山水，百二峰峦兀然峙。晋宋之间尚无名，客儿游屐不到此。譬犹人不好名者，竹中隐居称高士。今之高风孰能继，忠宣后人差可比。昔年解组中州归[①]，距离雁山不数里。昨日泛棹过江来，卯金先生投缟纻。两人有道交有素，车笠忘形交相喜。予忽途遇两先生，相对听谈言亹亹。剪蔬邀留具壶觞，草草杯盘犹醇醴。那知此会非寻常，跳出眼前诗一纸。

【注】

①指洪叔翰以捐巨资得河南（古称中州）候补知县。

新正喜周孟由先生过访[①]

新正五日庭院幽，佳客忽来周孟由。孟由住近东山麓，冠儒冠兮服儒服。内圣外王不足多，一心静念阿弥陀。教我念兹亦在兹，妄念自消凭主持。自云闲居四十载，屡试屡念事听退。胜他饵术与餐芝，精神顿好不汝欺。我听此言憬然悟，重见天日如披雾，扶杖欲从先生游，妄念不生心悠悠，日日新正庭院幽。

【注】

①周孟由居士，印光大师第一位在家皈依弟子。周孟由先生，为温州周宅当家长子，名门望族之后。一九一〇毕业于杭州高等师范学校，后东渡日本，考入早稻田大学读史地专业。曾追随孙中山先生谋求富国强民之路，为老同盟会会员，与同在日本求学的李叔同因志趣相投，成为了莫逆之交。民国八年，他陪同祖母登普陀山，恳求当时著名的高僧

大德印光法师收为弟子。印光法师遂赐法名“师导”，自号寒香。普陀归来后即开始长斋念佛，专修净土，并行普善济世，潜心研佛，竭力弘法。

晚望

远浦云归岫，荒村鸟倦还。楼台双目迥[1]，钟磬六朝山。于此能高隐，因之解笑颜。前汀栖白鹭，拳足立溪湾。

【注】

①迥，原作“迴”，今改。

次叶晓南先生同游西湖原韵一首

省垣此日复重来，畴昔朋交安在哉。湖里忽然添酒肆，客中聊共酌螺杯。与公约略杭州话，愧我先期沪上回。胜地匆匆留纪念，刘庄摄影快徘徊。

附录原作

菊花时节故人来，湖上相逢亦快哉。一水潆洄开藻镜，双峰摇影落琼杯。青山红树寻诗去，细雨斜阳放棹回。犹喜摄将图画返，他年共看此低徊。

次张云秋先生呈淡师韵率成一首

高密谈经五百年，者番重过一欣然。门墙著录高才士，舌本澜翻万斛泉。谁领春风占首席，我惭薄植续前缘。明朝相约登高去，咳唾随风散九天。

赋赠金昆山先生[①]

灵岩秀毓杜兰芬，联语老成迥不群。桃叶情怀三月暮，杏林春色万家分。神明早饮上池水，霖雨曾瞻出岫云。俱是先生真本色，阿谁撼得岳家军。

【注】

①金昆山，名炳南，别署沤庐，乐清市虹桥镇人。清末曾以知县试用闽中，因与知府不合，遂归里以医济世，擅创联语，著有《联语杂录》。

呈苏翁先生

章安儒雅轶群伦，累叶相传有替人。卓氏忠贞绵竹帛，籀园蒲璧动枫宸[①]。弟兄书法翩翩妙，锦绣文章簇簇新。惟有先生差可拟，驰驱老骥出风尘。

【注】

①籀园，位于温州鹿城九山湖胜昔桥畔，为纪念孙诒让而建。

迁居篇

吾之始祖郑公畋，自闽迁乐八百年。子孙散处瓜瓞绵，柳成市兮麻满园。织篁留黄华色妍，荷正盛兮花朵圆。千枝万叶难更仆，吾家泮溪水绕村。瓦屋鳞鳞象山前，山水之乐适其天。有清一代儒学传，读书种子喜联翩。老师宿儒世所贤，自吾高曾及身五世延。富甲一乡田连阡，广厦庇寒杜陵缘。待举火者几百千，或教之读给以钱。谤窝名士其一焉[①]，膏火以继婚嫁联。子敬之囷范公田[②]，洎乎晚近世风颠。曩日醇朴今不然，不稼不穑不丹铅。非嗜樗蒲即嗜烟，余亲见之心忧煎。用是乃作永嘉迁，忽忽星霜白上巅。依然故吾恶不悛，清夜扪心敢安眠。不暇人怜先自怜，因循只恐玷祖先。从兹猛省快着鞭，有过则改善则迁。遂以名其迁居篇。

【注】

①谤窝名士，即叶雨农，系作者表兄。

②子敬之囷，《三国志・吴书・周瑜鲁肃吕蒙传》："鲁肃字子敬，临淮东城人也。生而失父，与祖母居。家富于财，性好施与。尔时天下已乱，肃不治家事，大散财货，摽卖田地，以赈穷弊结士为务，甚得乡邑欢心。周瑜为居巢长，将数百人故过候肃，并求资粮。肃家有两囷米，各三千斛，肃乃指一囷与周瑜，瑜益知其奇也，遂相亲结，定侨、札之分。"范公田，指范公义田。宋钱公辅《义田记》："范文正公，苏人也。平生好施与，择其亲而贫、疏而贤者，咸施之。方贵显时，置负郭常稔之田千亩，号曰'义田'，以养济群族之人。"

游龙翔寺

一自龙翔去，芊芊草满庭。欂栌遭风雨，台阁变畦町。白昼鼪鼯出，金身佛骨零。二王留不住，竟日户常扃。

茶场庙

破碎茶场庙，今朝忽变更。公园开左臂，酒肆列前楹。佛骨成乌有，僧徒感不平。当门悬一檄，吾辈孰为争。

雪

漫天瑞雪乱霏霏，大地如银是也非。六出定占丰岁兆，三分差似落花飞。骑驴灞上诗初就，访戴山阴夜正归。念此寒江谁把钓，一舟一笠一簑衣。

差喜

差喜濂溪栽小草，还欣彭泽掩柴荆。久迟出郭桑麻长，偶尔登楼海月生。薄俗难容狂士态，清樽乐酌次公醒。莳花种竹浑闲事，我自经营适我情。

九日与宗曾约游玉甑峰不果，既以诗相慰，次韵答之

名山有约去探奇，莫负今年九日期。我慕中峰游兴早[①]，君缘底事屐踪迟。漫夸玉带诗千首，便醉黄花酒一卮。虽未相将登绝顶，狂歌原不误相知。

【注】

①兴，原作“與”，今改。

次徐君圣旸韵一首

少年风骨本清奇，百尺竿头正可期。有约登临还自阻，壮怀蹭蹬更谁知[①]。况逢佳节题诗早，肯负黄花得名迟。休

笑襟怀狂更甚，何当助我一倾卮。

【注】

①壮怀，原作“怀壮”，今改。

春日口占

槛外垂杨柳，门前听杜鹃。春来光景好，乐意在林泉。

秋兴

渺渺平畴望眼宽，萧萧秋气太无端。花留晚节枝枝瘦，霜后枫林树树丹。野戍频催砧杵亟，江皋遥送雁声寒。茫茫万虑愁交集，听断悲笳泪不干。

芳菲转眼已全荒，风景依稀异艳阳。多感商声悲永叔，漫教秋兴赋潘郎。百年岁月如流矢，万里江山旧战场。人世奔驰成底事，不妨一梦付黄粱[①]。

沉沉玉露带霜寒，醉向平芜试一看。堪笑风光经眼换，漫言世事动心酸。黄柑实老番番摘，红树霜干处处残。一样园林皆寂寞，独晋修竹报平安。

水石林泉适性情，秋风才起每心惊。只愁诗懒难消遣，恼煞虫寒自苦鸣。寂寞谁怜梁燕去，萧条忍听暮猿哀。人间万物遭摧杀，对景能无百感生。

【注】

①黄粱，原作“黄粱”，今改。

薏园冷月 西河十景

负郭无田不算贫，园收薏苡白如银。嫦娥寒甚和霜露，映得明珠颗颗新。

荷沼秋风

孤村萧飒洗秋来，寥落平芜万卉摧。剩有青青荷出水，晚凉败叶耐风催。

河桥渔笛

横塘秋水夕阳红，一棹归舟唱晚风。漫谓渔歌无情韵，声声彷佛霅溪东。

篱角书灯

数椽茅舍一枝藤，篱下幽栖只自矜。底事不存温饱志，卅年书味付青灯。

西山霁雪

谁家玉戏敞琼筵[①]，昨夜梅花散九天。转盼庭前来爽气，惟馀岩溜滴涓涓。

【注】

①琼，原作“瑗”，今改。

隔岸溪烟

沿河流水响潺湲，晓雾迷离欲辨难。借问桃源何处是，莫惊刘阮梦中看。

珠城晓日

青到螺山喜乍晴，江村树树挂铜钲。荒城一角明如画，谁把新诗写得清。

脊顶晴云

行云无意自闲闲，不解出山爱入山。绝顶何曾分得去，饱看日日畅欢颜。

鳌峰暮雨

缥渺高峰似欲飞，晚来细雨恰相依。此情此景谁曾恋，独有骚人未忍违[①]。

【注】

①违，原作“速”，今改。

瓯海春潮

晓起江头雨脚多，春来澎湃势如何。奔流到海声声急，只手谁教挽逝波。